紫蔷薇 系列丛书
ZIQIANGWEI XILIE CONGSHU

华而实 / 著

Listening To Your
Heart Beating

你的心动我在听

中国华侨出版社

图书在版编目（CIP）数据

你的心动　我在听／华而实著.—北京：中国华侨出版社，
2008.3
ISBN978-7-80222-580-0

Ⅰ.你…　Ⅱ.华…　Ⅲ.长篇小说—中国—当代
Ⅳ.I247.5
中国版本图书馆CIP数据核字（2008）第033233号

● 你的心动 我在听

出 版 人／方　鸣
著　　者／华而实
责任编辑／李晓娟
版式制作／张惠辉
责任校对／胡首一
经　　销／新华书店
开　　本／787mm×960mm　1/16开　印张/23　字数/310千字
印　　刷／北京市东方圣雅印刷有限公司
版　　次／2008年4月第一版　2008年4月第一次印刷
书　　号／ISBN978-7-80222-580-0/I·60
定　　价／33.00元

中国华侨出版社　　北京市安定路20号院3号楼　　邮编：100029
法律顾问：陈鹰律师事务所　　编辑部：(010) 64443056　64443979
发 行 部：(010) 64443051　　传　真：(010) 64439708
网　　址：www.oveaschin.com　E-mail:oveaschin@sina.com

引 言

也许你与他（她）曾经擦肩而过，

也许你与她（他）相伴一生；

或许他（她）与你因爱而生恨，

或许她（他）与你近在咫尺却要终身期盼；

也或许你们同在屋檐下却同床异梦，

也或许你们祈求一生也不能再次相见。

……

这是不可否认的现实。

不管那逝去的或即将来临的，你都无法如己所
愿地喜遇与逃避。它所带给你的爱与恨只是告
诉你，这是你们命中注定的缘。

当你翻看这本书的时候，或许你会有同样的感
动，而这种感动会随着篇章的展开、人物命运
的坎坷而如山间小溪一样延绵远去——

我把这本书献给：我爱的人和爱我的人！

序

华而实的作品总会把人带入一种浪漫温馨还有些凄凉忧伤的境界中，心会颤动。使人联想、触景生情，感悟到自己走过的路，仿佛历历在目，身在其中。

看过《我在生命的转弯处等你》再看《你的心动 我在听》，与其说这是小说，我更喜欢称之为散文小说。它让人们在品读过程中享受美感，尽管这种美韵让人伤心流泪，因为它使读者达到了心灵的共鸣。

书中描述的人物命运坎坷，而那份深深的爱恋之情却伴随着她们的一生。三个在荣誉光环、"女强人"紧箍咒下的女人被男人"塑造"得刚毅、干练、强势，同时还有些霸道，她们可以与男人一比高下。她们不得不在社会上扮演着救世主的角色，而把真正的自己，钟爱的情怀窒埋在内心的深处。看过她们走过的路，看过她们的孤独寂寞、看过她们的心痛，让我这个大男人都要心中落泪。她们在痛，我也在痛……

其实一生中的恩爱情仇是一种意境、一种享受、一种付出得到后的"欢天喜地"、一种精神和物质共享的财富。说到财富，那些逝去的、将要面对的经历其实就是无价的财富和无形的资产。我想这就是生活的滋味和生命的意义所在。很荣幸通过华而实先生的作品让我们再次清晰地看到了这一切，感悟到了这一切。

人是需要彼此支撑、扶持的，这样你才会走得平稳，社会才会和谐。在磕磕碰碰跌跌撞撞中走过昨天，在男人和女人不断的相互认知中走向明天。

我理解华而实先生的蕴意，情是一生一世的，也正因为如此，小说才受到极大的关注，读者从中也看到了自己的影子，和书中的人物产生了极大的共鸣，这是心灵的交融。

作品真的很"干净"，像清澈的泉水，滋润读者的心扉，在享受书香中忘却自我，如饥似渴地吸吮着页页篇章。它也许可以成为一面镜子，让身临其境的女人感知自己，让旁观者清的男人认知女人。虽说她们的情感往往是"乱如麻"，她们自己都无法理论清楚，但做为"第三者"的读者，会在梳理的同时让自己的情感有个说法，有个交代，有个归宿，这是对自己负责。

读者的厚爱延展了作者在这部作品的思路，也架起了连接读者的心桥。

华而实很有趣，赋有哲理的名字，它蕴意着人们的追求，人们的期盼。做个"华"而"实"兼备的人，是做人的最高境界。

是为序。

步青

二零零八年元月三日于北京雅斋

$\mathcal{A}$

　　一条通往沿海开放城市的铁路修建于夏晗出生后的不久，它缩短了上千公里的距离，却使铁路两侧的人们仿佛近在咫尺又很难逾越。

　　水岸豪庭花园就坐落在离铁道不足百米的北面。这个高档居民小区离铁道很近，时常呼啸而过的列车也会惊扰居住在这里的人家，从这里再往北千米开外就是京城著名的"沉香湖"了。

　　"沉香湖"始建于明朝的万历年间，据说湖水是挑夫们一担一担地从西山清凉寺的泉井中取来。从那时起全国各地进奉给皇宫的鲜花，都会先运到这里精选。选中的鲜花被放入近湖泥土中保存、养育，之后再听从皇宫的旨谕，按照时辰送进宫。而那些被淘汰下来的花蕊，花匠们仔细分清雄蕊和雌蕊榨出汁液，再分别在子时前后输入到沉香湖中，当然雌蕊在前，雄蕊在后。

　　也许这只是人们意念中的想象与传说，史书上并没有记载，也就无从考证它的真伪。但是，时至今日沉香湖不时散发的香气确是真实的，故此就在房地产开发商把房价抬高到每平米一万三的时候，这里的房子也很快被抢购一空。当然在这里居住的也都是些有钱的商人和有身份的人或是另类人。

　　一栋六单元八号的主人是华康国际担保公司的管理者。

　　电脑上不停歇的来客提示音，把夏晗从梦境中拽回到现实，她匆忙从床上跳到电脑前。

"你是怎样的一个女人呢？你说你很人性，那么你又是如何定义这'人性'的内涵呢？"

"咳！你晕过去了吗？怎么不说话了？咳——"

"释梦？什么梦，是寻觅情人吗？"

"真没有礼貌，还博士呢。难道你博士论文就是这样结尾的吗？"

"你死了吗？还是欲望难耐去解脱了，哈哈……"

……

夏晗像是做了莫大的亏心事，胆怯地迅速按键关掉电源，顷刻间电脑黑屏了。

洗梳的间隙她朦胧地想起昨晚处理完邮件，一时无聊，在网络上流浪，遇到了几位行色各异的过客，顺手打上的几个字，不想却招来对方的穷追猛打。郁闷之极，倒床而卧，却忘记关掉与世隔绝的按纽。"招凤引蝶"的元凶是她的网名：网缘释梦。

快速简单地搞好自己和居室的清洁卫生，夏晗电话遥控安排妥当公司的事务，对着穿衣镜左顾右盼一番，感觉如往日一样，提上一款白蓝相间的时尚手袋走出房间。

夏晗轻轻敲了敲厨房隔壁卧室的门，无人回应，推开一看，室内早已人去屋空了，她面无表情地推门走出家门。

司机小赵远远看见夏总走来，迅速下车，按照程序打开车门迎接他的主人入坐。

"你先回公司吧，我去办点私事。"

"是。"

对于老板所言的"私事"，其实就是让他回避的意思。小赵快速驾车驶离现场。

一条人造的小溪蜿蜒着把沉香湖清凉的水引进楼台中。

走过水榭，一股从沉香湖飘来的香气拂面而来，夏晗深深地吸了一大口，真舒畅。走出小区大门，穿过一片绿树成阴的小树林，沿着铁道的路基，夏晗走向今天刚刚落成的过街天桥。

铁道路基上的石块，不经意间有的已经漫上本来就不平整的小道上，经过前天一场夜雨的冲打，小道更难行了。

夏晗忽然想起鲁迅的那句名言：其实地上本没有路，走的人多了便成了路。一丝无奈的笑容掠过面颊。

漫步前行，似乎昨夜的梦还在延续着。

那是一片无涯贫瘠的沙漠，一个富有者在沙漠之舟上望穿秋水。她艰难地前行着，不时地四下张望，寻觅着通往山涧的路。

骆驼的两侧挂着两个硕大的袋子，一个里面装满了钱，好像还有美元和英镑；另一个袋子里，装着账本、计算器、合同还有法院的传票。就在那杂乱无章的层次中，有一个水壶，就是很早前军队战士配发的那种。虽然它在左邻右舍的欺凌下躺在那里，但是感觉它很安分、安然。

翻过一个沙包，一缕浓烈的阳光封杀了富有者的眼睛。口腔里激荡着干涸呼唤后的呻吟，富有者不由自主地摸着袋子，她知道触摸到的那是欧元。干渴烈火般地再次冲击着她的喉咙，仿佛她就要被点燃了。

水壶中的一丝清泉使富有者重获新生般直入腹地。

然而，很快，焦灼的阳光，大方而不吝啬地再次咀嚼着她身上所有与"水"有关的一切。她不寒而栗，也许这个时候，世间只有蒸发、木乃伊可与她平等置换了。

就在她近乎绝望的时候，不远的前方，不！就是在眼前，一汪巨涌的泉水扶摇飘荡到面前，她奋力跳下骆驼，冲入水中，把整个身躯浸泡在水中不愿抬头。

或许是过了一个世纪，她悠然地浮上水面，她轻柔地走上被排排白桦林隔开、远离沙漠的林阴道，一缕阳光射来，她贪婪地吸食着。闭目垂手，迅速睁开眼睛，发现自己居然一丝不挂，裸露在阳光明媚中，女人的羞涩让她四处寻觅可以遮体的衣或物，然而她发现，袋子中的一切早无踪影，不知道投入了谁的怀抱，只有那个水壶挂在胸前。水壶随着她的呼吸心跳，浮动着，摇摆着，水壶是空的，她这才意识到，刚才在水中，只顾得自己如饥似渴，却忽视了它的存在……

一个很不起眼的石块差点把夏晗绊倒，她收紧肌肉打了一个寒噤。揉了揉眼睛，继续往前走。

夏晗身高只有一米五八，在她管辖的公司中，她是最矮的，但是在对内、对外的交往中，一水的却都是高于她的男男女女。似乎交朋友个子矮的免谈。而夏晗的作风和身高却很自然地让人想起东盟会上的阿罗约。

短小紧身的碎花上衣包裹着瘦弱而坚毅的她，下身几乎拖地的长裙更显得轻柔婀娜。按照时尚美学专家的说法，小个子的人是不适宜穿着横格长裙的，这是一个忌讳，但是眼前这位反其道而行之的女子，却让看到她的人感到了耳目一新。

手机响了。

"咳，你着什么急啊。看看你的表，才几点。"夏晗先入为主，有点强势压人。

"姑奶奶，看看你自己的表吧，几点了。你的时间观念昨晚被猫叼走了。"显然对方是看表后，胸有成竹地声讨夏晗，声调自然也就逐渐提高了许多。

夏晗低头看表，惊讶之后是一丝愧疚闪过，很遗憾，对方无法看到。

"咳，我看错指针了，计划后延一小时十五分三十五秒。嘻嘻。"

"我的大小姐，不要搞错了，我不是你的雇员，让你吆五喝六的。"

"思予，怎么说话那你。刚才还叫我姑奶奶，不到一分钟就成你姐姐了，坟地改菜园子——和你撒平了。嘻嘻。"

"真拿你没有办法了，我先去逛街了，你到后给我打电话吧。"康思予显然对于夏晗是无可奈何，随她去了。

放下电话，夏晗并没有加快脚步，依旧是若有所思地向前走着。忽然感到有点后悔，今天不该约康思予去看什么拍卖会的狗屁预展。

在刚才看时间的时候，表上的日历告诉她，今天应该去寺院了。夏晗喜欢寺院的幽静，喜欢坐在寺院大殿后山的树下静思、畅想。

每到这个时候，夏晗会有一种要把心底的秘密、心灵的渴望急于表述、不吐不快的强烈欲望。面壁抒发内心的情与爱、悲伤与喜悦，心绪攀缘着千年的古树走向天际。这时树上的蝉仿佛和她一起在吟唱，唱出她心中的歌，那歌词就是她的足迹、她的思绪。蝉会很理解她的心境，因为蝉时而高亢、时而低回的音调正是对她心灵的慰藉。偶尔飞来的喜鹊，会给她已经安分宁静的心，带来新的气息，或许还是一种冲击，心即刻随着喜鹊在空中翱翔，在云海上扬帆荡舟。

忽然蝉发出异样的鸣叫，喜鹊攀高跳跃，原来从远处飘来一朵阴云，它带着雷、夹着雨，呼啸着向她们袭来。

喜鹊也发出惊异的叫声，瞬间从天边应声飞来一只大雁牵着她们的手，敏捷地跃上阴云之上。当她们俯瞰大地的时候，人间已是雷雨交加。她们惬意地坐在云朵上，谈着天、说着地……

熙熙攘攘的人流告诉夏晗，已经离过街天桥很近了。一列呼啸而过的火车，给人们带来了一股强劲的风，夏晗感到一丝凉意，不自觉地把手伸入裙袋中。

手触袋底抚摩到了她的护身符。

夏晗右手紧握着那枚对于任何人都不屑一顾、一九五六年发行的五分硬币。这枚硬币对于她却非同小可，这是那年在沧州大铁狮子前一个算命的盲人赠予她的护身符。所不同的是，大多数人的护身符，不管是寺院请的、还是老家流传的多为佩饰或放进皮夹随身携带。而夏晗的护身符则是有需求时要握于掌心，抛向天空落掌后方知旦夕祸福。

过街天桥近在咫尺了，其实这座天桥和众多的过街天桥相比并没有什么特殊之处，反而近乎简易了。但是对于铁路两边的人们来说，却有着不一般的特殊意义。

夏晗随着人流走向天桥。

过街天桥下，一个衣衫不整的盲人，忽然站起来，侧耳细听并追寻着夏晗的脚步。

就在夏晗与盲人擦肩而过的瞬间，盲人右耳不停地颤抖起来。

"姑娘是你吗？"

过路的人左顾右盼地探寻着盲人问话的方向。

盲人可以清晰地感觉到，他所呼叫的姑娘离他远去了。

夏晗登上过街天桥走到桥中间，她停下来，望着伸向远方的铁轨。

两条平行而永不相交的铁轨伸向远方。它穿过喧闹的城市，越过无人出没的山谷平川，踏过沼泽泥潭，走过寂静的原野寺庙。虽然偶尔可以看见或在上行的出站口有交错的轨道；或在下行的交汇处看到重合的道轨。仔细望去，你可以清晰地看到扳道工的身影。猛然间，夏晗明白了这交叉、汇合、平行的轨道，给予她的瞬间启示。

是啊，这两条时而笔直，时而弯转，偶尔也会交汇的轨道，平坦或起伏，向着远方的山，远处的水延展而去。不管遇到怎样的地理环境、人文景色、天象日说，最终都会送你要到达的地方。

心中一阵惆怅，夏晗想起了上周带病去上大学的儿子；想起了同居一套房子似有似无只存名分的丈夫；还有可以感觉到但却无法触摸到的他。

一列疾驶而来的火车从她的脚下箭般而去。

夏晗闭目双手合十，喃喃自语：我把硬币抛出去，如果正面朝上，我就选择独身；如果背面朝上，我就选择重抛；如果硬币立起来，我就维持现在的婚姻。

夏晗用力把掌心的硬币向天空抛去。

"姑娘，那位盲人好像是找你的吧？"

夏晗被人突然拽了一下，本能地睁开眼睛，随着身边妇人的指向看去。就在这瞬息之间，硬币从天而降落在夏晗的脚面上，被弹了起来，夏晗慌忙低身去抓，硬币却像长了脚跳起来，顺着过街天桥护栏的缝隙跳越而下，安稳地坐进呼啸而过的火车上，远走他乡。

夏晗的泪水顷刻间从眼眶中迸发出来，追随着硬币而下，夏晗迅速转身，欲奔向天桥的另一侧去追赶逃逸的列车，然而就在夏晗转身的瞬间，一位老人，倒地了。

就是从天桥下蹒跚随来的盲人。夏晗急忙俯下身子抱起老人，眼睛却不自觉地继续追赶着那列逃跑的火车。

怀中的老人不停地呻吟着。

"快叫救护车，快打110！"夏晗本能地呼喊着。

"打什么110啊，打120。"身边的妇人更正着并掏出手机拨打。

"姑娘是你吗？"

听见老人微弱的话语，夏晗再次低头，好像发现在哪里见过怀中的老人。

一缕参差不齐的花白胡须，随着老人那急速的喘息飘荡着，胡须扬起，夏晗看到了老人的标志——胡须下，嘴唇上那两颗一红一黑的痣。

猛然，夏晗想起来了，他就是在沧州给她算命，送给她护身符的盲人。

"是我，是我啊！"

已经可以清晰地听到疾驶而来的救护车了。

夏晗在众人的帮助下，把老人搀扶起来。

"等……等。"老人似乎在努力地睁开眼睛。

"他不是盲人吗？看来一定是个骗子。"

"姑娘小心点。"

几个本来搀扶老人的手即刻松开了，老人的整个身躯完全依附着夏晗使她无力挪步，独自支撑起老人重重的身体。

救护车停在桥下冲出两个人，他们熟练地打开车的后门拽出担架，向桥上跑来，一个医生跟着冲上桥。

急奔而来救死扶伤的医护人员和淡然散去的旁观者们形成差异。

"慢慢放倒他，他摔到哪里了。头上怎么有血，他的头着地了吗？"医生急切地询问着。

面对提问，夏晗不知道如何回答。

医护人员把老人轻轻放到担架上，拿着急救箱的医生迅速打开箱子，取出医用品给老人做简单的检查和包扎。

夏晗呆呆地低头看看老人，再转头看那无影无踪的列车，没了主意。

医护人员抬起老人。

"等一等。"老人挣扎地想从担架上坐起来。

"别动。"

夏晗赶紧凑到老人身边，

"您别动，先去医院吧。"

"你是他的家人吗？"

"嗯。"夏晗本能地回答。

"那跟我们走吧。"

夏晗像是被警察带上了警车，所不同的是，她是自愿的。

救护车再次呼叫起来，逆行冲上主路。

坐在车上。夏晗看看老人，依旧可以听见老人那微弱的声音："等一等。"

夏晗透过车窗，眺望着那座新建成的过街天桥，追忆着带走她护身符的列车，它会停靠在哪里呢？

夏晗突然感觉有人在牵她的手，她本能地迅速缩回，低头一看，从担架白布单子里面伸出了一双如同干树枝般沧桑的手。

"您怎么了，哪里不舒服吗？"夏晗看着老人，询问道。

医生再次拿出听诊器。

老人颤抖着举起手，费尽力气终于一手抓住了夏晗的手，另一只紧握的手随即把一个东西塞入夏晗的掌心。老人渐渐松开了手，随着手臂的垂落，老人突然昏厥过去。

医生紧急抢救。

夏晗木讷地展开手掌，一枚硬币展现在眼前，夏晗眼睛一亮。她看清楚了，这是一枚一九五六年发行的五分硬币，巧的是它和夏晗刚才逝去的一模一样。

夏晗看着已经步入天堂的老人，手里紧紧地握着老人赠予的那枚硬币。

B

康思予接到夏晗不能履约的电话，已是近中午了，在商场里闲逛，走马观花地看过几个柜台，身心都累了，无心再次声讨她，走出商厦进了一家食馆。

一瓶啤酒，一个猪手，一盘花生米，外加一个地三鲜，很快上桌。康思予如饥似渴地品味起属于她的美味佳肴。一身搭配得体的行头使她显得淑女而轻柔，而这一桌粗豪的食物却使其主人更像是一位大汉，这鲜明的反差，不时引来周边食客好奇的眼光。

康思予的父亲带着母亲、弟弟在香港经商，她从小在北京跟着奶奶长大。一九七九年九月二十八日参加了工作，成为一名自食其力的仪表工。在车间她与夏晗相识成为至亲的知己。上班一起来，下班一块走，即使在工作时间，她也会时常借故走到夏晗的工作台前，取出一块巧克力咬一口，之后将余下的半块巧克力塞入夏晗的口中，什么也不说，眼神交换着彼此的牵挂与关爱。只要不是工作、生活所必需，她们总是形影不离勾肩搭背。

一九九四年二人同时下海，在商海中搏击遨游。

后来康思予到香港继承了家产，成为财富的所有者。夏晗成了家，应聘进入了一家外企公司。

再后来康思予如愿嫁给了父亲的生意伙伴也是世交的儿子叶强，叶强在美国哈佛毕业后回到香港跟着父亲学以致用。可是康思予极不适应香港的人文自然气候，多次提出要回到内地，但是几年没有如愿，一来叶强离不开，二来父亲身体不好。又过了半年就在父亲病故后的不久，康思予把家族公司转由弟弟经营并和叶强约定一年后在北京成立公司。康思予携带着自己应得的遗产独自一人返回北京，她在银行存足了治病养老送终的钱后，买了四套房产，一套自己居住，其他三套出租。按时收取房产的租金，满足自己日常的开销，日日过着悠哉游哉而惬意的小资生活。

康思予从小习画，对书画有着浓厚的兴趣。看书画展和文人雅客聚会闲聊、在画室挥笔作画近乎成为她全部的生活。她不喜欢商界也不会踏进商人的圈圈，当然和夏晗的交往是个例外。用她自己的话说：我们是长在一棵树上的两条枝权，不可分离。彼此有了一份心与心的依偎，这不同于异性的吸引，而是同性间的心灵慰藉。

当初康思予在香港收到夏晗结婚的请柬时，不由自主地从内心产生了一种怒气，仿佛自己最钟爱的东西被别人毫不留情地夺走一样。那时康思予尚未成为人妻，她恨夏晗不该丢下她一个人。然而这份愤怒并没有让夏晗察觉，她寄去了新婚贺礼，一只白色的猫和一只黑色的猫。她很用心地在两只猫的身上，很难被人察觉的地方分别写上：夏晗、康思予。

当康思予回到北京的时候，夏晗已经和老公分室而居了。二人在浪淘沙茶室相见时，夏晗带来了那对猫。

夏晗含泪告诉康思予，新婚的夜晚她独自一人在客厅，不顾新婚丈夫的渴求。她在等待、等待着，希望听到深夜的敲门声，期望听到话筒的鸣叫声，但是整整的一夜都没有。

家居饰物的贺礼充满大大的新房，绽放着暖洋洋的红色。而夏晗在温馨温暖的房间里却呼吸着冷冷的空气。她站在窗前，眺望着夜空。洞房花烛夜，夏晗就是这样度过的。

康思予取过纸巾擦去夏晗眼角的泪水，把那对黑白猫翻过来给夏晗看。夏晗惊讶地看到了她们的名字，同时听到了康思予低回的声音：其实我们一直在一起。

"小姐，这里有人坐吗？"

不等康思予回答，曾建灵已经随着话音落地坐在了康思予的对面。

康思予放下啃着的猪手，抬头看见了笑容可掬的曾建灵。

"狗狗它爹，你怎么知道我在这里？"曾建灵属狗，也喜欢养狗，"狗狗它爹"是好友们送他的爱称。

"汪——汪，我闻着狗味就来了。"曾建灵倾身上前闻了闻，眯着笑眼轻叫两声，招来旁桌食客异样的目光，看看他们又看看墙上的提示语：请勿带宠物入内。

"讨厌。来点什么？"

曾建灵举手叫来服务员，指着桌上的酒菜。

"照原样再来一份。"

"好的，请稍候。"

"你先喝着。"说着曾建灵从衣袋中取出一支烟。

"别抽了，最不喜欢男人吸烟了。看你那黄板牙，连指间都成黄色了。"康思予一手抢下烟。

"我就是喜欢黄色啊。看你今天穿的，淡淡的黄色，让人浮想联翩。还别说，我就是喜欢你这样的黄色，有故事情节。"曾建灵得意地说着，拿起啤酒给康思予续上，显然为他的"偷梁换柱"得意洋洋。

"你就说吧，当心我告诉夏晗。"

"拜托，千万别告诉她，这顿饭算我的。"曾建灵装出可怜的样子。

"你也有个怕啊。"

"哈哈，怎么样？老公回来了，你还有时间召见我们吗？"

"回来，还不是和原来一样，整天不着家。"

"老板吗，也是身不由己。"

"这我倒是理解。所以啊，我也没有说什么。他也不容易，才回来一个月我看人都瘦了一圈了。"

"心疼了？"

"那当然了啊，我老公啊。"

"真是一对恩爱的老夫老妻啊。"

"对喽，你问我爱他有多深，月亮代表我的心。"

服务员端上酒菜。

"小姐，再上两瓶。"康思予接过服务员手中的啤酒给曾建灵倒满。

"你下午还有事情吗？要是不忙就多陪我呆会儿。"本来今天是想和夏晗一起去看秋季拍卖会的预展，夏晗的爽约让她的兴致全无，无聊时遇到曾建灵，让她近乎枯竭的心迅速得到复苏。

"君让臣死，臣不得不死。何况三陪美女岂不乐哉。"

"你就贫吧，不过和你在一起就是很放松、舒服。"康思予有感而发。

"那当然了，看我这身体，真男人！"

"你啊，总是三句话不离本行。我想有必要再次提醒你，我们的关系定位是哥们儿，可别偏了。"康思予严肃地说。

"那当然不会忘记了，这是你给夏晗的承诺。你往男人这边靠点，我往女人那边靠点，我们是不男不女，又男又女的第四类。"曾建灵收起笑容。

"这是座右铭，要牢记！你可别做对不起夏晗的事情，当心让我发现，举报你。"

"我知道深浅，守身如玉。"

"你们现在怎么样了，我问过夏晗几次，她都回避。"

"天高云淡，举头望明月，望断南飞雁。"曾建灵抬头看看天花板惆怅地吟诵。

"真是的，也说不清楚你们是什么关系了。"

"也许就是那种亲情、友情、爱情之后的第四种关系吧。我也搞不明白夏晗是怎么想的，唉，男人真命苦。"曾建灵举起酒杯一饮而尽，又自己斟满。

"其实我也知道，你一直没有结婚就是等着夏晗。可是当初你为何不和她挑明呢？"康思予的内心掠过一丝异样的感觉。

"我承认夏晗的初吻是我强迫得到的，可是那天晚上我是……"曾建灵欲言止住。

"你可别告诉我说，你是醉酒后失去控制心血来潮。"康思予眼睛向上一瞟，不屑一顾地藐视着曾建灵。

"我不是这个意思。我们认识卢加宁的渊源要追记到我们的学生时代。"

"卢加宁？夏晗的老公。"康思予惊诧地看着曾建灵。

"是的，就是他，夏晗名存实亡的丈夫。"曾建灵的语气舒缓了许多，但是从他的语气中，依旧可以感受到他内心的不平静。

康思予从没有听说过，在曾建灵和夏晗的情感中还掺杂着卢加宁，难道这又是一出俗的不能再俗的三角恋。对此她毫无兴趣，也觉得很无聊，似乎在大众爱情故事中三角恋爱总是和附属品一样，买一送一。或许因为这其中的两个主角是她的挚友，所以极大的欲望让她想知道这中间谁是第三者。

"是的，就是这个混账王八蛋卢加宁。"曾建灵从牙缝中再次挤出这个让他深恶痛绝的名字。

由于这个名字的引出，使得曾建灵陷入了深深的或喜或忧还有仇恨的往事中……

曾建灵和夏晗的相识要追忆到二十二年前。

曾建灵和夏晗分别居住在京城的西南和东北。这样的地域差异假如没有前世渊源的话，他们也会像那两条永不相交的轨道一样，今生今世是没有交叉点的。但是不管你是否相信，人际间的悲欢离合就是这样的奇妙，在区文化宫举办的摄影展上，他们相遇了。

带着红卫兵袖章的曾建灵指着自己的摄影作品，在给来参观的观众们讲解着牵强附会的蕴意。

一双有神的大眼睛凝视着摄影作品。

照片上是一条小溪，顺着小溪往上是一幕冰凌垂下的水帘，滴落在流动的小溪中，蜿蜒着流到眼前，画面清雅幽静，让人浮想联翩，使欣赏者急欲进入这如诗如画的意境中。

"我的这幅照片形在抒情，意在说人。潺潺流动的水流就是我们漫漫的人生路。虽然总会遇到石块、水草的阻挠，但是它会迂回向前，总会到达想要去的地方，实现自己的夙愿。"

"太牵强了吧，哪里有人的痕迹？"一个后排的观众翘起脚尖，打断了曾建灵的描述。

"你说得对，这也是我这张照片遗憾的地方。本来我是想小溪中应该有个人在畅游着，这样就更写实了。"

"这条小溪多浅啊，还畅游呢，我看洗澡还差不多。"

"哈哈……"

一句戏言，冲淡了这里浓重的艺术气氛。

看过照片的观众继续向前欣赏其他的作品。曾建灵却像突然被雷击了似的一时不知道该如何继续给后来的观众讲解。端详着照片，他在思索着是否应该重新命题了。

"你仔细看看那小溪中，不是有个人的倒影吗？"一个一直凝视作品的女孩说。

曾建灵细细地观察，是啊！小溪从岩石上蹦跳下来，流过一片水草后，变得缓慢优雅，在它的身边有一个依稀可见的人影在缓步随行着。

"其实他并没有随波逐流，更像是走过一段路后在思索着今后的路。"

曾建灵看着那个诠释他作品的女孩。

"你喜欢罗丹的作品吗？"女孩的目光没有离开那幅照片，还在看着那水中的影子。

"思想者？"曾建灵迅速回答。

"是的，思想者。"女孩的目光似乎第一次转到了曾建灵的脸上，回答得干脆利索。

曾建灵突然转身，摘下了照片。

"你要干什么？"女孩一时不理解曾建灵的举动，语音有些颤抖。

"经你的点化，现在看这张照片太拙劣了。我要重新拍一张，把最好的给观众。"

"嗯，我支持你。加油。"女孩举起纤细的小手和迎来的大手击掌。

看见有人私摘作品，展会的保卫人员迅速围拢过来。

"你干什么破坏展览？"一个保卫抓住曾建灵的胳膊，使劲地朝另一个方向旋转着。

"这是我的照片，我不展了。"曾建灵想挣脱，但是胳膊已经被保卫死死地掐死了，他顾不得疼痛争辩着。

"这是他的作品，他想重新照一张再挂上。"女孩急切地为其辩解。

"你的作品也不能这样随便啊。你以为这是你家的客厅吗？想挂就挂，想摘就摘啊！"保卫行使着组委会授予的权利。

"您先放了他吧，我们去找工作人员。"女孩开始央求保卫了。

"我的照片，我就要摘，就要拿走。"脸色刷白的曾建灵固执地坚持着。

保卫再次用力了。

曾建灵左臂已经和脸色一样的惨白，泪珠在眼眶里翻滚着。

另一个保卫欲上前抢夺曾建灵右手上的照片，曾建灵使出全身的力气冲着保卫的小腿骨，飞起一脚，保卫脚下一滑，跪倒在曾建灵面前。

曾建灵迅速把照片送入女孩手中，高高昂起头，像是走向刑场的革命战士，尽管那个保卫还在加力。

脚下的保安挣扎着站起来，挥起愤怒的拳头。就在这瞬间，女孩快速冲到他们的中间，一手紧紧抓住曾建灵的衣服，突然发力再次把保卫击倒在地上。

围观的人群顷刻间沸腾起来，叫好的、起哄的喊声回荡在展室。

"放手！放手！"闻讯赶来的工作人员把他们强行分开。

曾建灵在人群中找到手捧照片的女孩，把她拽到身边，紧握着拳头，急速地喘息着，眼睛迸射着愤怒的火光。

经过工作人员的协调处理，双方很快达成谅解。

曾建灵和女孩走向展室大门，路遇刚才争斗中被他们撞倒的保卫，保卫站得笔直，虽说个子比曾建灵高出许多，但是从稚气未脱的面容上看去，年龄也就比他们大两三岁，一定是个童工。曾建灵得意洋洋地牵过女孩的手，举过头顶。挥手之间既是胜利者展示，也是向失败者的示威。

被暂时"胜利"冲昏头脑的他们，却都忽视了保卫的目光一直在跟随着他们，跟踪着他们。

走出大门向西，两人依旧很自然地牵着手，沿着辅路前行。人与人之间的关系就是这样的微妙，有的人经常在一起却形同陌路，但是有的人初次相识，就会成为早已熟知的朋友。

"你也喜欢摄影？"

"我不会照，只是很喜欢摄影作品。"女孩轻柔地回答。

"谢谢你刚才帮助我，我可以为你做点什么来回报吗？"

"没有什么，我知道你们视作品为生命。我最看不惯那号人了，就是欠打。"女孩展示出与温柔截然相反的一面。

曾建灵是真心的，他在思考着该为女孩做点什么来报恩。手臂摇动了一下，女孩突然挣脱曾建灵的手，脸即刻红了。

在女孩的记忆中，除了亲人，这还是第一次被异性牵手，而这牵手又是这样的自然，这样的自觉自愿。

曾建灵也反应过来，其实对于他同样也是第一次。二人突然觉得尴尬起来。

曾建灵一时不知道手该放到何处，摆动得越来越不自在，索性插入口袋中。

这细微的动作却被女孩机敏地捕捉到了。

"你是哪个学校的？"女孩打破尴尬的气氛。

"我叫曾建灵，二中的。"

"我十二中的，夏晗。"

若按照大人们的见面礼仪，彼此亮明身份，握手是很自然的，但是他们的手欲动又止了。

分手时，他们约好周日去拍照，补上那张他们共同创意的照片，小溪中的影像当然就是夏晗了，照片的作者署名为：二十二。

他们就是这样开始了二十二年的相识旅程。

时过境迁。当曾建灵从朋友那里得知夏晗要结婚的消息时万念俱灰。更让他无法相信，新郎卢加宁就是那个曾经在摄影展上被他们打翻在地的保卫。

就在夏晗出嫁的前夜，曾建灵疯了似地撞开夏晗家的房门，拽着她冲到楼下的柳树旁，他愤怒地咆哮起来："你为什么要嫁给他，是不是他强迫的，不要怕，有我呢，我宁愿去偿命，我要杀了他。"

在夏晗的记忆中，曾建灵一向柔弱、书生气十足，此刻却突然发威变成了凶猛的狮子。

夏晗像一座塑像任凭曾建灵摇晃，她一动不动。

"说啊，你告诉我。你看着我，他真的是强迫你的吗？"

夏晗无神的眼睛不知哪里是它停靠并可以依附的港湾，目光投向远远的天空，去找寻天的边缘，也许天知道她的心思，茫茫的夜空不见一颗星星照亮人间路，此时的月亮也躲进阴云中不见踪影。

曾建灵喊累了，叫哑了，终于听见了夏晗的回答。

"我是自愿嫁给他的。"落地有声，铿锵有力。

曾建灵再次咆哮起来，他用尽全身的力气摇晃着夏晗，让她告诉他，这只是一个恶梦。

然而，不管曾建灵的泪水如何摔打在夏晗的脸上，夏晗依然一字不吐。

曾建灵把夏晗拥入怀中，他不要她离去，要把她吸入自己的体内，交融在一起。

夏晗没有挣脱，他那飞舞的泪水化作最黏稠的胶合剂，把两张凄美的容颜胶合在一起。

就在这瞬间，曾建灵感触到了夏晗浓热的唇，他不顾一切，忘却了一切，张开口把它贪婪地吮吸到口腔中……

许久、许久。曾建灵放开夏晗，双手捧起她的脸，然而他看见的确是顺着夏晗嘴角流下的血。他无法判定是自己用力过猛亲吻的、还是夏晗自己牙咬的。

曾建灵心疼地举起手，轻轻地擦拭着。

夏晗握住曾建灵的手，放下。

"建灵，这是我的初吻，我把它献给了你。是你破了我的身。"

"破身"是女人首次失去贞操的专用词，但是对于夏晗而言就是献出初吻。

曾建灵木讷地接受了女人最珍贵的礼物，他死死地抱住夏晗不让她脱身。

"建灵，我把肉体给了别人，灵魂留给了你，你要呵护珍爱它。"

说完，夏晗像挣脱缰绳的烈马离他远去，当曾建灵反应过来，夏晗已经不见了。

第二天，夏晗像所有出嫁女一样，步入了婚姻的殿堂，曾建灵远远地看到了这一幕。颤抖的心灵不知道自己应该是爱还是恨，也许就是从这一天开始曾建灵变了，变得不再柔弱，不再文质彬彬。历史的经验告诉世人：男人虽有刚强的脊梁，可以撑起一片天空，乘风破浪威不可挡，但是女人却可以改变男人的一切。

曾建灵遵照夏晗的嘱托，把她的"灵魂"藏在心底，因为有了这份珍藏，再遇到穷追猛打的女人，在他的心中就很难有立足之地了。

"你会爱她一生一世吗？"康思予的再次问话，让曾建灵不知应该如何回答，因为这个问题所容纳的内涵太庞大了。

"那你是喜欢她，还是爱她？"康思予的眼睛紧紧地盯着曾建灵，那犀利的目光就像 x 光，它要透视出曾建灵的内心世界。

"这么多年了我都搞不懂是喜欢她，还是爱她。"

"喜欢是淡淡的爱，爱是深深的喜欢。"

"是吗，太深奥了。或许我这一生的努力奋斗就是要寻觅到这样的答案，是爱还是喜欢；同样我也会用一生的追寻去得知她是否爱我。我将死而无憾。"

曾建灵再次端起酒杯，康思予忙上前阻挡，但是他却一口喝干。

在望着曾建灵把酒倒入口中的瞬间，康思予突然觉得眼前这位男士，她并不熟悉。在他那大大咧咧的外表下，掩盖着众人不易察觉的细腻情感。铮铮男儿，他要用毕生的时间，去找寻一个答案，一个不能厮守却时刻不忘的女人的回音。这就是他的人生价值，这份朴实无华的爱恋是何等伟大，这样的男士就是女人心中最可爱的人。

但是听到曾建灵与夏晗缠绵凄美的故事，康思予的内心极不平静。这些是她多年想知道，但是从夏晗口中从未挖出的答案，更使她不能理解的是夏晗为什么嫁给卢加宁，她百思不得其解。

康思予终于知道了他们的开始，但是后来又是如何发展演变的呢？她想知道这其中的来龙去脉，她本不是喜欢打探别人隐私的俗女人，而只是要解开一个心结。

她抬头仔细端详着曾建灵，一米七九的个头，高挺的鼻梁，虽说是单眼皮，小眼睛，笑起来常常就剩一条缝了，但是这可是当今女人喜爱的流行"款式"。凸起的小腹，看上去足有三个月了，但是透着男人的成熟魅力。康思予的脑海中突然闯入了另一个人影，一米七三四的样子，虽说五官都就位在各自的位置上，但是太普通了，不管你把他放人春运的民工返乡潮中，还是倒人商界聚会的晚宴中，都是一样的平凡不起眼。他和眼前这位的差异实在太大了，简直是天壤之别。但是现实告诉世人，他们和同一个女人有着千丝万缕的联系，也可以说是纠葛吧，他的名字叫：卢加宁。

也许这就是上帝的安排，让行色差异巨大、居住在南北两极的两个人向赤道靠拢，那里具有极大的磁场，磁场的发出者是一个小鸟依人般的女人夏晗。

静场，鸦雀无声的冷场。

两个人都陷人了沉思中，他们都在搜索枯肠地圈定着那份属于自己的答案。

"来，不说了，喝酒。"康思予为两人倒满酒，但是情绪没有平稳的她，还是让酒溢了出来。

服务员赶快拿纸巾擦拭。

曾建灵此刻的脑际间出现着夏晗不同时期的影像，张张都是舞动的精灵。在车间流水线上、在游池的水道中、在满山遍野的野花丛中、在城市的人流车海中……康思予与他碰杯的响声，把他拽了回来。

"来，干杯。"

"干杯。"

"对了，你个人摄影展准备得怎么样了？什么时间？定了吗？你若想在美术馆搞，那没有问题，我的一个姐妹她老爸是副馆长，场地问题我负责。"想到刚才的话题触及痛处。康思予把话岔开。

曾建灵本是一家二流杂志社的摄影记者，只要按期交几张时效性强的照片就算很好地完成工作了，时间自由支配。目前他正在全力策划自己的摄影展。

"谈了两家文化策划公司，但是对方总有附加条件。展览可以以我个人的名义搞，作品他们要出版摄影集，版权他们也要，这我哪能答应。"

"够黑的啊，那就自己搞，不用他们不行吗？"

"倒不是不行，问题是搞影展是很专业的，我又不懂。什么布展、宣传很多事情。这是我第一次搞个人影展，明年还准备到美国、德国去展。我都收到他们的邀请函了。"说到这件事情又曾建灵的表情又沉重起来。

"你说的也是这个理；隔行如隔山。这第一炮要是哑巴了，对今后巡回展的影响太大了，新闻炒作也是很专业的。"

"是啊，说起来头都大了。你看作品都选好了。"说着，曾建灵打开随身携带的笔记本电脑，一幅幅精彩照片展现在康思予眼前。

看着看着，康思予突然合上笔记本电脑，思索起来。

"你怎么了？"曾建灵丈二和尚。

"对了，我想起来了。你去找夏晗啊，她前些日子新注册成立了一家文化公司，执照还是我找哥们儿通融的呢。经营范围好像就有展览、展示。"康思予像是发现了新大陆一样兴奋起来。

"是吗？"曾建灵却显得很平静。

"我这就给她打。"

就在康思予抄起手机的同时，手机颤动起来。

"喂，你啊。还是我们心有灵犀啊，我刚要给你打。什么？你在医院？你怎么了？"

听到"在医院"曾建灵顿时紧张起来。

"是夏晗吗？她怎么了？"

康思予还在通话，不停地摆手示意曾建灵不要说话。

"怎么会这样，你不是没有开车吗？你别着急，你们在哪家医院，我马上到。"

关闭电话，二人迅速起身冲出餐馆。

"小姐、先生，你们还没有埋单呢？"服务员拿着账单追了出来。

曾建灵取出三百元塞给服务员，跟着康思予挤上出租车，至于服务员说的："等找钱。"他们根本就没有听见。

在出租车上，康思予不停地催促司机快点，再快点。

"她不是没有开车吗，怎么会撞人了？"

"听她的声音都急疯了，也说不清楚，只是说她撞死了人。"康思予机械地回答。

"她现在在哪家医院？"

"中心医院。"

曾建灵拿出手机拨打。

"赵院长吗，我是建灵。我有个朋友出了点事，现在就在你们医院抢救呢，您务必关照一下，我马上就到。"

放下电话，曾建灵再次拨打。

"廉成律师所吗？廉辰在吗？廉辰，我是建灵。你现在马上赶到中心医院，有事。我马上也到。"

曾建灵调动着一切可能用到的关系。

"师傅从那边过去吧？"康思予指着右手边的一条小路。

"不行，你没看见有单行线的标志吗？"

"师傅我求求您了，急死我了。"康思予央求着。

曾建灵掏出二百块钱从后排递给康思予。

"师傅给您的。"康思予的声调带着哭腔，把钱放到仪表盘前。

"别着急，前面那个路口西面有条施工的临时路。开过去，就是中心医院的后门了，比这条路还近。"

"谢谢，谢谢。"

C

从逝去的老人衣袋中的小本子上，医生很快联系到了老人的亲人，他们正在连夜从沧州赶往医院。

夏晗安静地坐在急诊室楼道的椅子上，凝视着手中的手机屏幕，对时而匆忙走过的白衣人她视而不见，她等待着。她就像刚刚完成法庭辩论的被告，只等得法官宣判了。

当康思予和曾建灵赶到医院的时候，刚才抢救的场面已经成为过去时，一切趋于平静。

"怎么回事啊，吓死我了。"康思予有些惊惶失措。

"也许是巧合，也许是天命吧。"夏晗平静地回答。

"邪了，这可真是邪了啊。"听过夏晗对今天发生事情的描述，康思予惊叹。

"过去了，既然发生了，你也就别多想了。剩下的事情我来处理。"

自从曾建灵和康思予赶到坐在夏晗身边，夏晗一直在和康思予交谈，没有和曾建灵说上一句话，只是不时地送去"期待、期望"的目光。

"哦，刚才院长来过了，他很关照。谢谢你。"夏晗把目光转向曾建灵。

终于听到夏晗对他说话了，曾建灵本能地举起手，本想去安抚夏晗，看到康思予的神情，他理智地把手放回原处。

"律师马上就到，你看还需要做点什么？"

"看看再说吧，他的家人应该就要到了。"夏晗说着把目光从曾建灵的身上投向大门。

　　急诊室对外的大门紧闭着，两个工作人员正在把厚厚的棉布帘子挂到门上。

　　深秋北京的另一个显著特点，就是时常会无缘无故地刮起风来，它会肆无忌惮地把树上的叶子剥落，再掀起来把残叶连带地上的尘埃抛上天空，天女散花般地落在躲闪不及的人们身上。无奈这就是大自然给予人们的，除了阳光还有尘埃。你想只要阳光的滋润而不要尘埃的洗礼吗？不可以。得到与失去，享乐与悲凄是共生的。

　　四处漏风的门窗把瑟瑟寒风带入室内，吹打在人们的脸上。夏晗把抱在胸前的手放下，一只手伸进口袋中。

　　感觉到夏晗一定是冷了，曾建灵脱下外套，但是康思予却先一步把自己的外衣给夏晗披上。二人的视线交叉了一下，迅速躲闪开了。

　　进入口袋中的手漫不经心地触摸到了那枚硬币，夏晗的手抖动了一下，她紧紧地握住硬币，那是老人临终前送给她的。

　　对于好友的一举一动，夏晗似乎没有感受到什么，她的思绪已经飘向沧州了。

　　沧州因为是《水浒传》中的林冲发配地而享誉全国。那个高昂的大铁狮子也就成了沧州的标志性建筑，来沧州办事或走亲访友游玩的人是一定要和它合影留念的。

　　夏晗所在的广告公司和沧州税务局联办《WTO乌拉圭回合谈判与中国的入关策略》的讲座在沧州政府礼堂开讲了。

　　早上陪同中国入关谈判代表首次赶到沧州的夏晗，安置好他们，在讲座开始后便独自一人慕名前往大铁狮子。

　　由于常年风吹日晒，大铁狮子已显残破，有的骨骼已经裸露断裂。记述那段历史牌子上的许多字已经脱落，从字面上很难追寻到它的历史。但是铁狮子飒爽英姿，气概非凡，目空一切，气势不减当年，依旧是笑傲人世间。

熙熙攘攘的过客离去，是短暂的宁静。夏晗远离人群，远眺铁狮子的雄姿，近身体味铁狮子的气息。

远望近观，夏晗越发地感觉这尊铁狮子的不同凡响。狮子腿脚上的肉体早被腐蚀，但是脚趾却紧紧地抓住固定它的水泥墩子；脖颈虽已露骨，但是附体的筋条仍托起高昂的头颅；浑身的斑斑锈蚀，告诉世人它所历经的沧桑世界。

走出禁锢铁狮子的围墙，放眼望去一片刚刚吐绿的麦田尽收眼底。几个睁眼、闭眼的算命先生摇摆着头，悄声细语地在给静坐对面的男女，讲述着他（她）前世的修行和后世的造化。已近中午，直射下来的阳光，把虔诚祈祷者的脸照亮，形成了阳；围墙内两棵千年古树舒展在外的胳膊挡住了阳光的照射，把围观窃听者的脸遮挡，造就了阴，这样的天地人间阴阳组合似乎有些滑稽。

夏晗的脸上一丝笑容掠过，但是你却无从追究这笑容是阴，是阳。

"姑娘，看相吗？很灵的。"送走一位算命的，一个睁眼的算命先生高声呼叫着夏晗。

夏晗佯作没有听到，眼睛转向它处。

"小姐，这儿算的真准。早就听说这里的算命很准，才一百，值了。不虚此行。"过客走过夏晗的身旁说着，但是听去却不知他是在说给夏晗听，还是自语没有白花这一百算了个好卦。

一拨人散去，另一群人走来，不知他们是否信命、拜佛。其中总有人坐下抽签，其余的旁观者说笑着指手画脚，也不知道这样会不会影响看相的精度。

"算好了，高兴，要是算出个灾难，可就不得安生了。"

"我的小姨子，去年在武当山算了一卦，说是有财运。结果回来不久，彩票就中了三百万。"

"那是菩萨显灵了，你就烧高香吧。"

"咳，可是她没有这个富贵命啊，说是去兑奖吧，就怎么也找不到那张彩票了，把家都翻了个底朝天也没有。人的命啊。"

"说不准，根本就没有中吧，准是迷糊看错数了，哈哈。"

"不会，不会。我都看过的，这种可以改变命运的事情怎么可以迷糊呢。"

"天有不测风云，人有旦夕祸福，自然规律。这本和人的命没有必然的联系，是你们牵强附会了。"

"信总没有错吧。"

"你信则灵，不信则无。还得告诉你小姨子啊，把彩票继续买下去。没听高人说吗，投入了不一定有产出，不投入一定没有产出。"

"是啊，努力不一定成功，放弃一定失败。还得将革命进行到底。"

几位算命的不算命的议论纷纷散去。夏晗感觉好笑，但是又说不出好笑在哪里，她转身走向麦田。

"姑娘请留步。"

夏晗可以清楚地听到，这个声音就来自她的左侧，而且一定是对她说的。

夏晗转头看见了几乎与她贴身的一位老人。

"姑娘，你的命太硬了。"

夏晗感到一股冰凉的风吹过，直刺骨心。其实她不信什么算命、占卜之类的运势，但也不反对。因为她知道凡是存在的就一定有道理，更何况它已经存在上千年了，这是唯物观。她看过一些易经、星象、面相方面的书，也会按其说教对比自己的血型和星座八字，但那只是在休闲、放松，一笑而过。

但是现在听到了这样的说法，夏晗却不能让自己超凡脱俗。内心一颤，她努力让自己平静下来。

"命硬，怎么解释。"

"姑娘请随我来，听我慢慢道来。"

也不管夏晗是否愿意，老人拽住夏晗的手就往树下走去。夏晗不由自主地跟随着。

　　老人是个"盲人"，但是他手上的盲杖几乎没有发挥任何作用，夏晗看在眼里，感受到老人对这片土地太熟悉了，如同久居的家，即便是在伸手不见五指深夜，都不需要借助任何光亮的指引，到达居家的每一个角落取其所需。

　　老人和其他的算命先生一样，在两块未烧制的砖坯上坐下，一手从布袋中取出一小块红色方布展放在眼前，举手示意夏晗蹲下。

　　老人牵着夏晗的那只手，一直没有松开，这到让夏晗感觉有点不舒服。虽说二人的年龄应该是隔代的，但毕竟是陌生人，男女有别。她下意识地想挣脱，但是没有得逞，无奈只得按照老人的"指示"——照做了。

　　"姑娘，在你的右眉中间有道横向的痣线。"老人平和地说道。

　　夏晗急切地思索着，从小到大照镜子，修眉不计其数，从未发觉眉间的痣迹。她的手终于挣脱，举手去摸，想要找到它。

　　老人似乎察觉了她的疑惑。

　　"你的这条痣线，几乎和皮肤是一样的颜色，也很浅，不仔细观察是看不清楚的，也许你的父母都不知道它的存在。"

　　夏晗真想即刻返家对照镜子看看这条痣线是否真的存在。转而一想，即便存在，你一个盲人怎会知道，怎么可以洞察到。丝丝疑虑袭扰着她的中枢神经。

　　"痣长在人身上不足为奇，几乎人人都有，只是或大或小，或明或暗而已，这是从娘身上带来的。按照医学的解读，痣为皮肤上生的青色、红色或褐色的斑痕或小疙瘩，多数是由先天性血管瘤和淋巴瘤引起，有的是由皮肤色素沉着引起的，不痛不痒。"

　　夏晗开始仰视这位老人了，别看他穿得破烂，却可以说出很专业的医学术语并解释它。夏晗不懂痣是怎样产生和依附人身的，但是直觉告诉她老人说的一定对。

　　"痣的形状为圆形或变形的圆，是正常的无关大体。可是你眉宇间的痣却是一条细微的线条，而且是横向的。"

夏晗听着顿时紧张起来，她想知道也怕听到老人下面的话语。

"你是不是经常眼跳啊？"

"嗯。"夏晗机械地回答。

"眼跳多为眼睑的神经紧张引起，它跳动或抖动可分生理和神经两类，凡人所道的'左眼跳财，右眼跳灾'不无道理。"

"我有时两只眼睛都跳，一会儿左，一会儿右，是财是灾。"夏晗追寻问道，同时也是想让自己紧张的神情得以舒缓。

"你的眼跳和财和灾都没有关联，它是由于你的痣线牵起的，这便是我说你的命硬的缘由。"

夏晗本来得以舒缓的神经，再次紧绷起来。

"命硬者钢命，需有柔命之人软化之；或有更命硬者克钢，以毒攻毒。否则必有命软者被你克死，直到你被克之。人世间众生芸芸，总有你的归宿。"

"那我该怎么办？"夏晗的声音有些颤抖。

"只要你得到祈福，就会心安。"老人说着从贴身衣袋中取出一枚硬币，送入夏晗的手中。

这是一枚一九五六年发行的五分硬币。

"这是你的护身符，请你收好，在你没有靠岸前，它会保佑你。当你想预知前程的时候，它会给予你帮助。收好，收好吧。"

说完老人起身离去。

夏晗望着老人的背影，突然想到没有给老人钱，便快步追上老人，同时取出钱包。

老人听到追来的脚步，停下转过头来。

夏晗一时不知应该付多少钱。

"我为人说道从不收钱，指望收到你的平安。若不介意可否告诉我你的住址，以便今后可以面向祈福。"

夏晗不假思索取出名片奉上，老人摆手不接。

"想必上面有你的头衔和公司吧，这对我没有意义，我想知道你安歇的地方。"

"我给您写下。"夏晗赶快把家庭住址写在名片的后面，双手递给老人，老人接下快步走去，那矫健的步履丝毫不亚于壮年的小伙。

回到家中夏晗顾不得脱去外衣，就去照镜子，她仔细寻找着眉间的那道痣线，似乎有或没有，不知道是久久寻觅后的视觉疲劳还是它在阑珊处，夏晗终于看到了眉间的痣线。回想算命先生的克命说，不由地颤抖了一下。

曾建灵和卢加宁在夏晗的脑海中交替闪现着。

虽然夏晗知道两个人都十分爱她，甚至有些发疯，但是他们之间还是有着很大的差异。曾建灵的爱是无私的、温馨的、柔弱的，不管是外表还是内在，都太斯文了，像个钻研高科技的学究；而卢加宁的爱是强迫的、刚毅的、霸气的，不管是外表还是内在都充满着征服的欲望，俨然是一介武夫。

夏晗虽不信算命先生的预言，但是潜意识还是接受了，她怕曾建灵的命太软，与之相克。感觉卢加宁的命一定硬过自己，尽管在感情的天平上曾建灵大大优于卢加宁，她还是嫁给了卢加宁。

现实再次教训了夏晗，在婚后的第四个月，她们的情感生活走到了终点。她要离婚，尽管卢加宁提出种种苛刻的条件，夏晗心甘情愿地在不平等的离婚协议书上签了字，她只想摆脱，脱离。

然而事不如愿，就在她们在办事处办理离婚手续的时候，不停的孕期反应袭扰着夏晗。

工作人员见过太多离婚男女的形态，却没有见过走进来时男方搀扶着女方的，再看夏晗的身体状况，工作人员提出质疑。

"你们是谁提出离婚的。"

"是我。"卢加宁举手回答。

"是不是重男轻女啊，知道媳妇怀女孩了，你就反目了。你们这些男人啊，都要儿子今后还不都成光棍了，都什么时代了。生男生女是你们男人的问题，不是女人的过错，回家先去学学吧。"工作人员凭借多年的经验得出结论，他们一定是通过关系在医院做了Ｂ超知道了孩子的性别。

此时的夏晗无力吐露心声，卢加宁不作任何辩解算是默认，尽管他们从来没有去做什么性别鉴定，工作人员确定了自己的判断。

看到卢加宁低头不语，看到夏晗孕期的极度反应。工作人员端起面孔举起了《婚姻法》。

"婚姻法第四章第三十四条规定：女方在怀孕期间、分娩后一年内或中止妊娠后六个月内，男方不得提出离婚。"

好心的工作人员劝退了他们。

然而，走出办事处，卢加宁就还原本来面目：这叫天助我也，你认命吧。

回到家，夏晗迅速上网查到了《婚姻法》的全文。婚姻法第四章第三十四条确实是这样规定的："女方在怀孕期间、分娩后一年内或中止妊娠后六个月内，男方不得提出离婚。"但是后面还有一句话："女方提出离婚的，或人民法院认为确有必要受理男方离婚请求的，不在此限。"

看到此，夏晗猛然明白了，卢加宁为何主动承认是他提出离婚的了。腹中再次翻江倒海起来，她挣扎着冲向浴室。

清澈的水可以冲刷干净一身的风尘，却不能洗涤心中出泥莲花滴落的浊水；穿过窗纱阵阵袭来的清馨气息可以净化人世间的空气，却不能释怀心灵深处的隐痛。

愤怎愤，怒怎怒，夏晗无辜、无奈，她想喊，她想叫，推开浴室的门，从客厅沙发上升腾起一缕缕烟云，弥漫着向浴室袭来，夏晗赶快关闭了房门。

虽然是轻巧地关门，但是声音还是打扰了躺在沙发上的卢加宁，他起身寻声四处张望不见人影，再次躺入安乐窝。

卢加宁如愿得逞了，唯一让夏晗得以宽心的是卢加宁的铺盖搬到了隔壁的卧室。

春去冬又来，曾建灵依旧孑然一身。夏晗十分清楚曾建灵一直没有结婚就是为了她，每次与他相逢虽然表面如常，可是内心总是阵阵地作痛，她不敢与他贴近。每次他们道别或者短信最后语的传递，夏晗最怕听见看到"再见"二字，其实"再见"只是用于分开时的客套语，也有希望再次相见的意思，但是在夏晗听来却有分别永不相见的内涵。她宁愿用外来语"拜拜"，虽然是异曲同工，但在夏晗听来却有天壤之别。

多年的情感沧桑让夏晗不知道建筑在海市蜃楼上的婚姻殿堂，可否抵御微弱的季风。她忍受着煎熬，把全部精力投入到公司的发展上，公司的事业蒸蒸日上，规模也不断扩大。但是内心的阴霾还会在夜深人静的寒夜惊扰她，让她无处安心。更有与日俱增潜伏在生理和心理上的欲望、渴求也会在她工作的闲暇、洗浴入眠时拍打她。是啊，已进中年，正常的女人，她需要爱的抚摸，期望在小溪边的树阴下，和亲爱的人依偎在一起，听着他深情地讲述《麦琪的礼物》。

夏晗仔细端详着硬币，我的硬币遗失了，这枚又来到我的身边，他要告诉我什么呢？作为无神论者的夏晗，她想知道答案。

夏晗一直低头不语，难于从沉思中挣脱出来。

曾建灵离开座位走向过道，他想抽支烟驱散一身的疲倦；康思予也默不作声了，倚靠在椅子上小歇。

突然，从门口传来的急速脚步声，由远而近让他们清醒过来，老人的家人赶到了。

夏晗赶快起身迎上去。

大家一起来到了太平间。

出乎所有人的意外，在亲人确认老人的身份后，他们却异常地平静。

"我叫夏晗。"夏晗主动介绍，但是却不知如何解释老人的死因。

"我叫梁呈修，比我大比我小的大家喜欢都叫我修哥。他是我父亲。"男子从高音转为低音。

"曾建灵，我们是夏晗的朋友，请节哀，看看需要我们做些什么？"

康思予跟着连连点头。

"真没有想到老人家怎么会突然就。"夏晗眼泪止不住掉了下来，她还是没有明白老人到底是怎么去世的。

看到守候一夜面容憔悴的夏晗，梁呈修像是局外人劝慰老人的亲属一样："别伤心，人固有一死。看得出他走得很安详，回归天堂，这是他最好的归宿。"

夏晗木讷地看着眼前这位可以平视的男人。

梁呈修从夏晗充满惊异或许还有些蔑视的眼神中，看到了太多的不惑，他没有说什么，在曾建灵的引导下走向医务办公室办理相关手续。其余家人安静地坐在楼道的长椅上。

"真邪乎啊！怎么没有人嚎啕。是不是他亲爹啊？"康思予还没有见过这样认领遗体的。

"少说话，让人家听见。要哭你去吧。"夏晗嘴上说着，内心也是狐疑一片。

夏晗拽住康思予再次坐下，邻座的一个中年妇人眼睛红红的，却没有泪水，想必她在听到噩耗后已经把眼泪哭干了。夏晗端详着却不知道应该说些什么？妇人怀中抱着一个四五岁的孩子，虽然已经是后半夜了，孩子丝毫没有睡意，睁着闪亮的大眼睛一直紧紧地注视着夏晗。

"我是他的侄女，自从舅妈几年前去世后，舅舅一直和我们生活在一起。"看到夏晗疑惑的眼神，妇人主动和她攀谈起来。

"哦，那老人家一直从事占卜工作吗？"在现代汉语词典的解释中算命、占卜一类统统被归结为迷信的范畴，而此时夏晗把它和"工作"有机地联系在一起，完全是出于对逝去老人的尊敬。

"他原来在县文物局工作，是研究考古的。你可别看他那样的一身装束，他可是大学毕业啊。在俺们那儿也是响当当的人物，俺们家的书有好几人高呢。"妇人的话语中充满了自豪。

考古的、大学毕业、众多的书籍。这些怎么会和"破衣烂衫"的算命先生画等号。

"他不是盲人吗？怎么看书研究啊？"康思予不解地问道，这也正是夏晗想知道的。

"他只是视力很差，但不是盲人。整天和古墓打交道钻进书堆里，不坏才怪呢，他的眼镜啊就和啤酒瓶子底一样。小小撒尿吗？"妇人把怀中的孩子抱起，让孩子换了一个姿势，孩子没有应答，眼睛依旧望着夏晗。

"那老人在家也拄盲杖吗？他怎么给人算命了？你们知道他怎么来到北京了？来做什么？"太多的疑问让夏晗急于想知道答案。

"舅舅一直研究中国的命相学，命相学古来就有，他说要用科学唯物的观点去研究，可不是封建迷信。他认为人一生的旦夕祸福、性格命运与人的五官面相、星座血型一定有着某种联系，说法好多了，很多俺们也不懂，你看过《易经》吧。"

"嗯。"夏晗下意识地回答。

"那你也就懂了。"在妇人看来，城里的人都是有文化的，看过书就一定懂。

夏晗听到妇人这样一说，有点惭愧自己的"嗯"了。看过未必懂，懂也未必知晓其中的奥秘。

"'文革'时也正因为这个他受到了排挤冲击，他厌世了，说那些人不学无术都是无知。叹息他们从小没有受过很好的教育，后来他把自己所有的积蓄取出来送到教委想兴建一座希望小学，要让下一代有知识。可是教委的人说，修建一座小学校起码也得十万八万，你就三千还想建学校，怎么够，无奈他只好把钱又拿了回来。几年来就靠那点工资，省吃俭用的，我们都知道他就是想把学校建起来。

自从舅妈过世后，他就不再工作，也不再睁眼看世界了。平时，他白天就是去大铁狮子那里，好像铁狮子是磁铁，刮风下雨都去，晚上在家就是翻书，一本一本地翻开，睡觉前再一本一本地合上，也不知道是否真的看了。你要是不主动和他说话，他整天一句话都没有。他可怪了，我都搞不懂。"妇人很健谈，滔滔不绝，仿佛今天不是"吊唁"而是串门聊天来的。

夏晗只是和老人见过两面，细细琢磨起来，老人的确"怪得出奇"。自从那次分开后，老人送她护身符虽然从未离身，也落得个心安理得，但是夏晗几乎把老人忘记了。今天她搞不明白老人怎么突然出现在北京，怎么来到了她的身边。

"老人家这次来北京做什么？"

"他到北京找什么人，要送什么东西？咳，我也说不清楚，整天神经兮兮的，你问他儿子吧。"

难道老人来北京就是找我的吗？夏晗想起那次与老人分别时她把家庭住址给了老人，想到老人孤苦伶仃远道而来，也许他找我有什么事情？是生活的困苦，还是那个待建的希望小学？她可以想象几天来，老人一定就在她家的附近望眼欲穿地等待她的出现，然而当她出现的时候老人却突然在她面前逝去了，夏晗内心充满了愧疚，悲伤之情再次袭来，她凝视着周围老人的亲属，还有妇人怀中的孩子。

夏晗突然起身走向窗边，拨通了电话。

当太阳升起的时候，逝去老人的相关手续也办理好了。

看到他们回来了，夏晗走到曾建灵面前耳语几句，曾建灵走向大门。

夏晗转身来到梁呈修身边，不等她说话，对方主动说了。

"自从我母亲去世后，父亲的心脏病越来越重了，最近还得了抑郁症，都是过去留下的病根，一下子爆发了。"

　　因为刚才听过妇人的介绍，夏晗心里明白老人的"病根"指的是什么。

　　"我们早有准备，也许这样更好。"梁呈修平缓地说着，夏晗似乎明白一点了，为什么他们见到老人不再哭天抹泪，并非不孝而是孝之使然。我们都有过生离死别的时刻，悲伤、痛不欲生是人之常情，但是换位思考，对于逝去者和他的亲人也许真的就是一种解脱。

　　"我们不是心硬，虽然我这样说，其实刚听到噩耗的时候，也是感觉天塌地陷了。"

　　康思予点头表示认可。

　　夏晗目不转睛地望着梁呈修。她在想他和老人生活的日日夜夜中是否可以理解老人的心愿，是否真的如他所言一直在尽孝道，其实这些与夏晗毫无关系，只是因为她的一个想法，把这件事托付给他，是否放心。是否可以了却老人的心愿。

　　梁呈修停下话语，感觉夏晗的眼光中带着某种异样成分，看得他有些发毛。

　　"我不是侏儒，我是正常人。我十四岁的时候，就到油田干活了，整天扛大包，所以就没有发起来。二十多年了，也就是这么高了。"梁呈修苦笑着缓解内心的不安。

　　"别误会，我没有这个意思。"夏晗忙做解释。

　　"没有事的，太多人把我当作侏儒也习惯了。"

　　曾建灵回来，把两个厚厚的信封递给夏晗。

　　夏晗把信封递给还在"发蒙"的梁呈修。

　　"这是五万块钱，你们留做家用，买块墓地让老人家入土为安，也是我们尽了孝心。"夏晗指着一个信封。

　　梁呈修连忙摆手。

　　妇人也把信封推回给夏晗。

　　康思予向夏晗投去不理解的目光，而曾建灵的眼中充满了理解，夏晗要做的他都会支持。

"这个信封是给教委的，完成老人的愿望建一所希望小学。"夏晗指着另一个信封。

"嗯，这是好事情，我支持，我还有这个愿望呢。"康思予的脸上漾起灿烂的笑容。

"你们就收下吧，这也是夏总的一份心意。"曾建灵有意突出了"夏总"二字。

"您是老总啊，那太感谢你了，我收下，收下。回去直接去教委。这回可以告慰父亲的在天之灵了。"梁呈修连连道谢。

"要是还有什么问题可以随时找我。"夏晗递上名片，梁呈修双手接过，仔细看过放入内衣的口袋中。

夏晗不是第一次捐款给贫困地区了，通过努力奋斗，公司获取了足够的利润，再回报给社会那些需要帮助的人。她觉得这也是一个轮回，一个资金链，本无高尚而言。先富起来的人本该如此，水往低处流就可纳百川。这样的信条并不牵强，夏晗就是这样想的。

而今天的捐款对于夏晗还有另外一层含义，她一直不得其解的还是那枚硬币的事情，但是她知道这样做并无私心。对于她同样是一种解脱、一种心灵的慰藉。

但是她想知道，尽管现在的场合似乎有些不宜，夏晗还是拿出那枚硬币。

"梁先生，这枚硬币，你见过吗？"夏晗举起硬币。

曾建灵和康思予对视着不知道夏晗是什么意思。

"见过啊，我父亲的，他有两枚同样的硬币，是一九五六年发行的五分币。"梁呈修肯定地回答，但是他却不知道怎么会在夏晗的手中。转念一想，一九五六年发行的五分币不止两枚，太多了。但是再想此时此刻夏晗的硬币一定与父亲有着某种联系。

"这是我父亲的吗？"

"是的。"

"怎么在你这里？"

"这是你父亲赠给我的，你知道其中的因缘吗？"

"知道，这里面还有个故事呢。"

所有人的目光都集中到了梁呈修的脸上，寻求着答案。

手机响了，不知是谁的，也似乎没有人听见。

"闪开，闪开。"几个医护人员推着一个伤者快步从他们中间穿过，他们才意识到，这里是医院的急诊室。

手机再次响起，梁呈修赶快接听。

"我们在急诊室，等等，我去接你们。"梁呈修放下电话。

"不好意思，我大姑来了。"说完梁呈修转身跑向大门。

当梁呈修返回急诊室时刻，悲号也跟随而至。

"弟弟啊，你怎么就这样去了啊？"

"我要去找他，去看他。"

那位抱孩子的妇人，也跟上哭叫起来。

哭声在急诊室回荡着，一直冲向其他科室。

夏晗一时没有主意，不知应该如何劝慰失去亲人的家人，从小到大生离死别她见过，但是现在的场景还是第一次，她站在原地，不知如何是好。

康思予和曾建灵围拢过来，贴近夏晗，夏晗有了依靠。

这时梁呈修走了过来，擦去眼角的泪水。看见三人几乎叠在了一起，心里明白他们一定没有见过这样的架势，在乡下有人故去家人都会在家中守候等待前来吊唁的人，只要有人进来，在场人都会此起彼伏地哭嚎一阵，这是他们那里的风俗。

"要不你们先回去吧，谢谢你们一直守候。"

"那我们就先回去了，有什么事情，打电话。"曾建灵代表夏晗说。

"好吧，谢谢你们。"

梁呈修和曾建灵握手告别后转向夏晗。

夏晗礼貌地伸出手，不知为何，又本能地把手缩回，然而一只与其身高、体重极不相称的大手已经握住了她纤细的手。

"谢谢你，我回去后马上去教委，我会及时把进展情况报告给你。"

"好。"

夏晗回答着，但是手却无意松开，她感觉有些意犹未尽。她想说什么，欲言止住了。

康思予主动上前握手，夏晗的手才被迫松开。

"再见。"

告别完，梁呈修回到亲人中间。看着他离去的背影逐渐融入人群中，夏晗目不转睛地打量着这个近乎侏儒的正常人，在她的潜意识中，那枚硬币一直在搅扰着她，或许今天的善意捐助也是源于此，梁呈修或许可以解开这个谜。

D

　　华康国际担保公司是一家专门从事项目投资担保的公司，它的母体是一家在香港注册的上市集团公司。集团公司给华康国际注资一亿三千万，而这笔资金只限于在国内各大银行中的调配周转，不得直接进行投资项目，按照国家的相关规定，担保公司可以按照其存款额的比例为相关项目提供金融担保。

　　一些新公司或新上项目的公司，遇到具有很好市场前景和回报的项目，一时却无法投入几百上千万的资金。若是他们直接找银行贷款，操作起来很难实施，时间也过于漫长。当他们拿到贷款的时候，项目早被有实力的公司捷足先登痛失良机。而通过担保公司，就可以顺理成章得到他们所需要的资金导入。担保公司因为有巨额的资金在银行做抵押，银行按照与担保公司先前达成的合同，就会很热心地以低息把贷款发放出来。担保公司按照市场贷款利息的差值和项目公司上缴的担保金，取得自己应得的利润。

　　夏晗掌管这家公司已经进入第五个年头了。公司的发展从小到大，融入了她全部的心血，视公司如子，爱子如命的她不允许任何人伤害它。公司虽然不是利润丰厚，但是也没有大起大落，一直稳健地发展着。资产的安全、保值是第一的，之后才是增值获取更大的利润，这是她经营的原则也是底线。对其工作，董事会给予了充分的肯定，年初再次注资一个亿，希望她可以逐步把公司做大、做强。为集团公司三年后迁到北京做好准备。

在众多人的概念中，女人在商海中畅游，更应该多会几种泳姿以防不测。但是她觉得只会一种姿势，很熟练很精到，就足以应付来自各方风吹和海浪的冲击，这是最简单也是最安全的捷径。女人掌权的优势即刻显示出来，夏晗如鱼得水，这也符合她水命的特征。

夏晗的公司就在金融会馆的十八层，十八室是她的办公室。整个房间足有一百平米，里外套间。一张硕大的床在里间中央，一把躺椅依靠在一面书柜前，这是她的休息室兼书房；外间一张半圆形写字台上放着笔墨纸砚，一台电脑几个文件夹和它们平分秋色，四壁悬挂着几幅名家的书画作品。不管从哪个角度看都很难让人感觉这是公司老总的办公室，而更像一位另类艺术家的工作室兼展室。

"担保公司一手托两家，我们在坐的每个人都有极大的潜能，这种潜能连接着整个社会不同领域的人们，这就是我们通常所说的人脉。人脉是我们的生命线，它的起始点就是广阔的资源，有着等待我们开发的宝藏。"

几位新招聘到岗的业务主管围坐在办公室圆形会议桌前，听夏晗讲解公司的运作模式。

"我们有香港上市公司做后盾，凭借几年来我们与各大银行的关系，我们已经打造了一个良好的信誉平台。通过大家的工作业绩实现资源的转换和演变。请大家注意我说的是工作业绩而不只是工作。"

的确"工作"的后缀是业绩，就大不同了。工作是说你做事，就是上班来，下班可以走，是做事过程的时间概念；而业绩有着强烈的指标色彩，就是你必须创造价值，是效益利润的概念。假如你的工作不能给公司带来利润，你的工作就是无效的，也是浪费，是对公司的犯罪。这就是现代化的公司与国企机关的差异。

大家听得入神，夏晗的讲话给大家带来了新的气息。

"我们就是要把资源演变成资本、把资本置换成现金、把现金变成现金流，在现金流运作的过程中实现我们的利润，这就是我们工作业绩的形成过程。怎么样？说起来就是这样的简单，大家能够理解吗？"

话听起来很简单，但是每个人的内心都很清楚要是做出"工作业绩"是要翻山越岭去拼搏、去奋进的。

"听起来容易，做起来难。"坐在进门角落的一个人斗胆地说了一句。

"何乾你是学金融的，又在银行系统工作了六年，做到信贷部副经理的岗位，应该对这个运作模式不陌生。当然这是担保公司，有着特殊的游戏规则。正是因为实现它的难度，公司才会请你们这些人才进来，我对你们寄予极大的希望，也相信你们不会令我失望，我的眼力一点六一向很好。怎么样？大家有信心吗？"

"有。"大家齐声应答。

"你们说什么呢。我没有听见。"夏晗侧耳再听。

"有。"大家再次齐声呼喊，这底蕴十足的声音如同憋足气力的角斗士只等裁判鸣哨。

夏晗和颜悦色、深入浅出地讲着，不时插入的幽默，引来大家和谐的笑声。更让他们信服和佩服的是，虽然只是在开场白中作了简单几句的自我介绍，但是在夏总讲解提问的过程中，可以清楚地叫出各位的名字和原来从事的工作、职位。交流之中彼此之间的距离被缩短拉近了，夏晗的平易近人让大家感到亲切，他们庆幸找到了一份高薪而且如家的工作。

突然，从楼道中传来"咣当"一声，所有人的视线都转向房门。

"去看看是不是楼板掉下来了。"夏晗指示秘书张小珂前去探询究竟。

张小珂合上记录本离席。

大家开始东张西望，似乎也在探询楼板是否真的可以掉下来。其实大家的内心都很清楚一栋高耸的高楼它中间的楼板是不可能突然掉下来的。

室内鸦雀无声。

张小珂回来了，她走近夏晗本想耳语。

"大点声说吧，又不是什么见不得人的事情。"夏晗眉头紧皱。

"是新来的施经理搬写字台没有注意，一拉散架了。"张小珂的声音带着颤抖。

"写字台是可以拉的吗？都是一块一块板子组装的，搬动也得卸开了再抬啊。不用看里面的连接栓肯定撕裂了，整张桌子废了。"

"嗯，我仔细看了，是不能用了。"张小珂怯怯地回答。

"还说原来当过副总呢，这点基本常识都不懂，让刘助理找他谈话，发个文。"

"好的。"张小珂答应着，再次走出。

大家的目光再次集中到夏晗的脸上，目光中多了一丝胆怯。细细端详他们的老板终于找到了答案，若你违背某些条理，不管你是至亲老友，还是一面相识，老板的脸一定就会掉下来，没有丝毫的情面可讲。

下班前一纸处罚决定从人力资源部发出，要求公司全体员工过目签字。

"诗般恋日"是一个典雅浪漫，充满遐想的书吧。室内面积不足八十平米，摆满书籍的圆形书架放在房子中间，便于书客取放。帷幔从天花板上垂落下来，把房间的四角分隔成四个独立的房中房。小房子内饰和它们的雅号一样，按照春夏秋冬四季的场景布置；一张玻璃桌旁围着三张玻璃组合而成的椅子，在椅子的靠背上贴有十二属相的卡通图片。桌椅是透明的，场景是自然的，小小的贴片是温馨的，置身其中读书会让人心静，能很快走进书中的意境；在进门左手处的吧台旁有一些印有星座图示的垫子，每位来这里品味书香的人按照自己的星座对应拿取。

室雅何需大，花香不在多。从书吧的布置陈设你可以感觉到它的主人应该是一位高雅浪漫细致、追求生活品质的人，直觉会告诉你应该是女性。

然而何晨飞却是这间书吧的主人。他在政府机关的宣传部工作，是多家报社的通讯员，经常会有一些通讯和一分钟小说见报，在办公大楼内也算名气不小，号称"机关一支笔"。然而十几年如一日不变的工作状态让他厌倦了，辞职下海即没有资本也没有魄力，他唯一的"能耐"就是写作，几个短篇一个中篇发表后，腹中再无故事可写，常常戏言"写伤"了。

一日和女朋友从书市回来的路上，突发奇想开个书吧，让有故事的人来看书给他讲故事，这样写作的素材不就取之不尽，用之不竭了吗？这个倡议得到了女朋友的赞许，然而只是靠机关开的那点死工资哪够"项目投资"。就是把自己离婚时分得的二三万也只够先付几个月房租的，还是女朋友再次伸出援助之手，给他十八万启动了项目。他不是吃软饭的，说明是暂借，一定要还，女朋友笑笑算是满足了他男子汉的自尊，他打了借条，尽管这张借条现在还保存在书吧中。

女朋友最喜欢的花是茉莉花，她说这是自己的本名花。何晨飞在每张书桌上都摆上了一盆茉莉花，不管置身在书吧的哪个角落都可闻到茉莉花开的香气，让人心旷神怡，陶醉在书海中。

何晨飞从此开始了白天到机关报到，夜晚休息日到书吧上班的有趣生活，心情也如那书香飘舞起来。

周末，李湘婷没有其他应酬，如同往日再次推开"诗般恋日"的门，何晨飞走出吧台迎接。

"'双鱼座，猪之秋韵'里面请。"凡是到这里来的常客，按照自己的属性都有自己的名号。

何晨飞拿起双鱼坐垫，引导李湘婷走进"秋韵"书室在猪座上坐下。

两人入室，两侧由水晶珠子串成的软隔断自然把"门"关上了。

李湘婷刚坐稳手机就响了。

"老板，就是老板啊，连周末也不得安生。"何晨飞有些无奈，在他与李湘婷相聚的日日夜夜中，手机往往是不受欢迎的第三者。

　　一次，他们正在缠绵中，突然的来电打破了柔情仙境，放下电话兴致全无，二人呆傻地对视在床上，就像洗浴温泉中突然被冷水泼身，虽然体表还冒着热气，但是心却凉到脚了。他曾经很伤感地对李湘婷说，高速发达的科技通信摧残扼杀了多少有情人的美好时光。

　　手机上的号码显示是女儿打来的，李湘婷示意何晨飞不要说话。

　　"韵韵啊，妈妈在外面谈事情呢。哦，那让你爸爸接你去吧，好的，女儿乖。嗯，再见。"李湘婷展出一位职业女性内在的温情。

　　在公众场合女强人是李湘婷的代名词，但是她不喜欢女强人的称谓，因为它剥夺了作为女人应有的似水柔情。她愿意以职业女性的身份出现在工作中，而在"八小时之外"更愿意做个有着小资情调的小女人。

　　李湘婷再次拿起手机，拨通了前夫的电话。

　　"老施啊。刚才韵韵来电话，她下午四点半到大北窑，我这边有事情，你去接她吧。晚上你带她到外面吃，之后让她自己打车回来吧。对了，带她去西贝莜面吃吧，上周答应过她去吃功夫鱼。"

　　在李湘婷拨打电话的时候，两杯浓浓的咖啡已经送上书桌。

　　放下电话，李湘婷含情脉脉地端详着何晨飞。

　　"今天怎么没有人来？"环顾四周，其余三间雅室静然待客。

　　"因为你来，静场了。"何晨飞的脸上没有一丝笑容。

　　"好了，别这样苦大仇深好不好啊。我都安排好了，现在我属于你了。"

　　"你几天连个电话都没有，像个断线的风筝，也不跟组织汇报，都不知道你漂到哪里去了。"何晨飞像是在发泄对李湘婷三天没有音信的气愤，但是音调中充满了挂念和担心。何晨飞在机关,时间富裕，李湘婷商海畅游不知何时是空闲，所以平日若没有紧急的事情，何晨飞从不主动给她打电话，只是李湘婷会在忙碌的瞬间报平安给他。

"放心吧，线是不会断的，我就是飞得再高，线把还是在你的手里。"

"那也不能有组织，无纪律。注意身体，别整天玩命。"

"这几天一直在赶一个订单，还有一个集团公司的职业装，还有筹备下月参加的'国际服装服饰时尚周'的事情，我都忙得晕头了。"

"顺利吗？"

"还好，算是顺利吧，今天啊，什么也不作，干休息。对了，公司新招聘了一个小伙子，眼里有活还真不错。"

"那你就好好培养，以后说不定就是你的接班人。"

"还别说，后生可畏，很有可能。对了，你女儿有朋友吗？要不我做个红娘，还是咱中国的女婿好。"李湘婷诡秘地一笑，端起咖啡喝了一口。

何晨飞和李湘婷都是女儿，自从离婚后，何晨飞的女儿就跟随母亲去了英国，不再回来了。对于李湘婷的自告奋勇，何晨飞很清楚她在一报还一报拿他打趣，听来有趣他便顺水推舟。

"他多大。"

"二十八。"

"我女儿才十八，还是你自己留着当女婿吧。"

"讨厌，大怎么了。我不是比你还大吗？"

风马牛不相及的事情被女人串联起来，在男人看来女人真是傻得可爱。

何晨飞只笑不语了，李湘婷自己也跟着笑了起来。

李湘婷离婚后就从银行辞职下海，白手起家从倒弄服装开始，逐步做大，有了自己的服装公司。这其中的艰辛一般人无法承受，只有身临其境的过来人才会懂得。

四年前，李湘婷事业蓬勃发展的时候，在一个商务活动中她遇到了何晨飞，他们的关系也逐渐"变质"成为了可能步入婚姻殿堂的男女朋友。回忆起她们相识、相知、相恋、相爱的过去和现在，幸福感占据了她内心的广阔天地，当然不会是全部，因为她还有可爱的女儿，还有为之努力奋斗的事业。

李湘婷和何晨飞也和众多恋人一样，初识的那些日子都是花前月下缠绵，话剧画展熏陶，就餐也会选择"咸亨酒家"、"生态园"之类文化自然气息很浓的地方，透着艺术和高雅。厮守时间久了没有了新的创意，许多人逐渐"乏味"了。但是他们依旧是享受着幽会见面时聊天、吃饭、做爱、再见这样的定式。

自从"诗般恋日"开张，他们更不愿去看什么话剧画展了，在书吧中小坐，喝着咖啡畅谈、闻着茉莉花开看书，偶尔"走私"到书吧后间激情互动，成了他们新的工艺流程。

李湘婷今天出奇的"乖"，关闭手机不想让任何人再来打扰他们。在何晨飞去倒咖啡的时候，从墙壁袖珍书架上信手取来奥修的《静心》。这本书她已经看了很长时间，但是还有厚厚的页码待她翻阅，每次品读都有新的感觉，《静心》让她远离商场的烦杂，走进自己的独立空间畅想遨游。

"看到多少页了，还有看完的时候吗？"何晨飞悄悄地回来，说着，把咖啡杯放到李湘婷的面前。

"这本书也许得看一辈子了，静心是一种境界，可以让人超凡脱俗。"

听到有人敲门，何晨飞起身去开门，李湘婷再次走进《静心》。

来者是一位长得略显成熟的二十一—二岁的小伙子，但是一身的稚气表明他是在校的学生，在何晨飞的记忆中他今天是第三次来了。"双鱼座，猪之秋韵。"何晨飞清楚地记得他的雅号。

现在学生能有多少爱学习的，十几岁二十来岁一群一帮地参加选美才艺大比拼已经是好孩子了。电视、报纸上整天的选拔赛，周冠军、月冠军赛让那些望子成龙的家长们，把课桌上的孩子拽向成人社会。看看今天的教育现状，想想祖国的未来总是让人有些担惊受怕。

眼前的这个孩子离开校园的图书阅览室，来社会上的书吧，翻看大量的文学社科书籍。曾经有一次被李湘婷撞上，因为他们同是"双鱼座，猪之秋韵"的书客。李湘婷主动让位给孩子，走向吧台与何晨飞交流，他们断定他一定是个单亲家庭的孩子。

送上一杯纯净水，何晨飞得知孩子并不是单亲家庭，只是父母都很忙无暇顾及他。平日他住校，只是休息日回家看看。从孩子的衣着谈吐可以看出他的家境不错，父母对他爱护有加，但是从孩子无法掩饰的眼神中，还是可以感觉到他对拥有一个"完整家"的渴望。

返回吧台，何晨飞感叹孩子的懂事聪明，也想起了自己在异国他乡的孩子，也不知道怎么样了。此时的李湘婷同样也想到了自己的女儿，虽然施韵学习尚可，也是凭借自己的小聪明。周末回家聊不了三句就会抱着饭碗钻入电脑里，说也白说，她总有天大的理论把你的说教推出去。

看看人家的孩子，再想想自己的孩子，二人愧疚不如。还是李湘婷笑话解围："人都说老婆是别人的好，孩子是自己的好，我们怎么了？"

何晨飞笑语："都好、都好。"

进门的孩子看见自己的"专座"已经有人捷足先登，迟疑了一下，想要退出。

看到何晨飞再次引进的那个孩子，李湘婷站起身来。

"孩子，过来你坐这里吧。"

何晨飞引导孩子来到"双鱼座，猪之秋韵"。

"谢谢阿姨。"

"不谢，你是大学生吧，真好，叫什么？"李湘婷越看越喜欢这个孩子。

"我叫卢亦冉，大三了。"卢亦冉有些腼腆。

"好孩子，你看书吧，我不打扰你了。"

李湘婷的嘴里不停地说着"好孩子"，似乎感觉和卢亦冉有缘，都是双鱼座、属猪，李湘婷是水命，卢亦冉是木命，木是离不开水的，时刻需要水的滋润。她从内心喜欢这个孩子，也感到自己有一份母性的责任应该去关爱他。今后要更多地来这里，不光是为了何晨飞，也是为了看望这个孩子。

安置好读书客，何晨飞来到书吧后间的小卧室，李湘婷已经在床上焦急地等待多时了。

何晨飞健步上床却被李湘婷挡在床前。

"猴急什么，拿来了吗？"

何晨飞明白，转身从衣柜中取来"专用工具"，和他上床同步，李湘婷欲动的身体挣脱了最后的屏障。

云中穿梭，雨中呐喊，激荡起伏，回味无穷。

经过一个小时也许是两个小时的狂风暴雨洗礼后，他们安静了。像一对叠在一起睡眠的"考拉"。

何晨飞轻拽一条丝被，盖在两个人的身上，李湘婷侧身躺人他的怀中。

何晨飞点上一只烟，大口吸人荡气回肠。

"真舒服。"何晨飞抒情写意。

何晨飞把烟送人怀里人的口中，李湘婷顺从地吸了一口，当他抽出烟的时候，一缕香烟扶摇直上，飞舞着散开。二人对视一笑，何晨飞把她紧紧地抱住。

然而，不知何故，就是在这瞬间，在李湘婷的脑海中却出现了施仁宏。她挣脱何晨飞的怀抱，努力地在脑际间搜索着……

"你怎么了？"何晨飞被突如其来的"推搡"惊醒。

李湘婷擦拭着脑门上的冷汗。

"我累了，让我自己待会儿吧。"像是征询也是命令身边的人快点离去。

何晨飞下床穿戴好，推门离开。留下这样的话："你睡会儿吧，有事给我电话。"

话有些机械，没有柔情，例行公事，也像冬天从温暖衣袋中抽出的手触摸到了冰凉的铁柱子。

李湘婷似乎没有听见也没有感觉到，她平躺在宽阔的床上，仿佛已入梦，梦中她再次与施仁宏相遇。

施仁宏原来是个刑警，在一次执行任务中负伤，康复后留下了明显的烙印，不再适合与魔鬼打交道。他来到一家四星酒店，坐在了保卫部经理的位置上。

那时，李湘婷财经大学毕业分配到银行工作，每年的行长会都在施仁宏所在的酒店举行，作为会务组成员的李湘婷就这样和施仁宏相识了。他们只是工作关系，即便在施仁宏挑明想娶她为妻时，李湘婷直言相告自己已经有了男朋友，她们是邻居，从小一起长大的青梅竹马。但是施仁宏依然穷追不舍，当男朋友有所察觉，责问李湘婷时她矢口否认，看着疑心重重的男友，她下定决心要和施仁宏彻底摊牌让他死心。

那是一个寒冬的夜晚，让李湘婷刻骨铭心、一生难忘的日子。

李湘婷把施仁宏约到月坛后街的一个咖啡厅，苦口婆心总算劝退了施仁宏。然而就在这之后的几个小时，发生了一件始料不及的事件，它改写了历史。

男友到家中找李湘婷不见人，就顺着他们走过的路，沿街逐一找去，最后在那个不太起眼的咖啡厅发现了他们的身影，男友在树阴下一直注视着他们"促膝谈心"。

当他们走出咖啡厅，看到他们握手告别后，男友回到家中留下遗书，把一整瓶安眠药倒入胃里。

这就是李湘婷看到的遗书：

"湘婷你应该知道爱你是我的全部，既然我无法得到这份属于我唯一的爱，我只能成全你们。请接受我在天堂的祝福。"

遗书寥寥数字很简单，却记述了一个活生生的生命一生期盼的破灭，并由此走向了生命的终结。

李湘婷看到了字迹中的男友，眼泪飞舞着倾泻下来。男友的音容笑貌绝望含恨，不停地撞击着她身上男友曾经耕耘过的每一寸土地，冲刷着灵魂深处尚存一息的影印。天要塌了，地要陷了。

在李湘婷悲凄地呼唤男友名字的日月中，有一个影子一直陪伴着她，他就是施仁宏。

当至爱亲朋知道李湘婷执意要出嫁时，都来好言相劝，但是再多的善言都被她一句话击碎。

"我要嫁给他，因为我的男友是为了成全我们而死的。"

"你不会幸福，也不会有结果的。"

"是否幸福我无法知道，了却男友的心愿就是终结，哪怕这段婚姻只是一天，否则我一生都无法安宁，无法幸福。"

一年后，就在男友自杀一周年的那天，他们举行了婚礼。

婚礼当天，天空中飘着霏霏细雨，细雨在微风的吹拂下，飘飘荡荡地落在花篮上，落在大红"囍"字上。婚礼大厅熙熙攘攘场面热烈，但是所有的祝贺者，都看出了李湘婷急欲掩饰的痛苦，她的内心和脸一样的鲜红，就像身上穿的旗袍一样的红，也和血一样的艳红。

回门前，李湘婷披着婚纱来到男友的墓碑前，奉上酒，献上烟。

李湘婷怀孕后就和施仁宏分床而卧，不再过夫妻生活了，这是婚前施仁宏答应的，我只要一个自己的孩子。

然而，尽管她们都曾经努力过，可是依旧没有保住她们的婚姻，很快，死亡的婚姻走到了终点，又过了一年，她们离婚了。

"妈妈、妈妈？"

李湘婷仿佛听到了女儿的呼叫，她从梦中惊醒坐起来，驱赶开往日的回忆，一眼看到了墙上的日历。醒目的日历告诉她，今天是她男友自杀的日子，也是她结婚的日子。

E

夜幕降临了，五颜六色的装饰灯光照亮了这座古老的城市，时针走过二十一点，环路长安街上迎来了下班高峰后的再一个高峰，穿着时髦讲究的都市人走出院落，这里的夜生活才刚刚开始。

放眼看去，走过的对对情侣，手挽着，笑意写在脸上，他们在商品中穿梭，她们在歌舞中舒展。透着繁荣，透着和谐。

忽忙走过的多是旅游观光客，走马观花欣赏着古都的风貌，时而漫步走来的同性男女多是挚交好友，走进酒吧，走向灯红酒绿。

西单商场对面的胡同里有个餐馆"认一方"，虽说室内只能摆下四张一米二乘八十的桌子，但是这里的人气却很旺，一桌人走开，不等上面残羹剩饭被清理，就会有排座的人入坐指点菜单了。服务员一边用油腻的桌布象征性地擦净桌子，一边高叫着把客人确定的菜名传送到后厨。

两个凉菜，两个热菜已经见底，一瓶红星二锅头也到底线了，卢加宁和施仁宏频频举杯畅饮着。

"要不再加个菜？"

"加个凉菜就行了。刚才我都吃一顿了。"卢加宁知道，施仁宏是陪女儿吃过饭赶过来的。

"再来四个啤酒吧。"

服务员抄单而去。

"你还说呢，你那个老婆啊，真是六亲不认，我才报到两天，就全公司通报我。真他妈的，不，错了。都是你惯的。"施仁宏的舌头打弯了，说话都困难了。

因为酒店缩编，施仁宏也感到在酒店的前途渺茫，就在酒店公布缩编方案前，他提出辞职离开了酒店。通过卢加宁的引见进入了夏晗的公司，却不想夏晗六亲不认，一点不给面子。这到应证了面试时夏晗说的话："通过关系你可以走进公司，之后的路你自己走。"

施仁宏当时就有点后悔了，心想，难怪卢加宁受不了，这女人够厉害。

"怎么回事，没听她说啊。"卢加宁紧拧眉毛。

"一张破桌子，一拉散架了，什么质量啊，明年的'3·15'一定让厂家上电视。能怪我吗？"施仁宏满腹委屈总算找到了撒泻的地方。

"你别往心里去，她就那样，对我也一样。"

"你啊，真不男人。要是我啊，早一脚踹翻她了，反了她了！"

卢加宁是施仁宏的拜把子大哥，他们认识很久了，当初施仁宏还是刑警的时候，卢加宁已经是保卫公司的一个部门经理了。一个刑事案件的侦破让两个有着相似性格的人走到了一起。在射击场上、健身房经常可以看到他们不离的身影，擒拿格斗的结果反应在当天的请客喝酒上，显然，今天又是卢加宁请施仁宏。

如同众多男人一样，女人是他们酒桌上永久的话题。话题的深入也会随着空酒瓶子的增多，从女人的头部说到脚底。

"大男人和女人计较算什么爷们儿，喝酒。"卢加宁的语气中透着对女人的不屑一顾。

"你知道毛主席犯得最严重的错误是什么吗？"

"不是发动'文化大革命吗'？"对于施仁宏的问题，卢加宁有些莫名其妙。

"错！"

"那是什么？"

"就是让男女平等，说什么'时代不同了，男女都一样。妇女能顶半边天'。现在女人都成精了，我们大老爷们儿，悲哀啊！"

"哈、哈。你也有被三座大山压迫的感觉啊，现在就是母系社会。哥们儿再奋斗吧。"

"再奋斗，向天再要五百年吗？姥姥，到那时啊，我看世界上就没有什么汽车飞机轮船这样的交通工具了。"

"那有什么？"

"环保啊。男人就成了女人的座驾，在女人的策马扬鞭下奔驰在群山峻岭中了。"

施仁宏说完，一仰脖一杯酒下肚。

卢加宁摇摇头，眼前的酒杯也成了空杯。

"我啊，也是看在你的面子上，不和她计较罢了。要是我原来，早一脚端翻她了。"施仁宏依旧耿耿于怀，说着把两只酒杯倒满。

"你还端啊，你啊，就是这个狗屁脾气，要不是你当初一脚把老婆端出去，你能到今天还是孤家寡人吗？"

"还说我啊，我现在是自由的天空任我自由飞翔。你倒是有老婆，还不是在家受窝囊气敢怒不敢言，我端老婆换来了我的自由身。哥们儿你不是也端老婆了吗？怎么样换来的却是夜夜守空房，你才是真正的孤家寡人呢。"

"少提她啊，我怎么孤家寡人了，不是有你吗。我算看透了，现在除了咱们哥们儿，也就是酒最亲了。"一杯酒下去，卢加宁的眼神直挺挺地聚焦在了天花板上，白色的顶棚、白色的灯光，就像突然暴死人的脸，阴白阴白的，没有一丝血色。这让他不自觉地想起了从前……

在卢加宁出生的镇子上，每年的初一早上吃一顿饺子，一人穿衣出门，床上躺着光腚的男女，在这个偏僻的小山村不在少数。在这样环境中长大的孩子们，太多的人因陋守旧，繁衍着下一代。从小和猫狗为伴长大的卢加宁成为另类，他随着一个见过"世面"的叔叔，走出山坳。经过若干天的征程，来到了北京城。四处打探后推开了一个单位保卫部的门，经过一番的痛说，加上哭天抹泪跪拜求情，保卫部收留了他。

二十二年前在区文化宫举办的摄影展上，当时还是未成年的保卫员卢加宁被夏晗和曾建灵打翻在地，他握着拳头从地上爬起来，望着他们远去的背影，他咬紧牙把从眼眶溢出的泪水吞进肚子里，报定信念，一定要为这一脚复仇。

山沟里的人的确没见过世面，或许几代人都没有听过火车的轰鸣，没有见过四个轮子飞跑的"怪物"，众多的人在那方圆不足几公里的土坡上安居乐业，但是那里同样是藏龙卧虎的地方。几代人虽不见外面的世界有多么的精彩，但是一旦他们走出山洞，呼啸着来到都市，凭借他们坚韧的意志，卧薪尝胆的城府，吃苦耐劳的品质，他们的适应性会更强。在贫瘠的土地上他们会比都市人更容易成活，他们会如鱼得水，做出皇族后人所不及的"大事"。

卢加宁从参展的花明册上找到了曾建灵，通过几天的跟踪，同样也找到了夏晗的居所。

经过周密的"策划"，他再次路遇并结识了善良的夏晗。

一个人的智商并非和学历的高低成正比，虽说博士后面还有博士后，这些人在社会上碰得鼻青脸肿的不在少数，或许是因为他们太优越太优秀了，与之相匹配的就有极大的误区伴随着他们，制约、扼杀着他们的聪明才智，远不及"苦大仇深"的卢加宁。

在通往学校的路上，夏晗总会经过一段没有路灯的道路。从这天开始的每一天早晚，卢加宁都会在道路的这一头等待夏晗的出现，护送她走到道路的另一头。

对于卢加宁的尾随，夏晗开始有些惊恐也很反感，但是她没有告诉父母怕他们担心，只是尽可能地在有阳光照射的时间通过那段路。卢加宁从不冒犯夏晗，保持着一段距离护送着她平安走过。

七八分钟的路程，他们没有语言的交流，没有肢体的接触，一晃两年过去了，夏晗上了大学，但是卢加宁一如既往地护送着夏晗走过那段黑暗的路。夏晗也从开始的恐慌过渡到了自然，他们有了交流，七八分钟的路程也随着思绪情感的变化而变得漫长。

夏季太阳暴晒在小路上，一把旱伞会出现在夏晗的头上遮住刺眼的阳光；秋季，不打招呼袭来的雨水会让没有准备雨具的人们措手不及，每到这个时候总会有一把雨伞挡在夏晗的头上遮住雨水的吹打。

夏晗通过了硕士论文的答辩，戴上了硕士帽，卢加宁真的爱上了夏晗，他再次告诉自己：几年的卧薪尝胆终于修成正果，夏晗就是我的新娘。

卢加宁发现夏晗经常穿的几件衣服上都有向日葵的图案，也曾看见她多次去花店购买向日葵。

开春时节，卢加宁买来葵花籽种在那条道路的两侧，上下班经过这里的夏晗时常看到卢加宁在给向日葵浇水、松土。小苗逐渐长大，夏晗也加入了照顾向日葵的行列，偶然而至的雷雨天，他们会不约而同来给向日葵加固，以免风刮折腰。

向日葵茁壮成长，开花结果，他们迎来了收获的季节，颗粒饱满的葵花子芬芳四溢，一直甜美到了心尖。

秋雨时分，夏晗独自一人去内蒙的赤峰出差。

当天深夜狂风呼叫着袭来，昏天黑地不见一丝月光。

夏晗关闭门窗爬上床，逐渐增大的风力像发情的狮子，咆哮着撞击着窗上玻璃，宽阔的玻璃仿佛顷刻间就会被撕裂。夏晗萎缩在床上，身在异乡，她感到了无助，感到了恐惧。拿起手机找到了卢加宁的电话号码：寂静的夜，冰冷的空气，今晚我很害怕。

卢加宁从睡梦中醒来，看到了短信。他像接到出发的命令，像听到冲锋的号角，迅速穿戴完毕冲出战壕奔向车站，连夜赶往夏晗所在的城市。

来到招待所前，卢加宁在想她是否睡了。试着发了一条短信，很快接到了回复，断定夏晗依旧害怕不能入眠。

在服务台查询到了夏晗的房间号，他登了楼。

轻敲门。

"谁、谁啊。"里面传来柔弱不安的声音。

"送温暖的，请开门。"

夏晗战战兢兢地下地打开门，眼前的卢加宁让她惊呆了，他像铁塔高昂挺立；他像雨露滋润如饥似渴的土地；他像火焰把空气燃烧；他是个铮铮的男儿把女人的心揉碎，夏晗热泪夺眶而出，就像在风浪中搏击的人终于见到了海岸，她扑进卢加宁的怀抱。

卢加宁张开坚强的臂膀把惊喜的夏晗拥入怀中。

"我可以做你的雨伞吗？夏季为你遮阳，秋季为你挡雨。"

这是求婚的誓言，在这样的场景意境中，谁能抵御而不束手就擒呢。

卢加宁如愿以偿得到了夏晗，他并不介意曾建灵和夏晗的交往，他很自信，夏晗是我的谁也抢夺不去，在他心目中夏晗就是自己的私有财产。

一身的霸气时常显露在有人欺扰夏晗的时刻，让夏晗感到很安全。也许就为这个原因让从小柔弱的夏晗答应嫁给他，而没有选择同样在家排行老小的曾建灵。

回味新婚的那段时光，虽然说不上幸福美满，但也是风平浪静，过着融融安逸的居家生活。但好景不常，新婚的余温还没有散尽，卢加宁火爆的脾气愈演愈烈，酗酒成为他舒缓性情的最好解药。就在那一次，当然是第一次，也是最后一次。卢加宁爆炸后，一脚踢翻了夏晗。由此让他们走进了街道办事处办理离婚。

"咳，想什么呢，魂不守舍的样子。"施仁宏晃动着酒杯。

"来来来，喝酒，喝酒。"卢加宁不等施仁宏碰杯，主动碰了一下自饮一口。

"你啊，也不比我好多少，你老婆整个就是一个女权主义的代表。"

"随她去吧，我整天有酒有肉的，这辈子啊，也挺好，知足了。"

"知足，那还要什么老婆啊，离了算了，回家还不是抱着枕头守空房。"

"算了，说她们有什么意思。换个话题，要不一会我给你安排个节目。"卢加宁诡秘一笑。

"算了吧，多脏，你不怕啊，我还想多活几年呢，你自己享用吧。"

"假君子了不是，打个电话立马就到，怎么样？"卢加宁欲打手机，被施仁宏一把夺下。

二人喝得都有些多了，一抢一闪之间谁都没有握住手机，手机摔落在水泥地板上，机壳分离电池被摔出去了很远。服务员见状赶快上前，捡起还给主人。

"看看，坏了不是。看来啊，你是无法享受了。"

"你都是这样解决问题的吗？不怕得富贵病。"

"很少，小心就是了，没有你想象的那么恐怖了。要是那样饮食男女还不都死光了。"

"我看悬。"

施仁宏看见锅底一块肉，筷子上前，不想被先到的筷子夹住，二人对视一笑。

"你来，你来。"

"那你怎么办？"

"怎么办，靠勤劳的手啊。"

卢加宁把夹起的肉送入口中，好像没有咀嚼，直接下肚。

"哥们儿还是劝你几句，要不改日给你介绍个情人。"

"说实话啊，哥们儿不缺女人，大把大把的，不就是钱吗？可是要说到结婚，还是李湘婷最好，无与伦比。"

"可惜啊，那都是历史了，成为往事，下辈子吧。"

"李湘婷是我永远的老婆，别看我们离婚了，那不过是个说辞。想要她的时候，说回来，就回来了。"

"怎么你们现在还……"卢加宁欲言止住。

"想哪里去了，我们很少来往。女儿一周去她那里，一周来我这里。这可是我们之间的桥梁和纽带啊。"

"你还想复婚？"

"我知道有难度，现在她正和一个开书店的小子热恋呢。你没有看见都什么岁数了，还以为是纯情少男少女呢。都说女孩傍大款，还真有男人傍老女人的，真给咱们男人丢脸。"

"说起来你老婆，前妻，前妻。现在也是千万富婆了，追她的人成火车的拉。今非昔比了，养三五个小白脸，正常，再正常不过了。"

"就是亿万富翁，全球首富，李湘婷也是我女儿的妈妈，我就有希望。告诉你成事在人，我可以一脚把她踹出去，同样我要是想，也可以把她请回来。"

卢加宁听得出来，这个"请"字是从牙缝里挤出来的。

"你喝多了，你们离婚都这么多年了，你想复婚，就复婚啊。都成你的了。"

"你不信吗？那就让现实抽你的耳光吧！"被酒精熏得无神的眼睛中，透出一丝凶光。

"我信，我信。哥们儿说的我全信。"卢加宁也是有点高了，上下牙开始打架了。

"到时啊，我的日子一定比你强，还说有老婆呢，现在啊，还不是和我一样，光棍一条。哈哈，我们是一对窝囊废，一对无人疼无人爱的废物。"施仁宏突然大笑起来，这笑声让人胆颤，也夹杂着一丝凄凉。

"喝多了吧？发什么神经。我看今天就到这里吧。"

"我没有喝多，也喝不多，你什么时候看见我喝多了。你是不是想回家找老婆了。好！那就这样吧。"施仁宏两只眼睛直直地盯着卢加宁。

"小姐埋单。"卢加宁招呼服务员。

服务员接钱去结算，卢加宁开始拨打电话。

"还别说，诺基亚的就是皮实。"一边拨一边说，拨通电话，卢加宁示意施仁宏不要出声。

"儿子啊，你在哪里？"卢加宁显得有气无力地。

"我在书吧看书呢。"耳机传来卢亦冉稚嫩的声音。

"哦、哦。"

"爸爸您怎么了？"

"没什么，就是忽然想听听你的声音了，好儿子，你看书吧，这么晚了早点回家吧。我挂了啊。"卢加宁断断续续地说着，声音也越来越小。

"爸爸你怎么了，你在哪里？"耳机中传来卢亦冉急促的问询声。

"我在医院的急诊室，我没事，你看书吧。"说完，卢加宁挂断了电话，把手机自然地放到桌子上。

施仁宏惊异地看着卢加宁晴转阴、阴转晴的面肌变化，他似乎不认识眼前和他称兄道弟多年的哥们儿了。

"哥们儿可悲啊，儿子成了牺牲品。"

"这叫因地制宜，好钢用在刀刃上。"

手机响起。

"不用看，一定是我那宝贝儿子。"卢加宁胸有成竹地说着拿起手机，再次示意施仁宏不要出声。

"儿子，你怎么出来了，我没事的。哦、哦，我在中心医院急诊室。"

挂断电话，二人起身走出"任一方"。

走下台阶卢加宁差点绊倒，幸亏施仁宏及时上前扶住。

"我没有事。知道吗，我今年要做的最重要的事情是什么？"

60

"什么？"

"就是让夏晗回到我的身边，我们睡到一张床上，明白吗？"

施仁宏心里知道卢加宁是醉人痴梦。

"我每一年都会给自己确定一个目标，一年就做一件大事全力以赴。其他的事情都为辅。看看我们周围的人，年初总有宏图大志，年底盘点怎么样，什么事情也没有做成。我前年努力当上了保安公司的副总，去年勤俭持家住上了新房子，今年的任务就是把夏晗拽到我的床上。"

卢加宁说的不是酒话，细品起来的确在理。至于夏晗今年是否能够上卢加宁的床，在施仁宏看来太渺茫了，因为他十分清楚他们的现状。回味自己也不比他强多少，真是同病相怜的难兄难弟。

二人分手，卢加宁打了一辆出租车，直奔中心医院。

卢亦冉心急如焚地赶到医院，看到了依靠在急诊室台阶柱子上的爸爸。

"爸爸您怎么了？这么大的酒味。"

"儿子，老爸苦啊。知道你学习紧张，不愿意影响你，可是，唉，只能借酒浇愁了。"卢加宁说着，一汪热泪夺眶而出。

这泪水是真挚的，儿子大了，他懂事了。

虽说在儿子的记忆中父亲似乎没有抱过他。但是他知道，爸爸和妈妈一样地爱他。

卢亦冉搀扶起爸爸，朝着医院大门走去。

F

　　大清早办公桌上的电话响个不停，夏晗推门进来快步上前拿起电话。

　　"喂，哪一位？"

　　"夏总吗，我是呈修。"话筒中传来浑厚的男低音。

　　"哦，梁先生有什么事情吗？"

　　那天医院分别后的第二天，梁呈修一大早就推开了教委主任办公室的门，见到捐款，张主任眉开眼笑，赞不绝口：东风到了，总算到了。

　　上午十点，张主任就组织召开了临时办公会议，专题研究建学校的事情，自然梁呈修也列席了会议。会议通过了一系列的决定并成立了项目组迅速展开筹建工作。

　　做为筹建组的付组长，梁呈修几乎是三天两头向夏晗汇报工作的进展情况。今天教委主任认可了、明天计委立项了、后天建委批复了。

　　虽然夏晗多次告诉他建学校的事情，已经委托曾建灵代表她全权处理。

　　为了落实夏晗的心愿，曾建灵同样是三天两头打电话问询梁呈修的进展情况，他并没有即刻向夏晗"汇报"。因为他知道夏晗的习惯，她不喜欢事必躬亲，但是他会阶段性地"述职"。

　　然而，梁呈修不管遇到大事小事都愿意越级请示汇报，而且每次的最后都是不厌其烦地盛邀夏晗来沧州指导工作。

其实，夏晗也是一直想再去沧州，不光是学校的事情，她更想解开心结。有时想起这本无必然联系的两个事件，夏晗都会再次审视自己捐款的动机，也许是"动机不纯"吧。

夏晗对于这位"婆婆妈妈"的男人却没有"厌恶"的感觉，质朴无华，倒是感觉到几分可爱。

夏晗告诉梁呈修已经安排周末前往沧州，喜讯让梁呈修连声"谢谢"。

"夏总，您是自己来，还是有人陪同？"

"看看情况吧。"

"哦、哦。"梁呈修的语音有些迟缓。

"怎么？有事吗？"从梁呈修声音的变化中夏晗仿佛察觉到了什么。

"你自己来吧，还是看你方便吧，都行，行。"在梁呈修对夏晗的称谓中，"您"和"你"时常会交替出现，听来似乎无恙，但梁呈修却区分得十分清楚，远为"您"，近为"你"；公为"您"，私为"你"；仰为"您"，平为"你"。

听见敲门声，夏晗把话筒移开。

"请进。"

话音落地，曾建灵推门进来。

"建灵，梁先生的电话，你问问路线怎么走？"夏晗说着把话筒递给曾建灵。

梁呈修和曾建灵的通话，三五句说完。最后只听得"欢迎、欢迎"的声音在办公室回荡着。

曾建灵放下电话，在夏晗对面的椅子上坐下。

"这个周末你有安排吗？"夏晗放下手中的文件，送去期待的目光。

"对于你我总有时间。"曾建灵的声音饱含着浓浓的深情。

"那陪我去沧州吧，自从那次办班之后再也没有去过。"夏晗灿烂的笑容荡漾在脸上，好像到沧州去不是应邀考察希望小学的进展情况，而是故地重游赏景观花。

"好吧。"在曾建灵的记忆中，这么多年来夏晗所言的"所有"他从未说过"不"。

"你真好。"夏晗心悦。

"我们开公务车还是开我的车。"

所说的公务车指的是夏晗公司的专车，一辆黑色的新款雅阁。曾建灵的车是一辆家庭使用的香槟色福莱尔微型车。

"休息了，我喜欢坐你的车。"

"好的。周六早九点到你家楼下接你。找我来就这件事情吗？"

"不是的，昨天思予告诉我说你要办摄影展，合作方没有落实，你看这是我新成立的文化公司。"说着夏晗打开一个文件夹，把营业执照的复印件递给曾建灵。

曾建灵仔细看过，按照上面规定的经营范围，举办摄影展也属许可范围内，但是曾建灵不想使用这个执照，到底是为什么，他自己也不知道为何，只是内心不想。但是一时又找不出推辞的理由。

"参展照片还在选定中，周末还要和摄影家协会商议，最后确定，到时候再说吧。"

"哦，你需要随时啊。"夏晗抬头看看曾建灵微微一笑。忽然想起了什么。

"周末你有安排了。"

"我可以改在晚上，不影响我们去沧州。"

"那要是晚上回来很晚怎么办？"

"放心吧，我会安排的。你忙吧，要是没有其他事情，我先走了。"

想到周末早有约，曾建灵想快点离开，赶快和摄影家协会联系择日再谈。

"嗯，慢点开车，今天雾真大。"夏晗的眼睛从窗外移到曾建灵的身上。

　　曾建灵告辞离开，上车后迅速拨通摄影家协会贡秘书长的电话，因为有突发的事情，周末无法履约叙谈了，他真诚地一再抱歉。

　　从贡秘书长的话音中，可以明显地听出对方很不满意。毕竟是有约在先，而且还牵扯到其他的几个人物。最后甩了几句：你都不着急，我们急什么啊。下周我要去昆明，往后推，下月中旬再说吧。

　　放下电话，曾建灵驱车驶上二环主路，虽近中午，往日道路应该畅通，但是现在由于大雾，拥挤的车辆排成不见头尾的长龙，辅路的车辆还在不断涌进。

　　行进中曾建灵忽然想到，去沧州看望学生们，总不能空手去吧，应该给孩子们买点书本什么的。车子在路上爬行了近一个小时，终于驶进万通新世界的地下停车场。

　　铅笔、橡皮、练习本；胶水、书包、文具盒；篮球、足球、羽毛球很快挤满了后座。

　　一切准备妥当，曾建灵回到家中。

　　前年购买了一套复式住房花尽了他所有积蓄，楼上是他的私密空间，楼下是他的工作室。暗房、摄影室、摄影作品展室及其相关的设备设施一应俱全。

　　曾建灵在工作台上的公事板上取下三号合同单，拨打两个电话后，将其放回原处。走向摄影室再次校验好照相器材，装入专用的器材包内。走进厨房从冰箱里取出一瓶啤酒，很快下肚，午饭解决了。

　　驱车来到"湘婷服装服饰有限责任公司"。

　　来到公司楼下，看看表，离他们的约定时间提早了二十五分钟。曾建灵把手机的闹钟对好，放下靠背小睡一觉。

　　当曾建灵准时走进大厅的时候，等候在公司公关部的郑莹上前接过他手中的器材包。

　　"不用，不沉。李总她们都在吧。"

"李总等着您呢。"

二人礼貌握手后，在郑莹的引导下，曾建灵走进会议室。不一会李湘婷带领着服装设计师、公关部的几个人走了进来。

寒暄过后步入主题。

"曾先生，你传来的方案，我们研究过了。我有这么几点意见，请考虑。"

曾建灵从包中取出活页夹开始记录。

"我们这次是参加'国际服装服饰时尚周'的活动，重点是'时尚'二字，而不是产品展示，这是其一；再有这次是我们首次参加'国际服装服饰时尚周'活动，届时会有众多国际品牌的知名厂商与会，这也是树立我们的产品形象，提高我们品牌知名度的很好时机。过去的几年虽然我们的市场份额在不断扩大，但是我们都是像老牛那样拉车，没有树立自主品牌意识。我们一定要充分利用这次的平台，把我们的品牌推出去，让世人知道在今日的服装界还有一个'湘婷'不可小视。当然，我们还要利用'国际服装服饰时尚周'最广泛地结交朋友增加合作，使得我们的公司走出去。所以我想把那些职业装系列全撤下来重新拍。我们已经赶制出了几套春秋季时装，下周全部样品都会制作完成，你看怎么样？"

"什么时间布展？"

"下月的七八两天，怎么样？"

在座人的目光全部集中在了曾建灵的脸上，曾建灵则在心中盘算着。

"时间是紧了点，有难度。原本是想从公司原有的图片中精选，不够再补拍一些就可以了。现在看来就得全部重新制作，上次请来的模特也不知是否有拍摄的档期；再有就是制作，去年我们是在香港分色，深圳制作的，这次要是还这样做，时间感觉太紧了。这个制作周期是死的，太赶了怕影响质量。"

"质量是第一的不能含糊。你现在手头还有其他着急要紧的事情吗？我们是老朋友了，这次啊，你可要全力以赴地帮助我啊。"其实他们才认识半年，是通过杂志社的总编认识的。那次李湘婷制作产品样本，几个摄影师的照片送来均不满意。正在挠头的时候，杂志上几幅时尚照片吸引了她的眼球，杂志是李湘婷朋友出品的，通过主编认识了小有名气的曾建灵。三次合作下来，感觉不错，彼此有了良好的合作基础，有了这份兼职工作，增加了曾建灵收入，改善了他的生活，彼此其乐融融。

"要不再找个摄影师吧，两个人一起做，可以快点。"曾建灵舒展眉宇。

"我对谁也不相信，我只信任你。"增加个摄影师这个办法李湘婷不是没有想过，但是她否决了。倒不是没人可以超越曾建灵，而是时间。每个人的角度不一样，当然拍出的作品也会有差异，没有返工的时间了。她抱定了就是他，同时也是仔细测算过，时间还是够的，只是需要"快马加鞭"。她需要反复强调的就是质量，其他的曾建灵有办法一定可以按时、按质、按量地完成。

"我们可以多支付一些费用。"

"我要是现在提出报酬问题，岂不成了唯利是图的小人。"

郑莹的插话招来了李湘婷愤愤的眼光，也让曾建灵感到了不悦。

"我看这样吧，我们所有的工作全在北京制作，北京图片社还是可以满足我们的需求。我再和你们的主编打个招呼，算是我借调你一段时间吧。"李湘婷心里明白曾建灵不是那种只认钱的庸俗人，质量对于他同样重要，这关系到他的名声。把杂志社的工作推给其他人做，倒是可以为曾建灵争得更多的时间，当然这话只能李湘婷去和主编说。

"要是这样当然好了，我也是怕影响杂志的下期图片。要是主编答应了，我明天就可来公司上班，全力以赴！"曾建灵的眉宇彻底展开了，笑着环顾在座的所有人。

"那我们说定了，你明天开始到我这里来上班。主编那边没有问题，我们是老朋友了。郑莹啊，你们要全力配合曾先生。"

"没有问题。我们和曾先生一直配合很默契，曾先生您说是不是啊。"郑莹甜甜地送上暧昧的一笑。

"是，是的。"因为刚才说到增加报酬诱引曾建灵答应如期完成工作，让曾建灵心中有些反感这位"庸俗"的公关经理，然而现在对方笑言说出"默契"倒让他尴尬着应答。

哈哈。大家齐笑算是一致通过了。

"你们研究吧，确定工作列项、分工、进度、责任人，马上开始落实。曾先生我现在就去给主编打电话。"李湘婷话音落地的同时人已经走出了会议室。

下面的事情就相对顺利了，修改了方案确定了分工。郑莹联系模特，晚上到公司拍照；设计师落实样品服装，一周内完成；曾建灵布置拍摄现场，紧张而有序地开始了工作。

夕阳西下，员工们下班走出了公司，融入到下班的人流中。会议室里却依然如白天一样井然有序地工作着，几组摄影灯，从不同的角度把中央区域照亮，从蓝色屏风后面不停地走出婀娜多姿的倩影。一组组时尚服装在模特身上换上换下，她们如同走在 T 型台上，尽情地展示着时装的魅力。曾建灵抓拍下她们美丽的瞬间，还不时地提醒她们自然些，再自然些……

外面已是灯火通明了，环路上通亮的汽车灯，连成长长不见尾的车龙。忙碌一天的人们坐在电视机前或展开方桌开始了娱乐，也有更多的人走出宾馆饭店走向歌厅健身房……

李湘婷关上电脑走出办公室，楼道中所有的门都紧紧地关闭着，通过门上窗户看到楼外皎洁的月光照进黑黑的房间，桌上的电脑屏幕在月光的映照下，闪着点点亮光，它告诉人们现在已经是入夜时分了。

走下一层，灯光逐渐刺眼了，优美的音乐把人带入梦幻般的意境，走进会议室众人并没有发现她，李湘婷在一个角落坐了下来。

此时的会议室已经被曾建灵设计成了一个独特的舞台，台上台下的人们按照脚本激情地扮演着各自的角色。这不是彩排，而是真正的艺术会演，尽管现在的观众只有一个。

迈着轻盈的步履，合着悠扬的音乐，走来一个个时尚男女。

"一个世世代代的梦想，朝向无穷无尽的宇宙自由地、无拘无束地飞翔，在飞翔中生命日益宏大，在飞翔中灵魂得以不灭。汲取天地精华、汇集万物根本，造就了'湘婷'这个响亮的名字。"像是配乐诗推出主题。

迎面走来一组以"自然英姿"为主题的系列时装：果绿及草绿色彩的深浅组合搭配，简单流畅的线条设计，加入动物纹样图案在此系列中的点缀，朴实无华，轻松自然，尽显穿着者的勃勃英姿。

随着"蓝色的多瑙河"的曲调，李湘婷知道下面出场的应该是"豪情自我"系列的时装：外型设计略带男性风格，贴兜的装饰古朴、自然，使此系列充满文化气息，咖啡与驼色及同色系格子图案的自由变化组合，同时加入针织品的搭配，可令人既可穿出时尚、典雅的气质又可轻松而活泼，充分体现了今日都市女性的追求及随意个性的穿衣风格。

看着人迷，李湘婷的笑意写在脸上，看看表时针指向深夜十一点了，李湘婷心疼起这些可爱的人们。她起身走出会议室，拨打手机，请麦当劳赶快送些宵夜来。

"李总，您在这啊，我到处找您呢？"郑莹突然出现在李湘婷的身后。

"吓我一跳。时间不早了，我叫了宵夜让大家吃，今天就到这里，休息吧。这么晚了，通知小车班把每个人都送到家。"

"好的，我去安排。李总，您看这个。"郑莹笑着把一份传真件送到李湘婷的手中。脸上的笑容久久不能散去。

"太棒了，我们的心血没有白费。你马上通知主管们到我办公室开会。"李湘婷看着传真喜形于色。

69

"啊，现在开会啊？"郑莹把手表递到李湘婷眼前。

"看我高兴的，明天一早开会。"

"好的。"郑莹答应转身离去。

李湘婷收起传真，兴高采烈地走回自己的办公室。

周六一大早，曾建灵就在夏晗楼下等候了。

曾建灵坐在车里，抬头就可以看见夏晗家的晾台，三盆不同品种的吊兰伸出纤细胳膊自然垂落下去依偎在粉色的外墙上，这吊兰是曾建灵送的：一盆君子兰悄然绽放，沐浴着清晨的阳光，这君子兰是参加一个商务酒会后商家送给嘉宾的，同样是曾建灵送到楼下的。举头望去，衣架上晾晒着一件淡淡柠檬色的丝织衬衣，这让曾建灵再次回味起前天夏晗的装束及音容笑貌，一丝缠绵让他喜上眉梢。

他一直注视着那熟悉而又陌生的房间。自从夏晗结婚搬到这里，除了乔迁那天因为卢加宁不在，在夏晗的盛情邀请下，他进去温居了不到十分钟，之后就再也没有走进过，尽管他多次来到这座楼下。

夏晗十分理解曾建灵的心情，不想让他感受到有他人的存在。便对他说：我想把这套房子卖了，等我再乔迁的时候，再请你到家做客，我给你做"让王八"。

"让王八"是夏晗的拿手菜，用鸡蛋煎炸制成，配上调制好的汤料。看似简单，一些朋友也会照猫画虎比划两下，但是不得要领，总是做不出夏晗那样的味道，原因就在于那特制的汤料。夏晗得意道：保留节目，秘不示人。"让王八"在众位食客中倍受欢迎，同样也是曾建灵最喜欢吃的菜品，当然，在曾建灵品味佳肴的同时，还会品出别人感觉不到的东西，这些只有他们二人心里清楚。

过了二十七分钟，九点二十八分，夏晗从楼门出来，车门很自然地从里面推开，夏晗坐稳，车启动了。

"你早到了，打个电话啊，我就下来了。"

"没有，我也是刚到。"

穿过二三环路车子驶上高速公路。因为是公休日，路上的车辆并不多，这让在平日倍受拥挤煎熬的人们享受到了一路畅通的福气，心情自然也和那一眼望不到尽头的道路一样畅快。

"看你这车都成女孩的闺房了，你真是童心未泯，还是那样。"夏晗逐一抚摸着内饰垂挂的小猫小狗。

想当初，曾建灵决定买车，在中联汽车交易市场众多的品牌车型中一眼就看中了"富莱尔"这款车，这到不是因为它低廉的价格，而是它的小巧玲珑，很自然地让曾建灵联想到小鸟依人的夏晗。

机动车行驶本上注明车的颜色是黄色，其实它不是黄色，它趋向浅黄色；机动车购买大票上写明的是米色，其实也不是，需要再加点黄色。也许是工作人员的一时疏忽，一辆车有了两个颜色，但是看上去它更像是香槟酒的色调。所以曾建灵更喜欢叫它香槟色，当然，这其中还有一个原因——夏晗最喜欢喝香槟酒。

经过精细的装饰，小小的汽车成了流动的"家"，友人戏言曾建灵结婚了，他的老婆叫：富莱尔。

"你也是啊，这么多年了，还是这样的阳光漂亮。"

"看我眼角的皱纹，都老态龙钟了。"

"在我看来你一点没有变。"

"那是情人眼里出西施。"

说着二人对视一笑，曾建灵再次把油门踩到底，眼看着时速表针越上了红线。

手机响，曾建灵减速。

"靠边停下接电话吧，这样安全。"

车没有停，只是速度明显减慢了。

"你好，哪一位。哦，李总你好，你好。我知道，你放心，时间没有问题，我们在按照计划推进呢。是吗，那太好了，恭喜你啊。没有问题，有什么需要我效力的，招呼一声就行了。好好，周一吧，

—早去办公室，好好，再见。"

"谁啊，看你高兴的。"

"一个客户，和你一样也是女中豪杰。"

"我说呢，怎么这么高兴啊，看来是找到彼岸花了。"夏晗含笑打趣着，她并没有看曾建灵，眼睛穿过车窗眺望远远依稀可见的山峰，心中却泛起一丝凉意。

或许每个人都会有"醋劲"，它不在于人的年龄和经历，只要真情地付出，这种优美带着忧伤的"醋劲"就会在不知不觉中萌发，你无法掩饰，因为它融入了一个人对另一个人的深情厚意。

"说什么呢。是我们主编的朋友，自己开的服装公司，我现在是她们的特约摄影师，正在帮助她们做'国际服装服饰时尚周'的活动。这个女人可能干了。"

夏晗收回眼光停留在曾建灵的脸上。

"是吗？"

"从无到有，从小到大。不容易啊。这样的女人也真是让人佩服。"曾建灵一边专心开车一边说着，他并没有察觉到夏晗的表情变化。

"让你佩服的女人可不多啊，看来你总算找到一个了。"

听话听音，曾建灵听出了其中的不悦。

"你可不要误会啊，我们只是工作关系。你也知道我那份工作，一周的活儿两天就完成了，业余时间帮助一些公司拍些照片搞个策划什么的，也是我的社会实践，同时还有收入。也是挺好的事情，你说呢？"曾建灵转头看了夏晗一眼送去征询的眼光。

"我也不知道你们是什么关系啊，工作就工作呗，越描越黑。嘿嘿。此地无银三百两了不是。"

"都是你啊，你那样一说让我紧张。"

"也不错啊，这样多丰富，充实啊！"

听得出，夏晗依然话中有话，曾建灵假装没听出来就是了。

"刚才李总说，她们拿到了一个大单子，这是参加国际竞标得到了。"

"那可不容易。"

"是的。这个世界啊，都成你们女人的天下了。"

"你也可以啊。想做女人吗，可以，我有朋友在总医院，要不我介绍给你吧。"

"哈哈，我啊，别说这辈子了，下辈子还是做男人。当然也不一定，假如你下辈子要是做男人，我到是有兴趣做回女人尝试一下被人追的感觉。"

听到曾建灵的一语打趣，夏晗那不平静的心再起波澜。是啊，不知道下辈子她们是否可以再现依稀梦。

抬头看到了一个用花蕊编织而成的一个花球，它悬挂在后视镜上，这是去年秋季，曾建灵陪同夏晗在西山清凉寺许愿后请回来的。

"这个你还挂着它干什么，都成标本了。"

那个花球由于干枯缩水，已经可以看到内脏的竹条了，但是曾建灵舍不得抛弃它。

"这样不好吗？也是别有味道，等回家我把它重新整理一下，可以做个干花球，一样的好看，你看怎么样？"

"你手巧，我相信。对了，这是上周一个朋友从巴黎带回的铁塔挂坠。"说着夏晗从手袋中取出一个精巧的小盒子，里面是一个金属铸成的钥匙挂坠，是巴黎大铁塔的模型，就是那种旅游景点的纪念品。

"真精致。"曾建灵接过挂坠，环顾车内在给它找寻安置的家。

"看车！"

由于曾建灵"走私"，高速行驶的车突然八字前行，把夏晗吓了一跳。

"放心，我现在还不想和你殉情。"曾建灵笑笑把挂坠塞给夏晗，双手握住方向盘。

"乌鸦嘴，讨厌。"

"你把它挂在顶灯上吧。"曾建灵伸手指向顶棚上的车内灯。

夏晗起身转头把挂坠挂上，由于车厢内的空间不大，身体起不来也坐不去，这样的姿势把身体都扭曲了，曾建灵通过反光镜看着那优美的身姿，脸上荡漾着幸福的笑容。

在这辆车上许多物件都与夏晗有着千丝万缕的联系，仪表盘前的水晶猪旁边围坐着七只小猪，它们是夏晗从香港带回送给他的礼物；司机的座垫是曾建灵在汽车超市买的，买了两副，另一副在夏晗的本田车上，这副一直陪坐在曾建灵的身边；后车窗玻璃上的吻嘴猪是夏晗在早市地摊上买的，看上去憨憨的十分可爱。车上的小猫小狗们不是夏晗送的，就是曾建灵买的，虽然它们的形态各异，但是有着同一个特点，就是小巧玲珑顽皮可爱。在他看来，这些不动的生命陪伴他的左右，就像夏晗在身边。在车上的许多地方，拉手、靠背上都系着红色的绳，这是他们本命色的印记。在这里你可以感受到夏晗无处不在。

若把每个物件链接起来它就是一部动人的长篇小说，一首委婉令人心动的情歌。

$\mathcal{G}$

　　远远看到驶来的汽车，梁呈修率众跑向前，不等车子停稳，车门已经被他打开，笑容可掬地迎候夏晗走下车。

　　——给夏晗介绍过乡长，镇委书记，教委主任、民兵排长和他的姑姑、老舅。众星拱月似的引导夏晗、曾建灵走向正在修建的希望小学。

　　看过正在修建的学校，听过梁呈修关于学校建设的汇报。夏晗满意地不停点头，不知不觉中已经过了午饭时间，梁呈修引导大家走进村里最"豪华"的饭馆。

　　一张两米五的圆桌围坐下主客十七人，虽说是人挨人，人挤人，有点像北京上下班高峰时间的公交车厢，但是所不同的是这里四处散发着浓浓的乡土气息，让久居都市的男女，感到很亲很温情。

　　当硕大的碗盘盛满刚刚屠宰的鸡鸭上桌，桌上的盘子已经盖到三层了，流下来的肉汤，把下面碧绿的青菜染成了黑色、紫红色。

　　夏晗没有喝酒，因为是女士可以理解。曾建灵一再推辞因为开车请大家原谅不再举杯，梁呈修自告奋勇："你喝你的，多了，我开车送你们回去再坐公车回来。"

　　无奈盛情，曾建灵只得硬着头皮把一杯杯浓烈的酒灌下肚子，酒的醇香早已品不出来了，胃里火烧火燎的难受。再看看夏晗，他心甘情愿地再次举起酒杯，代表夏晗感谢大家的热情款待。

　　"好酒量，来来来，都满上。"教委主任上前恭恭敬敬地再次斟满酒。

"曾先生，看你喝酒的架势，就知道你是爽快人，交朋友啊就要交你这样的。"

"他不能喝酒，今天高兴大家开心，你们多喝，让他少点吧。"说着夏晗从桌上拽出一柳油麦菜送到曾建灵的盘中。

"告诉你们啊，不许让曾先生喝多了。"说这话的是乡长。

众人齐声应允。

"曾先生，这杯酒，我代表教委，代表小学校所有的孩子、老师们，对夏总和曾先生的慷慨援助表示感谢，曾先生你随意我全干了。"教委主任一仰脖把满满的一杯酒都喝了，坦然地坐下，看看周围的人，所有人的目光都集中到曾建灵的脸上。

说起来曾建灵也算是"酒精"沙场的老将，但是今天在众乡亲面前让他实实在在地领教了什么是"盛情难却"。

此起彼伏的酒杯碰撞在这里是他们表示真心的最好方式之一，当有人醉卧桌下时才是临近尾声，无奈只能客随主便。好在曾建灵的酒量还可以抵挡他们的轮番进攻，同时他从夏晗的眼睛里得知：你喝吧，不要醉了，醉了会伤身体的，回去我开车。

"夏总啊，你是我们的贵宾，也是我们那些没有校舍读书孩子们的恩人。你喝茶，酒让曾先生代劳，来，我先喝了。"

不等曾建灵反应过来镇委书记已经杯中见底了，他只有附和了。

"夏总不喝酒，喝茶喝茶。"看到夏晗的表情，还是乡长怜香惜玉，端起眼前的茶杯主动迎上去和夏晗碰杯。

"谢谢。"

夏晗礼貌地迎合，抿了一小口。却见乡长如同饮酒一样一干而尽，一桌人欢笑着倒水夹菜。

"夏总你的敬业精神令人佩服，你的善良助人精神让我们折服，今后还请夏总常来常往。我们也在研究这个事啊，想请你做我们的荣誉村民，你可别嫌弃我们的庙小啊。明年开始我们要全力开发新项目，我们已经发了红头文件，要以'铁狮子'为龙头，延展我们的产业链，做出'铁狮子'的品牌，走向全国各地。我们商量过了，还想请夏总做我们的'形象代言人'。"

乡长似乎在做报告，众人放下筷子静首聆听着，夏晗也似有似无地点头表示认可，毕竟这是发展大计，听来也会振奋人心。但是听到什么"荣誉村民"、"形象代言人"就有些不着边际了，这让夏晗心中掠过一丝不快，她不想走得太近，陷得太深，以至于梁呈修多次盛情邀请，夏晗都未成行，这是主要的原因。这种心境到底是为了什么，她自己也说不清楚，就是这样的感觉，同时感觉这里有一种无形的磁性吸引着她的到来。

乡长、镇委书记还在畅谈着明天的巨变，夏晗细微的心理变动还是被曾建灵捕捉到了，他挺身而出。

"谢谢乡长、书记的好意，我们夏总也是不图回报，喜欢默默做事的人，荣誉就不要了，今后只要需要我们做的，在我们力所能及的范围内，我们一定会全力以赴的。"谁都可以听出来，这是官话也是套话，听话听音也能听出其中的含义，但是在这里却失去了"效力"。

"不行不行，自古道名利双收，名利不可分。我们得利，名自然得给予，否则我们也太不仗义了。想当年，梁山好汉林冲被发配此地留给我们后人的精神财富就是要仗义。"在旁只顾喝酒吃菜的民兵排长终于讲话了，话中透着仗义。

"曾先生客气了不是，虽说我们乡下人没有文化，可是啊，还就是愿意和你们城里人交朋友。"一直不言语的教委主任随声附和着。

"夏总就答应我们的一片好心吧。"梁呈修有些着急了，也省略了"你"或"您"。

"我们先努力把学校建成，其他的事情我们再商量好吗？"感觉这样的争执有些影响气氛，同时也不会有什么结果，夏晗转移话题。

"好好好！"梁呈修的笑眼眯成了缝，一仰头把杯中的酒一饮而尽。

　　总算熬到了席散，谢过主人的盛情款待，陪客各自忙碌去了，夏晗要去完成此行的另一个心愿，梁呈修主动陪同，当然这也是夏晗的想法，她希望可以解开心结。

　　因为是周六，"诗般恋日"书吧客人很多，一些走过的书客因为没有自己合适的座位而离去，他们在前台登记预定晚上或周日的座位。并向"临时代班"的李湘婷建议应该扩大场地或开分号了，李湘婷答应着，把书客要看的书目记下来，以便通知何晨飞准备。

　　卢亦冉把刚刚看完的《鲁滨逊漂流记》放回原处，在书架中寻找着下一本书，他看到了卢梭的《忏悔录》。这本书的内容及它的读者群和他的年龄相差都太远，但是书名还是吸引了他。

　　李湘婷的目光总会不自觉地落在卢亦冉的身上，她会在杯中无水时上前续上。

　　眼看时针已走过十一点，何晨飞去陪乡下来的老姑看病，说是送到挂完号就回来，不想一走四个小时过去了不见人影，李湘婷有点起急了，给卢亦冉送完水就抄起电话，然而就在电话接通的瞬间火气全无了。

　　"你几点回来啊？我都给饿惊了。"语气中没有一丝的怨言。

　　"还得等会，等着化验结果呢。"何晨飞的声音低沉。

　　"你表弟不在吗？"

　　"这么大的事情，他一个孩子家怎么能成。我这正忙，挂了。"

　　听话音有点责怪，这和他走时完全不同，一股火"腾"地撞了上来，但是李湘婷还是克制住了。

　　"我下午还有事情，你中午可一定回来。"说话的时候，李湘婷一直盯着墙上的挂钟。心里盘算的时间，现在是十一点，从医院到书吧打车半个小时足够了。

　　"我争取吧。"

"你打车回来啊，我等你吃饭。下午我约了人，谈融资的事情。"想起何晨飞一向节俭，李湘婷叮嘱着。

取得国际订单对于正在蓬勃发展的"湘婷服装服饰有限责任公司"来说是天大的喜讯。它象征着"湘婷"品牌开始走向国际，虽然这只是第一笔国际订单，对于"湘婷服装服饰有限责任公司"却有着里程碑的意义。李湘婷率领着她的团队全力展开工作，她在畅想明天的同时也感到了完成此次定单的难度，但是不管如何就是头拱地也要完成。

放下电话，李湘婷走到卢亦冉身边。

"亦冉，等何叔叔回来，我们一起吃午饭好吗？"李湘婷温情地说着，就像对自己的孩子。

"阿姨，不用了，这几天爸爸不舒服，下午我得回家。"卢亦冉抬头看看李湘婷，说完又埋头看书。

"都中午了，肚子一定饿了，吃了饭再走吧。"命令声中充满了柔情。

卢亦冉没有答应也没有拒绝，继续低头看书，对于李湘婷的关爱他早就感受到了，他矜持羞涩地享受着母爱之外的母爱。

返回吧台的李湘婷饥肠响如鼓，看看表已经十二点二十五分了，她有些抑制不住了，拽起电话再次拨通何晨飞的手机，然而就在接通的瞬间，她把话筒放回原位，愤愤地看着电话。

本想何晨飞看到书吧的电话会立刻打过来，可是左等右等吧台上的电话像是睡着了，丝毫不理会李湘婷的感受，这让她心中的火气质变成了愤怒。

突然手机响了。

"你也住院了吗？是不是让我给送午饭去啊？"李湘婷冲着话筒叫喊起来，引来众书客异样的目光。

"妈妈谁住院了？"话筒中传来施韵柔弱的声音。

"哦，韵韵啊。"李湘婷迅速让自己的情绪平静下来。

"妈妈，是爸爸病了吗？"柔弱的声音中夹杂着颤抖。

"没有的，是妈妈的一个朋友病了。韵韵你吃饭了吗？"李湘婷尽可能地掩饰着。

"没有，妈妈我想回家。"颤抖的声音伴随着哭音。

"韵韵你还在学校吗？怎么？不舒服啊？"李湘婷的心提到了嗓子眼儿。

"妈妈，我的头好晕，浑身一点劲都没有。我早从学校出来了，就在学校的门口。我想回家，给爸爸打电话，总是不在服务区。没有办法了才给您打的。"

在施韵看来，妈妈是天底下最忙碌的人，所以平日有事都是直接找爸爸解决。临近期中考试，周六她依旧在学校复习功课，早上起床就感到头一阵阵地晕眩，心想也许是起猛了，坚持着走进教室。然而不到十分钟，一阵剧烈的疼痛让她汗珠落地。同学扶她刚刚走出教室，一阵恶心让她把昨晚的食物都吐了出来，脸色煞白煞白的。同学送来一杯清水，漱口后歇息了一会儿，她让同学赶快去上课不要影响功课。

施韵挪动着走出校园。学校坐落在运河边，走出学校大门是一条S型的林阴道，需要走过四五千米才会走上大道，才会有运营的车辆。走过林阴道不过百米，再一次更强烈的晕眩向她袭来，她倒卧在便道上。因为是休息日，再赶上远离喧闹的街道，没有一个人从这里经过，自然无人发现将她扶起。许久过后她清醒过来，一遍再一遍地拨打施仁宏的手机，均被告知：您所拨打的电话不在服务区无法接通。

"韵韵等着妈妈啊，我马上过去接你回家。"从施韵的声音中李湘婷已经知道女儿一定病得不轻，通着电话她已经开始整理行装了。

关上手机的时候她已经走出吧台，冲向大门了。

猛然想起了什么，李湘婷又迅速来到"双鱼座，猪之秋韵"。

听到急促的脚步声，卢亦冉抬起头看见了眼前的李湘婷，他赶快站起来。

"亦冉，阿姨有急事要出去了，你帮助照顾一下书吧。"说完，李湘婷的手坚强有力地在卢亦冉肩膀上拍了两下，送去"相信、拜托"的信息。

李湘婷疾步走过吧台，虽然听到吧台上电话不停地疯响，她似乎没有听见，冲出了书吧。

招手上了一辆出租车。

"去广院，师父，麻烦您快点好吗？我女儿病了。"

司机领会点头。

手机响起。

"你怎么出去了，书吧没有人了吗？"何晨飞在责怪李湘婷的脱岗。

"你去死吧。"李湘婷愤怒地挂断电话。

何晨飞安置好老姑，放心地走进一家超市，本想问问李湘婷想吃点什么。不想电话打到书吧，卢亦冉告诉他，李湘婷有事已经离开了。同样的一股怨气油然而生，想必她又在任性耍脾气了，何晨飞心中苦闷：她太不理解人了。

一句"你去死吧！"把何晨飞激怒了，这如雷的赌咒他从未听过，也不像从李湘婷这样高素质人口中喷出的词汇。他再次拨打她的手机。

"你有病啊，我这不是赶紧往回赶吗？好心好意问你想吃什么，你吼什么？"

"陪你老姑吃去吧。"李湘婷再次挂断电话。

司机从反光镜中看到了铁青的脸，知道客人愤怒心急，加大油门向前冲去。

李湘婷早就不知道饿是什么生理反应了，满脑子都是女儿。她拨打施韵的手机没有应答，她束手无策，呆呆地看着前方，眼泪串串落下。看到前方有车挡道她的心再次揪起，司机娴熟地超越车辆，她心舒缓一下。

手机再次响起。

"我回来了，你什么时间回来啊？别耍性子了，我给你做红烧鱼吧，你最喜欢吃的。"何晨飞和颜悦色地说。

"你神经病。"

李湘婷再一次合上了手机的翻盖，她的心情糟透了。这与此时何晨飞的心境形成巨大的反差。

就在李湘婷挂断电话的瞬间，何晨飞同样也回复了一句"神经病"，只是对方没有听见。

突然，李湘婷的脑海中出现了一个皮笑肉不笑的陌路客，她伸手撕下对方的画皮确见是何晨飞也有些像施仁宏。

李湘婷惊恐中把手送入口中咬了一下，让自己清醒，回避噩梦一样的幻觉，抬头看见了学校的指路牌。

出租车终于驶入校前的林阴道了，李湘婷望眼欲穿地搜寻着女儿的身影。

终于在树下看到了施韵。李湘婷从车上跳下来跑上前，把女儿唤醒搂在怀里。

"妈妈，您来了。"施韵睁开眼睛，刚才她似乎睡着了。

"嗯，韵韵你怎么了？"

"您别着急啊。"

施韵看到心急如焚的妈妈，抬手擦去妈妈眼角的泪水。

"走，跟妈妈回家。"

"嗯。"妈妈搀扶着女儿，女儿依靠着妈妈坐上出租车返城了。

司机终于看见乘客阴转晴了。

"孩子，你有个好妈妈，多幸福！"

"嗯，我妈妈最疼我了。"施韵说着投入妈妈的怀里。

"韵韵我们去医院吧。"

"妈妈我没有事了，我饿了。"施韵从妈妈的怀里挣脱出来，感到妈妈把她抱得好紧好紧。

"你真的没有事了？"说着，李湘婷看看表已经三点了。

"我都饿死了啊！"

"那我们先去吃饭，韵韵想吃什么大餐呢？"

"我要吃麦当劳。"

"整天就是喜欢吃这些垃圾食品，今天随你。今后可不能总吃这些啊！"

"垃圾也好吃啊，我们都爱吃，先说今天吧。至于明天、后天是否吃，看看再说了，嘻嘻。"

走过一片麦田，远远看见大铁狮子跃过护栏伸出高昂的头颅，翻过一个土坡，一行三人走近大铁狮子。

大铁狮子的风姿依旧，这么多年过去，更显得历经沧桑，满身的锈蚀也由深红色变成了紫红色、黑色。

一丝伤感掠过心头，夏晗上前抚摸大铁狮子的脚掌，感触到了大铁狮子的脚趾通过钢筋水泥的连接，已经伸向地心。就在触摸到的瞬间她同时感到一缕凉气冲人体内直奔心脏，她下意识地想缩回伸出去的手，但是手却没有离开。

"本来想盖个纪念馆把铁狮子封闭在室内，这样风吹日晒的，过不了多久，它就站不住了。"

"怎么没有建？"

"没有钱，也不是国家重点文物，没有这笔钱。"梁呈修一脸的无奈。

"这也是沧州的标志性历史遗迹，每年国家不是有文物保护费的吗？即便它不属于国家重点文物，但是就其历史价值也应该拿出部分资金给予维护。"

"是的，当初我父亲多次找文物局的领导，可就是没有下文。你看看现在这里都乱成什么样子了。"

放眼看去，黄沙满地，游客留下的垃圾随处可见，更增添了这里的凄凉和败落，只有三五游客在和算命先生交谈。

"这里的算命还是这么风行吗？"

"这都成一景了。"从梁呈修的口气中无从得知是褒是贬。

"说起来，我就是在这里和你父亲相识的。"夏晗有意引向主题。

"我父亲也不是谁都给看，对于应求者也是很挑剔的。因为游客中多数是娱乐或者好奇，找他们正好，给几个钱游戏一下而已。"梁呈修指向树阴。

"你父亲从不收取费用吗？"

"是的，父亲虽然混迹其中，外表与他们差异并不大，但和他们并不一样。为钱者多会见风使舵，投其所好，这违背面相学的原则。父亲一生研究易经面相学，它不是伪科学更不是迷信。所谓的'面相'，就是一种透过观看一个人'面部特征'的方式来论命的科学。想必你听过，有一句话说'相由心生'，这句话主要就是说一个人的个性、心思与为人善恶，可以由他的面相看出来。当然并不能全用直觉来判断一个人面相的吉凶，还是需要专业命理分析。这就是我父亲研究的课题，这里是他的室外研究场所，用其所长，给寻求帮助者鉴行祈福。"

夏晗的手伸入口袋，抓紧了那枚硬币。

"那天在医院看到了你的硬币，因为当时悲痛，所以没有反应过来，事后想起父亲在世时曾经和我说过在大铁狮子旁遇到过一位女士，原来就是夏总。"梁呈修仔细端详着夏晗。

"你父亲说了些什么？"夏晗听到梁呈修说父亲曾经提起过她，心中一热仿佛寻觅到了地宫的入口。

"说起这枚硬币，对了，应该是两枚。其中还有一段鲜为人知的故事。当年沧州吉海寺举行开光大法会，来自全国许多寺庙的高僧参加了开光仪式。其中有位七十八岁的高僧，与父亲交谈十分投机，成为知己好友。高僧在参加完法事后来到家中做客，父亲自幼就有收藏钱币的爱好，分别时将其收藏的一本中国造币总公司发行的硬币集册送给高僧。高僧走后的数日，父亲就收到了高僧馈赠的礼物，一座金佛，还有就是那两枚硬币，这是高僧从集册中取出开光后返送的，父亲视为珍贵的礼物，把金佛安于家中的佛龛中，硬币护身符一直置于身上不再离身，每日祈拜。"

硬币本身只是有价货币，然而当外人赋予它新内涵的时候，货币的价值已经淡然，留下一种期盼，一份祈求，也会带给人们一种心灵的慰藉。老人将其珍爱赠予，成为夏晗的护身符，夏晗感到了莫大的荣幸。当然，夏晗也在找寻着理由，老人与夏晗只是一面之缘，而那相视的瞬间老人却已记上心头，由此繁衍出了这一连串的故事。或许这就是缘吧。

"前些日子他收到了那位高僧圆寂的噩耗，几乎是两天不吃不喝，他告诉我，自己的余日已经不多了，还有一个心愿未了，他要去北京把自己的这枚硬币送给你，让它和你的那枚永远在一起。他手中有你家的地址，就寻你而去了。"

夏晗没有想到，许久一直苦苦寻觅的答案会是这样的简单，清澈见底。她猛然想起了佛家关于"空"的经典论述，顿时领悟了老人的用心。

举头再次凝视大铁狮子，它送给夏晗一种新的感触。

"时候不早了，我们回吧。"曾建灵看看表，应该赶路了。

"要不你们住一宿，看这一天赶集似的。"

"时间还早，我们往回开吧，七八点钟也就到家了。"曾建灵的表针指向三点十分。

"我们还会再来，公司有事情。"回味梁呈修讲述逝去老人的一番话，让夏晗回味许久，她想静心思索，心已经开始返城了。

"那我不留你们了，常来啊。你看我们这里穷乡僻壤的也没有什么特别的，就是有点花生，知道你们也不稀罕，算是我们这里的土特产吧。"梁呈修指着马路上一个硕大的麻袋。

"看你客气的，我们那边都有。"

"那可不一样。你们吃的都是多年的陈花生，我这都是新的味道，不一样。本来想留你们一晚，你们忙那就改日再来。我刨些红薯给你们，我们这里的土好，甘甜甘甜的。"梁呈修有点恋恋不舍，但他心里明白留不住她们。

握手分别后，他们踏上了回京的旅途。

穿过一条隧道，一条弯曲的河流从山谷中跳跃着来到面前，它与崎岖的山路并行前涌着。和煦的微风夹带着水汽，钻进车厢，润湿着车内的空气，给一天疲惫的车中人，带来了舒畅和凉爽。

"有山有水的地方就是人间仙境，我真想融入它的怀抱中，忘却所有，超然世外享受自然精华。"夏晗有感而发。

"仁者爱山，智者爱水。"

"等老了，我就在这山脚下买一个院子，白天去寺院清扫落叶，夜晚听着山水唱歌入梦乡。也许这就是我最好的归宿。"夏晗畅想着就像一个浪漫天真的少女。

"停一下吧，去溪流中洗洗手。"

感觉车减速了，夏晗像个孩童，欲去开门。

"等等啊。"

"嘻嘻。"

车子停稳，夏晗推门而出。她踏过高低不平起伏的河沿，绕过伸出胳膊的水草，夏晗来到水边。跟随后面的曾建灵冲下河滩，弯身捡起一块石头，向水中抛去。就在夏晗近水时刻，石头落水，飞溅起来的水花扑面而来，身后传来曾建灵爽朗开心的笑声。

戏水游玩后，他们前后脚走过一段土路，走上柏油马路，曾建灵低头看见夏晗的裤脚粘着一片枯叶，俯下身子轻轻地弹去。突然酒精上顶，就在曾建灵掸去夏晗裤脚灰尘起身的瞬间重心偏移，好在夏晗一把将他扶住。

"你行吗？"

"没有问题，那点酒就想把我放倒啊？"

"那就慢点开吧！"

"放心吧！"

回京的路上夏晗手中一直紧握着那枚硬币，似乎它在给她传递着什么，也让她再次审视起自己走过的情感之路。此时的曾建灵也在回味着梁呈修说过的话，难道这枚硬币就可以"镇心"缓解命硬吗？难道是我的命……

H

　　安置好女儿，暮色已经降临了。李湘婷赶到"喜爽海鲜大世界"的时候已经过了约定的时间。杜老板早就到了，看到李湘婷歉意的表情，杜老板怜香惜玉般起身迎上前去，色眯眯的眼光从眼眶中挤出来，一把牵过李湘婷的手，把她安抚在座位上。

　　"我是男人应该早到，早到。谈恋爱的男人哪个不是等上个把小时女孩才出现啊。应该的，我也是心甘情愿啊。"

　　风马牛不相及。杜老板的过分献媚让李湘婷浑身的不舒服，无奈有事求人，再说生意场上的打情骂俏她见得太多了，也是见怪不怪。但是眼前这位杜老板的举动和心怀叵测的眼神却让李湘婷感到恶心，刚刚坐定李湘婷已经有了离去的欲望，只想尽快谈，不管成与否。

　　"湘婷女士，喜欢吃什么口味啊？"

　　李湘婷和杜老板是在一次商务酒会上认识的，那时的杜老板早已脱胎成了商界精英。听杜老板自我介绍，当初他从江苏老家带着几个三四流和不入流的瓦匠木匠，来到北京闯荡江湖。从砌猪圈、市政刨沟开始，几年下来以小搏大，收编了那些四处找不到活干的散兵游勇，组建了自己的建筑装饰公司。金钱铺路，美女架桥，通过资产重组，现在已经发展成了具有国家二级建筑资质的大型建筑公司。当时李湘婷正想扩建厂房，就与杜老板建立了联系，后来因为资金的问题，扩建厂房的事搁浅了。杜老板豪爽地说：我给你垫款施工，等投产挣钱了，我们再审计结清工程款。杜老板的仗义感动了李湘婷，只是细盘算当时的生产能力，扩建厂房并不是燃眉之急。李湘婷延缓了土建计划的实施，但是她记得杜老板留给她的话："李总需要钱的时候找我。"所以，这次李湘婷的资金遇到暂时困难的时候，她拨通了杜老板的电话，杜老板豪爽地应邀前往细谈。虽然她们只见过三次面，杜老板的仗义为人李湘婷已经领教，然而她却不知道他的另一面——贪色的名声在圈子中也是很响亮的。

从见面时杜老板的称谓上，李湘婷似乎感觉到了什么，她把持着自己依然尊称对方杜总。

"随便吧，随杜总的口味吧。"

"蓝伊人，那就先上一个'随便'。"杜老板冲着身边穿着蓝色职业套装的经理说，杜老板是这里的常客，大多的服务人员都认识他，他习惯按照服务人员的穿着色彩，叫她们：蓝伊人、红伊人。合上菜单，转移视线，杜老板的目光移到了李湘婷的脸上，接着又自然地下落，在李湘婷高高隆起的柔美起伏的胸部停了下来。

因为是晚餐，李湘婷穿上了一套带有晚礼服样式的服装，披肩内黑色蕾丝边贴身羊绒小坎肩，将丰韵的胸型凸现出来，乳沟也随着起伏的呼吸若隐若现。不时袭来的目光，让李湘婷有些后悔不该穿着这样的衣服。

"先生，我们这里没有'随便'这道菜？"

"哈哈，可是今天我的女主人就是点了这道菜啊。怎么办啊？"

感觉杜老板在借题发挥，李湘婷接过他递过来的菜单。

"我来个'问政干笋'吧。"

"喜欢吃上海菜，那我来个虫草炖全鸭。这道菜可是这家的招牌上海本帮菜。浓油赤酱，咸淡适中，保持原味，醇厚鲜美,很有特色。在较早时候的本帮菜口味较重，后来为了适应越来越多的上海人喜食清淡爽口的口味，特别是上海文化人的需要，本帮菜在保持传统特色的同时，吸取别帮别派之长，菜肴渐由原来的重油赤酱趋向淡雅爽口，形成'海派本帮'之特色。"杜老板说得绘声绘色，一看就是个吃货美食家。

"其他的菜，你看着上吧。你们厨师长知道我的口味。"

"请稍候，还是上二十年的黄酒吗？"

"可以吗？"杜老板征询李湘婷。

"可以，就少来点吧。"

很快酒菜上齐了，杜老板还在滔滔不绝地讲述着饮食文化，并有机地把它延伸到商场和情感世界。

李湘婷专注地听着，心里却在着急，对于借款一事对方一字不提。不知道杜总葫芦里卖的什么药。

"杜总，前天电话中和您说的那件事情，怎么样？"李湘婷有点憋不住了，必定今天不是来饮酒叙旧的。

"你看，你要是不说啊，我差点给忘记了。说吧，你需要多少？什么时间打到你的账户上？账号多少？"杜老板显然是个急脾气的爽快人。

"杜总，我不把你当外人，实话实说，我这个项目现在的资金缺口是三百二十万人民币。购进电脑平缝机、包缝机和绷缝机等设备补充原有设备的不足，提高生产能力。主要还是引进一套意大利的管理软件，包括裁床打飞、生产计飞、人事管理、考勤管理、工资管理五大功能模块，是一套专业的制衣行业生产、人力资源管理软件。这是我们的商业计划书。"

李湘婷介绍着，从手袋中取出文件递给杜老板，却被对方挡回了。

"我是个干粗活的，这些啊，看我也不懂。"

"看你说的。我们已经取得国外订单，只要我们提交了样品就可得到定金，到时连本带息我一并还给你。"

"不急，钱不是问题，放在银行里闲着也是闲着。不如我给你，也算是我的投资了。你看怎么样？"

"投资？"本来说好是暂借的，怎么变了，李湘婷一时搞不明白了。

"湘婷啊，一个女人你很不容易，把产业做到了这么大，杜某我佩服。但是我知道现在的服装行业竞争太激烈了，很多都是微利经营。我想啊，不如我们合作，我有着庞大的客户资源，你还是做你的总经理，资金问题我包了。你看怎么样？"

寥寥数语道出了一个精明商人的如意算盘，显然，杜老板今天是有备而来，恐怕对于李湘婷的企业他也是窥视多日了。这让李湘婷有点措手不及，一时不知道怎么回答，木讷地与送到眼前的酒杯碰了一下。

"这是我的提议，你再想想权衡利弊，女人啊，是要享福的，美好的青春年华不能浪费在这上面，你可不能像我们大老爷们整天忙得脚丫子朝天。现在不是讲究优势互补双赢吗？我这个蓝图要是实施了，你啊，整天在家就数钞票吧。"说着，杜老板上手拍了拍李湘婷的肩，李湘婷本能地躲闪，却见杜老板从她的衣服上择下一根头发，笑笑甩到地上。

"杜总，你的这个提议我确实没有想到，容我考虑考虑。目前我最要紧的是尽快把设备引进来，完成订单。"对于杜老板描绘的蓝图不用考量，枪毙！只是需要委婉，目前借到资金是当务之急。

"我先给你一百万，明天就可以到账。其余的二百二十万等你考虑好了，马上给你打过去。怎么样？够意思吧。"

"早知道杜总的仗义，今天再次领教了。"

李湘婷也是话里有话，但是感觉杜老板并没有听出来。

"仗义是我的为人之本，也是我做人的道理。吃菜。"

杜老板眯缝着小眼再次打量起李湘婷的服装，从脚下的鞋顺着往上去，最后还是在李湘婷的胸部驻足下来。

"湘婷啊，你这条裙子色彩是不错，面料也是上乘的，就是太长了，走起来都要拖地了。你这样风韵丰满的女人，穿裙子就不要过膝盖，那样才夺人眼目呢。"杜老板色色的眼神仿佛要脱缰，欲把李湘婷的裙子扒下，李湘婷本能地垂手整理衣裙。

"这么大了，也害羞啊，哈哈。一会吃好了，我们去歌厅唱歌，我一直记得那次的酒会，你唱的那首'真的好想你'，感人啊，从那以后每次听到这首歌都会让我想起你。你想过我没有啊？"

听到杜老板口无遮拦的话语，李湘婷感到无地自容。

"你要是不喜欢去歌厅，那里太乱，群魔乱舞的，我们去酒吧。累了我们就去休息，我在香格里拉定了房。"

话说到此，李湘婷明白了，她知道了为何杜老板答应明天就可以有一百万到账，为何后续的二百二十万可以随后到账。杜老板的用意她彻底明白了，他是既要人也要公司。李湘婷不由得寒气袭心。

之后，任凭杜老板天南地北豪侃，李湘婷只是礼节性地附和着，她心里想的就是尽快离去。

看到李湘婷不动筷子了，想必她是酒足饭饱了，杜老板迫不及待地招来蓝伊人结账。

"杜总，今天我请你。"说着，李湘婷取出银行卡抢先递给蓝伊人。

杜老板要回银行卡。

"我签单。"说完，杜老板签单，蓝伊人离去。

杜老板起身走到李湘婷身边，把银行卡送人她的手中。

"我从不让女人请客。我们去跳舞还是去喝咖啡啊。"说着杜老板搀扶起李湘婷。

"我。"李湘婷搜索枯肠寻找着脱身的办法。

"二位慢走，欢迎您再来。"二人在蓝伊人、红伊人的送客声中走出包房。

"我们去香格里拉休息休息吧。都喝酒了就不开车了，我们要遵守交通法规，做个守法公民啊。我们打车过去吧。"这绝对是骗人的鬼话，其实杜老板的用意李湘婷十分清楚，就是不让司机陪同前往。

李湘婷无奈地走向大门，心里还是盘算着如何摆脱，应该说是挣脱了。

走下台阶，通过大厅的曲径就要到大门了。突然，大厅食客中有个人影吸引住了李湘婷。她像漂泊在汪洋大海中看到了舢板，笑着向那个人走去。

杜老板也感到李湘婷遇到了熟人，过去打个招呼礼该如此，但是他是不忍放弃今天的绝好机会，寸步不离地跟随李湘婷走到了曾建灵的身旁。

独自饮食的曾建灵此时还在回想夏晗如获至宝的那枚硬币，当看到李湘婷走来，赶忙起身，礼节性地握手并对随后跟到的杜老板点头示礼。

"曾先生，你早上送来的那些照片实在是不行，我都找你一天了，你跑到这里躲轻闲来了。"

曾建灵丈二和尚般被李湘婷当场打晕，他不明白李湘婷说的是什么。因为前天晚上他们还在一起最后审定了人选照片。今天一大早就去沧州了，早上他们不可能见面，更不可能送什么照片了。

有了解套办法，看着曾建灵呆傻的样子李湘婷差点笑出声来，冲着曾建灵挤挤眼睛，转过身，紧贴身后的杜老板往后退了两步。

"不好意思了，杜总您先请回吧，你看我总算抓住曾先生了，哪天我再请你吧。"

"有什么要紧的事情，非得在这良辰美景的时候说，多煞风景啊！"

"实在抱歉了，我找曾先生一整天了，好不容易在这里遇到，曾先生你若今天不能给我一个说法，明天我们就去法院起诉你。"

曾建灵像傻子一样目瞪口呆。

看到李湘婷愤怒了，还要上法庭。凭借多年的商海经验，杜老板知道她的确遇到了需要立刻解决的事情，再要求就强人所难了，也是自讨没趣，虽然内心不悦，但是想想还有明天，后天。

"理解，理解，工作第一吗。你们聊，明天我再约你，可不要再安排事情了，我可是第一号啊。"

"我们再联系吧，杜总走好。"

李湘婷总算摆脱了一身烂肉的追逐。

杜老板走出大门，李湘婷在曾建灵对面坐下，杜老板训斥司机的声音远远传来："你跑得到快，立刻回来接我，真扫兴。"

静心谋划未能如愿的杜老板愤愤离去，花烛未然即灭。自然钱也不会按照一厢情愿的承诺到账了。李湘婷也在反思自己这次考虑不周太冒失了，当然这是后话。

"怎么一个人，没有女伴陪同？"

"我刚从沧州回来。"

看到曾建灵还没有缓过劲，李湘婷赶快将事情的原委讲给他听。

"一百万，就买人啊，什么东西。有几个臭钱就不知道天高地厚，看他那德行，我看欠揍，阉了他。"曾建灵愤愤不平。

"当下经商对于女人有多么的不容易，哪有那么多正人君子施舍你。太多的女人都是游走在行色各异的男人中间打拼出自己的一片天空，稍有闪失女人常常就成为了这样的牺牲品。男人事业有成可以呼风唤雨，回到家中坐享其成，女人不行，还得烧火做饭伺候孩子和老公；男人不如意可以享受特权去倾泻，寻求平衡，女人不行，留给我们的只有眼泪。男人是强大化身，女人是柔弱的代名词。常言道，成功男人的后面一定有个女人在为其默默奉献着，可是我们女人呢？号称女强人的女人，哪个男人可以为我们挡住一缕云一片雨呢？今天我所遭遇的决不是个案，男人可以不为五斗米折腰，我们女人怎可屈膝而被招安呢？"

叙说的过程对于李湘婷是清苦和无奈的，她感到了无助和凄凉。游走于商海中，在外人眼中她是精明或许还有些强悍，但是现在不知道为什么，在曾建灵面前她那漂荡的心突然安静沉了下来。她想哭，此时女强人的光环已经荡然无存，面纱被她自己撕毁，展示出本色的李湘婷。她更像一个女人了，一个味道十足的女人。

曾建灵送上一杯清茶，李湘婷的情绪平稳了许多，静耳聆听一个女人发自肺腑的心声。曾建灵的内心悠然产生了一股浓浓的怜爱，通过眼前这位日可呼风唤雨，夜可歌舞升平，被众多男人簇拥的女人去探询那些叱咤风云的女性的内心世界。或许这样的女人比男人更具有多面性多变性，更会根据人、事、时的环境变化，调整自己的"外观形态"，以适应变幻莫测的大千世界。由此她们成功了，成为了众多男性追逐吹捧的目标。为了保持良好的"公众形象"，她们不得已把自己包裹得严严实实，这点决不亚于深山古寺中的行者。她们在奋力搏击中掩饰着懦弱的性情，在苦苦追寻中、在欢歌笑语中让柔弱的躯体得以休闲片刻。

因为读你而懂你，曾建灵想到了夏晗，想必同为女人身的她们定有着相同的境遇。她在示人外表下一定也会有着很多苦闷和忧伤，曾建灵再次检讨自己是否关心到了这些。然而，现实又在不停地告诫他，夏晗是有家庭孩子的女人，你不可以越雷池半步，曾建灵常常被这个现实和禁忌所困扰，倘若户加宁可以对夏晗好点，关爱多一点，也会让他得以释怀。但是他清楚现实不是这样，尽管夏晗在他面前从未抱怨过什么。这更增添了他痛苦的牵挂。

"看我今天怎么了，和你说这些。"虽然和曾建灵合作有一段时间了，但是她们只是工作关系，李湘婷突然感觉自己有些失态，在一个陌生的男人面前吐露心声。即便在熟知的男朋友何晨飞面前，她也是从未让其踏入到女人内心深处的这片隐秘空间。

"我理解。"

"你真的能够理解吗？"

李湘婷的追问让曾建灵无言可对，的确，作为异性，是无法身临其境地去体味女人的思想和行为的。

"不说这个了，今天让你见笑了。"李湘婷说这句话的时候，有意把"今天让你"四个字加重了语气，也停顿了一下。她在传递这样的一个讯息：到此为止不可外传。

"我理解，希望我可以带给你一丝快乐。"曾建灵领悟到了。

"你已经做到了，谢谢你。"李湘婷把欲打开的心扉敏感地关闭了，这是她内心深处的净土，不能让局外人踏进。哪怕这无意间的流露都会马上让她警觉地把自己包裹起来。这是这类"事业型"女人的另一个显著特征，她们往往会把自己风光的一面尽情地展露在世人面前，与此同时又会把与之相反的另一面封闭起来。这和太多的男人有所不同，似乎不像男人那样洒脱，其实不然，女人知道自己的弱势，保护自己是前提，当她们没有预知深浅的时候，宁可封闭自己也不去冒险，以免伤害到自己。所以，从业中的女人更不喜欢冒险，当她们没有十足的把握时决不会铤而走险。

当服务员给杯中加完水的时候，李湘婷已经返回到了现实，生龙活虎的她再次精神起来。

"怎么样，可以完成吗？还有什么需要我协调的吗？"

"问题不大，上一批已经送图片社了，后天出小样，我会及时送给你的。你确认后马上就可以制作了，还有一些需要补拍的，郑莹已经安排好了，周二晚上拍摄。"

"不错，相信你不会让我失望的，我从来没有看走过眼。"

"对了，你电话中说得到了国际订单，事情进展的怎么样了？"

"我现在就是挠头这个事情，国际周那边有你们撑着，我十八个放心。这边吧，没有走出国门，我们拼了命，现在拿到了订单，企业的生产能力又跟不上了，必须赶快增加设备，一时资金又周转不开了。有病乱投医，不就遇到了今天这个事。"李湘婷说出内心的苦闷。因为她清楚，尽管如此她也会奋力，它对于成长中的湘婷服装服饰公司太重要了。

"差多少？"

"三百二十万。"李湘婷也是顺嘴说出，她并不寄希望曾建灵可以解决燃眉之急。

"我有个朋友是华康国际的老总，她们是做融资担保的，我问问她吧，看看能否帮助你。"

"真的吗？"

曾建灵拿起桌上的手机开始拨打电话，突然想起了什么合上了手机放回原处。

"太晚了，明天一早我再打吧。"这么晚了给夏晗打电话，若是被卢加宁知道，即使是工作也是怕给她带来不必要的麻烦。

在曾建灵的脑海中突然闪现出卢加宁的嘴脸，其实，在他的内心深处从来没有把对方当作假想情敌而深仇重怨。甚至有时还会幼稚地幻想着卢加宁可以对夏晗好些，因为这些他无法窥视全貌，时至今日他都没有明白当初夏晗为何离他转投卢加宁怀抱的真正动因。那是一片深不可测的禁地，就像深埋地下的千年古墓，不能去挖掘。当初他们曾经"无言"相约，二人交往不去触及卢加宁，这么多年走过，一直如此。偶尔在脑际间出现的在二十二年前将其踹倒在地的那一幕可以让他"解气解怨"，也许这就是阿Q精神万古长青的伟大之处。瞬时闪念过后，他又常常唾弃自己的小人心态，毕竟他是夏晗的丈夫。多年来，在他和夏晗纯洁的接触过程中，卢加宁从未说三道四过，这点倒是比他大度得多。

"那我先谢谢你了。"

"她们的运作模式我也不懂，我给你们搭个桥，你们自己谈。"

"没有问题，你联系好了告诉我，我去拜访你的朋友。"李湘婷有些兴奋，仿佛资金问题解决了，女人的自信再次告诉她可以绝处逢生，当然对于曾建灵还是那句话，从来没有走过眼。

通过曾建灵的牵线搭桥，第二天上午李湘婷准时来到华康国际担保公司拜会夏晗。

递上商业计划书，简单翻阅后夏晗做出了基本判断。

"你们的商业计划书做得很规范，项目本身我看可以。目前正好有一笔资金刚刚回到银行，我看这样吧，我们会仔细研究这个项目，周三我们会上讨论，下周一给你回复可以吗？"

短短数语道出商场上夏晗的干练利索，也许同为女性，也许是因为曾建灵的推荐，女人的"感情用事"常常会在这时显现出来并不像男人那么理性。

"可以，感谢夏总的关照。"人言道：踏破铁鞋无觅处，得来全不费功夫，这次让李湘婷享受到了。

打电话叫来何乾。

"这份材料你们论证一下，后天拿出审评意见给我。"命令的下达依旧是言简意赅。

"是。"何乾恭恭敬敬地接过商业计划书转身离去，轻轻地关上门。

担保公司的运作有着固定严谨的审核规定和工作流程，缺一不可。虽说三五百万对于担保公司是个小数目，但是都会"一视同仁"。若要在夏晗规定的时间内完成，就预示着何乾所管理的项目组，这两天必须夜以继日地工作，没有讨价的余地，必须完成。

几位新进公司的主管很快上道，必定这些都是人精，业务不必担心。在夏晗看来，人品永远是第一位的，它高于业务技能，当一个人的人品和他的技能成正比的时候就是最佳的人才，反之这种反差越大给公司造成的损害就会随着反差值的增大而增加。一个人品极差、技能高超的"人才"进入公司就会埋下定时炸弹，一旦爆炸对于公司将是毁灭性的，这样的实例在当今社会不胜枚举。

当然也会遇到"迂懦"的精英，夏晗会毫不留情地将其请出公司。必定公司是经营实体，效益第一，不是慈善机构更不是收容所。

"我们就这样，你看可以吗？"夏晗谦逊地再次征询李湘婷的意见。

"十分感谢，你忙，我告辞了。"此时的李湘婷只有用感谢回复。

"好，你也很忙，下周一等我电话。"

夏晗礼貌地送李湘婷走出办公室，示意秘书张小珂将客人送至电梯口。

彼此"再见"告别。

李湘婷很快走出大厦上了自己的车，看看表从走进华康国际担保公司到现在，时间只是过去了三十二分钟。

车子起步，李湘婷立刻拨通了曾建灵的电话。将事情的进展情况通报给他，并邀请晚上共进晚餐。但是却被曾建灵婉言谢绝了。

李湘婷十分感激在她最危机的时刻曾建灵鼎立相助，使她步入阳光道。也庆喜自己的命好，猪命的确不错，总会有人在你临危之时托手把你送上平坦的大道。正如曾建灵刚才的笑语："解救女人于困苦之中那是男人的天职。"

李湘婷笑道："路还长，那我们就秋后算账吧。"

挂断电话，回味自己走过的风风雨雨，的确遇到过不少"贵人"而且多数是男性。女人们很难区分这是男人本性中侠胆仗义还是本能中对女性的追逐使然，总之都在男人中间成长壮大了自己。虽说遇到了杜老板那样的事情，恐怕人在职场的女性都经历过了，只是程度不同而已。有得必有失，这失与得中的利弊只有身在其中的女性们去定夺了。那灰暗见不得阳光的东西，随着时间的流逝也就成为了尘封的历史。

千年经典异性相吸，李湘婷今天遇到的夏晗让她有一种相见恨晚的感觉，当然这绝不是因为夏晗解决了她的燃眉之急。她不是见风使舵的俗人，想想自己经商多年，疲惫也会时常冲击她的身心，心的疲惫时常让她在夜深人静的夜晚泪水洗涤，得以轻松。当然男朋友何晨飞对她关爱有佳，但是不一样的感觉。异性间虽然有着巨大的磁场彼此相互吸引，但却不会有同性间那样的熟知心灵。

很想晚上约夏晗去品茶聊天放松心情，转念一想怕引起对方的歧想，李湘婷马上放弃了这个想法。

白天生意场上各自戴上面具角逐拼杀，晚上、周末笑面虎们相聚在歌厅酒吧，乡间度假村，休闲愉悦继续着无硝烟的"战争"，这是现实商场的普遍现象。对着有所求的对象调动全部的面部神经堆起笑脸，说着违心的话无所不能，只求目的的达成。

李湘婷迅速打消了她的想法，是因为夏晗给了她另外的感觉，她不愿意媚俗。她相信只要有缘就一定会坐在一起，尽管现在这个"缘"字被社会的染缸，涂上各种的颜色。红色中有了血腥的味道、黄色中透着淫秽污垢的暗光，灰色中缠绵着诡秘伎俩，白色中闪着刀刃的光亮，绿色中尚存着一线阳光。但是其中那最艳丽的一笔是她绘图上去的，她想到了初升的太阳，落日的余晖，照亮了她们的似锦前程。

送走李湘婷，张小珂走进办公室提醒夏晗，按照日程安排，"野趣度假村项目组"的人已经在会议室等候了。

夏晗走进会议室，众人起立："夏总好。"

"谢谢，请坐。我们开始吧。"

"野趣度假村座落在京西门头沟境内，依山傍水，自然环境十分幽美。三年前开始开发建设，是由当地农工商总公司投资建设的。当时的思路是旅游度假和会议接待，总投资三千二百万元人民币，并于去年的十月份一期工程完工。按照市政规划将建设一条公路与国道连接，公路的建设费用是纳入政府建设开支的。但是由于种种原因，直到今天公路建设迟迟没有开工，现在野趣度假村只能凭着一条不足四米宽的乡间土路与国道相连。由于经营者的理念和交通的不便、宣传力度不够等综合因素，这个度假村仿佛藏在深山中，世人很少知道，本来计划的二期工程也停滞了。"何乾照本宣科，停顿一下看看夏晗投来犀利的目光。

"北京天圆地方旅游娱乐有限责任公司是专门从事旅游项目开放的公司，虽然公司成立的时间只有一年多，但是业绩在同行中已经排名第七位了，发展势头正旺。这次他们注资成为野趣度假村的新股东，新的总经理就是这家公司派驻的，一定会把他们公司的经营理念带人野趣度假村，同时也会把他们固有的客户群引进野趣度假村，成为消费的主体。这次他们申请贷款担保的资金是一千二百万，主要用于修建那条道路、广告宣传提高知名度和在水边建设三十套小木屋及一些配套设施。"何乾陈述完毕，合上工作日志本。

"施经理，资产情况怎么样？"夏晗的目光转向施仁宏。

"资产评估报告上周二已经完成，目前的净资产是二千九百五十七万二千七百六十七元人民币，债权债务基本上是清楚的。"也许是施仁宏刚刚进入公司还不了解夏晗的做事风格，言语中出现了漏洞。

"什么叫基本清楚，清楚就是清楚，不清楚就是不清楚。"对于施仁宏的回答夏晗很不满意，的确，在工作上面决不可以模棱两可，工作就必须严谨而没有漏洞。

"是，我们再确认一下。"施仁宏迅速记下要点。

"可以，明天下午给我书面报告。"

"是。"

夏晗没有当过兵，在她的家族中也没有军人。但是她喜欢军人做事的风格，干净利索从不拖泥带水，所以在公司管理上一直沿用半军事化的管理，话语不多但是铿锵有力，落地有声。

"看来这个周末得加班了。不好意思，占用大家的休息时间。"

从大家的表情上看不出有什么不悦，其实，休息日加班或节假日正常上班，对于许多公司来说已经是家常便饭很正常的事情，也成为老板"剥削"员工，增加剩余价值的手段之一。但是夏晗不愿意那样做，有点侵犯人权的味道，毕竟那是属于个人的时间。除非有两种情况，其一突发时效性很强的事情；其二就是本应完成的工作却没有完成。就只能占用休息时间补工了，否则就会延时下面的工作。平日夏晗也不让员工加班，因为自己可以有车接送上下班，员工却没有这样的特权，下班就得赶快冲上拥挤的公交车往家奔，烧火做饭接孩子。

夏晗继续说道："这个项目我强调一点，就是要规避风险，上午阎县长还给我打过电话，也在催促这件事情。但是我们不能急，施经理，明天你们再去野趣度假村按照他们提供的项目报告，逐项核实看看水分有多少，不实的直接报告阎县长。"

"是，我带着财务的小马一起去。"

"你们自己协调吧，我没有意见。还有何乾'湘婷服装服饰有限责任公司'的那份商业计划书，你们要赶快研究尽快拿出方案来，我看原则上可行，你们再仔细测算一下。"

"我刚才还和经营部的研究呢，这个星期我们也加班，保证按照夏总的指示按时拿出我们的评审意见书。"

夏晗听了点头认可，这要是平日，夏晗一定会制止他们加班。这次也许是李湘婷刚才实事求是的阐述，她的确很着急；也许同为女性，女性间的那种"心相印"让夏晗内心的天平发生了倾斜。但是理智告诉她所有的程序你都不可以省略，夏晗听到何乾所说心中闪过一丝愉悦。

"好的，看看大家还有什么意见？那好吧。大家分头工作，散会。"

夏晗说完起身、转身、离去，众人目送夏晗走出会议室，才纷纷离开返回自己的工位。

从做事风格上，李湘婷和夏晗可谓异曲同工。

就在夏晗开完会的时候，李湘婷赶到了顺义的制衣厂。

从夏晗公司出来，资金问题李湘婷心里已经有底了，现在最紧迫的就是马上布置落实资金到位后的工作了。这项工作的部署是在李湘婷视察"国际周活动"生产加工流水线的过程中完成的。

"那是什么啊？乱七八糟地堆在那里？"李湘婷指着锁边机旁边的几个纸箱子说道，其实她的声音已经提高了许多，也可以说是在喊。

"是剪裁那边剩下的边角料，准备下班前要一起清理的。"生产厂长赶快上前解释。

"不能这样乱放，不是和你们说过吗？成品、半成品、废料和其他附件什么的要有专门的周转箱子，都这样的堆在一起成什么样子了。这个月内这些工作都必须完成，一律用不同颜色的塑料箱区分周转，这边的流动通道也要施划标线。下个月我们要开始做ISO9000认证的工作了。张厂长你们可不能走过场，必须按照认证的标准逐一检讨你们的工作，这也是对你们工作的一次评价。"

"好的，我明白。"张厂长毕恭毕敬地允诺。

手机响起。

"喂，是我。"

"李总，这批进的料色差太大了。"话筒中传来郑莹急速的声音。

"你慢点说，怎么回事？"李湘婷走到窗户边。

"李总，就是银行的那个单子。这个月他们不是要追加一百二十套西装吗？我刚才去库房送统计表，面料刚到库房人正在登记呢，我一看就傻了眼，这批次和原来的色差很大，一眼就看出来了。"

面料的色差在服装面料中是个十分敏感的问题，特别是同一个订单的不同次进料中的色差。从理论值上说，色差是不存在的，现在都是电脑精确调色，但是在现实中，色差却是普遍存在，只是由于这种色差极小肉眼几乎看不出来，也就忽略不计了。但是要是肉眼就可分辨出来，问题可就严重了。

"你马上去生产调度那边看看下的单子，查查看是谁的责任。我马上回去。"李湘婷合上手机走回到张厂长身边。

"张厂长这边你多费心，只有严格的管理，企业的整体水平才可以上去，这点含糊不得。"

"是，是，是。"

"你就是太软，怕得罪人那可不行。我现在把丑话说在前面，你再做老好人不得罪人，出了问题我可就得罪你了。"李湘婷严肃地说着，同时也提高了声音让周围的人都可以听到。

"我们一定落实李总的指示，强化管理。"

"明天的晨会告诉员工，天要下雨请大家准备好伞。"

李湘婷说完直奔大门走去，张厂长紧随其后。

"李总都十二点多了，吃了饭再回去吧。"

李湘婷看看表，指针已经过了十二点四十分。同时饥饿感也即刻侵袭过来，但是她心不在此，刚才郑莹的电话让她无心吃饭。

"我们还是回去吧，公司那边还有事情，给司机拿几个包子吧。"

张厂长十分佩服李湘婷的为人处世风格，这样的情景已经不是第一次了。多少次在夜幕降临时她赶到工厂，处理完事情，揣上几个包子又匆匆返回；多少次看到李湘婷面容憔悴，依旧开会部署工作到夕阳西下。而这一切他无力改变，只能让食堂送来包子递给李湘婷。

"你吃吧，我开。"李湘婷把包子塞进司机手中，坐进驾驶室。

　　放下夏晗的电话，曾建灵开始翻箱倒柜，他把自己多年来所有的照片和底片都翻弄出来，一一分类做上标记。一屁股坐在地板上，拽过一条毛巾擦去脸上流淌下来的汗水，看着摆满床上、桌子上、茶几沙发上的照片，心中充满了荣耀。的确，眼前的一切是他半生努力的结果，这里有他获奖的作品，有他人道时的习作，它记述了曾建灵一路走过的历程。他仔细翻看着每一幅照片并找到对应的底片插入塑料袋中，登记造册。注明摄影集的袋子远远超过存档的照片，想到一本摄影集是无法容纳这么多照片的，他再次重新翻看难定取舍。

　　忽然曾建灵看到了那张署名为"二十二"的照片。这张照片他精心地夹在两个塑料片中间，看上去就是与众不同。他仰面躺在地板上把照片高高举起，曾建灵再次想起二十二年的那一幕，一段让他难于定义是喜悦是忧伤的历史痕迹。因为它，他们相识了，这段情足可以让他享受一生；同样因为它，她成了卢加宁追寻的目标，并得逞了。"它"成了连接他们三人的纽带和桥梁，尽管经过了历史沧桑的洗礼，他们也试图有所改变，但是饱经风霜的他们都未能改变那段历史所定下的格局。

　　每次看到这张照片都会让曾建灵陷入痛苦之中，他无法相信即成的事实。

　　手机的铃声打断了曾建灵的畅想。

　　"在哪儿呢？"是康思予的声音。

　　"姑奶奶，又有什么事情召见奴家啊？"

　　"少废话啊，我是你大爷，记住啊，我们是同性，在哪儿呢？"

　　"家。有事情吗？"

　　"等我啊，马上到。"不等曾建灵是否应允，康思予挂断了电话。

　　不到半小时，康思予推开了曾建灵的门。

"怎么这么快？"

"先给我倒杯酒吧，烦死人了。"

看见康思予一脸的不快，曾建灵赶快送上一杯丰收干红。

"怎么回事啊？一脸的苦大仇深，好像全世界都欠你似的。"

"现在啊，我是孙子，杨白劳是大爷。"

"是不是房租没有收上来。"听过康思予的一席话，曾建灵猜出了三五分。

"你说都什么人啊。上个月说业绩不好，这个月一起付。刚才我去了，还是那样说，你住我的房子就得付房钱，你业绩好不好跟我有什么关系，也就是看我好说话呗。不过这次可不行了，我刚才说了，再宽限他一个星期，一次付清这两个月的，否则我就要送客了，"

"他不是有押金吗？扣他的。"

"是啊，我说了，月底要是让我送客了，一个钱也别想要回去了。他违约在先，合同上明明白白写着呢。现在这些人啊，真不能对他太善了。马善被人骑，人善被人欺。"

"我看啊，他就是给你房租了，也不能再租给他了。轰走算了，那么好的地理位置还怕租不出去吗？下次啊，我给你介绍一个房东吧，保证一次付半年的房费。"

"这么大方，是谁啊？该不是你的？"康思予诡秘一笑。

"说什么呢？是我现在给他们拍摄那家公司的一个部门经理，人不错，虽说不是知根知底，但是人品没有问题。"

"看你眉飞色舞的，不用问一定是个美女，你就不怕夏晗知道？"

"是个女人那不假，但是绝对不像你说的那样。"

"看看脸红了吧，不是就不是吧，紧张什么？"

"谁紧张了？"

"哈哈。"康思予突然大笑起来。再看看曾建灵仿佛有些无地自容的样子越发的好笑。

"你啊，就是一个神经病。"曾建灵不再理睬她，再次看起照片来。

"告诉你，我是奉命前来的。"康思予破涕为笑和进门时判若两人，笑嘻嘻地凑到曾建灵身边。

"是夏晗让你来的？"

"对头，你们都忙。也就我是个闲人了，只能替你们跑腿了。"

"不愿意啊，那还是我自己送去好了。"

"讨厌，今天怎么不实闹啊？"康思予严肃起来。

"没有啊。"

"还没有呢？脸上都写出来了。"

听到康思予这样一说，曾建灵反应过来，刚才的心绪一直没有散去。递上一罐啤酒给康思予，自己也打开一罐一饮而尽。

"等我一下，马上就好。"

"这些都是要出摄影集的吗？"

"怎么样，可以吗？"

"我看还可以吧，原则通过了。哪张做封面呢？"康思予一本正经，脸上的顽皮和玩世不恭荡然无存了。

"你看这张怎么样？"曾建灵举起了那张署名"二十二"的照片。

"哦。"康思予同样熟悉这张照片。

"怎么？不好吗？"看到康思予的表情，曾建灵倒是很想听听她的想法。

"我很理解你这样做的目的，我知道这本摄影集是你多年来心血的结晶，你想对自己有个交代有个总结。"

"是啊。知我者，思予也。"曾建灵笑着拍了拍康思予的肩膀。

"那只是其一，最重要的这本摄影集将会成为你真爱的礼物送给她。"

曾建灵好像突然被什么硬物击中了一样，顿时脸色凝重，他看着康思予。可是他的目光被犀利而来的目光打下阵来。眼神沉下来，转到窗外，他不知道这心底的秘密怎么会被康思予一语道破。

"其实，这不是我猜的。而是你脸上写着呢。"

当康思予装好照片和底片离开曾建灵家的时候，外面突然下起了瓢泼大雨。曾建灵留下她待雨后再走，康思予没有拒绝。

二人坐在晾台上欣赏着雨景，丝丝雨线穿过纱窗垂落在晾台的地板上，雨珠又飞溅起来打在他们的脚面上。康思予起身把窗叶打开，让微风夹带着喜雨尽情地洒落下来。

"我最喜欢雨了，记得小时候每次下雨人家都是拼命往回跑，我却往外冲，每次都淋得个落汤鸡似的，换了衣服还会到晾台上去看。"康思予伸手接过几滴水珠，玩于手掌之中。

"你现在啊，就是最幸福的人，有老公养着，好吃好穿伺候着。自己呢还有房子出租，整天吃香的喝辣的，不像我们啊，整天还得去奔命。"曾建灵放下手中的茶杯。

"好什么啊。你们就看见我整天喜笑颜开了，那是要给你们带来快乐，可谁知道我的苦闷呢？"康思予的脸色也变得肃穆起来。

"这么严肃？有什么不如意的，说说看，看哥们儿可以为你做点什么？"

"这些你做不到，你不属于我。"

"说说看吗？"

"我想夜深人静的时候有人陪伴在我身边，当我疲惫的时候有个肩膀可以靠靠；我想有个自己的孩子给我带来欢乐，让我成为真正的女人。这些仅仅是一个女人想拥有的最基本要求，可是我没有，连做女人最基本的我都没有。"说着，康思予的眼泪不自觉地滚落下来。

听到康思予的话语，看到她的表情，曾建灵突然感觉到她今天的心情一定很坏，一阵风吹散外表的浮华，一阵雨洗去满身尘埃。进门时嘻笑后面的容颜露出本来面貌，也许真的如她所说的那样，康思予总是把快乐带给她身边的人，而内心深处却隐藏着不为人所知的苦闷与忧伤。

"老叶对你不好吗？"在他们的交往中曾建灵从未问及过她们夫

妻之间的事情，今天也是话说到这里了，潜意识中他想知道，必定他们是很好的朋友。

　　"凭良心而言，他对我很好，一个男人日日夜夜在商场上打拼，成了有名的商界英豪，这是多少女人所羡慕的，我应该感到庆幸。虽然我们不能经常在一起，但他每次回来都会带来礼物送给我，或是一个发夹或是一瓶香水，我也切身感觉到了男人对女人的关爱，我想我也该知足了，"康思予的表情没有明显的变化，曾建灵细心品嚼着那话语中的潜台词，他知道"但是"、"可是"就要到了。

　　"但是，一个整天被钱财所包裹起来的女人会真正幸福吗？清晨旭日东升我行走在人间，也会笑意写在脸上，给我的朋友带去一丝快乐。可是当夜幕降临我独自推开冰冷的铁门，一股寒气就会扑面而来，让我胆寒。再大的房子，再豪华的装饰，再奢侈的陈设都无法让一颗冰凉的心暖和起来。说实话，我挺羡慕那些一家三口或许还有老人兄弟姐妹拥挤在几十平米的房子中，就像张大民那样的家庭。"

　　"张大民一家的努力奋斗可就是为了走出那几十平米的房子啊。为了屁大的地方放个电风扇兄弟姐妹也会红脸。"曾建灵实在不理解康思予的所思所想。

　　"打也好，闹也吧。也许这就是张大民的幸福生活。我倒是想啊，跟谁吵和谁闹。老公的所作所为总是让你无话可说，我都没有脾气了。"

　　"你们怎么不要个孩子呢，看你那么喜欢孩子。"

　　听到曾建灵说到孩子，康思予更伤心了，如同愈合的伤口又被撕开，渗出了血。

　　"说是我有问题不能生孩子，这倒好不怕意外怀孕了，连避孕药具都省了。"康思予面无表情地说着，但是可以明显地感觉到鼻音很重。

　　"谁说的？"

"上周三他去阜外医院取的结果，回来告诉我的。"

"你们去医院做检查了？"

"他一个朋友的爱人是阜外妇产科的护士，其实开始我也没有往这方面想，一年到头我们也是聚少离多。就是躺在一张床上了，也是纯粹意义上的睡觉，偶尔那么几次没有结果我也没有多想。你们都知道我很喜欢孩子。"

曾建灵十分清楚康思予十分喜爱孩子。每次遇到孩子她都会凝视着，有时在商场遇到了可爱的孩子，她就会无缘无故地买上几块巧克力送给孩子，搞得人家不知所措。有一次，在幼稚园门口遇到了康思予，开始还以为她是接朋友的孩子，一问才知道是早上路遇的一个孩子，一天的喜爱不能释怀，"迫使"她再次带上新鲜的荔枝送到幼稚园。当孩子家长看到后，死活就是不要，搞得康思予很没有面子。

"后来呢？"

"人家夫妻怀孕生子是很自然天经地义的事情，但是我们不行，要像做一个项目那样需要反复论证。当我正式提出想生个孩子的时候，人家还好举手同意立项了。我们也是夜以继日地努力奋斗终不得要领。一次去和他的朋友家吃饭，提到了孩子的事情，人家盛情相约，我也是得着面子就去检查了。"

"他呢？"

"我们都去了，没有想到最后的结果是我不能生育。"

"现在医学很发达治疗办法很多，说是什么原因了吗？"

"他照着检查报告书说的，单子我也没有看。你说我这辈子欠谁的啊，老天爷这么惩罚我。"

"还是去医院看看吧，没有不能治的。"

"看什么啊，我都觉得丢人。认命吧。我想收养一个孩子，你知道怎么办吗？"

"这个我不懂，听说挺复杂的，孩子的事情可不是想收养就收养。

我打听打听吧，不过你也别灰心。人的一生啊，还是开心点，对自己好点，没有孩子说到底是有一点儿遗憾，也没有什么，现在多少人不要孩子，像夏晗那样一天忙到黑，有孩子也顾不上照料，我看啊，倒不如没有的好。"

"那是因为是卢加宁的儿子，要是你的，你就不这样说了。"

也许康思予说的有道理，只是这个假设曾建灵没有设想过。

"好了，说出来心情好多了，今天把我憋的啊。"康思予起身舒展一下。

"我看出来了，你今天就是不高兴。"

"还是你心细，夏晗真有福气。不说了，雨停了，我也得去完成任务去了。"康思予走回客厅把曾建灵的照片、底片装入手袋中，一眼看到桌子上的一个邀请函。

"你现在成名人了吧，这些能应付过来吗？"

"这个啊，肯定是发错了，书画笔会，我哪儿行？这个送给你吧，你喜欢书画，他们经常搞活动，有时间去看看吧。"曾建灵把邀请函递给康思予。

"笑纳了。"康思予接过邀请函诡秘地一笑。

送走康思予，曾建灵回到暗房开始挑选、制作"湘婷服装服饰公司"的片子。

世道有缘，李湘婷的想法很快得到了实现。就在资金到位的那天下午，她接到了夏晗的电话。

"周末晚上有时间吗？一起坐坐。"

"可以。"

"那我们就周末晚上八点'幻莎茶艺馆'见，你知道那里吗？"

"我去过。"

"我们不见不散。"

"不见不散。"

言简意赅，休闲娱乐同样反映出她们做事的风格和脾气秉性。

也许这就是女人之间的那种心有灵犀吧，李湘婷爽朗答应并提前到达了"幻莎茶艺馆"。

信手从茶桌旁的书报架子上取来一本杂志，静心等待夏晗的到来。

《都市倩影》是一本专门记述白领女性生活的时尚杂志，一篇"强势女人的内心独白"吸引了李湘婷的眼球。在以往众多探询女人内心世界的文章中，你会感觉都是用第三只眼睛窥视女性，字里行间都透着局外观光者的习性与嗜好。读过这篇文章，显然出自一位女性之手，她设身处地从一个女性的角度出发，视角从女人的生理结构开始，通过女人强势外表掩盖的内心世界，展示女人的情与爱、事业与家庭、悲喜和欢歌，写得入木三分，李湘婷感觉自己的影子跃然文字中。

文章后面附着一张题为"原野牧歌"的照片，一个女人坐在漫无边际的草原上眺望远方放养的牛羊。照片带给人们一种超然的想象空间，豪放、爽朗、清亮。虽然你身居闹市，但是你的心绪仿佛已经奔驰在茫茫的草原上了。看到照片下角是摄影者的署名：曾建灵。

"早到了？看什么呢？这么入神？"夏晗轻盈地坐在李湘婷的对面。

"你看这篇文章。"李湘婷把手中的杂志递给夏晗。

"哦，这本我有，是我朋友他们杂志社出品的。对了，就是曾建灵，你认识的。"杂志社出版的每本杂志曾建灵都会定期邮寄到夏晗的公司，让她在小憩时休闲放松。

"真巧啊！"

二人对视而坐，仿佛久违的老友。话题自然也就从那篇文章说起了。

"强势女人，这个词本身就带有强烈歧视女性的色彩，我不喜欢。男人事业有成谓之天生我才必有用，理所当然；女人事业成功却为女中豪杰另类女人。这个世道，什么时候男女能够真正的平等？"夏晗看到这篇文章的时候，就与曾建灵谈过自己的看法。也曾建议这篇文章的名字应该改为：女性眼中的成功女人。

"这个名字的确有些扎眼。我们不去评判在事业上男女的异同，也不论证男女在财富上的富贫，除去男女在生理结构上的差异，就从做事这个角度出发男女成功的概率应该差异不大。问题出在社会观念上对男女的不平等，在于那些男人骨子里对女人的歧视看不起。要是女人的强势形成了，那么男人也就无处藏身了，男人的自尊没有了也就无从挺直腰板自称男人了。"

本来看到文章名字感觉很抓眼球的李湘婷听到夏晗的点拨，有点倾斜了。从对文章名字的认知上，很容易看出她们的不同。

话题由浅入深，她们谈到了女人的事业、女人的情感还有女人的孩子，当然也不例外地谈到了与己相关的男人。

"你们认识很久了吗？"

"是的，我们相识二十多年了。"

"看的出来，曾先生很在意你。"

"他比我还在意我，他以我的感受为他的感受。有时我也在想很对不起他，让他受了很多委屈，可是他总是从容大度地对待这些委屈。"夏晗字字含情、意味深长地说着，拿起小勺不停地搅拌杯中咖啡。倒人杯中的牛奶很快融合在咖啡中，搅动的小勺却没有停止。袅袅升起的香气扑面而来，夏晗沉醉在对一个男人的回味中。

"男人中的男人？也是极品了。我们身边都守着一个男人，但总是感觉有那么多的不如意、不满足。总会让我们去关注游离其外的男人，这是本性吗？时常在想我们对男人心的眷恋远远超过男人对于我们身体的喜爱，身边的男人多如牛毛不停地惊扰着我们的生活，虽然不喜欢，也属无奈地必须周旋在其中。那些让我们赏心悦目的男人可以把做事和情感分隔得很清楚，可是我们女人却不可，常常是感情用事，把两者搅和在一起，把自己搞得很累很狼狈。"说着，李湘婷也拿起小勺搅拌起眼前的咖啡。

"嗯，所以在这个世界中有他，我也知足了。你的男朋友好吗？"夏晗放下手中的小勺，话题很自然地转移到了李湘婷的身上。

"人还不错，本分人，公务员。开始还有些自卑，工作之余开了个书吧，也算是有了自己的产业，现在倒是好多了。"

"你也是幸福的人。"夏晗若有所思。

"就这样吧，还能怎么样呢？"

"你们打算结婚吗？"

"没有考虑，以后再说吧。"

"孩子知道吗？"

"也许吧。我都不知道应该怎么和她说，现在的孩子都早熟，什么不知道！"

"这毕竟是件大事，尽早和孩子沟通，你们这样不明不白地搅和在一起被孩子发现了也不好。"

"那倒不会，我们在书吧后面有个安乐窝。嘻嘻。"

"你啊，真有意思。"夏晗笑着把咖啡送入口中。

"这有什么啊，正常的生理需求，都一把年纪还羞涩矜持啊！"

"四十如虎。"

"我现在啊，是狮子了。你呢？怎么样？"

"我？"夏晗被李湘婷突然的反问，问得不知所措，不知道如何做答。

"不会性冷淡了吧。"

"还不至于，只是许久没有了，也就没有那么强烈的需求了。"

"你和他一直没有吗？"

"我们一直分居着。"若不是这里的灯光黯淡，夏晗红红的面颊掩饰下激荡的人心定会暴露无遗。

"我是说曾建灵。"李湘婷直捣夏晗的心灵深处。

"怎么说呢，没有你想象的那个。"

"精神性交？"

"这词也许不雅，但是也许就是这样吧。性爱是女人认为男女关系中的最高境界了。我们不曾有过那样的激情回味，但似乎我们已经超越其中融会在一起了，也许这就是我们的命吧。"

"你相信命运，算过命吗？"

"无产者不信命，但是却是一段不信算命的算命经历让我改变了人生的轨迹。你说不信行吗？"

在李湘婷面前，夏晗是透明的，她将过去的那一幕幕就像放电影一样毫无保留地展现在李湘婷的面前，有悲喜交集的欢歌；有潺潺回眸的期盼；有撕心裂肺的镇痛；同样也有愉悦心灵的美好时光让她享乐一生。多少年来的内心世界从不示人，今天似乎找到了可以一吐为快的对象，让她冰封多时的心绪豁然间倾泻下来。当一张张画面翻看完毕，夏晗到也轻松了许多，好像刚刚走出桑那浴房，经过"冷"和"热"的洗礼得到了一时的解脱，淋漓尽致真爽快。

"人不可和命争，许多事情也是跟着感觉走。"李湘婷同样是无神论者，但是情感生活中也会时常遇到无法解开的死结。"跟着感觉走"或许就是一剂良药。

"有时夜深人静的时候，真的很想，很想。也会奇想像男人那样肆无忌惮地去发泄，就算是满足动物的本能吧。可是我做不到，我做不到。我只能直挺挺地躺在床上，意念中和他在一起，也许就是意淫吧。可是，可是我终究无法迈出那一步。"

"你也别太伤感了。"

"你看我今天怎么了？"夏晗感到了自己的失态。

"我理解，其实我何尝不是如此呢。世态炎凉，我们总是多副面孔出现在人世间。慈祥的母亲、干练的女人、风骚的泼妇、谦谦的君子。"

"真累！"夏晗抬头看见从天花板垂下的悬灯，伸手一拽，拽到二人之间，灯光把二人的脸照耀得泛起亮光，彼此的面目表情一览无余。

"我很喜欢这里的幽静，现在这里属于我们。"李湘婷笑笑上手一推把悬灯推了上去，幽暗再次回到现实。

"我更喜欢郊外无人探询的深山老林，喜欢没有人工雕琢、大自然中的风花雪月，喜欢从山峰直泻的溪水，喜欢鱼儿在水中跳跃、鸟儿在林中唱出欢快的歌。我都想好了，再干几年就不干了，就到深山中买块地盖上一栋房子，就像《东边日出西边雨》中陆建平那样的房子。王志文演的那个电视剧，你看过吗？"

"看过啊，我很喜欢王志文的演技。"

"不再为事业而忙碌，不再为人际关系而苦恼。远离喧闹的城区，躲进小楼成一统，管他春夏与秋冬。白天去树林中清扫落叶，夜晚坐在房子前边的台阶上望着天上的星星发呆。初一、十五就去深山的古寺中禅拜，在一片静心的沃土上休养生息告别人世间。那就是我所向往的归宿。"夏晗情不自禁地浮想联翩。

"需要个邻居吗？"李湘婷送去期望的目光。

"嘻嘻，好啊。不过？"夏晗像是突然想起了什么事情，欲言又止，收拢了笑容。

"不过什么，不欢迎我吗？"

"不是这个意思，我是想啊，不要带家属，就是我们女人的天地多好。"

"这个不复杂啊。"

"你能行？"夏晗注视着李湘婷的眼睛。

"遵守清规戒律，富贵不能淫，贫贱不能移，威武不能屈，做个大丈夫。"李湘婷双手合十。

"嘻嘻。"夏晗笑出了声。

"不过，我们这样不会有同性恋的趋势吧。哈哈。"李湘婷开怀大笑，像个男人。

"我还有个好朋友，一起来住，彼此就有制约了啊。"夏晗说的朋友是指康思予，她们也曾就这个话题讨论过，都有同样的想法。

"那样啊，要是有节目就更复杂了。"

二人对视着，突然大笑起来，笑得是那么的开心，那么的肆无忌惮。

她们都有家，就是"家"解体了，也可以很快再建立一个家。这个世界上追她们的男人很多，在这芸芸众生中她们看到了卢加宁、施仁宏，也看到了何晨飞、曾建灵混迹其中。他们可以给她们一个完整的家，可是总是感觉还缺点什么，尽管她们都清楚问题不在对方，而在自己的心境。她们又都渴望再塑造一个"家"，一个属于自己的"绿色家园"。

女人真是太奇妙，太难以琢磨了。奇妙得把身边的男人搞得莫名其妙不得要领，即使倾心的男人也无法琢磨她们变幻莫测的心，又有太多的未知等待着男人去解读，是否可以读懂，也只有天知道，没有标准答案。

两人的话越说越多，涉猎的范围也逐渐扩大，她们的心间距离也逐渐拉近走到了一起……

I

　　康思予随着拿着画轴、搬着画框的人流走进西城区文化馆的大厅，这里已是熙熙攘攘人头攒动。说起文人墨客的笔会，倒不像外行人想象的那样文绉绉的彼此窃窃私语。一张硕大的长条案子上布了文房四宝，围拢在四周的书画家们兴致盎然地挥笔作画。

　　最后一个字收笔，书法家从布袋子中取出三五枚形状不一、大小不一的印章放到台面上，再把印台的盖子打开，取上一枚图章哈一口气，此时后面排队求墨宝的人已经将手中的宣纸高高举起，仿佛在告诉其他人：下一个该我了。

　　有人求到一幅"松林啸虎图"，眉开眼笑着从人群中冲出来。

　　"包，你的包。"

　　听到呼叫，此人意识到是自己的包忘在其中了，回首已经看到包从众人头上传递过来。

　　"谢谢，谢谢。"接过包走向大厅的角落，舒展墨宝让其晾干。

　　挤过人墙，康思予来到近台，一位长着长长白胡子的画家正在用泼墨法作画，重重的色彩倾泻而下，五个手指按照一定的频率舞动着，山石虫鸟跃然纸上。康思予激动地鼓掌喝彩，白胡子老人投来慈爱的笑容。

　　"姑娘，喜欢吗？"

　　"您真棒。"康思予把拇指举过头顶。

　　"想题个什么词啊？"

"送我吗？"

"是啊。"

"高瞻远瞩，不，不。融入自然的怀抱，不好，不好。"

康思予搜肠刮肚地找不到准确的词汇，老人放下印章，点上一袋烟等着她。

"什么词啊，我都想不起来了，急死我了啊。"康思予憋红了脸依然没有拼凑出恰当的词汇。

"不急，不急。慢慢想啊。"慈祥的白胡子老人笑着吸着烟斗。

"平平淡淡才是真。"后面传来一位男中音的声音。

"'平平淡淡才是真'，对啊，我就要'平平淡淡才是真'。我就是想要这样的生活，和您的山水间鸟儿的生活一样地欢快。"

"好词。"白胡子老人放下烟斗，挥毫书写。

连声道谢，康思予举着画作走出人群，同样走到大厅的一个角落。

"要是再加上'从从容容'就更好了。"

随着声音康思予转过身来，感觉和她说话的人就是刚才给她"提词"的人。

"你是？"她看到了一张似曾相识的脸。

"康思予。"对方准确地叫出了她的名字。

"施仁宏，是你啊，这么多年不见，你跑到哪里去了？"康思予也认出了对方就是她中学的同桌，那时她们的关系很好，都爱好书画，同是文化馆书画沙龙的积极参与者。意外相遇，喜出望外，康思予举起一只手重重地拍打在施仁宏的胳膊上。

"我能跑到哪里了，我上警校，你去了香港。我们就天各一方了。"

"你啊，这么多年一点没变，还是油嘴滑舌的。"

"刚才要是没有我的油嘴滑舌，你的'丑'就出大发了。"

"嗯，还真得谢谢你了。不过，这也是养兵千日，用在一时啊。嘻嘻。"

"哈哈。怎么样？去来几笔。"

"不献丑了，还是你赐个字吧。"康思予玩笑中送去真诚的期盼。

"只要不怕影响你的环境。"

"我会挂在中堂上。嘻嘻。"康思予顽皮得像个孩子。

"说吧，想让朕赐你个什么字？"

"奴家想要……"康思予嘻笑着思索。

施仁宏双手叉腰装作一本正经的样子。

"棋如人生、人生如棋、步步为赢、运筹帷幄、决胜千里。"

"这么多啊，你要杀了我。"

"哈哈，没有问题，这个'赢'字，是输赢的'赢'么？还是营地、营盘的'营'。"

"当然是输赢的'赢'了。"

"我建议你，要营地、营盘的'营'。因为输赢的'赢'有些杀气，有点张狂。不如营地、营盘的'营'，稳妥、稳健。而且字中蕴含着稳扎稳打一定要赢的含义。"

"有道理。聪明、精辟。通过！"康思予举手认可。

"等十分钟。"施仁宏说完转身回到人群中，因为那里有他的"摊位"。

　　自从这次邂逅后，作为书法家协会副理事长的施仁宏，只要协会有活动，他都会通知康思予，当然，康思予也会欣然接受邀请前往。

　　因为他们的"基础"好，中学同窗三年，喜好相同。尽管多年彼此没有音信，而一朝重逢都没有陌生感，像个久违的老友。他们探讨书画作品也谈论情感人生也说到男女之情。知道彼此的感情生活都有难以说清的苦楚，他们再也不去触及。

　　艺术沙龙举办的《当代画派的走势研讨会》上他们会发表自己的看法；大英博物馆馆藏展览上他们像个小学生细心品味每一张画作；周末他们也会一起去郊外写生。他们还共同完成了一幅名为"苍穹雨露图"的书画作品，还在美展上获得了二等奖，夜晚在护城河边的大排挡他们饮酒庆祝到天明。

似乎他们的交往就是界定在这个层面上，画地为牢。有时一起走过都市的马路或翻越郊外的山梁，彼此也会搀一把扶一段，累了歇息片刻康思予也会依靠在施仁宏的臂膀上，望着天空的云朵舒展，但那是很自然的"肌肤之亲"。

有时他们也会在外过夜，但是他们都是分室而居，就像单位的同事一起出差在异乡。

立功授奖后，卢加宁把装满厚厚奖金的红色信封揣进口袋兴高采烈地走进"燕莎友谊商城"。四层、五层找了个遍也没有寻觅到他要的东西，不是没有，而是没有可心的。快步走出，奔向王府井大街，工艺美术用品商厦、百货大楼、新东安市场再次让他失望了，但是他并没有放弃。听商场的值班经理推荐，也许去批发市场看看或许有所收获，虽说档次低了点，只要找到自己需要的就行！

卢加宁打车来到动物园附近的"金鼎服装面料批发市场"，功夫不负有心人，递上五十元钱，售货员找回十二元，抱上"需求和希望"心满意足地走出批发市场，粗略一算账，打车跑路的钱已经超过手里的东西价格，卢加宁笑笑：它会物有所值的。

从海鲜市场买了虾蟹，卢加宁哼着小曲回到了家，四处无人。

推开夏晗卧室的门，把手上的"宝贝"抛上床，卢加宁得意地自语：等着哥们儿。

看看客厅的挂钟，夏晗快要回来了，卢加宁顾不得换去衣服来到厨房，奏响了锅碗瓢盆交响曲。说到厨艺，他们的手艺其实差异并不大，在业余选手中也都是上乘的。婚前婚后的那段时光，二人几乎天天都在厨房切磋厨艺，你做一道水煮鱼、我做一道粉蒸肉，你炒一个醋溜白菜、我炒一个尖椒土豆丝，其乐融融。时过境迁，那往日的岁月已经成了过眼云烟，一段不堪回首的往事。

　　休息日都是夏晗下厨，卢加宁呢，看看报纸、看看电视只等饭菜上桌，喊出回家过周末的儿子，一家人无语品味着美味佳肴。在卢加宁的记忆中自从儿子降生后，他下厨房的次数也随着日月的流失而逐日递减，并不是他的厨艺下降，而是没有心情。还有一个可以推辞的客观理由就是儿子上托儿所住所、上学后住校，特别是上大学住校后，也是三两周才回家一次。平日他们夫妻就很少在家一起开伙就餐了，理由也很简单，夏晗忙，他也忙，当然也没有那样的心情。

　　四十分钟后，香辣蟹、基围虾两吃、清炒小葫芦、番茄鸡肉片外加雪菜肉丝汤，标准的四菜一汤就上桌了。

　　卢加宁换上居家衣服，从橱柜的最上面取来烛台，擦去灰尘摆上餐桌，却四处找不到一只蜡烛。

　　翻开小区物业发给的"社区服务指南"，卢加宁拨通了三区小卖部的电话。

　　"有蜡烛吗，送一包上来。一栋六单元八号。"

　　"大哥您自己来拿好吗，现在就我一个人。这会儿正忙着呢。"话筒中传来吵扰声。

　　"就你忙啊？你忙我也忙。给你钱都不挣吗？"

　　"大哥真的抱歉啊，要不过一会儿我再给您送去。"

　　"过一会儿，过一会儿黄花菜都凉了，真他妈的不知道好歹。"卢加宁的好心情突然被对方的"服务不周"驱散，他愤怒地想一吐为快，话筒中却传来了挂断的提示音。

　　"他妈的，敢挂我的电话，反了你。"卢加宁愤愤地把话筒放回原处。

　　从衣服口袋中取出钱包，卢加宁走出房门。他并不是去找人家算账，心中的怒火已经在他出门的瞬间烟消云散了，现在最重要的事情，就是赶快去买蜡烛回来，因为夏晗就要到家了。

　　连续走了三家小卖铺，虽说都有蜡烛卖，但是都是那种最低等的白色蜡烛，它们的用途是在突然停电时送去微弱的光亮。卢加宁跑到小区门口坐上人力车奔往两站地之外的"澜影丽美超市"。

买到蜡烛，虽说不是卢加宁想要的那种可以在豪华烛光晚宴上用的工艺蜡烛，三只粉色、三只红色的蜡烛也算漂亮，说得过去了。

卢加宁迅速返回，快步上楼。刚要用钥匙开门，门却打开了。

夏晗静静地站在餐桌旁边，凝视着一桌的饭菜。

"回来了，本想来个烛光晚宴，家里没有蜡烛我去超市买了。"卢加宁一边说，一边把蜡烛送上烛台。

夏晗在想着今天应该是个什么样的"盛大节日"，让卢加宁如此的兴师动众。三月二十七日星期四，太普通又太平常的一天了，夏晗绞尽脑汁怎么也无法和眼前的这一切联系起来。

香辣蟹、基围虾两吃、清炒小葫芦、番茄鸡肉片都是夏晗平日最喜欢吃的菜肴，可是现在她却一点食欲都没有。

"还愣着干什么？洗手吃饭啊。"卢加宁说着，打开了一瓶十五年窖藏的张裕干红葡萄酒。

"有什么事情吗？把我叫回来。"夏晗顺势坐下，把手袋扔到沙发上。

"累了吧。"卢加宁说着走到沙发前，把手袋拿起来，走到门厅挂在衣架上，这里才是它的家。

"有什么事情吗？把我叫回来。"夏晗还是那句话，她想知道卢加宁葫芦里卖的什么药。

"难道只有逢年过节，黄道吉日才可以这样享乐吗？今天心情不错小宴一回，想想啊，我很久没有给你做饭吃了，放心，今天是个开始，以后的日子长着呢。"卢加宁把两只酒杯倒满红酒，举起一杯送到夏晗面前。

夏晗感觉今天卢加宁怪怪的，怪得有点不敢正视他。中午刚刚上班就接到卢加宁打来的电话，本来晚上应康思予之约去"夏威夷乡村俱乐部"洗桑拿，却被卢加宁的晚上有"要事"商量而取消。

你的
心动
我在
听

"我想我们重新开始，你觉得怎么样？"看到夏晗的疑惑，卢加宁一本正经地道出心中的想法。

"重新开始，什么意思？"夏晗越发地糊涂了。

"我们是夫妻，我们就是要像天下所有的夫妻那样在一起生活啊。"

"我们现在不是同在屋檐下吗？"

"现实是异梦异床，怎么能叫夫妻生活呢？"

"你是想？"听着卢加宁的话语，夏晗似乎领悟到了他的意思。

"对了，还是我老婆聪明。你来。"卢加宁起身牵着夏晗走向夏晗的卧室，夏晗本能地抽回手，跟在他的后面。

卢加宁就像回到自己的卧室一样，伸手把床上的东西拿起抛起展开，一张硕大的床单飘舞着徐徐降落，把整个床罩住。

床单上的图案闪着金光，一下子抓住了夏晗的眼球让她心里一颤，振荡的心扉发出阵阵涟漪，迅速散去冲击着她的每一根神经，夏晗不由自主地上前倾身抚摸。

向日葵，在夏晗的世界里曾经占有着重要的地位，她喜爱它，因为它阳光，带给她无限的享受，带给她安全和爱。她曾经如饥似渴地渴求它永不凋谢。

她许久都没见到这样的色彩了。居室是高档的，装修是豪华的，家居饰物也是独具特色的地中海风情，夏晗曾经无数次地找寻向日葵的踪迹，静夜时分也会扪心自问，它去了哪里……

夏晗突然像是被什么蜇了一下，直起腰，木讷地站在那里一动不动。眼前的向日葵逐渐长大了，它挣脱了束缚，充斥了整个房间，又向客厅蔓延而去……

就在夏晗发愣的时候，卢加宁已经抱着自己的被褥走进了夏晗的卧室。

"你要干什么？"夏晗猛然惊醒。

"一起睡觉，做爱啊。"卢加宁说得很坦然，就连"做爱"的语

124

音都提高了八度。

"这就是你今天要和我说的'要事'吗？睡觉、做爱不是一回事吗？怎么突然想起我和我做了，外面乏味了吗？"夏晗有点歇斯底里地狂叫起来。

"告诉你，夏晗，我是你老公，你就要尽妇道。"卢加宁也愤怒起来，冲着夏晗咆哮着。

"妇道，我倒想问问，你的夫道哪里去了，你还想说什么三从四德吗？"

"我不想和你吵，我这不是好好和你商量吗？"看到夏晗眼冒金星怒视着，卢加宁突然缓和下来。

"干什么？你想强迫我吗？"夏晗后腿几步站稳。

"强奸妇女是要判刑的，我不会。你不也是人吗？怎么没有性欲？萎缩了吗？还是另有管道，是不是曾建灵啊，干巴得像个茄子。他行吗？能够满足你吗？"卢加宁冷笑着抛出侮辱人格的话，看到夏晗气愤的样子，他感到了一丝快感，也许这就是他想要的。

多年来，对于曾建灵和夏晗的交往卢加宁似乎从未干预过，很大度地接受这样的现实。但是在卢加宁的心灵深处，曾建灵一直是他深恶痛绝的情敌，尽管他心里清楚他们之间很"纯洁"。也许就是这样的"纯洁"让卢加宁无话可说，把他的嘴堵得严严实实，让他时时感觉到憋闷、窒息。有时他会想，假如她们偷情，哪怕只是一次而已，他都可以趾高气扬地再踢上一脚，让憋在心里的怨气得以发泄，不至于把自己憋死。

"卢加宁你混蛋！"

"你学会骂人了！"卢加宁举起拳头。从他们相识到结婚生子，卢加宁从未听到夏晗口吐脏字痛骂他，此时听到"混蛋"十分得扎耳。

"你要打人吗？"夏晗从兜里掏出手机，她要报警。

"我从不打女人，你叫他来，我们倒是可以较量较量。"卢加宁双手叉腰一副胸有成竹的样子。

"你简直就是不可理喻。"

夏晗本想说你难道没有打过女人吗？尽管就是那唯一的一次。但是看到卢加宁的神情，她忽然感到了一丝恐惧，她怕激惊卢加宁，她想摆脱。转身欲走，被卢加宁一把抓住。

"放开我！"

随着夏晗的语音落地，卢加宁的手松开了。

夏晗跑到客厅，在这里她感到了空气的流动，舒缓了呼吸的频率，回头看去，看到了依靠在卧室门框上的卢加宁。

卢加宁的目光直视着夏晗，这目光让夏晗突然想起多年前画展上被打翻在地刚刚爬起来的那个保卫的眼光。

愤怒的争吵伤害着彼此的身心，精心安排策划的这场烛光晚宴不欢而散，卢加宁很伤感，夏晗很伤心。

几天后风平浪静，似乎什么也没有发生过，上班彼此去，回来各忙各的差事，仿佛一如既往的日子平静而安详。

"老师，老师。施韵晕倒了。"慌了手脚的杨莉颖推开教务组的门，人到话语也到了。

班主任纪老师立刻站了起来。

"怎么了，慢慢说。"

"您快去看看吧。"杨莉颖说着，拽起纪老师就走。

纪老师跟着杨莉颖来到操场上，穿过包围的同学们，看到了刚刚苏醒的施韵。

"脸色这么苍白，哪儿不舒服。你冷吗？"纪老师摸摸施韵的脑门感到了烫手。

"嗯，我恶心，想吐，可是又吐不出来。"施韵面色惨白，断断续续地说完，冷汗滴滴落下来。

"先去医务室吧。"

纪老师扶起施韵，在杨莉颖的协助下，把施韵送到了校医务室。

"你是不是贫血啊？"吴医生做过基本检查后，扶起躺在治疗台上的施韵。

　　"我有巧克力，你吃吧。"

　　杨莉颖从口袋中取出巧克力，把巧克力送入施韵的口中，纪老师送上一杯温水。

　　"这学生已经不是第一次了，上次还出血。我看还是通知家长，带她去医院检查一下吧！"吴医生征询纪老师的意见。

　　"吴医生，纪老师，不用的，我过一会就好了，可能是有点贫血吧。"肚里有了东西，施韵感觉好点了。

　　"你一直贫血吗？"吴医生走上前，翻开施韵的眼皮再次检查。

　　"就是有时出鼻血，什么也不想吃，一天不吃也不饿。有时早上起来就想吐，可是又吐不出来。"

　　"这孩子最近精神不振。整天没精打采的。还发烧，是不是有炎症？"

　　"炎症肯定的，但是引起炎症的因素有许多，着凉感冒或其他的疾病都会有炎症。还是告诉家长去医院全面查一查吧，咱们这里的条件也就是看看感冒发烧，什么仪器也没有。"吴医生很无奈地洗手后回到办公桌前，机械地在登记本上书写施韵的初诊情况。

　　"施韵，你告诉父母？还是我通知她们？"

　　"今天都周三了，周末回家再去看吧，我现在没事了，可能就是有点贫血，我一会也去买点巧克力，不舒服吃点就没事了。"施韵脸上有了红晕，让老师放心许多。

　　万万想不到，曾建灵一生心血的摄影资料被康思予不小心毁于一旦，成为历史的记忆。

　　夏晗遇到急事出差了，康思予从曾建灵那里取来摄影集的资料当时没有传递过去。周四得知夏晗乘坐的班机周六下午三点到，康思予愉悦地答应去接机，同时把曾建灵的摄影集资料一起带去。刚放下电话就接到了施仁宏的电话。

"周四开始在斋堂水库度假村有个'古村风貌绘画展',有时间去欣赏一下吧。"

"那有什么看的?乡土文化。"

"可别小看啊,你知道门头沟山里有个程寺祠堂吗?"

"听说过,怎么了?"

"上个月在大修中,无意中发现在祠堂的山墙内壁有一组壁画,据专家考证估计是辽代的壁画,可想而知它的历史和学术价值。遗憾的是有的地方已经脱落了。前些日子几位画家把壁画临摹了下来,也在这次的'古村风貌绘画展'上展出。"

"太棒了,我去我去。明天去行吗?"康思予喜出望外。

"明天我上班啊,要不周末吧。"

"就不能请假吗?"

"老板出差了,就这两天回来,有个案子我得抓紧时间完成。"

在康思予和施仁宏的交往中,康思予并不知道他现在具体从事什么职业,那次偶遇通过施仁宏的简单介绍只是知道他从刑侦大队出来后去了一家酒店,再后来去了一家公司,是个部门的小头头经理,当然这些对于他们的续旧情没有什么实际意义,同样对于她们延续这段情也没有任何意义,她们的情感与彼此的工作无关。但是机缘巧合的是施仁宏现在的老板就是康思予的知己夏晗,这个有趣的秘密她们谁也不知晓。

"哼,周末你不陪女儿吗?还有时间陪我吗?"

"都那么大的姑娘了,还老用我陪啊。周末我陪你去享受艺术的熏陶吧,不过你老公在北京吗?"对于有家室、孩子的人来说,周末休假原则上都应该陪家人、孩子度过,偶尔的情感"走私"也必须有"合理"的借口。这点对于她们似乎是个例外,施仁宏离婚了,只要孩子没有"突然"的事情,时间完全掌控在自己手里。而康思予呢,虽然有家室似乎同样有着极大的自主空间和自由度。

"在西半球呢，估计得到下月才会登陆了。"

"那好吧，周六早上八点我们还是公主坟老地方见。"

"嗯。"

协议很快达成，刚要放电话，康思予突然想到了周六下午要去接机。

"我们几点回来啊。"

"要是晚了，就不回来了，周日再说。"他们已经不是第一次在外住宿了，所以说起来很自然。

"那可不行啊，周六下午三点我要去接机啊。"

"那怎么办？"

"要不我们早去早回吧。"

"本来还想带你去'程寺祠堂'看看实物，要是当天返回可就看不成了。"

"那就下周吧。反正你就是通行证，过了时辰人家还能闭门谢客不成？"

"好好好，听你的。我保证你既看展览也不耽误你的接机行了吧？"

康思予的伶牙俐齿一向令施仁宏甘拜下风。

按照计划，周六一大早她们就出发了，很顺利，中午时分她们就完成了"任务"。吃过午饭准备返城了，突然听到斋堂水库上空传来阵阵轰鸣声，施仁宏告诉康思予这是上游开闸放水了。

"我还没有看过呢，上去看看吧。"

她们牵手走上大坝，放眼望去，滚滚洪流从上游倾泻下来，通过闸门咆哮着冲向下游，低头看去，湍急的水流在脚下形成了巨大的漩涡，声声震耳。

"太壮观了，我要照相。"康思予从手袋中取出数码相机递给施仁宏，随手把手袋放在大坝台上。

129

"你站这边点。"不是最佳角度，施仁宏举手示意康思予向左。

取景器把大半个大坝连同滚滚而泻的水收入眼底，而在其中的视点上康思予不停地变化出或自然或做作的姿态。

快门声声响，康思予快乐地享受着，此起彼伏的欢笑声已经融入直泻的上流之水冲向下游……

一阵风突然刮起来，并形成了一个气旋从山上飞扑下来。这是山里经常会遇到的自然景观。当和煦的阳光普照大地的时候，也会突然下起一阵"太阳雨"，转眼间又会放晴；当山间荡漾着泥土的芳香扑面而来的时间，也会突然怒发冲冠把天地间刮得昏天黑地，顷刻间又会风和日丽大地回春。

尽情享受大自然的施仁宏、康思予并没有感到突发的危险正在向放在大坝台上的手袋袭来，当她们照完像从大坝的西端向东边走来的时候，施仁宏看见了濒临大坝中间的气旋，康思予看见了被气旋卷起的手袋，

"我的手包。"康思予叫着向大坝中间冲去。

然而气旋一点也不听话，已经把手袋卷起来摔下，扔入滚滚的山水中。她们跑到大坝中间，气旋已经远走，低头看去，手袋已经不知去向，康思予惊蒙了，大哭起来，瘫坐在大坝上。

"怎么了，有什么贵重的东西吗？钱包、手机都在里面吗？"施仁宏俯下身去想扶起康思予。

"我的天啊！"康思予像被钉子钉住一样一动不动，施仁宏无法把她扶起。

施仁宏也不知道应该如何安慰康思予了，无奈地让她哭个痛快。过去了许久，施仁宏把她搀扶了起来。

"没了就没了吧。钱都是人挣的。"

"你放屁，什么没了就没了。"康思予神情恢复了平静，但是眼睛还是死死地盯着远去的水流。

"很贵重吗？"施仁宏清楚康思予不是"守财奴"，从她的表情

看出那其中一定有更贵重的东西让她这样失态。

"摄影集的资料。"

"怎么回事？"

"一个朋友要出摄影集，资料托我转交另外一个朋友，可是她忙一直没有联系到，就放在我哪里了。不是今天她出差回来，下午我去接机吗，早上出门就放在手袋里了。看看现在，怎么想到会是这样，那可是我朋友一生的心血啊，就这样让我给毁了，我可怎么交代呀？"稍微平静的康思予道出事情的缘由。

"真是的。"施仁宏"真是的"一出口看到康思予舒缓的脸又再次紧绷起来，感觉自己这样的口气也不好，应该安慰才是。

"我可怎么交代啊？"康思予仿佛要崩溃了。

"再问问他，也许还有备份。"

"怎么可能啊，这些材料是我帮助他一起整理的，有的连底片都没有了，都是发黄的照片，还得去翻拍，怎么可能还有备份呢？"康思予的一席话让施仁宏不知道该说什么是好。

"几点了？快走吧，接机都晚了。"康思予问时间的同时低头看手表已经一点多了。

二人赶忙拿起东西向车走去。

"你还能开车吗？要不我们打个车回去吧，明天我找个朋友再来开。要不我开，就是没有驾照。"坐进车里，看到康思予的脸上似乎还是青紫不分，施仁宏有点担心，同时也是有点惋惜自己没有驾驶本。

"你坐好吧，你开？还不如我开着放心呢。"康思予发动了车子，也许是离合器抬猛了或许是油门踩重了，车子像出圈的野马一下子冲了出去。

"慢点！"施仁宏本能地将手放到了手刹上。

"放心。你累了吧，睡一会儿吧，睁眼就到家了。"康思予想让施仁宏睡一会儿，其实是想让自己安静一会儿，她内心翻腾着，不知道怎么向夏晗、向曾建灵解释。

　　一路上他们几乎没有再说话，康思予一直注视着前方，她要超越前面的车尽快赶到机场。施仁宏也没有睡，他不放心，他一直盯着前方的路。

K

　　就在飞机降落的同时，康思予赶到了机场。听到机场接人的广播，康思予突然心慌意乱起来，她害怕见到夏晗，真不知道如何面对夏晗。

　　手机响了。

　　康思予此时很怕听到夏晗的声音，可是她就是来接她的。

　　"喂。"

　　"你到机场了吧，是我。"话筒中传来施仁宏的声音，声音中传递着二人分开后的惦念和担心。

　　"放心吧。你真好，谢谢你！"一丝暖流在心中游动。

　　"别着急，会有办法的，有什么事情就找我，我的手机二十四小时开机。"康思予知道施仁宏的手机每天都是定时开关机，从今天开始他的手机就要二十四小时不关机了，这是为了她。

　　"嗯。我挂了，朋友下机了。"不等对方挂机，康思予合上了手机盖。突然她想哭，想痛痛快快地哭一场。

　　夏晗走下舷梯，蹬上机场的大通道向候机楼走去。

　　康思予心神不定地想着夏晗就要在眼前出现了，怎么说？脑子中出现了曾建灵挑选照片时的神态。我该怎么交代？施仁宏的关爱让她感到心有了依靠，在她"不得安宁"的时候，仿佛他又来到了自己的身边，就在身后正冲着她微笑呢，好像对她说：有我陪着你，你还怕什么？

"想谁呢？这么专心致志。"

夏晗猛然的一击让康思予从梦中惊醒。

"你要吓死我啊！"

"你可别死，还得我去陪葬。嘻嘻。"见到好友，一身的旅途劳累被喜悦冲散。

"行李呢？"看见夏晗只是拿着一个手袋，身后什么也没有。

"张小珂她们拿走了，她们从四号出去了。走吧，请我吃什么大餐，我都饿死了。"

"机上不是配午餐的吗？"

"这么狠心啊，吃那些能饱吗？快走吧。"二人说着走出候机楼上了车。

见到了夏晗，刚才紧绷的心舒缓了许多，看到夏晗"饿狼"似的样子，康思予感到好笑，可是她却又笑不出来。

过了收费站，车子开始加速。

"带你去吃老北京炸酱面吧。"

"让你喂猪呢？"

"讨厌。说，那你想吃什么？"

"我想吃大闸蟹，现在是九月啊。阳澄湖的大闸蟹上市了吧？"

"馋猫。今天刚刚九月三号。那些叫卖阳澄湖大闸蟹的都是挂羊头卖狗肉，真正的阳澄湖大闸蟹九月中旬以后才可以到北京。要是想解馋我带你去吃大连海鲜吧，也有蟹子。"

"听你的了，有的吃就好，不过啊，这可不算，你欠我一顿地道正宗的阳澄湖大闸蟹啊。"

"好好好，真是服你了。"对于夏晗的耍赖，康思予一向都是无可奈何。

一路上，康思予都是听客，夏晗给她讲着这次出差的所见所闻，这也是一个定式，每次夏晗出差归来都会滔滔不绝地讲述一番，或喜事或悲感还有桃花运什么的。有时连夏晗自己都纳闷，怎么在康思予面前就有那么多话，整个一个话痨，和她在公司正言厉色的样子判若两人，也许这就是人的多面性吧。

吃饭的时候，仍然是夏晗畅谈，康思予被动地附和着，康思予时时反应出来的神色恍惚终于被夏晗发现了。

"今天怎么了？心不在焉的。"

"先吃吧，一会儿再告诉你。"那件事情一直压着康思予喘不过气来。

"看来真的是有心事了？说吧，我胃口好着呐，是不是和情人闹意见了？"作为闺中密友，康思予和施仁宏的事情也在她们走上情人之路后的不久告诉了夏晗，只是没有报出姓名更不知道施仁宏是夏晗的手下。

"要是那样到好说了，最多不是分手吗？"

"呦呦，还有比这还严重的？我的大小姐！"

"我把建灵的摄影资料搞丢了。"康思予再也无心绕圈子，就在她突然说出实情的同时眼泪也同时落了下来。

听到康思予的话，夏晗惊住了，半天说不出话来。康思予就像是做了天大错事的小学生，心惊胆战地不敢看夏晗一眼。

沉默着，就连周围举杯痛饮的喧嚣声她们都置若罔闻，什么也没有听到。过了一会周围的食客们逐渐散去，她们也都平静了。

"怎么回事？"夏晗的口吻像是在公司质问属下，声音不大却字字含针，让康思予感到无地自容。

"别用这样的口气说话好吗？我都难受死了。"

康思予将事情的原委如实道出，夏晗一直克制着听康思予断断续续地叙述完。

又是无声的冷场，就连餐厅的服务人员也都退避三舍有事绕开她们。

"真的很对不起，我该怎么向建灵交代呀？"康思予同样是"悲痛欲绝"。

夏晗深呼一口气，她知道现在说什么也没有用，无法补救了。她真后悔，那天本来约好在公司等待康思予从曾建灵那里取来摄影集资料送到公司，可是突然接到银行通知，有张千万元的汇票，让法人代表和财务人员速去，否则就会原处退回，紧接着又是出差，因为夏晗通知康思予改期接收曾建灵的摄影集材料，才导致了今天的后果。

夏晗拿起餐桌上的手机。

"你要告诉建灵吗？"康思予怯怯地问。

"还有什么办法吗？"

康思予无话可说。

"喂，建灵吗？在哪里呢？"

"我在 T 台拍照呢。回来了吗？有事情吗？"话筒中传来吵嚷的杂音，但是曾建灵的声音很清楚。

"嗯，刚下飞机。"

"顺利吗？"话筒中的吵嚷声音已经淡去，传来曾建灵的关切问候。

"有个事情我不知道怎么和你说。"

"说吧，有什么事情我可以做的。"曾建灵一如既往。

"不是。"夏晗也不知道应该怎么说出口，那些无法寻回的摄影集资料是曾建灵半生心血的结晶，那是他的生命。告诉他这些仿佛就是宣判他的死刑。

"你怎么这么怪，怎么？你病了吗？"

"建灵，我对不起你。"夏晗清楚地知道若再不把话说明，会让曾建灵"想入非非"。

"到底怎么了？"

"建灵，你的摄影集资料我给弄丢了。"夏晗的声音带着哭腔。

"啊！"

话筒中只是传出一个"啊"字就再也没有声响了。

夏晗拿着手机，康思予盯着夏晗。

就这样一分钟过去了、两分钟过去、十分钟过去后，电话似乎是自然地挂断了。

"我去找建灵，我丢的，你怎么说你是丢的呢？"康思予才反应过来刚才夏晗的话。

"谁丢的还重要吗？你我分得清楚吗？"听得出来夏晗在责怪康思予。本来想为曾建灵做件事情，圆他一个梦，同样也是圆自己一个梦，为曾建灵做点事情，却不想出现这样的意外。

其实，此刻的康思予更加自责，后悔莫及，都是自己贪玩造成无法挽回的后果。

"你吃吧，我要回公司了。"

桌上的菜肴她们没有动几筷子，堆砌在盘中的大闸蟹静静地爬在那里，一点没有食欲的食客已经拽下胸前的方巾放到了餐桌上。

二人没有再说什么，埋单走出了饭店。

夏晗欲回公司往东走，康思予想回家向南去。

康思予说送夏晗回公司，夏晗拒绝了。她就没有再坚持，也许她们此时已经"无话可说"，彼此都想独自静静地离去。

夏晗走下办公楼的电梯，正赶上张小珂抱着出差几天来的报纸走过。

"夏总，曾先生在等您。"张小珂指指接待室。曾建灵来过几次夏晗的公司，张小珂知道他是夏晗的朋友也是同学。

"你请曾先生到我办公室吧。"

"好的。"

"等等。你去忙，我自己去。"夏晗摆手走向与之办公室相反方向的接待室。

夏晗的举动让张小珂感到了不一样，擦身走过时回头看着夏晗走进接待室。

见到夏晗走进来，曾建灵站了起来。

"要不我们换个地方谈？"夏晗静静地望着曾建灵，彼此没有一丝的笑容。

见到夏晗的那一刻，曾建灵本想说的那些话都烟消云散了。他看到了夏晗身心疲惫的神情，看到了没有时间换装衣角上有点不整洁的外衣，虽说那个油点很小，很难让人判断出来，但是还是被曾建灵一眼看清楚了。

"看你累的，早点回去休息吧，我先走了。"曾建灵说完转身走出了接待室，夏晗没有转身送行，而是望着窗外昏暗的天空，久久地站在那里一动不动。

这件事情就这样过去了，几天后似乎都恢复了平静。她们见面谁也没有再提及这件事情，然而它的阴影却从来没有散去。

它成了康思予永远的痛，成了夏晗一定完成曾建灵心愿的动力，她托付朋友四处收集曾建灵的作品。而曾建灵呢从此再也不提出摄影集的事情了。

"国际服装服饰时尚周"庆典晚宴上，李湘婷成了当仁不让的明星。荣获"最具有潜力品牌"、"最佳设计奖"、"最佳造型"三项大奖的"湘婷服装服饰公司"得到了众多商家的认可，纷纷邀请与之进一步洽谈合作。

李湘婷身着一身黑色招腰落地晚礼服，粉色雷丝内衣时隐时现透着风韵迷人。

"李总，这位是'意大利米兰红房子大都会'的老板詹姆斯·康先生。"秘书长把一位身着浅粉色西装的绅士引见给李湘婷。

要不是亲眼看到，你都无法想象"浅粉色西装"套在一位六七十岁老人身上是什么样的感觉。当你看到了，便会眼睛一亮，整洁、温暖、旺盛的精力更让你感觉对视的老者和蔼可亲。

"詹姆斯先生，您好！"按照西方礼仪，李湘婷微笑着送上手接受亲吻。

"你好！今天你是最亮的星星。"詹姆斯·康用很不流利的中文夹带着意大利语音说着，并把一个精致的信封送给李湘婷。

"这是十一月在意大利米兰举办的'世界流行色博览会'的邀请函。"秘书长向李湘婷解释。

"谢谢。詹姆斯先生这是我们公司的徽章送给你。"礼尚往来李湘婷送上一个精美的小盒子。

"OK、OK！" 詹姆斯·康接过徽章笑着指指前胸，又把徽章递给李湘婷。

李湘婷明白詹姆斯·康是让她帮助戴上徽章。

"很漂亮，我很喜欢。"戴上徽章，詹姆斯·康竖起拇指。

"詹姆斯先生想去你们公司看看，李总是否可以安排时间？"

"没有问题，看看詹姆斯先生的日程安排吧。"李湘婷感到又一个商机就在眼前，心喜好事成双。

"詹姆斯先生不光是'意大利米兰红房子大都会'的老板，还是国际著名风险投资 ABK 公司的合伙人。红珊瑚服饰公司就是他们投资包装上市的。"

"听说过。"

"公司做大了，就要走出国门，就要与国际知名的公司合作，提升我们的自主品牌，占领国际市场，这是一条捷径。要想上市，首先必须包装公司，扩大生产能力，宣传广告等等，这需要钱。资金的紧张严重地制约了企业的发展，这是国内许多企业的瓶颈，特别是一些很有前景的新公司，可以逐步做大的小公司。我想李总也不例外。"

"是的。"秘书长说到李湘婷的要害处，这正是她现在急需解决的问题。"国际服装服饰时尚周"签订的订单超过二千万元，意向合作也有五千万元，这么大的市场份额不建新的生产线是绝对无法兑现承诺的。再加上担保公司的钱年底也是要偿还，还有流动资金等等方面都是"钱"。

"詹姆斯先生这次来要办的另一个事情就是考察国内的服装服饰企业。"秘书长继续说道。

詹姆斯·康似乎明白秘书长的意思，不停地点头，他伸出手再次握住李湘婷的手。

"欢迎詹姆斯先生到公司考察。"

秘书长与詹姆斯·康先生用英语交流着，李湘婷后悔自己不懂外语，想到今后要走向国际市场，必须给自己充电，学好外语。

"李总，你看周二怎么样，詹姆斯先生有时间。"秘书长和詹姆斯·康商量后对李湘婷说。

"可以。"

"那我们干杯。"秘书长示意招待送来红酒，三人举杯庆祝。随着音乐响起舞会开始了，詹姆斯·康邀请李湘婷步入了舞池。

因为约好夏晗晚上喝茶诚谢叙旧，李湘婷在跳完几支舞曲后离开了会场，驱车来到了她们约好的地方"幻莎茶艺馆"。

还是那张桌子，夏晗起身把康思予介绍给她们相识。

"我的好友康思予，我的好友李湘婷。"

"好友的好友，那我们也是好友了。"

二人握手笑着坐下。

"喝点什么？"康思予问询李湘婷。

"和夏晗的一样吧，柠檬茶。"

"怎么样今天？看你笑得嘴都到后脑勺了，就知道一定是得胜而归。"夏晗笑着举起茶杯。

"嗯，我都没有想到第一次参加'国际服装服饰时尚周'我们就得了三个大奖。"

"我们以茶代酒祝贺。"康思予倡议举起茶杯，一饮而尽。

"这不算啊，今天你们都得听我的，一会我请你们去吃大餐，我们也来个不醉不归。"李湘婷痛快地邀请道。

"没有问题，一会我们先去蹦迪如何，好久没有这么疯了。"说到兴头上了康思予坐着就扭了起来。

"我们也来个夜不归宿。"夏晗附和道。

"全体通过。"三人大呼小叫，引来周围茶客不屑的目光。

"请小点声音好吗？"隔壁的已经提抗议了，服务员掀开竹帘柔弱声中带着命令的口吻说道。

"对不对。"

"对不起。"

"我看咱们真是要疯了。这是茶室，不是路边的大排挡。"

"哈哈。"

"嘻嘻。"

时针转了两圈多，她们从茶室出来又去了迪厅。淑女在疯狂后进了一家酒馆刷夜，因为孩子都住校，没有了后顾之忧。在她们的事业之外，孩子是她们最大的牵挂，孩子安排好了，一切 OK 了。

说不完的知心话，道不尽的苦乐人生。当然，女人和男人一样，谈论男人也是她们必有的话题。只是相对于男人，她们似乎文雅一些，但是也会"疯"上一回。

很多男人身上的无所顾忌也会在特定的时间，被女人用来发挥到极致，试想这样的三位女中强人在世人面前怎么可能这样肆无忌惮呢？要是真的是这样了，男人们一定认为她们是真的疯了。

自从这次相聚后，三个女人就成了很亲的密友，闲暇时两个或三个就会聚到一起小歇，喜怒哀乐都在一起享受品味。因为她们有很多的交融点，共同的品行、品质、品性、品德、品味，这是康思予概括的"同质性"，所以每次的相聚不管进来时是阴、是晴，分手时总是晴天万里无云。

周末卢亦冉回家，夏晗也难得休息，在家陪儿子。周六卢亦冉踏踏实实地睡了个懒觉，睡到自然醒，已经十点四十了，夏晗看到儿子走出卧室，放下手里的报纸走向厨房。

卢亦冉洗梳完毕，早餐也上了桌。

“儿子，你这是吃早餐还是午餐？”

“一起吃了。”卢亦冉笑着坐下，上手抓起千层饼，筷子夹起荷包蛋熟练地送入饼中一卷，双手抓起送入口中。

“慢点，别噎着。”看着儿子的吃相，夏晗笑着把牛奶杯推到卢亦冉面前。

“晚上想吃点什么？”夏晗和众多母亲一样，对孩子爱的表现就是使尽浑身解数让孩子吃上他最喜欢吃的饭菜，之后再呆呆地坐在孩子对面看着孩子大口大口地一扫而光，母亲就会感到很幸福。

“我想吃妈妈做的松肉，有两个月没有吃了。上周我们班的陈晓带了几块给我吃，太难吃了，比老妈做的差远了。”卢亦冉自豪地夸奖着，张大嘴把最后一块烙饼卷肉塞入口中。

“好的，要不我们一起去采购吧。”

“我要去书吧换书，下周要考试可能回不来了。老爸呢？”卢亦冉看看卢加宁的卧室门紧闭着。

“一大早就走了，今天不是有马拉松比赛吗？”

夏晗和卢加宁的分居生活，卢亦冉视而不见。也许他不懂得大人之间的事情而漠不关心，也许他已经懂得大人之间的微妙关系而不去触及父母的痛处。父母在他的面前从没有斗嘴吵架过，每次回家卢亦冉都感受到了家的温馨，不像周围的同学，今天张三噘着嘴返校，明天李四怒气冲冲地发誓：周末再也不回家了。

吃过饭，卢亦冉帮妈妈把厨房整理干净，和妈妈一起走出了家门。

母子走在小区的路上，卢亦冉与路遇的街坊邻居礼貌地打着招呼。

“这么大的儿子，真幸福。个头都超过他爸爸了。”夏晗小巧玲珑没有可比性，卢亦冉的身材越长越像卢加宁——高大魁梧。

"看看这对母子，像姐弟俩似的，多亲啊！"卢亦冉搀扶着母亲一路走来，引来周围认识和不认识的老年人羡慕的目光。

她们向小区的大门走去，夏晗会不自觉地依附在卢亦冉的身上，在高大虽然还显得稚嫩儿子的陪伴下她同样感受到了温暖、安全，心中充满了幸福和自豪感。

走出小区，卢亦冉背上包过马路坐车去了"诗般恋日"书吧，夏晗提着包沿着道路西行去了超市。

超市里，因为是周六而熙熙攘攘。人流很自然地排成长龙在各个摊位中间游动着。

夏晗买了上好的后腿羊肉再付三块钱的加工费，三斤肉馅入了塑料袋，油皮、豆腐采购完成。刚要出门，看到一位拿着山药的客户，上前询问山药的摊位，山药不错，买了几斤正好做两盘糖卷果。

走出超市，夏晗看见曾建灵匆匆迎面走来。

"你这是上哪里赶集去啊？"夏晗突然伸出胳膊挡住了曾建灵。

"吓我一跳！"

"想什么呢？"

"咳，还是去'湘婷服装服饰公司'。国际周她们获了奖，又接到了一批订单，过去的画册也过时了，一大早就开始催。"曾建灵从书包中取出策划方案，递给夏晗，可是她没有接。

"那是好事啊。整天和美女打交道赏心悦目，怎么样？感觉不错吧。还不把自己嫁过去。嘻嘻。"夏晗打趣着，但是从她的表情和语调上还是能够感觉出女人的一丝敏感、妒忌和醋意。

"还感觉呢，眼睛都吃进去了，谁还敢娶我啊。"

"美得你。"

"买这么多好吃的，有我的份吗？"曾建灵看到夏晗的大包小包中除了吃的，还是吃的。

"亦冉回来了，这孩子两三个星期没有回来了。就是想吃我做得这口。"夏晗说着脸上荡漾着幸福的笑容。

在夏晗与曾建灵的交往中从不涉及"第三者"卢加宁，同样，在夏晗和卢加宁的生活中同样不提及曾建灵。因为大家都知道，这是他们心中的痛。尽管卢加宁曾经以娶得夏晗成为胜利者而欢呼雀跃，可是这种喜悦很快就流失了。而在曾建灵的内心深处从未认为自己是失败者，他很清楚夏晗的天平依旧倾斜在他这边。

"对了，思予都跟我说了摄影集资料的事情，和你没有关系，看我那天还跑上门去兴师问罪。"

"我理解，也是我没有上心，感觉挺对不住你的。那天我要是去你家取，也就不会那样了。"

"算了，过去了，我现在也在收集原来的摄影资料，摄影家协会也给了我一些。以后再拍些，摄影集的事情就没有问题了，只是个时间问题，你们也就别多想了。"这是曾建灵的心里话，那件事情虽然至今是他心头的痛，因为当事人是夏晗和康思予，他也没有脾气，认了。

就在二人说话的时候，值勤后骑车回家的卢加宁看见了他们，停下车远远地看着她们在大庭广众之下的一举一动。

虽然夏晗和曾建灵不苟言笑，但卢加宁却看到了严肃后面的亲热样子，他愤愤地骑车离去。

夏晗回到家，换上厨房衣服展开原料开始了加工制作。

首先制作的是糖卷果，将山药 1500 克去皮剁碎，大枣 500 克去核，果料切碎，两料拌匀后稍加水和面粉，搅拌均匀，用油皮将拌匀的料裹包好，上笼蒸 5 分钟；将蒸得的原料趁热置于干净豆包布上，捏成三角状长条，凉后切成小手指厚般的块，放在灶台边备炸。夏晗的手法十分娴熟。

松肉的制作相对复杂一点，功夫在肉馅的调制上。夏晗取来大约 2 斤羊肉馅，先把大豆腐用刀碾碎，之后把羊肉放在一块豆腐上。羊肉配豆腐，这样做出的馅口感更加香嫩。之后在馅中加两个鸡蛋，搅拌一下，加入调料，姜末，葱末，加适量盐，鸡精，还有五香粉，稍加点水搅拌均匀，馅就做好了。取一张油皮沾一点湿淀粉，把搅拌好的肉馅摊在油皮上，约二三厘米厚，肉上边再沾一点湿淀粉，盖上另一张油皮，用力压实，取大约4厘米切开，切成小条。

　　一个小时过后一切准备工作已经完成，走出厨房喝点水休息片刻。看看客厅的挂钟，想到儿子就快回来了，夏晗再次返回厨房，点火油入锅。

　　"儿子回来了，快去洗洗手准备吃饭。"听见开门声夏晗以为是卢亦冉回来。

　　"什么朝代我成你儿子了？"走到厨房门口，卢加宁用手上卷起的报纸敲打着厨房门上的玻璃。

　　"咳，我还以为是亦冉呢。"夏晗没有回头，再次把案板上的松肉送入油锅中。由于油锅的蒸烤，厨房的温度远远高于其他房间的温度，汗水顺着脸颊滴滴流下来。

　　"喝点水吧。"不知道什么时候卢加宁已经从客厅的饮水机上倒来一杯清水，送到夏晗面前，卷起的报纸还在他的手中。

　　"我哪有工夫喝水，放回去。"锅中油的热度还在上升，临近尾声，油色已经逐渐变黑了，入锅的松肉因为夹带着一些水，入锅后有"砰砰"的声响。

　　"喝点吧，看你热的。"卢加宁把水杯放在灶台上转身欲走。

　　"真碍事，拿走。"夏晗有些急躁，她的注意力全部集中在了油锅上，却没有察觉卢加宁的脸已经开始变了颜色。

　　"你休息会吧，我来炸。"卢加宁上前就去抢锅把儿，夏晗本能地一晃使得卢加宁的手反弹回来，就在他缩手的瞬间，卢加宁拿着纸桶的手上前碰倒了水杯，之后他迅速侧身躲开了。水杯中的水倾泻到油锅中，顿时油锅中炸起滚烫的油飞溅在夏晗的身上、手上、脸上……

　　"啊——"夏晗发出惨烈的尖叫声。

紧接着夏晗瘫倒在了厨房的地上，油锅随着她的手臂翻落下来，狠狠地砸在她的身上……

看到倒地的夏晗，卢加宁试图把她扶起却被夏晗本能地推开，浇在皮肉上的油泛起热浪，焦煳的味道向其他房间弥漫而去。夏晗顷刻间感到钻心的疼痛，几乎昏了过去，在短短的几分钟里，她不停地在昏厥与清醒中挣扎着。

使劲想爬起来，不知道从哪里袭来的疼痛让夏晗无力支撑起娇柔的身躯，脑中一片空白，眼前的一切都在晃动着……

过了一会儿，卢加宁终于在狼藉一片的地上扶起了夏晗。她无力挪动，是被卢加宁夹抱到客厅的沙发上的。

卢加宁拨打了 120。

医护人员抬起夏晗上了救护车，救护车呼啸着冲上了马路。

L

　　卢亦冉开门，一股浓烈的焦糊味扑面而来，他预感事情不好，叫着妈妈冲向厨房。

　　"妈妈，妈妈。"

　　看到了厨房的"乱七八糟"，看到了客厅的"杂乱无章"，卢亦冉抄起电话不停地拨打。

　　拨通妈妈的手机，手机在书房响起——妈妈的手机在家中。

　　拨通爸爸的手机，没有应答。

　　拨打，不停地拨打着……

　　终于听到了爸爸的声音。

　　"我们在中心医院，你过来吧。"

　　从爸爸的声调中卢亦冉断定一定是妈妈突然病了。

　　当卢亦冉赶到医院的时候，夏晗经过治疗已经住进了病房。

　　白色的床，白色的被单，白色的绷带缠裹在面色惨白的夏晗的头上、手上、腿上。卢加宁坐在病床旁边一言不发地看着输液管中滴滴药水输入夏晗的肌体中。

　　"妈妈，妈妈。您怎么了？"卢亦冉扑向夏晗，夏晗似乎在睡梦中，她没有听到。

　　卢加宁站起身，拍拍卢亦冉，让他坐在自己的位置上。

　　"你妈妈被油锅烫伤了。"

"怎么回事啊？爸爸。"卢亦冉根本坐不下，他不明白几个小时前他和妈妈还欢天喜地一起走出家门，转眼间妈妈就躺在了病床上。卢亦冉的眼里充满了泪水，但是他一直咬着牙，不让泪水掉下来。

听过爸爸简单的陈述，卢亦冉无话可说。他能怪妈妈不小心吗？妈妈是为了给他做可口的饭菜；他能谴责爸爸不注意吗？爸爸也是好心想让妈妈休息一下。

这些是真实的。

然而一切的真实都是每个人各自的定义，或许它和真实相距万里，可是人们都这样认为，确定了这样的真实。当卢加宁风尘仆仆地从外面买回让饭馆专门炖制的鸡汤的时候，这样的真实又有了佐证。之后日日夜夜无微不至的照料同样告诉周围的人他们是"恩爱夫妻"。

不是做秀，也不是违心而为之。其实在卢加宁的心灵深处时常出现这样的幻觉，忽然有一天，夏晗遭遇车祸永久在家康复休养，从此卢加宁把照料夏晗的起居当作了自己终身的职业；他也曾经做过这样的梦，夏晗一病不起病入膏肓，好像还不是植物人，因为他们还有交流。从此卢加宁辞去外面的工作，搬进深山老林与世隔绝，日夜守候在夏晗身边。

在卢加宁的心里他心甘情愿不求回报所做的一切都是出于爱，出于男人对于自己女人的爱护，这是一种使命。他坚信：女人是男人的。卢加宁要为自己的女人不受外人的"掠夺"而奋斗终身。

但是这种"爱"全然不顾另一方的感受，不管对方是否可以接受，能否忍耐。这也应征了夏晗说过的话：你的爱让我感到窒息，感到恐惧，让我无地自容。

现实生活中我们看到了太多的表象"真实"。至于当事人内心深处的独白，世人无法知道，即便你斗胆说出来，在世人眼里这也未必就是"真相"。只有期盼遥遥无期的"良心"发现，或许可以"真相"大白于天下，可是很遗憾，那个时候太多的人已经作古，翻案怎能安抚那颗受伤的心，心病终身难以释怀。

　　还有，由此会影响改变当事人一生命运的走向，破镜重合终有裂痕。大病痊愈也会留有病根，不知何时会诱发。谨慎小心地度日如年，还不如快刀斩乱麻两分离，然而这只是"理论"，生活中又有几人可以做到呢？

　　"你上学去吧。这里有我呢。"卢加宁把儿子拽出病房。

　　"我不去了，我要陪妈妈。"眼圈红肿的卢亦冉挣脱爸爸，返回病房，来到妈妈身边。

　　夏晗还是在睡梦中，脸颊逐渐有了血色，她嘴角动动，眼角动动，慢慢睁开了眼睛。她看到了儿子，看见了眼前的一切。

　　之后的一切和普通的病人一样，度过了危险期、观察期。夏晗渐渐好转起来。她可以吃东西了，卢加宁没有接受夏晗的意见在医院订饭，用卢加宁的话说："那都是大锅熬出来喂猪的。"他坚持每天送饭到床头，尽管夏晗会极力拒绝卢加宁给她喂饭，卢加宁总是苦口婆心地劝慰夏晗："让我来吧，这样你会舒服一些。"

　　每到这个时候，对于夏晗都是一种煎熬，憋闷的心胸让她喘不过气来，她无法控制泪水，可是泪水为何而流，每个人都有着不同的解读。

　　在照顾夏晗的过程中，卢加宁做出了很多丈夫所没有做到的一切，他悉心照料着她，即便夏晗因为伤痛而烦恼苦闷的时候，他都毫无怨言地承受着。白天上班中午也会跑来送饭，即便单位有重要的事情，他也会分清主次在饭店订饭送到医院后返回去执行任务，当两者必取其一的时候，照顾夏晗一定是首选。晚上更不用说了，在病人家属中他总是最后一个走。

　　卢加宁天天泡在医院照顾夏晗，病友和医护人员都羡慕夏晗有个体贴人微的老公，也将其视为"楷模"告诫家人好好学习。她们知道榜样的力量是无穷的。然而每当听到那些赞美之词，夏晗的心都会抖，像针在刺她的心。

尽管卢加宁和夏晗说话不多，只是坐在病床边看看报纸杂志，遇到来探视的他会离开病房去医院的花园中走走。

就是那天曾建灵慌慌张张跑进病房，卢加宁同样起身点点头算是打过招呼，离开了她们。

曾建灵看到了躺在病床上的夏晗，泪水止不住地落下来。

夏晗示意他坐下，曾建灵一句话也说不出来，也不敢正视夏晗的目光，尽管目光中充满了幸福和期盼。

"看你哭得像个三岁的孩子，没出息。"夏晗坚强地笑笑，这笑容只能在心中绽放，伴随着面目紧巴巴地痛。

曾建灵低头不语，他只有心疼。

夏晗痛，曾建灵也痛。

同室的病友看到眼前的一切，无法判断她们之间的关系而尴尬地走了出去。

"我没有事，过几天就好了。对了，明天你去一趟公司吧，你找张小珂开门，有份合同在我办公桌的左手抽屉里帮我转给李湘婷。不过你不要把我住院的事情告诉她，公司一堆事情够她忙的。"夏晗有意转移话题，因为她同样感受到了曾建灵"病得不轻"，她想让曾建灵摆脱痛苦。

"嗯。看我笨嘴笨舌的也不知道说什么好了，怎么会这样？"曾建灵的情绪无法转移，眼泪还是再次掉了下来。

"不小心的意外吧。"夏晗知道曾建灵的"心痛"远远超过她的"肌肤之痛"，可是她却无法说明这一切的前因后果。眼泪也再次顺着眼角滴落下来。

此时无声胜有声，让人几乎可以感受到房间空气的流动声，也可以感悟到室内人心跳的怦怦声，共振共鸣。

看着夏晗的样子，曾建灵内心陷入了深深的自责，他在谴责自己的"无能"，无法保护夏晗不受侵犯和伤害。无能、无奈……无数个"无"同时向他袭来，让他无法安宁。无名之火让曾建灵愤怒，拳头在逐渐握紧。

"砰"的一声，曾建灵的拳头砸在了床头柜上，砸碎了上面的玻璃面，一丝鲜血从手间流淌下来。

夏晗艰难地举起手按响了"紧急呼叫铃"。

护士带着曾建灵去包扎，夏晗望着他的背影，思绪万千，难以平静。

曾建灵很快回来了，再次坐下他平静了许多。手伤了，疼痛阵阵袭来，曾建灵忽然感到心疼舒缓了很多，不像开始那么痛了，因为现在他和夏晗同病相怜。

"十三床吃饭。"送餐员推着餐车走到病房的门口，冲着里面叫喊。

"建灵，帮助张大姐打饭。"

夏晗推了曾建灵一下，曾建灵缓过神来走向门口去接送餐员的饭盒。

"我来，我来。"就在门外的同室病友，上前一步接过了送餐员的饭盒。

张大姐进来，身后还跟着她的老公和孩子，张大姐坐下开始吃饭，不时投来疑惑的目光，从她们的言谈举止交流中她实在无法断定夏晗和身边男人的关系。

"你没有订饭吗？"因为进来了"外人"，曾建灵的语气也平和了许多，倒符合他来探视朋友的身份。

"不想吃。"

"要不我给买点吧。"

"不用了，你去忙吧，过几天就可以出院了。"

"一定要吃饭。我先去了，我会随时再来的。"曾建灵想到外面还有卢加宁守候着，一身的不自在，还是告辞离开。

其实对于他们在一起说什么，卢加宁根本不会去偷听，他不想知道。

坐在花园的卢加宁看到曾建灵走出住院楼，出了医院，他把手中燃烧了半截的烟摔在地上，跺上一脚，起身走向住院楼。

走进病房看到水杯已经见底，卢加宁打开抽屉舀上半勺果珍，拿起暖瓶倒水，倒急了水溢了出来，他赶快拿毛巾擦拭，嘴里不停地说："对不起，对不起。"

从出事到今天，夏晗已经听到卢加宁说了一百句、两百句的"对不起"，有些麻木了。

对于这件事情的发生，大家都认为这是一个意外，尽管"意外"的有些蹊跷。而作为当事人的夏晗、卢加宁呢，没有人知道她们内心是怎么的感受、感触。或许真是个意外，她们能彼此心照不宣、相安无事地走过漫漫人生路吗？或许这是一个处心积虑的阴谋呢？它可以迷惑周围的人，甚至是他们的儿子，可是能否瞒天过海一辈子，让它埋在心底而不去诱发呢？

这些事后的假想也许都没有什么现实的意义，很现实的情况就是，他们还得经常面对，沟通着居家生活，陪着儿子坐在同一张饭桌上吃饭。

因为路上堵车，康思予赶到机场的时候，叶强已经在候机咖啡厅自饮四十分钟了。

"着急了吧。"康思予走向咖啡厅，叶强从里面迎了出来，她们像是热恋的情侣，亲吻面颊相拥着走出机场大厅。

"我今天没有开车，打车走。我请你到王府井小吃一条街去吃。"康思予脸上荡漾着少女般的笑容。

"予猫咪，这和开车不矛盾啊？"叶强装作十分正经。因为康思予喜欢猫，家里养着收养的三只猫。康思予视猫咪为子女，叶强也就顺着坡遛下去，送给康思予一个爱称"予猫咪"。

"后面还有节目啊。"

"音乐会吗？"

"别这么严肃好不好，我又不是你的下属。眉目紧锁着，这样会把人家吓跑的。"

"哪有那么严重？"

"就是这么严重吗！我好怕啊！"康思予顽皮地摇晃着叶强的胳膊，显出惧怕的样子。

"好好好，一切都听你的。谁的音乐会？"叶强一向都是"宽容、容忍"康思予的任性。他很喜爱这样的娇妻，可爱多情。

"我在宾馆开了房间，我们就在客房里就餐。我们要多喝，喝好多，再演义你和我的音乐会啊！"

"坏猫咪。"叶强在康思予的脑门上"狠狠"地弹了一下。

二人相拥着走出机场大厅登上出租车，很快驶上机场高速公路向市区开去，康思予依偎在叶强的怀里，似乎睡着了。

"咳，醒醒。才几点就睡觉。"叶强不停地摇摆着腿。

"别捣乱，人家养精蓄锐呢。"康思予依然闭着眼睛喃喃地说。

声音不大，却传到了前面，司机通过反光镜看到了一对相爱而幸福的人。

"小别胜新婚啊！"

"女人就是这样，你得宠着，哄着，小心呵护，像个宠物养着。否则也不知道什么时候踹你一脚。"

"说什么呢？"康思予从叶强的怀中挣脱出来。

"呵呵。"

"哈哈。"

车厢里传来两个男人的笑声。

"对了，前面出去吧，咱们先去香泉环岛吧，之后再去新桥国际。"叶强突然想起了什么，示意司机从五环出口驶出。

"好的。"

"去那里干什么？"康思予不知道叶强去向何方，因为在他们的交际圈子中不曾有那边的人。

"到时你就知道了。"

叶强在卖关子，康思予自然也就成全他了，再次扑入他的怀里仿佛进入了梦乡。路过超市，叶强让车驶进停车场，看到康思予睡眼朦胧，便自己走进了超市，半小时后叶强推着满满一小推车的食物用品走了出来。

司机看到，立刻下车打开了后备箱帮助叶强把东西送进去。

"是去看老人的吧。"司机从过手的东西中感知这些都是老年人的营养补品和日常生活用品，而最后还有三大包的成人尿不湿无法塞人，叶强抱着坐进车里。

车子再次启动了，摇摆的尿不湿"撞醒"了似睡非睡的康思予。

"这到哪里了？这是什么，你买它干什么？"眼前的东西让康思予清醒。

"给你用的啊。"叶强大笑起来。

看看眼前的东西，再看看叶强的神情康思予更加的莫名其妙，好在谜底很快揭开了。

开过香泉环岛向北第一个红绿灯左拐，车子驶进了"夕阳好敬老院"。

车子刚刚停稳，敬老院的赵院长就把车门打开了。

大家介绍寒暄几句后，赵院长引导叶强夫妇走向老年人公寓，路上赵院长告诉了康思予一切。

三个星期前，刚刚人院的马奶奶，因为年事已高老人时常尿失禁，也不好意思托付别人代买成人尿不湿，老人家独自走出了敬老院。左拐右拐地不记得走了多少路总算买到了成人尿不湿，老人家出了商场却找不到东南西北了，也记不清自己人住敬老院的名称，不断地问过路人：有很多老头老太太居住的大院子在哪里？因为老人无法说出敬老院的名称和附近的醒目的标志，热心的过路客都无法把老人家送上回家的路。

刚刚走进食堂准备吃晚饭的赵院长，被慌慌张张跑来的保育员告知：马奶奶不见了。她们已经找遍了整个敬老院都不见老人的身影。

赵院长顾不得吃饭，迅速召集人员沿着敬老院出口找寻。

身心疲惫的马奶奶再也走不动了，老人家又渴又饿，她走到一个十字路口坐在隔离墩上哭泣起来。木讷地不停地摇着头，搞不清东南西北。

路过十字路口的叶强看到了神情恍惚的老人家，上前问询，老人家只有眼泪回应。

叶强扶起老人家走到马路对面的餐厅，一碗热汤面下肚，老人家开始描述敬老院的"样子"。

出了餐厅，叶强搀扶着老人上了出租车，按照老人家的描述终于找到了夕阳好敬老院。

听到赵院长的讲述，康思予再次感受到了老公叶强的善良。

从此，她们有了马奶奶，叶强每次回京二人都会去看望，即使叶强不在北京，康思予也会按照叶强的嘱托前往照看马奶奶。重阳节叶强还捐款五百万元给敬老院建了老人安抚中心，当然这是后话了。

从敬老院出来，打上出租车直奔他们的目的地，坐落在西三环外侧的新桥国际饭店。

在康思予和叶强聚少离多的日日月月中，她们都会尽显创意之灵感，尽情享受着每次短暂的相逢，也都会给对方送去意外的惊喜。

康思予喜欢书画，叶强会把在香港苏富比、佳士得或宝龙拍卖公司在香港举办拍卖会上最新拍卖的名家作品送给她；叶强喜欢收藏酒瓶，康思予也会把自己或托朋友收集到的形态怪异的酒瓶送给他。从首都剧场、长安大戏院回到家中，她们就会"肆无忌惮"地交融在一起不再分开。她们会从客厅的地板上转移到卧室的床上继续"角斗"，数分钟后又移到浴室中继续"厮杀"。康思予不断地发出：我要，我还要，叶强毫不示弱地投桃报李。

云雨过后，二人依偎在卧室的床上，叶强刮着予猫咪的鼻子说：

"人说山下的女人是老虎，我看这平原的猫咪赛老虎。"

"我就是要，还要。我这也是对你负责啊，没有办法，为了我的爱舍命陪君子了。"康思予羞涩地钻进叶强的怀里。

"说明白啊，是你要，我才是君子成人之美。"叶强从怀里把康思予红晕的脸托举出来。

"错。你整天在花花世界中赏心悦目，美女如云簇拥着你。我不是怕你抵挡不住诱惑，一失足成千古恨吗？你回来我就是要把你掏空了，即使你无心上了贼船，也是力不从心，那些女人也就无法满意而归了。嘻嘻。"康思予笑逐颜开。

女人怎么才能管好自己的男人，康思予一直以为那些认为管住男人的钱就可以管住男人身的女人实在不聪明。还有的女人规定男人不得晚上外出，天黑之前一定到家更是有些愚蠢。没有钱的男人就不能寻欢作乐了吗？天黑前进门的男人你能够保证阳光下就没有罪恶了吗？"真爱"男女的情感互动不一定都是男士埋单，谁也没有规定床笫欢愉一定就得在夜间。康思予的上策就是管住了男人的性，就管住了男人的一切，试想男人遇到了娇媚丰韵如花似玉的女人无欲怎么交融，失去了男人的阳刚怎么能够永久地把外面的风景留在身边，也只能是在灯红酒绿中穿梭礼貌谢客。

许多的婚姻变质，很多时候并非已有新的意中人闯进成为"第三者"。那些日渐淡漠的夫妻情感多是从性事递减开始的，这是人的本性。在特定的时间、特定的地点遇到了特定的人，演绎出特定的故事就顺理成章了。

"哈哈，真是最毒不过妇人心啊！"

"我这是防微杜渐，防患于未然。"康思予斩钉截铁地总结道。

一对久婚保持激情的夫妻就是这样走着她们的人间岁月，对于他们每次的相聚时时都是新婚燕尔时，常常都是洞房花烛夜。也许这就是爱情最好的保鲜试剂，或许可以给那些步入痒疼之年的夫妻有所启示，有点帮助。

"好了，你先睡吧，我还有个材料，看完我再来陪你。"说话间叶强已经披衣下地。

"嗯。早点啊。"

"睡吧。"叶强走出卧室关上门，来到外间的沙发上，打开公文箱，把文件铺在长条茶几上翻看起来，不时地在上面批注修改。

批阅完两份项目可行性分析报告，叶强打开笔记本电脑，他要把两份报告中的数字图表制作出来，用于下周三在汉城召开的项目说明会上。

听到轻轻的推门声叶强抬起头，看到了穿着"蝉衣"的康思予。

"你怎么不听话啊！"叶强摘下眼镜。

"人家睡不着。"

"穿上点衣服，小心冻着你。"

康思予摇着头走向叶强，她并没有并肩坐在沙发上，而是走到他的对面蹲下，双手托腮支撑在茶几上凝视着他。

"怎么这样看着我。"康思予含情脉脉的眼神中充满着幸福和快乐，叶强倾身伸手抚摸她红润的脸庞。

"你爱我吗？"

"怎么突然想起问这个了？"

"我就是要知道啊。"

"先去睡啊，我这儿正忙着呢。"叶强说着拿起刚刚修订的文件对照电脑上的图形。

"我不要你工作，我要你回答我。"

康思予有些不高兴，声音透出倔强。也许这就是学理学文男女间的差异，女人喜欢听，男人喜欢做；女人喜欢陶醉在男人甜言蜜语的"哄骗"中。男人喜欢用实际行动来证明，证明几倍、十几倍语言所不能及的爱意绵绵；对于女人，短短的几个字蕴含着甜美幸福，使她感动。对于男人，那是要兑现的承诺，那是压肩的千斤重担。康思予学文科有更多的感性，叶强学理科有太多的理性，这让表述情感的方式更加的不同。

康思予站起来，脸上的娇媚、柔情都随着叶强的"冷漠"而流失了。

"怎么了，生气了？"

"不敢，你忙吧，不再打扰你了。"

康思予冷冷地回答，返回卧室，钻进被窝中。她不再等也不想等了，没有情趣等了，没有欲望等了，她只想睡觉。

夜里，康思予做了一个奇怪的梦，梦见施仁宏一直都在笑，不同姿势的笑，不同形态的笑，不同蕴意的笑。为何而笑她不知道，只是感觉笑得很暧昧。

M

上海艺术博物馆举办"新现代画派研讨会暨法国现代画展"，康思予接到组委会的请柬后立即联系施仁宏一同前往。

施仁宏不像康思予自由自在，时间掌控在自己手里，只能利用休息日，他们赶上周末的最后一班飞机飞往上海。

当赶到组委会安排的人住酒店的时候，已经是深夜了。签到办完手续，突然发现了问题，因为施仁宏不是被邀请的嘉宾，所以组委会根本没有给他安排房间。又赶上酒店客满，没有客房可以人住，已经是深夜，也无法再换其他酒店。

施仁宏一再恳请酒店的值班经理想办法解决一间客房，哪怕和别人合住都行，值班经理和颜悦色地解释着，从客户的订单到今天会议的包房——说明，总之一句话：很抱歉，没法解决。

康思予拽着施仁宏走向通往客房的电梯。

"我们就住一间吧。"康思予很自然地说，虽说同居一室在他们的交往中，这还是第一次，好在都是彼此熟知的挚友，又赶上特殊情况，这样的事情完全可以理解。

施仁宏笑笑，没有说什么，跟着康思予上了电梯间，二人对视着，有些尴尬、有些暧昧、还有些情不自禁，一种很奇妙的感觉在两个人的心中油然而生。在人们日日相吸的交往中因为好感、因为共同、因为祈盼而日日走近这是一种必然。

走下电梯，他们的手很自然地牵在了一起，走过几个房间来到了 1505 房间，打开了客房。

　　一个标准的单人客房，一张双人床占据了房间的大部分空间，一张写字台，一对单人沙发是室内的全部家当。房间的布局虽然紧凑却很时尚，经典的小幅油画挂在墙壁上透着雅致斯文，落地淡粉色的纱帘带给人温馨浪漫的感觉，床上的被褥枕巾都是白地黑色格条的图案，茶几上蓝色玻璃托盘上摆着红色的苹果、黄色的香蕉、紫色的葡萄。

　　很有趣的是，洗梳间和卧室是连通的，中间一面硕大的落地玻璃将房间分隔成两个功能区域。玻璃是透明的，不管你在卧室睡眠会客还是在洗梳间洗澡，都会一览无余一切尽在眼中。透过玻璃看去，淡绿色的浴缸、洗盆等卫浴器具更增添了舒适的感觉，这一切很容易让人畅想到自己温暖的家。

　　整个房间不管从哪个角度去看，去品味，它都是一个安逸舒服的家，更适合长途旅行的客人放下行囊在此安歇。

　　他们对视笑笑，彼此心领神会。

　　一切都是水到渠成，他们没有谦让谁睡在床上，谁在沙发上熬到天亮，一切尽在不言中。康思予洗梳，施仁宏坐进沙发高高举起报纸成了屏障；施仁宏冲洗，康思予凝视着电视七台播放的肥皂剧，仿佛钻进电视中无暇顾及他事。

　　一切完毕，他们走向大床，康思予从左侧掀开被子躺了进去，施仁宏从右侧掀开被子钻了进来。月光穿透窗户洒落在床上，微风徐徐吹来。

　　"你看窗纱，多像是嫦娥舞动的长袖。"康思予注视着飘动的纱帘。

　　"想象力真丰富，我只是看到可以遮挡月光的一块布。"

　　"真不浪漫。"康思予假装不理侧过身去。

　　"嫦娥起舞固然美丽，可是离我太远够不找，我只能望洋兴叹，远水不解近渴。眼前仙女投我怀抱，乐哉优哉。"施仁宏说着从后面抱住了康思予。

160

男人和女人，因为性不同彼此间像有个巨大的磁场吸引着。生理和心理上的巨大不同，诱使他们走近对方探赜索隐。万物源于性，男女之间靠着性吸引而存续，性成了男女跨越"友情"的桥梁，性让"友情"变质，男女自然而然地相拥在一起，这是男女间的原发动能。

很多时候当人们无意中营造了这样的氛围，男人和女人内心的激情就会得以释怀，所发生的一切也就顺其自然。当两个人粘成了一个人的时候，我们所说的同呼吸就成为了现实。

"我去买个吧。"忽然，施仁宏放开康思予，坐了起来。

"买什么啊？"

"紧箍咒。"

"讨厌，没有事情的。"康思予涨红着脸从被窝里钻了出来。

"万一怀孕怎么办？"

"你要是有这样的本事就好了，嘻嘻。"

"什么意思？"施仁宏被康思予说得莫名其妙。

"来啊。"康思予举起双手抱紧施仁宏的脖子。

"那你就给我生个儿子吧。"

知道自己无法怀孕，康思予任凭施仁宏策马扬鞭向着深谷冲去。也许是久旱逢甘露，也许是积蓄多时的能量迸发出来。他们草上飞，云中游，忘记了旅途的劳累，忘却了彼此的关系。在这间不足二十平米的空间中，只有男人和女人的交融，只有性与性的碰撞，只有人间欢和，只有本能的释放。这交融让他们醉生梦死，这碰撞地动山摇。

没有停歇施仁宏勇往直前，没有疲惫康思予翻来覆去。像舞动的蛇蟒在群山峻岭中穿梭，像大海汪洋容纳百川；风花雪月穿越时空隧道，让一片目极所致的天上人间都如冬去春来——鲜花盛开。

许久许久后他们瘫在床上，施仁宏坐起来靠在床背上，点上一只烟，吸入一口吐出，一股烟云向上形成一个云团滚动着扶摇直上，遇到垂下的吊灯，云团逐渐散去，消失在房间中无影无踪。平日最讨厌男人吸烟的康思予看着施仁宏得意的神情，她突然觉得吸烟的男人还挺帅，很有味道。

"你还真行。"康思予伏在施仁宏的身上。

"那当然了。"施仁宏一手将烟送入口中，一手抚摸着康思予的肌肤。

"是不是男人要是不行了，特没有面子。"康思予抬起头，温柔的目光投向施仁宏，她也张开嘴，施仁宏把烟送入樱桃小嘴中。

一缕青烟呼出追随着已经散去的云团。

"你干过农活吗？"

"嗯，怎么了。"

"刚刚拔起的萝卜多水灵，一定比腌制成咸菜的蔫萝卜喜人。"

"这是什么比喻啊？乱联想，真下流！"

"哈哈，话糙，理不糙啊。"

"我倒要看看你的是刚拔出的还是腌制的萝卜？"康思予说着就要往下沉，被施仁宏按住了。

"放心！正当年。"

"嘿，底气还挺足。"

"那当然了。男人就是要阳刚啊！"

"阳刚，你还能到八十啊！"康思予顽皮地在施仁宏鼻子上狠刮了一下。

"那就乘现在好好展示吧，真到了那个年龄连男女都分不出来了，我就去当和尚。"

"你啊，就是和尚也是花和尚。嘻嘻。"

两天的会议很快结束了，那日夜瞬时的印记像雕刻家手下的刻刀，在彼此的心目中镌刻下了一篇浪漫多情的抒情诗篇。返京的路上他们时而像陌生的过路客相敬如宾，时而又像热恋中的情侣依偎在一起不愿分开。

鬼使神差也很自然，自然而然地他们终于迈出了这由量变到质变的一步。而当男女迈出了这"坚定"的一步后，每次相见都会继续着第二步，第三步……男女之间的爱恋真的很奇妙，当男人"实实在在"地走进女人后似乎蹬上山顶的勇士可以小歇，后面的下坡，顺势而下就可以了，从不考虑所谓的上山容易下山难；然而对于女人却截然相反，女人放心地让男人进入自己的身心，那份爱恋才刚刚开始，今后才是山花烂漫时节。男人相约女人的时间会递减，女人期盼男人的时间会剧增；男人的热度会迟缓，女人的热量会聚变；每次的相逢对于男人是一次重复过去，对于女人却是踏寻新的感觉。几乎所有有过此类经历的男男女女们都在重蹈覆辙，但愿她们是个另类。

　　男女之间的情感发展时常使人神魂颠倒，理智时签署的多少君子之约，就在那瞬间土崩瓦解，成为神圣殿堂上的供品，供后来人敬仰。而超凡脱俗的男女，能够厮守最后的"贞洁牌坊"就是不要再去伤害其他人。这样的誓言他们真的可以做到吗？

　　康思予自从有了情人却并没有觉得愧对丈夫，叶强在京她从不与施仁宏相聚，她全身心地陪伴在老公的身边。施仁宏也不去打扰她们的夫妻生活，因为他清楚家庭的稳定是他们情人关系维系的基础。

　　一个人除了爱人之外是否可以再爱上其他的异性，特别是成家有子女后，接触异性随着时间的推延是否可以再次说出：我爱你。爱的萌动往往让你始料不及，一句话、一个动作、一个眼神或许路遇擦肩而过的瞬间。当这种爱随着风，伴着雨向你袭来的时候，你真的可以毫不留情地扼杀她吗？我想不会的，那么你将如何去面对呢？一个异性可以举起强大的法律盾牌，而另一个呢，她只能在无人窥探到的角落里哭泣，在夜深人静冰凉空气缠绕的床间为你祈祷。或许你的另一半很大度、很宽容，不去日查夜访，那么你可以在他

（她）的身上游离多少爱呢？即便你们没有肌肤之亲，是否就可以认定你们清白和纯洁呢？假如有了呢？或许除了她（他）你再遇上另一个他（她），当然我不是说是你喜新厌旧的好色之徒。他们在畅想着假若不是一夫一妻制"残杀"了多少有情人，那么生活也许会灿烂许多。他不明白为什么情人不可以登上大雅之堂，却只能在闪着萤火虫般灰暗的酒吧茶、艺馆间对着蜡烛传递真情。但是又有太多的人在四处寻觅着情人的踪影，难道说，情人生存的土壤注定就是漆黑、阴暗吗？我们看到了太多走向光明而死亡的情人，让情人昂起头出现在世人面前，就会被火烤被水淹。然而他们又去苦苦地寻觅着，他们更多的不是为了性，而是心的依附，让心靠岸，难道家不是休养生息的港湾了吗？

生活中有了情人，康思予比原来做得更好了。至于整天忙碌的丈夫是否有情人，她不知道也不想知道。

上推几年或更早，情人是和乱搞之类的污秽之词并联的，然而今日，情人已经遍地开花。尽管报纸、影视、大众讲坛都在说情人没有好下场，也有人身临其境尝到恶果，但是都市的大街小巷却层出不穷地涌动着情人的身影。

不知道是否这是时代的进步和特征，那些把婚姻和爱情有机分割的男男女女总有自己独特的理论基础。家庭是港湾是休养生息的场所，对于家庭我具有无限的责任；情人是浪漫的经典，它是心灵安歇的地方。二者互不交叉重合，互相补充完美，这是生活的品质。

施韵终究没有坚持到考完试，再次发病。

999呼啸着直奔市区中心医院，与此同时老师通知了李湘婷。

三天后残酷的现实告诉了人们，施韵被查出急性淋巴细胞型白血病，需要立刻入院治疗，否则就有生命危险。

李湘婷听到医生的"宣判"当场昏厥过去，医护人员赶快把她扶起来测量血压脉搏，施韵没有哭，她异常平静地抚摩着妈妈的前胸。

妈妈醒了。

"妈妈别着急，我没有事的。"施韵懂事得像个大人，劝慰着李湘婷。

李湘婷的泪水不停地流淌下来，施韵轻轻地拭去妈妈的眼泪。

"都怪我，整天就是忙啊忙。前些日子就看你脸色不好，还以为是你考试前精神紧张所致呢，怎么就成这样了。"李湘婷握着施韵的手不停地自责。

"你不要着急，谁也不愿意这样。但是既然得病了，我们就要面对现实，你看孩子多好，真懂事，现在确诊了，我们会全力治疗的。"身边的医生宽慰李湘婷。

"她很严重吗？"按照常理，这样的问话是不应当着孩子面问的。

医生看看坚强的施韵，客观地说："白血病虽然是一种造血组织的恶性疾病，但并非绝症。由于医学技术的发展，使白血病成为可治的病。通过积极的化疗、放疗、骨髓或外周血干细胞移植，生物反应调节剂应用等联合治疗手段，只要我们积极治疗，控制病情的发展，治愈的病例还是很多的。"

听到可以治愈，李湘婷紧握的手渐渐松开了。

"韵韵，我们就听医生的话好吗？配合治好病好吗？"

"我想考完试，再来住院。"

"你还是先住院，需要做个全面检查。考试还有时间，等病治好了，今后还要考硕士，考博士呢。有了一个好身体，你的理想才能够实现。"医生拍拍施韵的头开导着。

"嗯。"

看到懂事的孩子，尽管李湘婷还在悲痛之中，但是心却舒缓了许多。

办完住院手续的施仁宏面无表情地推着施韵走向血液科病房。

穿上病号服，躺在病床上，施韵接受常规检查。

体温、血压还好，在正常的范围内，护士拿着吊瓶进来给施韵输液。

看到施韵嘴角有血迹，医生让她张开嘴，李湘婷看到了齿龈在出血，心再次提了起来。

"这是怎么回事？"

"这种病的反应。"医生一边治疗出血点一边回答，有意省略了"白血病"的字眼，她知道对于病人及她们的亲人"白血病"就是不治的血癌。

"妈妈，其实我早有预感。"施韵非常坦然的话语，让李湘婷、施仁宏及身边的医护人员都大吃了一惊。

"其实去年十月份我就有预感了，当时自己脸色比较白，而且长了很多紫斑。"面对自己的病情，施韵显示出超乎实际年龄的镇静。

周围的人都睁大眼睛看着施韵。

"我在网上也查了查这样的症状，心里早就怀疑是白血病了，但是一直没有告诉你们。"

"韵韵啊，你怎么这样傻啊，为何不告诉妈妈？"

"怕你们担心，怕影响学习。"

李湘婷已经泣不成声，她真后悔平时只顾自己的事业，没有给女儿更多的关爱。

"有病不治怎么行，这样不更影响学习了吗？爸爸妈妈不是更担心伤心吗？"施仁宏有点责怪懂事的宝贝女儿。

"我想期末考试后放假了，就可以安心去治病了。你们不要着急。"施韵惨白的脸上闪过童贞般的微笑。

懂事的孩子也感染了在场的其他人，都在拭泪。

李湘婷和施仁宏商议二人日日陪护着女儿。

"我已经跟公司请了假，年假提前歇了。你公司现在正叫劲呢，这边我来吧。"虽然施仁宏和李湘婷已经离婚，但是女儿会一辈子把他们牵连在一起。而当女儿遇到危难的时候，做为爱女儿、有极强责任心的父母自然会摈弃前嫌同舟共济。

何晨飞四处寻找关于"白血病"的书籍，他把相关的条目一一抄录下来，当李湘婷拖着疲惫不堪身体走进书吧的时候，何晨飞送上一杯热水，照本宣科地念给李湘婷听。

"白血病是一种造血组织的恶性疾病，特点是某一类型的白血病细胞在骨髓或其他造血组织中的肿瘤性增生，可浸润体内各器官、组织，使各个脏器的功能受损，产生相应的症状和体征。临床上常有贫血、发热、感染、出血和肝、脾、淋巴结不同程度的肿大等。"

"白血病单纯是白细胞有病吗？"李湘婷用心地听着。

"白血病并非单纯是白细胞的疾病，因为在造血系统的诸系列像红系、粒系、单核系、淋巴系、巨核系等中，除白细胞系列如粒、单核、淋巴系可发生白血病外，其他非白细胞系列比如巨核系、红系也可发生白血病。此外，无论哪一系列的白血病，除去本系列中某一阶段细胞发生急性、肿瘤性增殖外，由于肿瘤细胞对正常造血组织的影响，还同时表现有其他正常系列细胞的生长受抑。故此，任何系列的白血病，最终临床上都将表现不同程度的贫血，就是红细胞减少、血小板减少及易感染白细胞数量及质量异常等现象。"

很多时候，对于医生的说教李湘婷总是半信半疑，这倒不是怀疑医生在"欺骗"她，而是知道医生不能把"全部"毫无保留地告诉她。医生说的都是客观的，还有很多的"客观"医生是不会告诉你的，假如有一天从医生那里知道了全部，那就是你收到了"病危通知书"。

"这种病能够治好吗？"这个问题才是李湘婷最关心的。

"医生不是告诉你了吗？"

"我想听你说。"李湘婷相信何晨飞所说的，何晨飞理解李湘婷，他会客观地把一切都告诉她。

"虽说这种病属于顽症，却是完全可以治愈的。我翻阅了国内外大量的文献和临床资料都证明了这一点，我想最终的解决办法就是骨髓移植。"何晨飞的语气很坚定，让李湘婷看到了希望。

"嗯。医生也是这样说的，前提是要找到和韵韵相匹配的骨髓。到哪里去找啊，真愁死我了。"李湘婷投入何晨飞的怀里，眼泪滴答滴答地落了下来。

"我已经把韵韵的情况贴到网上了，下周我们主任去台湾参加一个会议，我也请他和'台湾佛教慈济骨髓库联系'一下。我想一定可以找到的。"

"你真好。"李湘婷从何晨飞的怀中起来，深情地看着他。

"还不是和我的女儿一样，不过你要有思想准备，费用是很高的。我看过一些报道，很多孩子即便找到了合适的配型也因为经济问题无法手术。"

"我就是把公司卖了，也要救我的女儿。"

"嗯，我也可以把书吧卖了，救你的女儿。"

"书吧还是不要卖，这是你的希望，你的理想。也是我们安逸的小窝，钱我会有办法的。"李湘婷说得同样坚定。

"你要多劝慰韵韵，可别在孩子面前抹眼泪，会影响她的情绪。"

"我知道，韵韵比我还坚强，还不停地劝我呢。还不是在你面前吗，我就是想哭，心里不畅快。这么多年事业打拼，遇到多大的困难我都没有掉过眼泪，就连我和她爸爸离婚我也没有哭一声，我以为自己不会哭了，这次我把一辈子的泪水都哭干了。"

"想哭你就哭吧，这样你心里会好受一些。"何晨飞紧紧地抱着李湘婷。

自从施韵住院后，他们很少相聚，偶尔的相聚也是为了施韵的病。给施韵治病同样是何晨飞的头等大事，他调度着周边的一切资源。当李湘婷扑入他怀里的时候，怜爱、心疼交织在一起，他想让她哭，哭出心里的郁闷，他更想让她笑，让她不再有烦恼。

这短暂的相聚再次被手机的铃声打断了。

"喂，韵韵怎么了？"电话是在医院的施仁宏打来的，每每接到医院打来的电话都会让李湘婷神经紧张。

"刚才护士又送'催款通知单'了，该给韵韵续费了。"

当初李湘婷和施仁宏离婚时正好赶上公司投入新设备，所以施仁宏大度地没有分得钱财，拿着自己的行李离开了家。李湘婷感觉过意不去写了个欠条给施仁宏，一年后还给他应该分得的另一半钱财。

施韵病了，施仁宏日日守护，李湘婷在照顾女儿的同时还要在商海中打拼，她需要很多的钱。有钱的出钱，有力的出力也在这对离婚男女间延续着。

真是花钱如流水，前天刚刚送去的钱两天就花完了。李湘婷此时才真正明白了何晨飞所说："治疗白血病的技术是成熟的，风险虽有但是可以克服。治疗韵韵病的基础是钱，治愈韵韵的病在很大程度上就是钱的拼搏。"

李湘婷离开何晨飞去了银行，又赶往医院。

康思予探视夏晗出来，二人聊得挺开心，心情愉快。康思予哼着小曲走出了医院，拨通了施仁宏的电话。

"晚上加班吗？我们去吃巴西烤肉吧。"康思予知道施仁宏最喜欢吃烤肉，上次二人打赌自己输了，一直欠账没有还。

"今天不行，我女儿病了。"耳机中传来施仁宏低沉的声音。

"我说你最近怎么老有辙啊，你这可是第三次拿女儿的事拒绝我了。"对于近日施仁宏不见自己总用"女儿病了"来推辞，康思予有些想不明白。

"真是女儿病了，我现在有事，先挂了。"施仁宏不想多解释什么，听到推门声他挂断了电话。

无端被挂断电话，康思予一股火直往上撞，刚刚愉悦的心情荡然无存。

康思予再次重拨电话。

"我这里有事回头打给你吧。"施仁宏的语调依然低沉，曾经有过的男性的磁性声音毫无踪迹。

"你不是说女儿病了吗？"这次康思予真的是气愤了。

"回头再说吧。"施仁宏再次挂断了电话。

看到施仁宏的神情，推门进来的李湘婷也似乎看出了什么。

"你去吧，别让人家着急。"李湘婷来到施韵身边。

"交了吗？"施仁宏没有理会，他没有心情去和康思予花前月下。

"嗯。"李湘婷把押金条递给施仁宏。

"妈妈，需要很多钱吗？"施韵在李湘婷的搀扶下坐了起来，入院几天虽说脸色依然苍白，但是施韵的精神好了许多。

"钱不是你想的事情，你就听话治病就是了。"

"十八床上的孩子早上让他爸爸接走了，就是没有钱了。"

早上护士来挂点滴，隔壁病房的声响突然大了起来，传来大人、孩子的哭泣声。

"那个孩子怎么了？"同室病友的母亲问护士。

"找不到配型只能出院了，孩子真可怜。"病情没有得到控制，这样出院意味着什么护士心里很清楚。

"出院还不更严重了？"病友母亲探过身去看见了屋外推走的病孩。

"他已经化疗六个疗程了，一个疗程就是四万多，换来的只是血象稳定。我们已经联系了多家骨髓库，都没有找到相匹配的骨髓。按照他现在体内化疗毒物过多的情况看，再治疗下去所需要的费用就得一百到一百五十万，他的父母都是教书的老师，怎么能承担得起。"护士挂好吊瓶走出病房。

病房外平静了，同室病友的母亲看着自己的孩子还在叹息着。

施韵看看爸爸，没有任何表情，刚才大人们的对话还在耳边回荡。

"韵韵，钱妈妈有，刚才都交了。你要有信心，病一定可以治好，看看这些是何叔叔给你的。"李湘婷说着递给施韵一个红色的文件夹，里面是何晨飞打印出来的一些关于白血病患者积极配合治疗痊愈的病例，还有一些战胜病魔取得优异成绩的英雄事迹。

"你有事先去吧，晚上我没有事情，我陪韵韵吧。"李湘婷依稀还记得刚才施仁宏接电话不耐烦的神色，她知道对方一定是个女人。

"晚上你不是要去亚运村参加商务酒会吗？"

"对对对。韵韵，妈妈得走了，下班高峰到处堵车。仁宏，不好意思，耽误你的事情了。"李湘婷看看表，时间已经很紧张了。"仁宏"的称谓许久没有使用了，当施韵病重把两个人再次紧密连接起来的时候，"仁宏"再次派上用场，彼此间多了些亲切、多了些理解、多了些原谅、多了些交流。

现在，离婚率在逐年上升，但是离了婚男女之间的关系却与过去发生了极大的变化。追记我们的父辈们都很少离婚，虽然老人家告诫他们"没有爱情的婚姻是不道德"，但是他们宁可这样的"不道德"地艰难走下去，厮守在一起慢慢变老。即便过不下去了，也要经过持久的"战争"打成了离婚。之后呢，彼此成了老死不相往来的陌路客、仇人。你看今日自从后海的"离婚餐厅"开业后，那里的生意异常的红火，无法续缘的男女揣着绿色本本举杯祝福彼此明天会更好。

"你去吧，我陪女儿。"施仁宏现在最大的事情就是女儿。他知道陪护施韵治疗、治愈是个持久艰苦的过程，所在的公司又不可能长久请假，前天他已经递交了"辞职报告"。这件事情，他没有告诉施韵，也没有告诉李湘婷。

因为老板"出差"一直没有回来，施仁宏也没有再去公司催促，只等公司人力资源部通知他去交接工作办理离职手续了，但是他却不知道夏晗就在百米之外另一栋住院楼的病房中。

李湘婷走出病房后不久，医护人员拿着器具走了进来。

"施韵躺好，我们需要再做个穿刺。"医护人员熟练地做着准备。

入院后穿刺取骨髓化验已经做过几次，每次都会钻心的疼痛，但是施韵一直坚持不哭，特别是父母在身边的时候，她会强忍着不让眼泪落下来。

此刻施韵再次躺好，施仁宏看在眼里疼在心上。不忍看见"粗大"的针头刺入女儿的脊椎，他移开视线。

"韵韵很疼吧。"施仁宏轻抚施韵已经冒汗的额头。

"不疼。"

"还说不疼，我知道。韵韵坚持一下，马上就好了。"

"嗯。"

此时他们感到了时间的凝固，看到施仁宏凝重的面容，施韵强做笑脸。

"爸爸，我给你讲个笑话吧。"施韵想转移爸爸的心绪。

"不要了，是不是很疼。"施仁宏理解女儿的用意。

"说是有个非洲代表团来到北京……"

施韵讲着，施仁宏却不知道女儿在说着什么，当医护人员采集完毕离开，施韵的笑话也讲完了，她注视着爸爸那没有一丝笑容的脸。

N

    李湘婷恋恋不舍地离开医院，上了出租车向亚运村驶去。一阵心酸，她突然想哭，回头眺望早已看不见的医院住院大楼，感到了一股强大的吸力在吸引她，不让她走得太远。泪水止不住地落下来。坐在出租车后排的李湘婷忽然觉得，驾驶车辆的司机很像何晨飞的背影，几分形似，几分神似。

    人很难有一个固定的心理定势，或喜或爱、或仇或恨。尽管都是成年人，可以很好地把握自己的情感趋向，很想专心致志地爱一个人，欣赏一个人，为她而生，为他而死，就连三五十岁的中年人也会幼稚得像一个顽童嬉戏爱恋自己的他（她）。然而人终不能生活在真空中随心所欲不管不顾，外界对心灵的制约、左右驱使它远走他乡。后来者成了主人，盘踞的户主成了第三人被流放，当美丽的幻想成为了现实，畅想的明天成为了今天，蹬上山顶看到了山脊侧面的悬崖峭壁，沧海中漩涡湍急，翻过山趟过河，突然会发现外面的风景并不像你想象的那样山青水秀。

    在众多再人婚恋的男女中永远会有一条沟壑无法超越，这就是初恋的情结，结发日夜所留下的印记，它像刀痕累累无法磨灭，或幸福或凄惨它永远是个参照物。有时会使用显微镜，有时要举起放大镜，把日常生活中点点滴滴的不快无限地扩大，心寒后悔还是过去的好。逝去的成为了美好的回忆，追讨着往日的幽情，希望明天可以重复，祈祷来生可以复制。

　　当然这只是一类人所触及的现实，大千世界还有另类寻觅着：谁是我的新娘，谁是我的新郎。

　　郁闷之极的康思予沿着医院的围墙百无聊赖地走着，她不知道施仁宏为何突然间温情不在，不再与她缠绵厮守。更不知道施仁宏现在就在医院的病房与她一墙之隔近在咫尺却不能相见，不理解，不相信，康思予百思不得其解，他们之间到底怎么了？

　　思前想后没有结果，只是一种感觉，女人的直觉。

　　康思予突然感觉施仁宏在逐渐离她远去。看来他和众多世俗的男人一样并无差异，在没有得到女人之前他会前仆后继日夜相随，总会不畏辛劳地召之即来。你给他十分钟他会创意出一百分钟的浪漫温情让你享受，还觉得时间过得太快。深夜他会从东城送你到西城的家，目送你蹬上楼梯，看着你家的灯熄灭才恋恋不舍地离去，盼望着太阳早点升起再陪你去逛商场，尽管这对于男人是一种折磨，他也会心甘情愿地伴你在右上三层，下四层。

　　不知道初恋般的热度可以维系多久，总之会有那么一天热恋开始降温了。不管是得到了心还是得到了身，一旦得到万事大吉，男人得到了就意味着开始放弃，这是男人的定势。而女人呢，因为得到心才会奉献身。当然也会有"烈男"一生都会固守一个女人，这也符合男人的本性，因为那里有无尽的宝藏吸引着男人去探询挖掘。

　　女人是一本男人可以用一生去翻看的书，翻开第十页，第十一页已经开始牵动男人的心去读去懂了。女人在男人翻看的过程中得到爱的滋润，让她长命百岁。

　　男人具有喜新厌旧的特征，女人具有水性杨花的本性。喜新厌旧有何不好，它会让生活充满激情日日更新。男人初识女人，祈祷新女人永远不旧，一生喜爱；水性杨花怎么可责，它能使平淡的生活泛起涟漪，女人似水柔情缠绕着男人。喜新厌旧成就了生活的常新，水性杨花让生活有了醋意、有了角斗、有了驱逐。

　　有人会斥责这样的谬论，因为世间结婚的总比离婚的多；白头到老的总比分道扬镳的多。这也是生活的定势，一天三顿饭不可少，如同太阳的东升西落，日复一日繁衍生息，相敬如宾的男女成为相濡以沫的夫妻。或平平淡淡从从容容，或财产极大丰富，总会有孤独无助、寂寞难耐的时间，问天问地我还缺失什么？只因心灵没有寄托，敞亮的居室没有心的家园。

假如你知足，一切 OK 平安无事，可是你却听到周遭鸡一嘴鸭一嘴让你无处静心。你会联想，你会畅想，总要生活得更好，因为你很清醒，活着和生活有着本质的区别。总感到自己的生活有些缺失，要找寻自己美好的生活，要追求更高的生活品质。

说起来，康思予比众多的人过得都好，都丰富多彩。有深爱的也很爱她的老公叶强，有浪漫的经典情人施仁宏，有自己不愁衣食的生活。但是现在她感到了空虚，感觉一切都变味了。

曾经看过一本据说是婚恋专家写的书《爱情曲线释说》，书中抛弃家庭伦理道德不讲，只从人类本性出发去探询人间情爱的渊源。追求爱恋是异性与生俱来的本能，涉猎新奇也是青春期后的另一个显著特性，当男人知道了性爱是可以分离的时候，他会固守城池，不计后果去铤而走险；当女人懂得了性爱不可分离的时候，她会固守防线，让性成为心灵的最后屏障。

康思予十分赞同专家的观点，在她步入婚姻殿堂前从未把性奉献给她爱恋的叶强。尽管叶强不是超人，无法克制男人荷尔蒙与日俱增的强烈攻击，康思予愿意为他做除性之外的其他来排泄舒缓，终究保全了女儿身。但是在叶强看来，除了没有做爱，其他的全都做了而且更有甚者，难道就不是性爱吗？也许女人就是这样追求表面形式而自欺欺人，但是她们宁愿这样做，得到心的安抚。

当康思予重逢了施仁宏，防线却被轻而易举地攻破了，或许还有些正中下怀的味道。康思予反思，对于女人，三十四五岁真的是个槛儿，之前的许多坚定不移过了这个槛而变成了顺理成章。但是内心的期盼却始终不渝，看到今日施仁宏突然冷漠的态度，康思予心疼后悔，不该因为年龄成熟了，心智却幼稚了。

康思予爱丈夫叶强，对于施仁宏同样也是爱。但是这爱是有区别的，时时还感触到了反差。对于同样是"爱"的解读文字是无法区分得清清楚楚，只是一种感觉，一种心底的感觉。一个女人真的可以同时爱着两个男人，这无法让道德去宣判，而是人的真实体验。

用婚姻来束缚的男人和女人们可以爱上两个异性或者更多，但是不可以同时爱上，总得有个先来后到，这世态的常理扼杀了多少真情男女的爱情。他们在世俗的长河中苦苦挣扎着，渴望可以在夜深人静时彼此可以相拥瞬间，这样的真心苦恋会一直折磨到生命的尽头。

人生几十年，你一定会遇到婚姻之外心仪的异性，不是有意"培养"这份婚外恋情，一切都是自然而然发生的。不可否认，很多的"圣人"可以因为家庭而扼杀这份情缘，可是终究这样的"圣人"不是全部，那时会怎么办？女人愿意付出并承担由此造成的一切结果，男人可以回报这份真实的付出吗？康思予犹豫而且不自信了。

康思予忽然想起夏晗曾经说过的一句话："一定不要轻易和男人上床，你的价值瞬间就会从头上降到脚底。"

"床"成了男女情感走势的分水岭，正负零。今天康思予切身感受到了。

不知道哪里走漏了风声，夏晗住院的消息让梁呈修知道了。报请县长后，梁呈修带领一群人浩浩荡荡走进了医院。不是探视时间，被门卫拒之门外。

"你们怎么一点儿人情味都没有啊，我们天不亮就出发了，到现在一口饭还没吃呢，就是想看夏总一眼，你们怎么可以这样？"这个从不怒眉的憨厚男人真的发火了。

梁呈修的身后是村长、教委主任和老师学生代表。队伍排得很整齐，决不亚于出操晨练的保安部队。

"同志们、老师们、同学们，我们不看到夏总能回去吗？"梁呈修举起手中装满农作物的布袋子，开始发动群众。

"不能，我们要见夏总。"队伍发出整齐的喊声。

喊声通过静悄悄的楼道传进病房。

正赶上实习护士给同室的病友换药，夏晗坐起来对护士说："是找我的吗？"

"这是医院，又不是赶集，来这么多人。"显然小护士没有见过这么多人一起探视的，一脸的不高兴。

再次传来喊声，夏晗已经听出是梁呈修的声音，好在夏晗可以行动了，她坐起来摇晃着走出了病房。

看见夏晗从病房走出来，大家欢呼跳跃起来，吵杂的声音早把各个病室的人喊了出来，医生护士病人都在谴责他们。

"你们再嚷嚷，就报110了。"

"什么素质，一点道德都没有。"

听到医护人员的话语，夏晗红着脸走到大家身边，示意大家安静。

"你们怎么来了？大老远的。"夏晗想去与梁呈修握手，但是手被绷带缠绕只能摆摆手示意一下。

"夏总，你怎么这样了？"看到夏晗这样一身装束，的确让人心疼，梁呈修说着哭了起来。

梁呈修的哭声诱发了身后老师同学的哭泣，排在后面看不见夏晗的人也跟着前面的人哭了起来，声音逐渐大了起来，再次招来了医护人员。

"你让他们赶快离开，不要影响其他病人的休息，你也是病人，应该懂得。"这次医生直接斥责夏晗了。

"闪开，闪开。"

严厉的声音驱逐着人群让开了一个过道，两名全副武装的警察走了过来。

医生上前迎接。

"谁捣乱了，就是他们吗？"警察不回头地指向身后。

"他们是来看我的，我的客人。"夏晗忙做解释。

"看病人也不能捣乱啊。"

"大家请回吧。警察同志，他们没有捣乱，就是有点……"医生不想把事情闹大，挥手示意大家赶快离去。

"你报的警吗？"

"报警？我们没有报警啊！"医生环顾四周，没有人应答。

"1336****893 不是你们的手机吗？"

"1336****893，这不是我们的手机啊。"医生复述着手机号码，露出奇怪的表情。

听到警察报出手机号码，夏晗全明白了。

"有事再打电话吧，我们告辞了。"警察告别医生。

"病人你们也看了，回去吧，你们这样对病人不好。"警察劝退探视者。

梁呈修不住地点头："我们就走，就走。"

大家排队上前和夏晗见面，并把手中的礼物放在夏晗面前。看着这些质朴的人们，夏晗十分感动，他们没有华丽的问候话语，只有淳朴的眼神。

"你们回去吧，谢谢你们，等我出院了就去看你们。"夏晗对走在最后的梁呈修说着，心里一痛她想控制，但是眼泪还是落了下来。

"嗯。你多保重，有事打个电话，我们也就不再来了，多添乱。"梁呈修有些惭愧，没有想到城里的探视规定这么多，还惊扰了警察。说完转身追赶同来的人去了。

看着一路赶来、一天没有吃饭的乡亲们远去的背影，夏晗靠在楼道的墙壁上一动不动，脑子一片空白，脸上发热心里发冷，她不知道自己是感动还是愧疚。

"回病房吧，这里风大。"护士过来搀扶夏晗。

夏晗本能地随着护士转身。

"那些老乡真朴实，送这么多东西。要不晚上你爱人来了，让他拿回家吧，病房也放不下这么多。"

看看地上摆着水果花篮，更多的是山里的特产和同学手工编制的千纸鹤，夏晗弯腰抱起透明的塑料箱，里面是码放整齐的千纸鹤。

"那些送给你们医生护士吧。"

夏晗返回病床上，望着天花板，她想思索，头很痛；她想反思，不知从哪里开始回忆；她想愤怒，没有挥斥的对象；她想逃脱，没有缝隙可以栖身。

夏晗迷迷糊糊地躺着，天色逐渐黯淡下来，听到有矫健的脚步声。

"不用猜，这一定是你的老公送晚饭来了。"同室病友露出羡慕的表情。

此时距离梁呈修他们离开已经过了四十分，卢加宁推开病房，看到夏晗投来犀利的目光，他回避了。

打开病床上的小桌，将提盒中的饭菜放上去，碗筷摆开。看到夏晗严肃的表情，卢加宁提着暖瓶去了热水间。

"你真是上辈子修来的命，我那位要是有你老公的一半就好了。看我又说老公，是爱人，爱人。"同室病友知道夏晗很不喜欢"老公"这个外来语的称谓，还是爱人、老伴是中国的语言。但是现在夏晗的内心，这个"爱人"也逐渐乏味了，她也在想他们之间外人如何称呼更加贴切。

"你爱人也挺好的。"夏晗把眼前的小饭桌向脚下推了推，她没有胃口。

"还好呢，你看我住进来有半个月了吧。你见过他几次，整天就是忙啊忙。我才不在乎他挣多少钱，能够陪陪我就成，爱人就是需要你的时候在你身边照顾你，像你爱人那样，知道疼女人。"

"知道疼女人。"夏晗默诵着病友的话语。

生活中的很多事情，就怕横比，外人看到的只是表面现象。生活是个大舞台，每个人都在其中扮演着不同的角色，生旦净末丑仁者见仁智者见智。也有变脸者可以置换不同的角色惟妙惟肖地在人世间穿梭往来游刃有余。不在此山中的人们却无法窥视到其中的秘密，当你根据表象做出判断时，你却伤害了她，更加悲惨的是她无法辩解，表面还得附和着，但心却在哭泣。

假如没有爱或许他们可以过得不错，以礼相待相敬如宾。可是没有爱能够叫做家吗？一个饭店，一处旅馆，日夜苦守度日如年。有家就一定有爱吗？家只是一个示人的外在形式，婚前男女都会把家建立在爱之上，日积月累层层高楼平地起，有了孩子，有了成功的事业，有了日渐衰老需要照顾的父母等等的一切都让本来脆弱的爱摇摆起来，被亲情取代，因外面无限的诱惑而动摇。抗拒诱惑抵御因为追求真爱而冲击地基的楼台，不管你是否有爱、有责任，你都在生活中熬煎着，发出吼叫，真累，生活真累。

爱让人有了激情，让人有了生活的希望，让人有了心灵的寄托，真爱男女有了更高层次的追求而不受其他教条的束缚。当然在已婚男女的生活中它更多地存在精神上面，身体不出轨，灵魂走私就不会下地狱。平淡的生活可以因此而维系，让只有亲情没有爱情的生活从从容容地走过一年又一年。爱和家可以分离，家是生存的港湾，纽带是亲情、是责任；爱是你生活的圣床，纽带是爱情、是奉献。

卢加宁回来了。

"张大姐水瓶有水吗？"

"有，中午让护士打了，你也休息休息吧，可别把你累着了。"

卢加宁笑笑坐在夏晗身边，其实刚才夏晗的水瓶中也是有半瓶水，他倒掉换新的了。

"怎么不对口？"看到夏晗没有动筷子，卢加宁关心地问询。

"是你干的吧。"夏晗直视卢加宁。

"我是怕他们影响你们休息，那么多人跟打狼似的。"卢加宁把小饭桌推向夏晗。

"你什么时间来的？"

"就是他们来的时候，我看着他们嚷嚷，乱哄哄的，就打了电话，也不知道警察是否真的会来，我就去给你取饭了。"看着夏晗气愤的样子，卢加宁故意加重了"给你取饭"语气。

"我真佩服你的耐心和韧性。"夏晗没有找到合适的形容词来给卢加宁画像，"耐心和韧性"并不能涵盖卢加宁的全部。

"好了，过去了，吃饭吧，一会儿就凉了。"在卢加宁的逻辑中，只要过去了就意味着不存在。他们生活中的是是非非很多都是因为过去了而不复存在。至于在心中留下什么样的烙印，他从不多想，他有自己的定势，他所做的一切都是出于关爱自己的女人。理解也罢，不理解他也无奈，但是他将永远这样做下去。卢加宁的"关爱"像笼子、像枷锁，让夏晗常常感觉到不舒服、窒息。人终究不是圈养动物，要有自己独立的空间和自由度，卢加宁显然有意或无意地忽视了这点。

"夏总。"张小珂送文件来到病房。

"张秘书，请坐这里吧。"卢加宁起身让位。

"谢谢。"张小珂送去赞赏的目光，在同事和周边人看来，不管从哪个角度评价卢加宁都是称职的好丈夫。这也是夏晗的悲愁之处，"好丈夫"的头衔是别人封的，她却不能感受到，她无力证明自己真实的夫妻生活，在羡慕敬仰中度过一天又一天，不知何时是尽头。

"夏总，这份文件是总部让我们上报的三季度项目列项报告书；这份是'野趣度假村项目的审计报告'，还有这份。"张小珂按照夏晗的要求隔天来医院报告公司的情况，签发文件，至于她的入院要求严格保密。

"先吃了饭再说吧。"卢加宁说完转身出去了。

"对不起，对不起。"张小珂光顾工作，让卢加宁一说有点不好意思了。

"不忙，先说报告吧。"

对于夏晗的命令属下从不敢怠慢，即使在工作场合之外的医院谈论工作同样如此。夏晗有威有严，这是她的工作习性，也难怪康思予不止一次地说她：对于属下可否"温柔"点。但是夏晗工作就是工作，至于"温柔"她不想给予和工作有关的所有人，当然李湘婷是个后来的例外。

卢亦冉走进病房的时候，张小珂已经汇报完工作，夏晗开始就餐了。

"妈妈，什么时间可以出院呢？看您好多了。"卢亦冉坐在妈妈身边。

"下周差不多了，最近紧张吗？该期末考试了吧？"夏晗平时很少过问卢亦冉的学习，倒不是因为忙，而是她知道孩子学习的自觉性，年底的奖状可以证明这一点，她比众多恨铁不成钢、望子成龙的父母们轻松许多。

"夏总，你们聊，我先回公司了。"张小珂起身告辞。

"对了，小珂告诉施经理，明天去一趟恒祥房地产，他们那个项目我们放弃，说话婉转点，今后还有合作机会。"

"夏总，施经理一周多没有上班了。"

"怎么回事？"

"好像是家里有事，听人力资源部的人说他打了辞职报告。"看到夏晗不快，张小珂小心翼翼地回答。

"有什么天大的事情非得辞职，他才来几天啊。公司不是菜市场想来就来，想走就走，这么不负责任。"夏晗最讨厌不负责任的人了，动不动就辞职不干，特别是男人，更让她深恶痛绝。现在发火还有一个诱因，施仁宏是卢加宁推荐进公司的，公司的其他人并不知道。

"具体情况我也说不清楚，要不明天我让人力资源部的赵经理来向您汇报。"

"算了，你让何乾去吧。告诉他全面负起责任来，等我回去再任命。”对手下的男人，夏晗倒不像多数女老板那样可以网开一面，而对同性严加管理。夏晗的理论是，我们女人都这样做了，你们男人还有什么资格不努力奋斗呢。所以在公司的工作中男人似乎比女人更怕夏晗，而没有那种因为性别的差异所自然产生的那种亲切感。

"是，夏总还是什么指示吗？"张小珂毕恭毕敬地接受命令。

"先这样吧，亦冉送送姐姐。"其实夏晗比张小珂大不了几岁，只是因为是上下级关系，有意拉大了她们之间的距离。

卢亦冉送走张小珂回到病房，夏晗已经吃完了。

"你吃饭了吗？"

"吃了，妈妈，你到底是怎么烫伤的？"在卢亦冉心中这一直是个问号，尽管夏晗告诉他是自己不小心，父亲也默认了这样的事实。

"是妈妈不小心，好了，不说这个了。你早点回去吧，就要期末考试了，你就别总往这里跑了。"

卢亦冉住校，只是因为妈妈住院最近才经常回家。

"妈妈你休息吧，我去换本书。爸爸呢？"

"应该在花园抽烟呢，你们一起回去吧，我休息了。"

"嗯，妈妈再见。"

告别了妈妈，卢亦冉再次来到了"诗般恋日"书吧。

书吧门紧关着，里面灯却亮着。

卢亦冉是这里的常客，自然享受优惠：就是闭门了，只要主人在就可以敲门进入。

敲了几声不见回音，卢亦冉只能转身离去。走过几步想到手中的书已经到了归还的日期，他转身再次走向书吧。

卢亦冉刚刚走到门口，房门自然打开了，开门的不是何晨飞，而是李湘婷。

"阿姨您也在这儿？"

"我找点资料，亦冉，进来吧。"

李湘婷牵手请卢亦冉进门，却感觉卢亦冉并不想进门。

"阿姨，书帮我还给何叔叔。"卢亦冉不想进去是因为从李湘婷的表情上看出，此时他不应该进去。

李湘婷好像刚刚哭过，脸上还有泪痕。穿着也没有那么整齐，显然是从坐卧状刚刚起来，再加上李湘婷不自然的神态，也让卢亦冉猜出二三。现在孩子都早熟，见到的经历的从网络获得的并不比成人少，眼看成人的言行，也可以猜想刚才发生了什么事情。

"亦冉啊，来来，快进来。"何晨飞穿戴整洁地从后面走了出来。

卢亦冉走进书吧，却发现书吧在做调整，房中的书架已经移至到了角落，四角雅室垂帘落下四张玻璃桌上堆积着从书架取下的书籍。

就在卢亦冉环顾四周的时候，何晨飞突然发现在幽暗灯光的映射下，李湘婷真丝衬衣里面丰满的乳房凸显出来，俏丽上面紫红色的乳头也依稀可见。趁卢亦冉不注意，何晨飞指给李湘婷看，李湘婷赶快离开走向后面的小屋，刚才因为听到敲门声起身开门忘记穿戴胸罩了。

"何叔叔，这是要做什么？"看到室内的情况卢亦冉的第一感觉是书吧要关门，这让他心情很不好受。

"后天有个会，临时布置一个会场。"何晨飞说着从吧台上取来一张手画的布置图递给卢亦冉。

"哦。'白血病友恳谈会'。"卢亦冉看到了纸上书写的横幅字样。

"是的，参会的都是患上白血病的人，大家一起坐坐聊聊。"

在书吧开"白血病友恳谈会"这是何晨飞的创意，也是一种心理疗法。施韵已经开始了化疗，基本控制了病情，但是化疗所带来的负面影响日渐显露出来。食欲不振、恶心、呕吐、腹痛、烦躁、郁闷，经过和医生商议，周日何晨飞把施韵和几个病友接出来，在书吧开个"白血病友恳谈会"。他邀请了著名的心理医生和已经稳定治愈的白血病患者来座谈。精神上的治疗是病理治疗的有机组成部分，换换环境感触外面的世界对于久卧病床的患者更有积极的作用。

卢亦冉知道白血病的厉害，何晨飞在书吧举办"白血病友恳谈会"的用意也明白，至于谁是主角也不好多问，怕触及伤心处。

　　"叔叔还有什么我可以做的吗？"

　　"不用了，这么晚了。"说话间李湘婷已经穿戴整齐出来了。

　　"以后要是时间赶不急，不用着急还书。"

　　"嗯。"

　　从李湘婷话语中再加上进门时二人的神情，卢亦冉似乎明白了他们之间的关系，大人们总以为孩子小，其实他们的敏感程度决不亚于成年人。

　　按照卢亦冉的书单，何晨飞很快找齐了四本书递给他，卢亦冉告辞。

　　李湘婷送卢亦冉到大路上，伸手叫来出租车，将五十元钱塞进卢亦冉的手中，目送他离去。

O

　　一件粉色真丝睡裙随着她的步履轻柔地摆动着，阳光穿过窗纱把室内的亮度提高了许多。透过薄如蝉翼的真丝睡衣，可以清楚地看到凸凹优美的曲线，里面什么也没有穿；好在康思予家在塔楼的十三层，要不定会走光，被猎奇者一饱眼福。

　　几天来，康思予一直在无聊、无奈中度过，除了去医院看看夏晗，就是打一直拒绝见面的那个电话。上午叶强打来电话说要去英国一个多月，康思予感到更加孤独、寂寞。孤独让人烦躁、无所事事、坐立不安，寂寞让人在黑暗中爬行，高高的太阳失去艳丽的光芒。她凝视窗外的天空，云朵跳着诱人的舞蹈，施仁宏啊！你那片云朵何时飘到我的头顶。天际间飞过一架飞机，康思予快步走到晾台张望，叶强你何时落地来到我的身边。

　　一个人在敞亮的房子中走来走去，客厅、卧室、厨房、卫生间走过了无数遍，终于感到累了，躺倒在沙发上。想睡却怎么也睡不着，再次爬起来，环顾整个房间，墙壁、家具、电器，看到电视柜上有灰尘，顿时有了精神，她要彻底搞卫生。

　　套上一件宽大的外衣，对房间的各个部位开始了清扫。

　　扫地擦桌子一气干下来。突然，康思予感到头晕，赶快依靠门厅柜坐下，一阵阵的恶心又袭来，她扶着门厅柜站起来，挪动着身体来到卫生间。从早上到现在一点食物没有吃，想吐也没有吐出来，不停地用清水漱口恶心总算压了下去。

186

过了一会好了一些，康思予热了一杯牛奶喝下感觉好多了。想想也许是一直没有吃东西所致，换了衣服拿上手包，她想出去走走，要再这样圈着就会憋疯了。拿手包的时候，看到了墙上的日历，突然想起，这个月例假还没有来。往月都是按时到达现在已经过了四天，却一点动静也没有，对着穿衣镜照照，心想：不来就别来了，还省事了。

康思予摇摇头走出了房间。

女人逛商场、疯狂的购物是排解郁闷心情的最好方法，一件澳毛套头羊绒衫刷卡三千六，一双坡跟棕色皮鞋标价六百七打折后五百三成为了私产。赶上巴黎欧莱雅促销，柜台前挤满了时尚女人，康思予驻足观望。

"巴黎欧莱雅革命性科学发现，从源头对抗色斑生成和加深，肌肤由内而外透出亮采。"导购小姐的声音盖过周围其他化妆品柜台的促销广告声，大家都簇拥过来。

"小姐，您的皮肤保养得真好，平时也使用巴黎欧莱雅的产品吧。"导购小姐将一份宣传单恭恭敬敬地送到康思予手中，语调中突出了"巴黎"。

"看看年龄，是大姐、老姐。"康思予最讨厌别人称呼"小姐"了，不是年龄问题而是很容易发生歧义。

"对不起大姐，您的皮肤养护得这么好，实际年龄都看不出来了。"导购小姐并没有感到尴尬，自然地按照自己的想法引导客户上路。

这样的促销方式太老套了，已经很难有效地调动客户的购买欲望，不过眼前导购小姐的举止言行还是诱使康思予听下去。

"看来您很重视肌肤的日常护理，不过您的黑色素在加深。我给您推荐巴黎欧莱雅新推出的这款'雪颜色斑修复精华乳'，它是专门按照亚洲人的肌肤研制的，可以很好地抑制黑色素的生成，对抗黑色素的加深，给您带来超乎想象的双重作用。"导购小姐说着把一支

'雪颜色斑修复精华乳'递给康思予。

"打什么折？"对于康思予来说是否真的需要是第二位的，她现在买的是心情，购物过程中的讨价还价充满了乐趣。

"新品上市不打折，我们给您的是品质，对您的肌肤负责，而不是点点的折扣。说起来就是打折这点钱您省了也富不了，花了也穷不了，买到高品质的产品才是最重要的。"导购小姐伶牙俐齿循序渐进。

"我一直用羽西的牌子，它们也有'色斑修复精华乳'。"

"您可以试试换个牌子，当然我不能说其他的牌子不好，化妆品长期使用一个牌子也不好，皮肤的吸收会有影响。您可以先用用我们的牌子，要是不如意再换回去也可以。"

"有道理。"康思予已经上道了。

"我们亚洲女性更需要集中对抗色斑的专业护理，亚洲女性的肌肤相对于欧洲女性的肌肤更容易出现暗沉和色斑的问题，所以我们更需要定期合理使用专业有效的美白产品集中对抗色斑生成，带来透亮均匀的肤色。" 这样贴切的促销你只能掏钱了。

提着大包小包走出商厦，康思予的心情焕然一新，烦恼不见了。感觉有点饿———天没有吃东西，人的心情好了食欲就会大增，要是再有个人陪伴进餐，那可是神仙过的日子，想到此康思予拨打电话。

喜欢逛街购物后再和朋友小酌是女人摆脱寂寞的最好方式，康思予如愿以偿，一个电话，曾建灵来到了她的面前。

"怎么这么高兴，中大奖了？"接到康思予电话的时候，曾建灵刚刚从摄影家协会秘书长办公室出来。

"见到你了啊，我一见你就笑。"女人的温情在康思予的脸上荡漾着。

"这可是天大的玩笑，你现在有老公，有情人，还有笑容给我啊。"

"少提他们啊。"本来好起来的心情，让曾建灵一说，康思予即刻严肃起来。

"怎么？吵架了？"曾建灵倾身上前，低声耳语。

"你是不是特别希望我们吵架，告诉你，你没有机会。夏晗还在医院呢，当心她知道了。"这是康思予制约曾建灵的最好"武器"，提到夏晗曾建灵就会乖巧许多。

"得得得，惹不起你，不提他们行了吧。"

"这还像个男人，告诉你啊，本老姐现在心情不错，别招我啊。"康思予说着招来服务员，翻看桌上的菜谱。

服务员走过来，举起手上的点菜器。

"小姐现在点菜吗？"

"看看多大了，还小姐呢，起码也得是老姐了。"曾建灵调侃着。

服务员笑着。

"讨厌，小姐怎么了，我有那么老吗？"尽管康思予反感别人对她"小姐"的称谓，心情好了人家也无歹意，叫叫也无伤大雅。

"不老，不老，小姐年方十七，哈哈。"曾建灵大笑起来。

每次相聚互相调侃算是开场白，之后步入正题，说起来现在二人的心情可以说是"同病相怜"———对苦命人。

"去看夏晗了吗？"

"嗯。"

"听夏晗说卢加宁整天在那里，你们遇到过吗？"每次说到夏晗很自然地就会联系到卢加宁，卢加宁在他们之间是屏障是沟壑没有办法迂回跳跃。

"哪能不遇到，每次我都是想避开他在的时间去，但是每次都是狭路相逢，我像个小偷，一身的不自在，人家倒好泰然处之，想想真滑稽。"曾建灵一脸的无辜无奈。

"我看你也适可而止，好自为之，跟自己叫什么劲。好女人还有，上次说的那个，前天人家还问你什么时间方便想见你呢。"

康思予也好心劝过无数次，希望他可以开始新生活，一个男人怎么能没有女人的陪伴呢。男人在外面打拼回到家总得有个女人端上热茶热饭，夜晚体贴入微伴你入眠，这才是一个家，人的生活。

这同样也是夏晗的意思，她想到曾建灵时，常有一种愧疚感。她想让他过得幸福开心，也在观察身边的女人，是否可以介绍给曾建灵去完成她所不能够完成的使命。一晃几年过去了，她都没有真正地给曾建灵介绍一个女朋友，不是身材不好，就是受教育的程度不如意；不是家庭背景难以门当户对，就是喜爱特长与曾建灵不符。细品原因还是自己有误区，总是拿自己做参照物去寻觅她人。理智告诉她要是这样找下去一辈子都难了。

夏晗就把这件事情托付康思予让她给曾建灵介绍女朋友，并列出基本条件一二三；必备条件一二三；附加条件一二三。

夏晗的条件把康思予都说晕了，笑言："这样的女人啊，不是没有出生，就是世上仅存的只有两个可以备选。"

"是谁？"夏晗脑门上写满问号。

"一个是你，看来得下辈子了。"

夏晗立刻脸红到了耳根。

"还有一个呢？"夏晗急切想知道答案。

"那只有我做奉献，舍己救人了。嘻嘻。"说完康思予哄笑起来。

夏晗却笑不出来，眼睛红润，心中一股醋劲不停地翻滚上来。

"怎么了？哭了，跟你开玩笑呢。"康思予止住笑容。

"我希望这样的玩笑到此为止。"夏晗一脸的严肃。

"德性，苦大仇深的，像要抢你的心肝宝贝似的，我答应你还不行，一定找个和你一样爱他的女人。"

夏晗这才露出笑脸。

康思予像个媒婆似的经常打探周围的女人，手中藏宝不怕没有赏宝人，终于有了一个两个三个，却不想每次都遭到曾建灵的拒绝。

"还是算了吧，可别耽误人家。"曾建灵说的是心里话，多年来别人介绍的自己上门的都有一个加强连了。偶尔他也会想，要不成个家，却有些牵强。夏晗的影子让他挥之不去，心中的殿堂没有他人可以栖息的角落，他不得已一再放弃，因为他不能欺骗自己，内心已经被夏晗占据。

夏晗来过曾建灵的家，卧室有过她的脚印，客厅留过她的气息，厨房闪动过她的身影。每次夏晗离去，曾建灵都不愿意清扫房间，不想擦拭夏晗碰过触摸过的一切，它们会让他回味畅想许久。

有一次，夏晗因故悲伤离去后，却让曾建灵无法栖息在这个房中。他会心疼，心不停地颤抖，他也离家去宾馆开了房间，住了三天，不平静的心才平缓了。

回到家他试图找到夏晗的踪迹，其实除了在车上有夏晗的实物在，在家他从不放夏晗的任何东西，但此时他感觉室内的空气中夏晗无所不在。

"那个女人今年三十六了，一直没有结婚。别敏感，可不是人家有毛病，一直在学习也是个博士。对了，她也喜欢摄影，你们爱好也一样，一米六一的个子，你不是就喜欢小鸟依人吗？"康思予介绍着别人，仿佛在描绘夏晗。

"再说吧。"

"看不上？给你找女朋友啊，我看比给皇帝找都麻烦。其实我知道你不是轻易向陌生人开门的人，你是重情重意的好男人，可是那也不能熟视无睹轻轻走过你门前的柔美女人，也许她同样可以成为你爱恋的归宿。"康思予清楚地知道在曾建灵的心目中，夏晗是神圣的没有人可以替代。

"你看夏晗现在病在医院，我哪还有心情去见什么女人？"这是曾建灵的心境，的确什么事情也无法让他游离夏晗。

"其实我说这个也是夏晗的意思。"

康思予谨慎小心地道出原委，曾建灵并没有感到意外，平和地心领两个女人的好意，只是他做不到。

"一个心里装着其他女人的男人，会有女人心甘情愿地嫁给他吗？这样的男人多自私，不是耽误欺骗人家的感情吗？我无法做到，我知道我放弃了那一次，实际上我就放弃了一切。我想在这个深秋的夜晚和我的初恋沿着河边一直走下去，不回头。树叶落在我的头顶，我知道那片叶子是从哪里飘来的，落叶是风的追求，还是树的不屑挽留？我不想知道答案，只想寻着而去，但愿可以找到守望我千年的那棵灵芝。"曾建灵无法挣脱夏晗的影子。

"两个概念。我爱叶强，也爱我的情人。"

"这是你，我做不到。"

"情人和老公是永远不相交的平行线，爱与被爱都是幸福的。当你无法和相爱的人日日生活在一起，有个爱你而你不反感的人陪伴着你不是也挺好吗？"

"那样我会觉得对不起夏晗，心不安。"这是曾建灵的真心独白。

"那你就打算这样过一辈子吗？"对于曾建灵的痴情，康思予也的确找不到什么合适的词汇去宽慰劝解了。

"我好像总是在空中飘舞着，没有落地的根基，夜深人静我会祈福可以让心落地。那夜在梦中她穿着凸凹毕现的衣裙，悄然钻进我的眼帘，我如痴如醉。虽然外面下着大雪，我跑到雪地上，仰面躺下，泪水流下融化了雪。突然一股冰凉的夜风惊扰了我甜美的梦，我醒了，再次回到寂寞孤独的空房，真的很难受，仿佛心在流血，我却找不到止血的药物。爱有两个答案，对于你是爱或不爱，但是对于我却是爱或更爱。或许有一天结婚了也就安心了，人为什么一定要结婚呢？因为相爱想永远不分开而结婚。我知道这个道理，但是它受到了太多的限制。没有人可以十全十美。"

"其实你什么都明白。"

"因为我不傻啊，哈哈。"

沉闷的气氛终于得到放松。

"光说我了，你们怎么样？"转移话题对于曾建灵就像是换换环境透透气，让心情平静一下。

"我还能怎么样，一个天上飞看不见踪影，一个地上跑人间蒸发了。"想到自己的处境，康思予同样显得无辜无奈。

　　"你们不是经常参加什么艺术活动吗？"曾建灵有意提升了情人间的高雅品味。

　　"他总是说孩子病了，没有时间，难道忙得见一面吃顿饭的时间都没有吗？"说到施仁宏康思予怨气十足。

　　"他有孩子，你还得理解他。"

　　"也就是有个孩子，要是再有个老婆我看更麻烦了。家里有只老猫看着，见面真成牛郎织女七月七鹊桥会了。"

　　"这就是情人的悲哀之处，你可以旁若无人地走在熙熙攘攘的人群中，却不能目中没有家庭和孩子；你可以在幽雅的居室中做床帷秘事，却不能在缠绵中接到家中的电话短信而置之不理，这就是情人的规则。你不也是叶强不在北京时才能无拘无束地和他幽会的吗？情人在现实生活中只能是补充，无法全部给予，享受'空闲'时间，给予彼此的思念和柔情。当然我不否认情人间的真爱，这种真爱只能在心灵中得到全部的占有。情人可以心依恋在一起，却不能身依偎在一起。假如有一天你不满足想改变这种现状，那么悲剧就开演了。"

　　"那天我做了一个梦，飞机在空中出现问题，两三个人才能分得一个降落伞。一对夫妻，男人把降落伞给了女人把她推出舱外，自己笑着唱起'知心爱人'；一对夫妻和她的情人，妻子把降落伞给了老公，自己和情人拥抱在一起纵身跳下飞机。"

　　"美丽的神话，爱是不能忘记的。我还听过这样一个实例，一个情人变了心，男人把所有的财物给了妻子，对她说：对不起。之后他把情人杀了，自己也自杀，当他们的鲜血汇在一起的时候，他亲吻情人对她说：我把生命给了你。"

　　"人间的悲喜剧，喜乐与悲伤是共生的姐妹，哭泣未必是悲哀所致，喜极也会而泣，乐极也会生悲。"

"这就是生活吧。"曾建灵感慨摇头。

"道理我都明白，要不我们也不会有今天。为什么我会爱上他，我不知道，只是每次躺在他的怀里，就会让我想起儿时在父亲的怀里，这让我体味到了在叶强怀里得不到的那种感受。也许我不该爱上他，不该如此痴情，女人只是喜欢而不是爱的时候，最轻松，最快乐，我相信也是最美丽的时刻。可是我却深深地爱上了他，爱让我失去了自己迷失了方向。所以现在感觉他在有意回避我，我就受不了了。说心里话，他要是真想离开我，结束我们的关系，我也接受。我们也没有保证书，不受法律保护，只有真心的爱恋。也许你说得对，情人只是补充、点缀，永远是配角。"康思予有些伤感。

"这是中国的国情所致，并不是情人的过错。"

"也没什么意思，散就散吧，只是心里不好受。"康思予的眼角湿润了。

"也许他真的有什么事情了。"曾建灵宽慰康思予。

"有什么更要告诉我啊，其实我也不是那种小家子兮兮的女人。我总是觉得这情人吧，就是要同呼吸共命运，有时啊，比夫妻都铁。我最瞧不起那种见了面，就是床上那点事的情人了，那不是情人，是性伙伴。情人是知己，当你遇到困难，需要帮助的时候，出现在你面前的第一个应该是情人。"康思予的语调有些激动。

"要是他家人在身边呢？孩子、老婆或老公，情人能奋不顾身地冲锋在前吗？"

康思予哑口了。

一瓶红酒很快见底了，桌上的菜却没有少多少。

"还要吗？"干了酒杯中的红酒，曾建灵询问康思予。

"你要是没事，就再陪我一会儿好吗？"说了许多心里话，压抑的心舒展了许多，但是她不想走，还想喝。

"那我们喝点啤的吧。"

"不喜欢掺酒，再要一瓶吧，喝不了带回去明天再喝。"

"一对酒鬼。"曾建灵笑着，举起空酒瓶示意服务员再来一瓶。

施韵突然昏厥的时候施仁宏和李湘婷都在，经过医生的抢救施韵渐渐苏醒过来了。

"妈妈，爸爸。"

看到女儿醒过来，他们提到嗓子的心落了下来。李湘婷上前抚摸着女儿的脑门。

"睡醒了，这个觉睡得真香。"李湘婷说着心在滴血，她控制着不让眼泪落下来。抬手之间又是一缕头发掉了下来。

女孩子爱美，化疗导致头发一根根、一缕缕地掉下来，施仁宏藏起了镜子，李湘婷买了一顶粉红色的美女帽戴在女儿头上。

"爸爸，我想喝酸梅汁。"

"等爸爸，我去买。"

"嗯。"

施仁宏出门去买酸梅汁，留下李湘婷安慰着女儿。自从女儿入院后，二人的关系也发生了微妙的变化，仿佛回到了温馨的三口之家，女儿是中心，一切为了女儿，再次成为成年人的首要。

"乖女儿，等妈妈，就回来。"

门口护士举手示意李湘婷出来，李湘婷跟着护士来到医生办公室。

"李女士请坐。"主治医生请李湘婷坐下。

"我女儿的病怎么样？"已经落下的心再次提了起来。

"坦率说，情况很不好。化疗联合用药，我们并没有完全控制住病情，出血点还在增加，带有肿瘤的白细胞已经高达10万，孩子的体温一直低烧不退。我们已经联系了专家，明天再次会诊。但是我想骨髓移植还是最终的解决办法，目前孩子的情况我想可以改善，寻找合适的配型是我们双方要做的最重要的事情。医院一直多方努力再寻找，因为孩子是 AB 型血又是 RH 阴性，寻找起来难度很大。"

"找了这么长时间一例也没有吗？"李湘婷睁大眼睛，真想听到医生肯定的回答。

"AB 型血 RH 阴性本来就很少见，骨髓库中捐献者更少，上周我们曾调取一例与施韵做配型，只有三个点对型。由于病人红细胞的生成减少，骨髓中白血病细胞的异常大量增殖，使红细胞系的增殖受到抑制。施韵目前贫血比较厉害，所以我们放弃了。"没有通报家属，医院一直积极努力寻找着合适的骨髓。

"怎样进行骨髓移植？我们父母的骨髓可以吗？"

"骨髓移植是指将供者的骨髓造血干细胞移植给受体患者，以恢复后者正常造血功能的一种治疗手段。骨髓移植根据其骨髓来源的不同，可分为同种异基因骨髓移植，同基因骨髓移植及自体骨髓移植等三种。同基因或同种异基因骨髓移植适用于治疗急性放射病、再生障碍性贫血、白血病、骨髓增生异常综合征、骨髓增生性疾病、先天性免疫缺陷性疾病或某些先天性代谢性疾病。自体骨髓移植则主要适用于完全缓解的白血病患者及对化疗或放疗敏感的实体瘤，最好骨髓未受侵犯的患者。从施韵的情况看若是直系亲属的骨髓配型吻合的话，当然是最好的。不过昨天我们已经化验了，施先生的血型不是 AB 型。"医生耐心地讲述。

"我是 AB 型，用我的吧。"只要可以救女儿李湘婷愿意自己捐献骨髓。

"你去年是不是得过肝炎？"

"是的，可是我已经全好了。"

"肝炎的痊愈只是相对于自己而言，况且你刚刚病愈时间很短，即使配型成功也不能够使用。"李湘婷去年得过急性肝炎，是昨天医生询问施仁宏家族病史时知道的。

"那怎么办？"

"我们会继续努力寻找合适的骨髓捐献者。我今天找你，一是把这几天孩子的情况和你沟通一下，同时也是想请你们也多方想想办法。多一个人，就多一份力量，找到的几率就会高一些快一些。"

"我明白，您刚才所说的我都记住了，谢谢。"

"这是我们应该做的，孩子是我们的生命，我很理解你们的心情。我也是为人之父。"

"谢谢，听您这么一说我心里也有点底了。我知道光着急也没有用，我们也要全力去寻找。还有个事情，我看孩子现在脱发很厉害，以后还能长出来吗？"

"由于绝大多数的抗肿瘤药物在杀伤白血病细胞的同时，还对体内多种增殖力旺盛的细胞也具有杀伤作用。除骨髓中正常的造血细胞外，生发细胞、口腔及胃肠黏膜上皮细胞、生精细胞或卵母细胞等亦会受到损伤。因此，化疗后常会引起患者脱发。对于化疗导致的脱发，完全属于暂时现象，一旦病情缓解，化疗间歇期延长，患者必能长出一头黑发。而且，后长出的这一头秀发往往比原来密集还略带卷曲，绝对不影响美观。这点你和孩子说明白，女孩子嘛，一头秀发可是必不可少的。"

听了医生的讲述，李湘婷的心情舒展了许多。出门的时候，护士再一次把"催款通知单"递给了李湘婷。

拖着沉重的步履李湘婷回到病房，看到女儿，她脸上赶快堆起笑容。

"韵韵，妈妈扶你坐起来吧，老躺着也不舒服。"

李湘婷上前帮助施韵坐起来，顺手把"催款通知单"放在床头柜上。

施韵眼尖伸手拿过"催款通知单"，仔细看着。李湘婷后悔不该粗心让施韵看见。

"又是三万，上周不是交了两万了吗？"

"上周的是检查费用，这是治疗费用。"李湘婷知道施韵看到逐渐堆积起来的钱内心一定不舒服，尽量避免让她知道钱的事情，其实在这两次之间还交过一笔。

"那还要花多少钱，我们哪有这么多钱？"施韵焦急问询妈妈。

"妈妈有钱，你只要安心治疗就好。钱的事情你不要多想。"孩子大了懂得妈妈挣钱的辛苦。

施韵不语，把握着"催款通知单"的手收回被子中，看着妈妈日渐憔悴的面容，她心疼。治病还需要多少钱才够？妈妈哪能拿出那么多的钱？尽管她不知道具体的数额，凭她入院来看到听到周围病人的言谈举止，她知道需要很多很多的钱，有的家庭会因此而倾家荡产。

施仁宏回来了，给施韵沏好酸梅汁，一口一口地送入女儿的口中。

"韵韵，妈妈公司还有点事情，我走了，明天再来看你。"李湘婷说着手伸进被子中，从施韵的手中拿下"催款通知单"。

精心准备的"白血病友恳谈会"被施韵突然的昏厥出血搁浅了，何晨飞把书吧恢复了原样。书吧再次迎客，何晨飞却感觉"白血病友恳谈会"正在召开着，仿佛看到了施韵灿烂的笑容在红红的脸上绽放。

在书吧后面的小屋里，何晨飞把从朋友那里借来的两万块钱递给李湘婷。

"钱不是主要的，实在不行就把公司卖了，现在关键是找到合适的骨髓尽快给孩子做移植手术。我真担心。"后面的话，李湘婷不敢说出口。

"这点钱你先送给医院，我们再想办法，公司不到万不得已不要卖，刚刚被市场认知的品牌那是你的心血，骨髓的事情几个朋友都在寻找。"

"寻找，寻找，要到什么时候才能找到啊。"李湘婷坐立不安起来。

"你不要着急，一定可以找到。"

"不着急，你就会这样说，又不是你的女儿。"一向温情的李湘婷突然发火了，压抑憋闷像熔岩喷发出来。

何晨飞理解，默不作声地听着。

"你还在这里干什么？去找啊，找啊。你这样看着我干什么？可怜我、讥笑我？你出去，出去。"李湘婷歇斯底里地大哭起来。

何晨飞想去抱李湘婷，一把被她推坐在床上。

"我真笨，无能。还有那么多的人羡慕我，事业有成，成功的女企业家。可是我连自己的女儿都救不了，我真没用。你说我还是母亲吗？还配让施韵叫我妈妈吗？"李湘婷的泪水止不住流下来。

何晨飞起来轻轻地搀扶李湘婷坐下。

"对不起，晨飞。"

"我理解。"何晨飞抚摸着李湘婷的脸。

"医生告诉我说，韵韵的病情虽然稳定，没有出现严重的感染，但是一旦发烧，就会有生命的危险。这几天我都不敢去医院，我怕看见女儿苍白的脸，我怕看见医生沉着脸向我走来，我怕护士堆着笑递给我'催款通知单'。我很害怕，从来没有这么害怕过，整天我都是在黑暗与煎熬中度过，晨飞我都要崩溃了。"李湘婷趴在何晨飞的肩上痛哭起来。

"哭吧，心里可以好受点。"何晨飞像轻拍入睡的婴儿。

"你真好，我错了，不该和你发火。"李湘婷抬起头深情地看着何晨飞。

"你没有错，都是我的错。"

"你哪里错了？"

"我没有照顾好你就是我的错，就得向你认错。"何晨飞想让李湘婷排解心中的忧伤。

"什么都是你的错？往自己身上拽。乱认什么错。"

"男人有错，你要向女人认错，因为你错了；女人错了，男人要认错，因为你没有提醒她要犯的错；不知道谁错了，男人要认错，因为你不知道谁错了。"

何晨飞的幽默让李湘婷轻松了许多，眼泪再次落下，眼泪中有对女儿病痛的忧伤，有对恋人的感激。

哭可以让束手无策的女人排解痛苦，眼泪可以冲刷心中的郁闷，抚慰心中的痛。哭完了，哭透了，心情自然轻松许多，也能够理智地梳理心绪，想想应该怎么去做，女人爱哭真好。

有个男人同样真好，当你孤独无援时可以在男人的臂膀上靠一下，让你的心有了根基，也许他的肩膀是柔弱的，却是女人安全的避风港湾；当你寂寞难耐时可以让他陪伴，也许这温情缠绵是短暂的，却可以让你感动；当你突遭困难时男人在你身边为你撑起一片蓝天。

$\mathcal{P}$

　　花卉市场曾经是夏晗最喜欢去的地方，向日葵曾经是她最喜爱的花。然而岁月的流失，已经让它黯淡失色，取而代之的是百合、勿忘我。

　　她喜欢百合的洁净优雅，喜爱勿忘我名字中所蕴含的丝丝情意；喜欢百合的清高超俗，喜爱勿忘我紫色忧郁中的祈盼。

　　安静躺在病床上的夏晗注视着窗台，勿忘我簇拥着百合花让她心情愉悦。这是几天前曾建灵利用中午吃午饭的时间送来的，虽然叶子开始干枯了，但是花香依旧沁人心扉。

　　卢加宁已经在花卉市场转三圈了，今天不是什么特殊的节日，却是当年夏晗答应她的日子。满市场上的向日葵已经被早来的男女交钱拿走，剩下的已经没有了朝气。一家商户告诉他再等四十分钟会有一批新鲜的向日葵到，卢加宁耐心等待了一个多小时还是不见向日葵。

　　"小妹啊，都几点了还不到啊？"

　　"就到，就到了。您不是看到了吗，我刚打电话催了。是送女朋友，还是情人啊，这么执著？"卖花姑娘堆起灿烂的笑脸打趣缓解卢加宁的怨气。

　　"老婆。"

　　"噢，看来你们夫妻一定很恩爱。我知道先生为何买向日葵了。

阳光灿烂欣欣向荣，我祝先生和睦永远。"卖花姑娘灵巧地说着，手上不停地剪着花枝。

"这些话，也就是你们天真女孩的幻想。和睦永远，可能吗？"

卢加宁的话让卖花姑娘一脸通红不知道如何做答，她刚刚二十出头，的确无法知道那些结婚许久男男女女的所思所想。凭着对卢加宁买花情况的断定，他们一定是一对恩爱夫妻，可是听了他的话，完全否定了她的判断，她真的无法懂得这些大人们的想法。笑笑自己的涉世浅薄，不再言语，专心致志地修剪起花枝来。

"来了，来了。"看到伙计抬着一个硕大的纸箱远远走来，卖花姑娘知道卢加宁企盼的向日葵到了。

"谢天谢地，我的活祖宗你可来了。"卢加宁故意装出很惊讶的样子。

经过"花匠"的修饰点缀，向日葵更显娇艳阳光。卢加宁走出了花卉大厅。

看着心仪的花，卢加宁吟唱起《花为媒》中报花名那段唱腔，引来周围人的笑声。

跨上自行车很快来到了住院处。

卢加宁笑容可掬地推开病房。

看见喜上眉梢的卢加宁进来，曾建灵站了起来。

卢加宁旁若无人。

"丛中笑，怎么样？"卢加宁把向日葵送到夏晗的胸前，正好她的脸庞在花束的中心凸现出来。

夏晗一把将花推开，卢加宁没有想到遭遇这样的待遇，手没有拿住，鲜花落在了地上。

卢加宁没有发火，弯腰拣花，稍微整理一下，走向窗台，把花瓶中的百合勿忘我拽了出来，顺势扔到晾台上的垃圾桶中，再把向日葵放进去，端详着摆正。

"你不要送什么花，献殷勤。我讨厌你道貌岸然。这花无法掩盖你内心的龌龊。"无端的愤怒从夏晗的心中猛然升起。

"你要是不喜欢，下次我不买了，今天不是我们特殊的日子吗？要不我也没有这么酸，只是想让你开心快乐。"卢加宁平静说出心里话。

卢加宁的话，让夏晗无话可说，再次把心中的怒火压了下去，看看曾建灵显得很不自在，她知道在这样的场合让他很难做人。

"建灵你坐吧。"

曾建灵没有坐，他想离开却不知道怎么说出口，内心想着如何脱离。他不想看到眼前的一切，更不想听到他们的争吵，他会更难受。

卢加宁低头看着窗台上的向日葵，刚才洁净的花体已经被地上溅起的水滴染上点点黑色的污点，向日葵失去了朝气没有了花香，在卢加宁看去已是枯花败柳，花如人愿，短短的时间内"它"发生了天翻地覆的变化。

此时卢加宁心中的怒气绝不亚于夏晗，彼此成正比上升，夏晗越是因为他而愤怒，他越是积蓄能量等待爆发。

看到二人怒视，曾建灵看不下去，也很难劝慰什么，直接告辞离去。

曾建灵此时的心境无法用语言形容，他只想赶快离开这里，走出大楼向医院大门走去。

"咳，等等。"

曾建灵回头，卢加宁慢条斯理地走上前。

"什么事？"曾建灵面无表情。

"就这事。"卢加宁话音未落飞起一拳，将曾建灵打翻在地。

路过的人，被这突发的事情镇住了。

卢加宁咆哮着："你也有今天，你给我听着，二十二年后我还是好汉。"

二十二年前的一拳，卢加宁终得复仇。

曾建灵被突然的袭击打蒙了，恍惚中被人从地上一把拽起，他看清楚了伸手的人是卢加宁。

"你可以打110报警。"卢加宁举起手机送到曾建灵眼前。

站稳的曾建灵感到头很痛，直视着卢加宁。

"你打电话吧，我愿意被拘留。最多十五天，是行政而不是刑事。"卢加宁露出无所谓的神态。

曾建灵握紧拳头。

"想动手吗？你不行。"卢加宁挑衅。

"这里是医院，有事好好说，别动手。要不去医院保卫科？"围观的人多数是在看热闹，说话的老者与他们也保持着安全距离。

"你不打是吧，那再见了。"

说完，卢加宁拂袖而去，身后传来围观者的声音。

"这人真野蛮。"

"太嚣张了。"

卢加宁笑着听到这样的评价，心里很舒服。清点人数现在的观众和当年画展的观众好像一样多。

怒打曾建灵，卢加宁已经蓄谋已久，只是没有诱因点燃导火索。今天的诱因并不是最佳选择，只是看到夏晗对待两束花截然相反的态度，卢加宁当然知道百合勿忘我是曾建灵送的，这就成了他忍耐二十二年复仇的火星，终于如愿以偿。

曾建灵挨打，他并不想去报仇，更不会告诉夏晗，那样会让她为难，曾建灵掸去衣服上的尘土走出了医院。

又是一个阳光明媚的早上，阳光照进病房，施韵今天感觉身体不错。

"护士姐姐，我想出去晒晒太阳。"护士进来送药，施韵伸手接过。

"你先把药吃了，我去推车。"

很快，护士推着施韵走出病房来到医院后院的花园中，久在病房不免让人感到沉闷，来到室外享受阳光的洗礼，心情自然愉悦很多。

"姐姐，您说我这病能够治好吗？"

"会治好的，只要你听话配合治疗。"护士姐姐柔美的声音，让人听得舒服。

"那是不是还要花很多钱？"

"你妈妈昨天交钱了。"

"怎么？昨天钱又用光了。"施韵转过头，想从护士脸上找到答案。

"也不是，账面上有钱够用的。"护士感到失语赶快更正。

施韵不再多问，心里盘算着她已经花了多少钱。她知道除了自己记账的钱，一定还有妈妈没有告诉她所花的钱。

"姐姐，求你个事情好吗？"

"嗯，你说。"

"能帮我问问，我已经花多少钱了，还需要多少钱吗？"

"这个我可没有权利去问，钱都是交到住院处的。"其实护士每天都会通过院内电脑系统查询病人的费用情况，也会及时通知快用完钱病人的家属，在规定的时间内续费，否则就会停止用药。

"帮我问问吧，你们都是一个单位的，我求您了。"施韵很诚恳地祈求着。

"那好吧，我试试看，问不出来，可别怪我啊。"护士不知道施韵急欲知道治疗费用的真正原因，但是她知道不能够告诉她。

"谢谢姐姐了。"

"你看那边的小花多好看呀！"护士指着长廊外空地上的一片兰花丛。

漫步在医院的长廊上，呼吸着新鲜的空气，让人有一种心旷神怡的感觉。后天就要出院了，没有人愿意久居在这里，但是想到出院心中还是有一种眷恋的感觉，在这里治愈了伤痛，怎么能够轻易忘怀。

　　欣赏长廊上的彩绘让夏晗再次享受到艺术。一只老虎静卧在草丛中抬头窥视一只小鹿悠然而来，夏晗心中一紧，她想告诉画中小鹿快快跑掉，危险就在身边，夏晗快步离开不忍联想下去；下一幅是一个古代淑女树下阅读，侍女在旁摇扇祛暑。夏晗知道那是红楼梦中的林黛玉，为爱而生为爱而走的悲情女子。夏晗凝视着，不解当初曹雪芹为何让笔下善男善女有如此的悲惨命运。假如贾府太太老爷们摈弃门第，一对恩爱男女就可步入殿堂成为千古佳话；假如贾宝玉不再软弱而自立自强或许可以感动上苍让他们携手到老。此时若曹雪芹在天有灵一定可以听到夏晗心中的呼唤，让有情人终成眷属！

　　"我要那朵粉色的，姐姐身后的那朵。好漂亮啊！"

　　花草丛中传来银铃般的声音，夏晗放眼看去，一位穿着洁白衣服的童贞女孩，举着手中的野花发出爽朗的笑声。

　　夏晗循着声音走去。

　　"阿姨好！"看到夏晗走到自己身边，施韵主动打招呼。

　　"你好！"

　　"阿姨您看这些花多好看，红的、白的、紫色的。您看那边还有蓝色的，是兰花吗？"

　　"那是野生的草本兰花，长不大的。"夏晗望过前面的花，视角还是落在了施韵的手上，白色的花、紫色的花，让她想起病床窗台上曾经有过的百合、勿忘我。

　　"要是可以养在家里多好？我妈妈最喜欢兰花了，要是可以，等到秋天我就把那个花种采回，来年在家花盆中养，妈妈一定会喜欢。"施韵嘴上说着妈妈，脸上荡漾着幸福的笑容。

　　"也许不行吧，那些野生兰花和花卉市场上出售的不是一个品种。"夏晗喜欢花，也喜欢研究花，但是眼前施韵提出的问题有些专业，她无法准确回答。

　　"哦。"施韵有些失望。

"妈妈喜欢兰花，可以去市场买，四季都可以在家养。"

"嗯。"施韵去过多次花卉市场，也不止一次地给妈妈买兰花。想到自己的病，她不知道是否还有机会再去花卉市场给妈妈买花，所以当她看到草坪中的野生兰花，倍感亲切，自然想到了妈妈喜欢的兰花，她想送给妈妈。

"姑娘你怎么不舒服了？"看到施韵的情绪变化，夏晗似乎感悟到了什么，不再说兰花的事情。

"我得了白血病。"施韵的声音虽然微弱，但是字字清晰。

"哦。"施韵镇静地报出病名，夏晗心中一振。

施韵很坦然地继续欣赏手中的花。

眼前的施韵是平和的，夏晗知道说什么劝慰的话都是多余的，她为妙龄少女得了这样的疾病而惋惜，她为小小年龄的坚强而感到欣慰。她突然明白了孩子刚才为何突然心情变换，是担心小小的心愿不能实现。夏晗想为孩子做点什么。

"你在哪个区的病房住院？"

"血液科病房，三室十八床。"

"夏晗，护士长叫你。"远处传来护士的呼叫。

"知道了。"夏晗回复护士。

"孩子我先回病房了。"

"嗯，阿姨再见。"

二人摆手再见，夏晗走上长廊，回头再看施韵，孩子还在欣赏着手中的花。

近日，康思予总是感觉乳房发涨，不时还恶心呕吐。

朋友关切地说："去医院看看，检查一下吧。"

"上个月刚做的妇科检查，各项指标都没有问题。"康思予也是奇怪。

"女人就是事多，现在乳房出状况的很多，不可掉以轻心，再去查一下吧。"

康思予明白朋友的意思。

"能有什么问题，就是得了乳腺癌，都给它们切了，还省得整天在眼前晃动碍事呢。"康思予说得轻巧，一边用手轻揉丰满的乳房。

话是这样说，但是心里却不停地打鼓。虽说乳腺癌不是不可攻破的顽症，可是若一个女人失去了"山峰"，做女人还能挺好吗？

送走朋友，康思予脱去衣服走进卫生间，胸衣内一对傲挺的乳房呼之欲出，自然曲美舞动的胸线自然收于腋下。摘下胸罩，浴镜中高昂俏丽的乳房洁白清高，紫红色的乳头高傲地挺立着。虽然已是中年，但却没有丝毫垂落，上手轻抚，柔嫩滑美，它让康思予骄傲自豪。几天来康思予洗浴却不敢触动它，它会不高兴地胀痛，按照医生教导自下而上用手轻按有些疼痛却没有硬块，而每次的按动都有一股洪流迅速传遍全身，诱使她欲壑难填，康思予实在不解，这是怎么了？

听从朋友好言相劝，第二天一早康思予来到医院再做妇科检查。

"三十六号，康思予。"

"哎。"听到护士叫号，康思予从大肚子人中站起来走进诊室。

"哪里不舒服？"

"最近一段时间，乳房总是胀痛。"康思予伸手胸前，轻托乳房。

医生面无表情地按捏，康思予最不喜欢到医院检查了，一问一答像是提审犯人录制口供。特别是妇科检查，任凭"宰割"让你毫无隐私可言。医护都是女人还好，有一次还遇到一个男实习医生在场，虽然他自觉不去张望探究，但是一问一答间还是让康思予无地自容，结果检查没有做完她就离去了。

"没有硬块，还有最近总是恶心想吐。"医生的手动让康思予再次感到胀痛。

"月经正常吗？"

"一直都很正常，就是上次来后就一直没有来。"

"过几天了？"

"快一个月了，按说两次的都该来了。"

"夫妻生活正常吗？"医生填写化验单。

"还好。"

"做个化验吧。"

医生把化验单递给康思予。

"不是乳腺癌吧。"这是康思予来检查的最终目的。

"你想得啊？乳腺癌也不是谁想得就得的。"医生终于露出了笑容。

"还要做其他检查吗？"按照康思予的理解，排除乳腺癌起码应该做个 CT，照个片子什么的。

"先做这个检查吧，也许不是坏事。"

医生说得很暧昧，让康思予有点找不到北了，不是坏事，那就是好事了，康思予百思不得其解。

"下一位。"

"三十九号，张克欣。"听到医生说话，门外的护士传唤下一位。

送上体液坐下等候结果，康思予还在回味医生最后的话语："也许不是坏事。"

哦，明白了，康思予突然茅塞顿开，不是坏事应该不是乳腺癌。康思予心想乳房的胀痛一定是那倒霉的月经没有及时报到所致，想着心中的石头落地，心情畅快了许多。虽然没有看到检查结果，她相信医生的判断，对于经验丰富的医生来说，利用仪器检查疾病确定病因，其实是为了证明她的判断。

世间有太多的拍案惊奇节外生枝，这样的事情不管让谁摊上，都会让你顷刻之间从天上摔到地上，你猝不及防无法正视。

二十分钟后康思予喜悦的心情就被痛打得落花流水。

化验单上赫然写着"孕检阳性"。

康思予目瞪口呆，手上的化验单滑落到地上，路过的好心人捡起递到她的手中，她无言可谢。

一个曾经被权威医生宣判死刑的女人居然怀孕了，简直就是天大的玩笑。

康思予转念一想，一定是化验人员张冠李戴了。

康思予快步返回化验室。

"医生你看看是不是搞错了，这张化验单不是我的。"通过小窗康思予将化验单递进去。

"你不叫康思予吗？康思予。"医生接过化验单冲着楼道高喊。

"我是康思予，但是这张化验单不是我的。"康思予申辩。

"你什么意思？你不认识字啊，康思予你不叫康思予啊？"康思予的话意把医生搞糊涂了，不停地用手指戳点化验单上的名字。

"我是叫康思予，但是我不可能怀孕，所以这张化验单上的结果不是我的。我说明白了吗？"

"你是怀疑我们的检查结果，我们每天检查成百上千的病人，要是错了，还不要人命啊。"

康思予的"但是……所以……"还是没有让医生明白。

医生说的没有错，每张化验单上记述的都是确定病因、病源的依据，医生会根据它对症下药。不要说张冠李戴了，就是数字移位小数点错位都有可能导致重大的医疗事故。

"要是不相信再去其他医院查查看，自己怀孕了还有不高兴的，真奇怪了。"医生从窗户探出头来，在康思予脸上探询着答案。

康思予从医生脸上看到了："一定是非婚怀孕或是不知道孩子父亲是谁了。"医生的蔑视让她无地自容。化验单被"无情"地退了回来。她实在没有办法说服自己："医院的检查报告告诉我不能怀孕；医院的检查结果又告诉我已经怀孕了。"

康思予拿着化验单走出门诊大楼，脑子在高速运转着，到底问题出在哪里？

一阵眩晕，一阵恶心让她想吐，扶着路边的树停下脚步。她猛然清醒这一定是所说的妊娠反映，虽然过去没有亲身体验，但是看到的、听到的已经证明了自己怀孕的事实。她再也没有理由去怀疑医院的检查结果，她确信了化验单上的结果是正确的。

两份结论完全相反的化验单，一定有一张检查的结果有误。

康思予再次端详手中的化验单，这张是正确的，那么另一张一定是错误的，想到这里，康思予快步走出医院驾车疾驶回家。

因为心急、手抖，钥匙落地。

房门终于打开了，康思予迫不及待地冲进卧室打开床头柜的第二个抽屉，这里存放着夫妻最隐私的物品，掀开两件情趣内衣，推开两盒避孕药品，从一个避孕套盒子中取出了两张化验单。

眼前的一切再次让康思予惊呆了。

署名康思予的化验单上写着"正常"字样，而署名叶强单子上的三个字直刺康思予的眼睛：无精子。

顿时，康思予感到天旋地转，仰身直挺挺地倒在了床上。

不知道康思予此时在想什么，仰面朝天躺着，眼睛睁得大大地盯着天花板上的一个黑色斑点一动不动。

许久许久后康思予突然翻身下地冲向客厅，她愤怒地拨通电话，狂吼起来。

"你还是人吗？你说明白化验单是怎么回事？到底是谁的原因不能生孩子，你算什么男人，嫁祸于人。"话语像密集的机关枪横空扫射。

听到雷鸣电闪般的轰炸，叶强第一个反应是康思予整理房间，偶然看到了那过去许久成为历史的化验单，他有些后悔不该保留，早点销毁也不至于让康思予如此大发雷霆。

"你别发火听我解释好吗？"叶强自觉理亏，说话的语调自然比康思予的声音低很多。

"你要解释什么？想怎么解释？叶强，这么多年了，我真是看走眼了。你这个骗子，欺骗我，你就是一个无耻的小人。"康思予在搜索寻找着最能表达此刻心情的语言。

"我承认当初没有告诉你实情，是因为怕你因此离开我。我是爱你的，我不能没有你，请你原谅我好吗？"叶强声音中带着祈求忏悔。

"你还有资格说让我原谅你吗？我是多么想有一个自己的孩子，日思夜想期盼着，可是你却让我承受我无法怀孕的现实。你想到我当初听到你说的话，是什么感受吗？我根本不敢去看自己的化验单，我怕得到自己的证实，自己宣判自己的死刑，这有多么的残酷你知道吗？你将不能怀孕的恶果归于我的原因，一句因为爱我，就可以掩盖吗？"

耳机中传来康思予发自肺腑的心声，叶强后悔当初不该隐瞒实情，当初的情景让他惭愧。

那次二人满怀豪情地去检查，临行前相约不管问题出在谁的身上，都要彼此支持治愈。

叶强还玩笑戏说："可能是我们不得要领。"

"那好啊，我们就再上一次生理卫生课，重温一下做爱的技巧，你可要勤学苦练一枪命中靶心啊。"康思予娇媚地依附叶强走出家门。

"连体人"大方地走进医院诊室检查化验，分室时还举手击掌相悦。

检查完只等三天后出结果，回到家中康思予把从医生那里咨询到的行房知识学以致用，叶强按照医生送他《性交频次与授孕》书中的章节活学活用。仿佛取得真经攻上主峰，拿下高地不在话下，二人沉静在喜得贵子的畅想中。

"咱们可说好啊，要是生儿子就姓叶，生女儿可得姓康。"

"这是什么理论？"叶强不解翻身跃上。

"儿子就要子承父业，女儿就要像我这样温柔贤惠。"

"这和姓叶、姓康有什么关系，在于后天的培养。"

"不嘛。就要这样，以后我们再生一个，我要有个儿子，还有个女儿，一个姓叶一个姓康的孩子。"康思予娇媚的脸上荡漾着身为人母的幸福感。

"好好好，依你还不行。"

"这才是我的好老公，为了取得革命的最后胜利你要加油啊！老公。嘻嘻。"康思予钻进叶强的怀里喃喃地说。

期盼的第三天终于来到了，康思予不敢陪同叶强去取结果，在家固守等待他的回来。此时的心情无法形容，是喜是忧，无法评定；是急欲知道结果还是害怕噩耗的惊扰，难以断定。

康思予心神不安地坐在沙发上注视着房门，竖耳静听着门外的声音。

也许真是如人们所说的那样你的期望值越高，失望就会越大。儿子女儿很快成为了泡影，检查的结果彻底摧毁了他们的黄粱一梦。

一张化验单毫不留情地展现在叶强面前。

看到化验单叶强惊傻了。

"无精子！"

叶强坐在医院楼道的椅子上低下头，陷入深深的痛苦中。走过的人流他看不到，推车辗过他的脚面没有感觉。不能有自己的骨肉让他痛心，怎么对康思予说出原因更让他无法释然。他深知康思予喜爱孩子，一直想要自己的孩子，每当康思予说到孩子，他甚至有一种感觉，在康思予的心目中孩子比他重要，尽管孩子还是无影无踪。

触角伸到禁区，叶强突然有了危机感。康思予会因此而离开他吗？或许这是男人的一种本能反应，这让他害怕。

康思予对他的爱是无怨无悔的，但是若把这种爱恋和拥有自己的孩子放到天平上，叶强不能确定天平的指针会倾向他一边。对于康思予的爱胜过一切，他不能没有她，更不能让眼前的化验单断送他们一生的幸福。

叶强知道此时的康思予正在家中望眼欲穿地等待着他，让康思予知道无法有自己的孩子这是无法隐瞒的事实，怎么说出事情的原委却让叶强绞尽脑汁。

看看手机一直没有动静，按照康思予的性格，手机早被轰炸了。但是她一直没有打来，叶强知道，他在外时间越长，康思予在家就越不得安宁，他要回家，要去陪伴自己的爱人。

脚下被什么东西绊了一下，差点把叶强绊倒，回头看去，原来是一个拐杖，对方送来歉意的目光。这一绊却让叶强突然清醒了，转念间有了主意，他要进行"技术"处理，将事情的真相修饰后告诉康思予。

几乎一夜没有人睡，康思予在等待中进入梦乡，她做了一个梦。她抱着儿子去动物园看老虎，老虎贪婪地静卧在草丛中四下窥视着；领着女儿去游乐园划船嬉戏，阳光洒在水面上，女儿稚嫩的小手伸进水中击起涟涟水花。

突然一声惊雷，康思予松开了双手，儿子落入狮虎山，女儿落进湖水中，她拼命叫喊着欲扑下去救孩子，但是她的手脚已经被紧紧地束缚在床上……康思予一下子惊醒从沙发上坐了起来。

她知道刚才听到的惊雷，其实是轻轻的推门声。

看见叶强站在她面前，面无表情，她全明白了，原来刚才不是做梦，而是现实。

"不要说，我不要知道结果。"康思予突然歇斯底里地号哭起来。

叶强上前把康思予拥入怀中。

耳机中还在传来喋喋不休的声讨声，逐渐地声音中少了几分愤怒，多了一分凄凉，少了几分争理，多了几分哭诉。字字如针刺痛着叶强的心，他也在谴责自己当初太自私，编造谎言欺骗了康思予。后悔晚矣，只能等待康思予的发落，只要能够和她在一起生活，享受情爱美满，他愿意承受所有的责难。

叶强设想着最坏的结果，康思予不会因为自己"善意的欺骗"而提出离婚吧，那可就鸡飞蛋打了，这样的念头一闪过，很快被否决了。因为他们有爱，爱可以善意地解读这"欺骗"所要掩饰的真相，爱可以让人宽容，可以让人摈弃前嫌。

"我明早就飞回北京，在家等我。"叶强归心似箭，他想立刻见到妻子，告诉她掩盖真相全是出于爱。

"我累了，我要睡觉。"康思予感觉浑身乏力，连说话都感觉累，她挂断了电话。

放下电话，康思予满腔的愤怒已经不见，她真的累了，要去睡觉。跌跌撞撞走回卧室，就在她抬腿迈进卧室的时候，突然阵阵恶心再次翻滚着袭扰而来，她慌忙转身进了浴室，呕吐，不停地呕吐，最后连胃里的酸液都吐了出来，难受极了。抬头看见洗梳台上浴镜中的自己：头发凌乱，面容憔悴，眼睛红肿。

"这是谁，这是我吗？"透穿过垂在眼前的头发康思予看到了自己不见血色的容颜。

康思予全身颤抖起来，她害怕，感到了恐惧。叶强——老公就要回来向她认错，向她忏悔，期盼她原谅，祈求她饶恕。因为自己的出轨怀孕，才证明了叶强的谎言，用这样的论据去推翻原来的论点是多么的残酷和荒唐。

眼前出现了一台天平，一边是叶强的谎言，一边是康思予的出轨，谁重谁轻，谁是谁非，一目了然，康思予紧张起来。

一个天大的玩笑，一个天大的事件，玩笑总会拨云见日，事件必将大白于天下。康思予胡思乱想终没有缘由，她不知道如何面对叶强。

墙上的挂钟嘀哒嘀哒敲打着，在夜深人静的深夜给宽敞的居室带来幽灵般的声响，康思予猛然站起来走遍所有的房间开启了所有的灯，让幽暗的房间如同白昼一样明亮。

就在此时，叶强已经拨通了机票代理点的电话，然而很遗憾，第二天飞往北京的机票已被定购一空。放下电话有些懊恼，转念一想，也许会有人退票，明早赶到机场等候退票也许当日就可见到爱妻了。

怕康思予担心，叶强拨通了家里的电话。

"还没有休息吧，不好意思。"叶强突然客气起来，语气不像久婚的夫妻。

"还没有，怎么了？"康思予极力掩饰着心中的不安，让语气尽量舒缓平衡。

"我没有订到明天的机票，我想一早到机场去等退票。"

"你不用着急回来，这几天不是要投标吗？"

"看看你我就回来，否则我不放心。"叶强的语气中充满了柔情。

"真的不用了，我想我们都冷静地想想吧。"康思予一语双关，她知道叶强无法领悟其中的潜台词。

"我还是不放心，亲爱的，都是我不好，别生我的气好吗？你知道我是爱你的，才做出那样的蠢事。"叶强忏悔着，他感到了心疼。

"放心，我没事，你办完事情再回来吧，我等你回来。"

一句等你回来，让叶强高悬的心平稳地降落了。

"对了，帮我买几瓶法国香水，上次买的我送给朋友了，她们都喜欢。"康思予有意转移话题，让紧张的气氛松弛下来。

"好的，明天一早我就去买，还需要点什么吗？"说话的语调恢复了常态。

"不要了，工作别玩命，听你的嗓子又上火了吧。那个蓝色旅行包左侧的拉锁内有西瓜霜含片，不舒服含着会好点。"康思予的话语中充满了体贴爱意。

"你也保重。这边开完标，我马上赶回去，等我回家。"

回家，多么温馨亲切的词汇，等我回家，充满爱恋与思念深情。

2

　　同事、朋友们送的鲜花轮换了多次后，夏晗终于出院了。入院多日重获自由，容颜憔悴了许多，但是却不失风韵。她没有告诉任何人，自己办理完简单的出院手续。

　　走出医院，夏晗首先去了花卉市场，挑选了两盆兰花，在送花单上写上：中心医院血液科病房三室十八床，小朋友收。了却了一桩心事，迈着轻盈地步履走出了花卉市场。

　　家的磁场并没有让她有归心似箭的感觉，夏晗不想回去。也不想去公司，昨天已经签阅完张小珂送的报表文件。她只想自己走走，四处看看，但却没有落脚的目标，让司机绕着三环开，司机不解，不时地通过后视镜看看后座上的娇柔女子。

　　从新兴桥的斜坡上遛下去，八一湖近在咫尺，夏晗让司机靠边停车，拉着旅行提包，走进了玉渊潭公园。

　　走在湖边鹅卵石铺成的小路上，远远眺望，夏晗看到了石拱桥，她依稀记得石拱桥右侧的座椅，曾经是她的"专座"。想想已经有半年多没有再去坐了。当自己不开心郁闷的时候，都会来到八一湖畔。坐在那个长条椅子上，看着眼前清澈的湖水，眺望高耸入云的中央电视塔，思绪就会随着湖水的涟漪飘到塔尖笑看人间，心情豁然开朗。

　　然而，今天她却没有那样的心境，看看眼前的旅行包，感觉自己很像一个外地进京的旅行者或是寻找工作的打工妹，一股凄凉油然而生。

　　走了这么久的人生路，在众人看来，夏晗事业有成——可以呼风唤雨，家庭幸福——儿子上了知名的大学，老公关爱有加，本应是知足一族，然而夏晗却时常会感到空虚，似乎什么也没有。

　　坐在长椅上，夏晗想起最后一次来这里小憩是和曾建灵参加完一个商务酒会。记得那天是一个阴雨连绵的午后，公园内没有几个人影，仿佛因为他们的到来静园了，看到绿草丛中有只蜜蜂不惧风雨在采花，曾建灵有了创作的灵感，拿起相机悄悄上前拍摄，夏晗跟着举伞给他挡雨，同样是一张情深深的照片。

　　也许是心灵的感应，坐在湖边的夏晗收到了曾建灵的短信："昨夜梦见你哭了，我也哭了。我来到你家楼下，远远地张望晾台上你的背影，突然，你回头与我的视线交汇了，我们对视看着望着，眼神传递着彼此心中的所思所念。后来你笑了，我也笑了，你的笑容还是那么的美丽。"

　　曾建灵的短信让夏晗心绪飞扬，立刻回复："昨天是我在医院的最后一天，莫名其妙的烦闷一直袭扰着我，我无法像众多病号那样欢天喜地地走出病房，我很想大哭一场。夜深一个人毫无目的地在近二十平米空空荡荡的病房里走来走去，我无法入眠。那时真想听听你的声音，几次拨打电话都在按最后一个数字的时候放弃了，我拒绝了自己的意念。今天我出院了，好多了，只想告诉你。"

　　很快，夏晗接到了回复："你现在怎么样，在哪里？我去看你。"

　　"不用了。因为有你，我很好。"

　　"因为一生中只有一个你和我，所以我倍加珍惜。有事告诉我别让我心疼。"

　　"认识你生命中多了一份精彩和回忆，生活又增添了一个故事和感动。你只要知道，在这个世界上我是你一生中最需要关怀的人就好。因为你的关怀，我的心好温暖，生活充满了阳光雨露。你的每一点关心，对于我都很重要，有了你心就有了依靠。"

218

和曾建灵通过短信的交流，夏晗心情舒畅多了。从"专座"上站起来走向湖边，看看近处的水、远处的电视塔有了新的感觉。高耸入云的塔尖虽然无法攀登，但它诱发着你心中的激情一步一步地走向它，去畅想，在其中享受无限的乐趣和幸福；湖水潺潺远去，带去了岁月的伤痕，带走了满身风尘，让你轻装上阵。

几条小鱼自由自在地向岸边游来。三条、五条、十条，夏晗忽然发现就在小鱼群的左侧有一条稍大的鱼警觉地尾随而来，它时快时缓地游弋着，夏晗断定它是它们的母亲正在护卫着它的儿女们，突然一股水流吹来，冲散了它们，鱼妈妈急切地跑上跑下围拢着它的孩儿们。夏晗想起了什么转身回到"专座"，从提包中取来两个蛋糕返回水边，碾碎蛋糕投入湖中，顷刻间四处游荡的鱼儿都游向碎末聚集在了一起，鱼妈妈喜悦地围着它的孩子们转了一圈。好像在点数，看到一个不少，鱼妈妈才翘起尾巴张开嘴美餐起来。

这时从后面游上来一条比鱼妈妈还大一点的鱼，它轻轻贴近鱼妈妈好像对它说："你累了吧，让我来照顾它们。"

鱼妈妈也像对它说："亲爱的，岸边的人都很友善。"

它们是父女、是夫妻、还是情人呢？一时无法断定，但是有一点是清晰的，它们是亲人、是相依为命的挚友、是不容分割的生死恋情，夏晗观察着它们的一举一动。

鱼儿欢笑地跳跃起来，夏晗笑着也跟着吟唱起来，唱出她心中的歌。

夕阳西下，夏晗渐渐远离八一湖，走出了玉渊潭公园。

夏晗一眼看到了停车场那辆熟悉的车，车前站着曾建灵。

一股暖流流过全身，夏晗快步上前，曾建灵接过她手中的箱子，送到后座上拉开前门。

"小姐请上车，我这可是专车，一趟活二百五十元。"

"还专车呢，我看是黑车，你就是二百五，想宰我啊，当心我举报投诉你。"

"那我为人民服务行了吧。"

"嘻嘻。"

车子驶上三环路，赶上下班高峰，路上车水马龙。

"你怎么知道我在这儿？"

"感觉吧。"

初夏的北京因为几天无雨，让都市的人们过早地尝到了暑天的闷热。

曾建灵手握方向盘，臂上渗出了汗水。

"你怎么这么热？"

"刚才喝了点热茶，在房间开着空调没什么，一到车里你看汗都下来了。"

"那打开空调吧。"

"你刚出院。"

"你开吧，我没有那么娇贵。"夏晗想去打开空调按钮，被曾建灵制止了。

"就这样吧，也算是蒸桑拿了，省钱又舒服。"曾建灵闪过孩童般的顽皮笑容。

看到曾建灵的手臂流下点点汗液，夏晗从手袋中取出一块手帕，轻轻地敷上去为他擦拭。

"没事的。我又不是三岁的孩子。"曾建灵笑笑。

夏晗没有说什么，几上几下擦去汗水。之后她把手帕叠好放到仪表盘上。

曾建灵感受着女人细腻的心。

一路上他们再也没有说什么，但是彼此都可以感到对方那不平静的心。

"我到了。"夏晗的声音提醒曾建灵应该停车了。

"哦。"一路上，曾建灵没有专心尽到司机的职责，凭着感觉把夏晗送到楼下。

"等一下。"曾建灵从兜里取出一套玉制的钥匙和锁，他把锁递给了夏晗。

钥匙和锁，不可分开，缺一不可。它们不会因为时间的流失而忘却彼此，也不会因为失去了美丽的外貌而抛弃对方，更不会喜新厌旧移情别恋。一把钥匙开一把锁却是不变的定律，它们相依为命难舍难分。一组由洁白的玉料雕刻而成的玉锁和玉钥匙，是曾建灵在玉器厂定做的，他把玉锁送给了夏晗，玉钥匙留给了自己，曾建灵的用心夏晗懂得。

曾建灵举起钥匙，夏晗送上锁。

钥匙插入锁芯，曾建灵的钥匙打开了夏晗的锁。

二人对视一笑。

"我也送你一样礼物。"夏晗从手袋中取出一个精美的盒子，里面是一条本命年腰间围系的红绳，上面有玉制的小猪、麒麟、宝葫芦。

"我还想要你一样东西。"曾建灵接过夏晗送上的礼物，诡秘地一笑。

"什么？"

"我想要你腰间的吉祥绳。"

"你怎么知道？"

"你穿裙子时，我看到过。"

夏晗笑着从腰间解下红绳。

"洗洗再给你吧。"

"不，我要你的体味陪伴在我身边。"

夏晗暧昧地一笑，递给曾建灵。

"这条给你，但是我送你的那条，一年后你也要送给我。"

曾建灵笑着伸出小拇指，夏晗领会，送上小拇指，拉勾。

夏晗含笑下车，轻轻地关上车门。

"再见。"随着话音落地夏晗已经走进楼门消失了。

目送夏晗头也不回地离去，曾建灵的心再次"疼痛"起来。

车子缓慢启动再次驶上都市街道，曾建灵多年来一直祈祷"只要你过得比我好"，然而他很清楚夏晗过的并不愉悦。若是夏晗生活得还不错，或许曾建灵还会感到一丝的欣慰，然而事实不是这样，这让他陷入深深的自责之中。假如当初自己挺身而出止住那结婚就埋上"离婚"种子的婚姻；假如当初他义无反顾地追寻而不再退缩，夏晗的今天一定过得比我好。

曾建灵感到心很疼，他把车靠边停了下来，伏在方向盘上眼泪止不住地流淌下来。

多数好友至亲的相逢都会喜极而泣，但是曾建灵每次与夏晗相见和分别时他都无法兴奋起来，见面总是想到会再见，分别后的那种心情就会缠绕他许多天无法平静。没有喜乐的相逢，只有离别的悲伤，留给他的总是心痛，仿佛心在流血，他试图止住，却是徒劳的。

拿出手机，曾建灵把此时的心境输入短信中："想起你我的心总在痛，就是为了我，你快乐起来好吗？"曾建灵的内心是在"乞求"，然而当短信输入完毕他又删除了短信。因为他"害怕"夏晗看到这样的短信内容，心情也会和他一样的"糟糕"。

"同志，同志！请出示您的驾驶证？"巡警站在车前不停地拍打车窗。

曾建灵如梦惊醒赶快开门下车，从衣袋中取出驾驶本和行驶证，递给一脸狐疑的交警。

"你不舒服吗？"验明正身，交警关切地询问。

"没有什么，对不起。"

"要是累了，就把车停在那边吧，疲劳驾驶很危险的。"交警指向辅路边上的停车场。

"谢谢，我会注意。"

交警把证件还给曾建灵并示意他离开。

车子起步了，曾建灵却不知道应该向南还是向北，本能地按照交警的手势向东开去。

　　医院一直在努力治疗，但是施韵的病情仍不见好转，焦急万分的李湘婷、施仁宏再次找到施韵的主治医生。

　　"马医生，不好意思，又来找您了。"

　　"你们请坐，我也想和你们谈谈。"马医生示意他们坐下。

　　"配型的骨髓有进展吗？"

　　马医生摇头。

　　"怎么这么长时间都没有找到呢？"

　　"目前我们所做的就是到骨髓库中搜索。利用骨髓库，最快需要三个月的时间才能够取得结果。其中十天是搜索时间，一旦有相应的骨髓，还需要捐赠方的同意，双方到医院进行二次配型，二次配型将是更高层次、更细致的测试，整个过程也需要一定的时间。北大阳光骨髓库、中华骨髓库，还有台湾慈济骨髓库我们都在联系中，我们会继续努力的，为了孩子。"

　　"谢谢！"

　　"谢谢！"

　　听到医生的说法，他们也只能说谢谢了，而这谢谢中除了感激之情外还有一丝的无可奈何。

　　"目前孩子的情况还是平稳的，化疗和联合用药已经起到了作用。你们也别太着急，我们会尽全力。"

　　"难道除了骨髓移植，就再没有其他办法了吗？"李湘婷的脑海中翻滚着"骨髓、骨髓"，注意力一直在骨髓移植上没有移开。

　　"还有就是用新生儿的脐带血移植。"

　　"脐带血移植？"

　　"是的，脐带血移植。脐血移植是目前国际上发明的一种新的治疗白血病的有效方法。相比骨髓移植，脐血移植有更多的优点。首先，脐血移植相比骨髓移植更容易配型。通常，骨髓配型的成功率约为万分之一；而脐血配型的成功率则高达几百分之一，脐血移植的排斥现象较骨髓移植更少，术后的成功率更高。脐带血细胞移植的另一个优点是，与大多数成人骨髓不同，脐带血很少受到巨细胞病毒的感染，而巨细胞病毒对免疫系统受抑制的移植接受者是有害的。当然前提条件还是要配型成功，若是同胞孩子的脐带血一般问题不大，孩子有兄弟姐妹吗？"

二人摇头，他们正赶上计划生育的年代。

"你们年龄也大了，再生也是不可能的了。不过我们也在寻找相匹配的脐带血，因为这项技术运用到临床的时间不长，库存的脐带血更是稀少。"马医生并不知道他们已经离婚，只是考虑到他们的年龄大了，若是怀孕生子会很危险。

从医生办公室出来，二人都没有回病房的意思，不约而同走向住院楼后面的花园。

"不管怎么说，我们又有了一条路，可以用脐带血移植。而且比骨髓移植成功率还高，更安全。也怪我，前些日子怎么就没有想到去问医生呢。"施仁宏有些后悔没有提前询问，这次还是李湘婷提出去找医生问问。在施仁宏的内心世界，总是有一种自卑感，总觉得比李湘婷矮半节。不论是他们结婚前还是结婚后，很多家里家外的重大事情，他总是慢半拍，在后面跟着小跑。无奈自嘲：女人要是都像李湘婷那样成了精，男人将永世不得翻身。

"你没有听医生说，脐带血更难找到。"李湘婷撇了施仁宏一眼。

"为了女儿我这次豁出去了，怎么也得找到。刚才马医生说的话我就是不爱听，简直就是推脱。我看啊，医院是指望不上了。"

"也不能这么说，医院还是好医院，医生也是好医生。现在得这种病的人越来越多，也不知道怎么搞的。无私捐献的人本来就少，还需要配型，就更渺茫了。"

"我听朋友说，得这种病只要钱跟上了，就不是绝症。现在看来钱的确不是万能的。"施仁宏有些丧气，把烟头扔到地上狠狠地踩上一脚。

"钱只是一个方面，没有配型再多不也是白纸吗？"

"医生还说我们再生一个呢？也不知道他怎么想的，哼！"施仁宏想起医生的话"你们再生一个也不可能了"的潜台词就是，"你们还能再生一个吗？"想想有些来气。

"对啊，医生说的没有错，我们可以再生一个。"

"你和我再生一个？"施仁宏好像没有听懂李湘婷的话，指指李湘婷又指指自己。

"国外五十多岁的人都还能生双胞胎呢，我们怎么不能。我们再生一个，脐带血不就有了，也不用担心配型是否成功了。"李湘婷说着兴奋起来，完全忘记了他们已经离婚，只是因为施韵还让他们藕断丝连。

"你可真敢想啊，佩服！"施仁宏清楚地知道他们是离婚的前妻前夫，李湘婷的倡议让他再次刮目相看，当然内心也感觉到了，这次又让李湘婷走在了前面。

"我知道你的想法，是不是因为我们离婚了？"施仁宏的小九九都在李湘婷的掌控之中。

"我们可以签个协议。"

"协议？"施仁宏没有明白李湘婷的意思，自愧弗如。

"我要是怀孕了，我们就先复婚，等孩子降生了，我们再去办理离婚手续。"李湘婷坚决地说出自己的构想，仿佛不是突发灵感，而是运筹帷幄。

"这？"施仁宏像是突然被一闷棒打晕，不知道是点头还是摇头。

"怎么，不愿意？你刚才不是还说'为了女儿豁出去了'吗？狗熊了？"李湘婷再次占了上风，为了救女儿她已经顾不得给施仁宏留面子了。尽管她知道，当初施仁宏同意离婚的另一个原因就是摆脱这种甘拜下风的地位。

"我狗熊什么？正当年。"施仁宏一拍胸脯底气十足，显然他们说的不是一个概念。

看到施仁宏正经的样子，李湘婷感觉有趣，笑出了声。

施仁宏也感觉有意思笑了起来。

李湘婷大方地伸出手，施仁宏附和着抬起手。

"合作愉快！"

"一定成功。"

当天晚上他们就同床共枕了。没有感情的互动，只有信念的共容；没有激情的勃发，只有云雨的过程；没有性爱的享乐，只有期盼的孕育。

施仁宏的一句"一定成功"却成了"乌鸦嘴"中的口谕，尽管他们隔三隔五地努力奋斗，时间一天天过去了，李湘婷安如磐石让施仁宏无法安营扎寨。

夏晗上班的第二天就接到了梁呈修的电话。

"夏总，都好了吧，您昨天出院的吧。"

"是啊，你怎么知道，消息很灵通啊。"梁呈修准确说出夏晗出院的时间多少让她有些惊讶。

"我有耳目，都康复了吗？"梁呈修所说的耳目其实是他每天都会给医院护士站通个电话询问夏晗的康复情况，并一再拜托不要告诉当事人。因为关心没有了地域的差异，因为关注缩短了时空的距离。

"都好了，放心吧，谢谢你。也转告老师同学们，谢谢他们来医院看我。"对于县长、乡长大头头们的关怀夏晗不以为然，因为在他们的笑容背后夏晗看到了更多的"急功近利"，她不喜欢。而淳朴真诚的乡村老师同学们的关心让夏晗感动，更愿意为他们付出。

"看那天我们在医院闹腾的，真的对不起，都没脸见您了。"梁呈修话语中透着不好意思，这也就是电话中传情，若是当面梁呈修的大红脸让夏晗看到，他会更加不好意思了。

"咳，这不能怪你们，过去了就别提了。怎么？找我有事情吗？"

"看我差点忘了正事。不对，不对，问候您也是正事。"梁呈修有些语无伦次。

　　"我知道，还有什么事情吗？"感到梁呈修尴尬的样子，夏晗差点笑出了声。

　　"希望小学校建成了。乡长、镇长、教委主任等领导同志们让我问问您，看看我们什么时间举行希望小学的落成仪式。"梁呈修像是在照本宣科。

　　"看看你们的时间安排吧。"按照时间推算，希望小学的建成时间夏晗已经估算到了，其实当接到梁呈修的电话时，她就知道一定是这件事情。

　　"乡长、镇长、教委主任等领导同志们，请您确定时间，我们什么时间都有。"

　　"我这里方便，具体时间还是请你们定吧。提前通知我就行。"

　　"您都方便啊？"

　　"可以的，最近我不出差，就在北京。"

　　"那就周四，您看可以吗？"周四是阴历二十八，梁呈修已经查过是个举行盛典的黄道吉日，这个时间已经得到大小头头的认可，只是需要夏晗的确认。

　　夏晗看看台历上周四没有注明安排的事项，拿起笔填写"希望小学落成典礼。"

　　"好吧，那就周四吧，我一早就到。"

　　"好，我马上向乡长、镇长、教委主任等领导同志们汇报。"

　　"嗯。"

　　"还有啊。"

　　"还有事情吗？"

　　"现在入秋了，早晚温差大，我们这里靠山比你们城里要低好几度，你刚刚出院，多穿点，可别冻着。"梁呈修很自然地把"您"变成了"你"。

"谢谢你。周四见，再见。"夏晗感动。

"再见。"

夏晗继续拿着话筒没有挂断，她想等梁呈修先挂断，但是却没有听到挂断的回音。

"我挂了啊。"

梁呈修也在举着电话听筒等待挂断的回音。

"嗯。"

得到夏晗的"许可"，梁呈修把话筒送回原位，夏晗接着也挂断了电话。

放下梁呈修的电话，夏晗拨通了曾建灵的手机，请他安排好日程，周四一同前往沧州。

$\mathcal{R}$

　　测试怀孕的试纸用完整整两盒了，终无建树，这让施仁宏郁郁寡欢，号称弹无虚发的他见到李湘婷没有了颜面，在强劲女人面前一米八〇的他显得越发地渺小。好在李湘婷宽宏大量给他留足面子："这可不像雄壮威猛的你啊，不要灰心好不好，我相信你，再来一次。"

　　李湘婷越是鼓励，施仁宏越感到力不从心，再次从马上翻落下来。望着垂头丧气的施仁宏，李湘婷也感到有些强人所难，起身拍拍施仁宏的肩穿戴整齐走了出去。

　　施仁宏机械地穿上衣裤，走向大街。

　　邀来好友卢加宁走进酒馆。

　　"你说我怎么就这么背，听到冲锋号了吧，枪却瞎火了，我还算男人吗？"施仁宏无地自容，一口喝干杯中酒。

　　"慢点喝。你也是，一看就是平日缺乏锻炼，功能萎缩了，哈哈。"卢加宁没有同情心，笑着喝酒并给施仁宏斟满。

　　"我和她怎么没有这样，机关枪啊。"

　　卢加宁知道所说的"她"是指施仁宏的情人，作为挚友拥有情人自然会通报分享愉悦。

　　"我没有病吧。"

　　"要我说啊，你是心里有病。"

　　"什么心里有病？"施仁宏竖耳静听。

　　"这是一个心理学和性医学的问题，和情人行和前妻却不行。"

"也不是每次都不行，就是……"施仁宏打断卢加宁的话欲做解释。

"我明白，这更说明你不是生理的而是心理上的问题了。你从心里就怵她，总是觉得什么都不如她，自卑的心理导致你的生理不能如心所愿。"

"还别说，想起来还有点道理，你怎么懂得这个，都成性学专家了。"施仁宏总算露出了笑脸，碰杯自饮。

"我是谁啊，怎么样？需不需要我给你们辅导辅导。"卢加宁举起施仁宏碰过的酒杯小喝一口，脸上露出得意而诡秘的一笑。

"辅导，怎么辅导？"施仁宏不解，放下酒杯。

"取而代之现身说法啊，哈哈，哈哈。"卢加宁大笑起来，口中的酒差点喷了出来。

"孙子，想吃豆腐趁火打劫啊。"施仁宏变脸装作气愤。

"得得得，我还不是为了你舍身助人啊。"

"得了吧，你我还不了解，整个就是一个道貌岸然的淫荡'君子'。哈哈。"痛骂使他的心里平衡了许多。

"哈哈。'淫荡君子'好称谓，你说的也有道理，我看啊，你可以开个帽子工厂，专门生产红帽子和绿帽子。红帽子我笑纳，绿帽子你戴着保准合适，定做的。哈哈。"卢加宁大笑，欣然接受"美名"。

"孙子，我看你的骨头是痒痒了，活的不耐烦了。一会去给你松松筋骨就舒服了。"施仁宏知道斗嘴不是卢加宁的对手，动拳脚卢加宁却是手下败将。

"我服，服了行吧。来来来喝酒。"

酒过三旬郁闷的心情好了许多，施仁宏告辞，他要去医院看护施韵。卢加宁酒不尽兴，但理解施仁宏的心情，让他先走，独自饮酒到日落西山。

与此同时感到郁闷不爽的还有康思予，如何处理腹中日渐长大的胎儿，已经是刻不容缓的事情了。或是坦白，或是打掉，走到十字路口的康思予眼前只有这样的两条路可走，时间紧迫不容东张西望。举目看去，每条路上都布满荆棘无从下脚。

早上送叶强的心情与往日有天壤之别，心一直在颤抖，由于紧张，不得已托故身体欠安不能前往机场送行，这在他们喜聚分离的岁月中开了先河。短短两天的团聚，他们都是在"对不起"中度过，所不同的是叶强的"对不起"在口中，康思予的"对不起"在心中。对于那些小别胜新婚的夫妻而言，两天的时光太短暂，但是康思予却感觉十分地漫长。内心深处很愿意让老公陪伴在身边永不分离，可心头却在想你先走吧，快点离开我，那种急欲摆脱与强烈挽留的心态搅扰着她，她感到窒息。

叶强想留下多陪爱妻几日，但是香港公司不停的电话邮件的催促让他不能久留，清晨亲吻告别了已经原谅他的妻子，赶往首都机场。

康思予依然爱着叶强，尽管叶强欺骗了她，甚至感到了侮辱，她记恨叶强。可是此时这与她的不忠出轨导致怀孕相比，还能算什么天大的罪过而十恶不赦呢。

望着消失在雨雾中的叶强，康思予祈求：对不起，请你原谅我好吗?!

坦白还是打掉，两条崎岖坎坷的路再次出现在康思予的眼前。坦白预示着死亡，打掉或许可以重生。尽管它的代价是背上一生无法偿还的"债务"，但是康思予必须这样做，别无选择。

康思予想起了施仁宏，好像这是几天来施仁宏第一次出现在她的脑际间，细寻看去面容有些模糊。她伸手想去牵动那坚强的臂膀：给我力量和勇气。

作为腹中胎儿的父亲，他有权知道曾经有过这样的一个孩子，这是他们相爱的结晶。康思予知道施仁宏会理解，也会赞同她去打掉这个孩子，同样，施仁宏也会义不容辞地陪同她走进医院。

想到这里，康思予拨通了施仁宏的手机。

"你在哪里呢？"

"我在去医院的路上。"

"怎么了？你病了吗？"康思予紧张起来。

"不是我，是我女儿病了，我去陪她。"话语冷冰冰的。

"哦，我有件事情，想和你商量一下，你现在方便吗？"康思予感到了对方的冷漠，不过她已经顾不得虚荣心了，她要尽快见到他。

"我女儿住院，要是不着急，以后再说吧。"施仁宏的心已经飞到了医院。

"很着急。"

"就要到医院了，你长话短说吧。"

还是冰冷的话语，没有一丝的温情。康思予仿佛突然看清了施仁宏的真面目，情人算什么，是补充，是填空。孩子比情人地位高，妻子比情人重要，就是前妻遇事同样也比情人重要。康思予想发怒，但是她克制了。她清楚这就是情人的命运，施仁宏不是爱情至上的圣人，既然接受了他，就得接受他的一切，不管是你喜欢的还是厌恶的。

"电话里说不清楚，我要见你。"康思予容忍了情人的冷漠。

"那过两天，抽时间给你电话吧。"

感觉施仁宏不耐烦地要挂断电话，康思予说出了难于在此情此景此时说出的话："我怀孕了。"

"什么？"

"我怀孕了！"康思予只想哭。

"你怀孕了？"施仁宏需要再次确认是否听到正确答案。

"嗯。"康思予哭了。

"怀孕，你怎么不早告诉我，我真的不知道。现在让女儿的病搞得我焦头烂额，什么都顾及不到了，别生气好吗？"施仁宏心潮翻动起来，一种莫名感觉化作强劲的电流，冲向身上每一处神经。他的心飞到康思予身边。

"你不知道我没有怪你，可是我每次找你，你都拿女儿病了搪塞我，你也不听我说。"康思予感到委屈，感到无助和忧伤。

"不哭啊，宝贝，都是我不好。"

施仁宏的柔情让康思予找回了他们曾经有过的感觉。

"就是你不好，一点也不关心人家，还说爱我呢。"

"好好好，都是我不好。我女儿的确病了，而且病得很重，我都把工作辞了，就是在照顾她。"本不想告诉康思予实情也是不想让她担心，必定情人不是夫妻，他只想和她分享快乐，苦难自己承受。此时他被逼无奈说出缘由。

"你女儿得了什么病？"

"白血病。"

"啊。"康思予听到噩耗的感觉决不亚于施仁宏当初听到医生的宣判，他们是情人连着心。

"对不起，我太任性了。我给你打电话，本来是想让你陪我去医院。你照顾女儿吧，我自己去。"康思予感到自己多日来责怪施仁宏实在不应该。

"去医院，你去医院干什么？"施仁宏没有听出康思予的话意。

"我想把孩子拿掉，你是孩子的爸爸，有权利知道。我想应该告诉你，我们曾经有过，谢谢你。"下定决心拿掉孩子让康思予痛心疾首。

"不要，不要拿掉孩子。"施仁宏突然想到了其他，意念告诉他孩子不能拿掉。

施仁宏的声音提高了许多，康思予感到了震耳，本能地将听筒推离耳朵。

"你让我生下孩子？你说什么？"康思予同样需要再次确定施仁宏的话意，再次将听筒贴实耳朵。

"对，把孩子生下来。"施仁宏落地有声。

按照常理遇到这样的婚外孩子，男人都会斩钉截铁地告诉女人，去医院打掉孩子，比女人还要毫不留情。但是出乎意料，康思予却听到了这样的回答。

"我不明白你的意思，我要见你。"康思予悬着的心受到了风的吹荡，雨的击打。她不知道也不明白怎么会是这样。

"我也要见你。"

"现在。"

"我去医院安排好女儿，后半夜女儿睡着了我去找你好吗？"

"好。我等你。"

"一言为定。"一言为定、不见不散这样的话，他们曾经说过很多次，而这次却意味深长。

"不，别来我家，我们去昆玉河边吧，就是上次我们见面的那座石拱桥。"康思予突然想起了什么。

康思予此时不愿意施仁宏来家，叶强刚刚离开，房间处处弥漫着老公的气息，康思予不想让两个男人同时交汇在室内。

"好的，我一会儿就过去。"看看表，医院已是熄灯人睡时。

放下电话，康思予胡思乱想起来，施仁宏为何要让自己把孩子生下来，这不符合常理，更不是施仁宏做事的风格。是想和我结婚吗？不会吧，他们的定位只是情人、挚友、知己，他们早有约定在先；想有个属于我们爱情结晶的孩子吗？都是一把岁数的人，非婚孩子世人称为私生子，孩子大了怎么面对世间口舌，极其地不负责任，这也不是施仁宏的做人原则，太不可思议了。

康思予找不出答案，换衣推门走向停车场。

康思予怀孕了，施仁宏第一感觉这是个意外，每一次相聚相拥没有采取任何防御措施，康思予都坦然面对，施仁宏想了许多，他相信康思予一定可以"避孕"，女人怀孕很正常，就是采取更安全的措施也是相对的，谁都不能做到百分之百，这是常人的反应。

施仁宏接下来感到更多的是激动和兴奋，他想到了女儿，想到了日思夜想的脐带血。康思予孕育的小生命给已近冰点的心点燃了一把火，复苏了希望。孩子降生脐带血不就有了吗！康思予怀孕的消息，喜从天降，他要跪拜上苍，天助我也。

快步走进病房，虽然已经熄灯，只有地脚的夜视灯散发着淡淡微弱的光，施韵闪动的眼睛告诉他：在等待爸爸的到来。

"怎么还不睡？"

"我想爸爸睡不着。"

"乖女儿，睡吧。"施仁宏拽过椅子坐在病床边，伸手把被子给施韵掩好。

"嗯。"施韵闭上了眼睛，脸上闪过心悦的笑容。

施仁宏给杯子中倒水，看见女儿又睁开了眼睛。

"有事吗？"

"爸爸还走吗？"

"一会爸爸出去办点事情就回来，现在爸爸陪着你。乖女儿睡吧。"在孩子面前，男人同样可以柔情似水。

施韵很快睡着了，施仁宏离开医院前往他们约定的地方。

医院离昆玉河上的石拱桥不远，十分钟的路程施仁宏却走了足足的二十分钟，他在想怎样劝说康思予让孩子平安降生。

因为孩子是他们相爱的见证，应该延承他们的香火；因为喜欢孩子不得扼杀生灵；因为久不孕而怀孕这是老天的恩赐……都可以成为解释的理由。只是他不能够直接告诉康思予心中的那个秘密，因为在他们的情感中孩子不能是第一要素，现在不能说出实情，他怕伤害了她。等到孩子即将出生，等待孕妇走上分娩台，等到婴儿哇哇落地，再告诉康思予一切就成为了自然而然、水到渠成的事。这对康思予也是尊重。

当然，施仁宏也在假设，如果不是因为女儿的病急需脐带血救命，他是否愿意让康思予生下这个孩子，他无法假想，必定它与现实离得太远，同样是康思予怀孕了，因为女儿的需要演绎出唯一性的结论，对于施仁宏这是第一。

一束远射灯光照去，康思予看见了正在石拱桥上踱步的施仁宏。施仁宏扔掉手中的烟顺坡下来，顺着光束跑到车边。

不等施仁宏开车门，康思予推门下车。

"外面冷，要不我们在车上谈。"

"不，我想在夜色中走走。"

二人并肩走上石拱桥，对视中传递着复杂的心情。

施仁宏把手搭在康思予的肩上，康思予转身看着流走的河水，施仁宏从背后把她拥入怀中。

"你不是一直想要个孩子吗？现在终于有了，怎么就想拿掉了？"施仁宏嘴角贴近康思予的耳尖，这就是男人，他可以很技巧地把自己真实的目的隐藏起来，去迎合女人，以达到自己的目的。

康思予从施仁宏的拥抱中挣脱出来，转过身注视着施仁宏。

"我怎么向我的老公说明这一切？尽管我日夜都在想能够有一个自己的孩子。"

施仁宏哑口。

"你的说法和我设想的一点也不一样。"

"你怎么想的？"

"我想你会让我去拿掉孩子，会把我送进医院，会送我回家，会让我摇摆不定的心找到静心的地方。可是你让我已经做出的决定摇摆起来，我不知所措，尽管理智告诉我，我的决定是对的。"

"不能商量吗？"

"我不知道，只是我身陷矛盾中不能解脱。"

"要不我去找叶强解释？"

"你去解释什么，告诉他，老婆出轨怀了你孩子，请他接受做这个孩子的干爹吗？"

"我不是这个意思，是……"

"你也是男人，哪个男人能够接受老婆的情人去向他解释？"

236

"孩子总是无辜的吧，我可以任他惩罚发落。"

"太老套了吧，别幼稚了！你觉得可行吗？"

施仁宏无言可对，感到了一股火药的气味，他不能刺激康思予，更不能让她愤然。

说到腹中孩子，康思予无法解脱。本想可以和施仁宏达成一致，携手度过难关，然而事与愿违，康思予有些后悔深夜跑来相会。

"你走吧，让我好好想想。"

康思予返回车里，施仁宏站在桥头注视着。

大灯开启，车子起步冲上大道。

这一夜施仁宏没有丝毫睡意，守候在女儿病床前，思绪万千。当然想得最多的还是康思予腹中的孩子。仿佛这是最后一线希望，这是救命稻草。于情于理，康思予的想法和决定，他都尊重和理解。他要劝慰要努力不能放弃，当然需要时间，他愿意等候。

这一天对于苏家屯的乡亲们来说是个值得铭记的日子，他们的后代有了学知识学文化的地方；对于这里的孩子们是个幸福的日子，他们有了宽阔明亮的教室。它将雕刻在历史的长河中。

夏晗捐资修建的希望小学落成了，彩旗飘扬，锣鼓喧天，鞭炮齐鸣，所有的人们都沉浸在欢悦的气氛之中。

走进校门，看见右侧竖着一块与校牌平行的匾，上书着："吃水不忘挖井人，世代不忘夏晗女士的恩情"，这让夏晗极不舒服。

"建灵你看，这一定是梁呈修出的主意。"夏晗指着牌匾。

"梁先生这个人太实在了。"曾建灵看着牌匾摇头。

"你让他们拿掉吧，看着挺不舒服的。"

"好的，我一会儿去找他们。"曾建灵最懂夏晗的心，夏晗既不图名也不图力，只图心安理得做点善事。

看到夏晗、曾建灵走来，一群人上前，把他们迎上主席台。

众人入座，"苏家屯希望小学"落成典礼仪式开始了。

讲话剪彩之后，夏晗、曾建灵在乡长、镇长、教委主任的陪同下参观校舍。

"同学们，这就是给你们建设教室的夏阿姨、曾叔叔，我们欢迎夏总给我们做报告。"梁呈修激动地介绍给同学们，率先鼓起掌来。

"希望你们好好学习，听老师的话，成为德、智、体、美的好孩子。"夏晗鼓掌回复。

"我们请曾总讲话。"对于城里的来人现在都成"总"了，似乎已经成为一种尊称。

"孩子们，只要你们好好学习就是最好的回报，回报辛勤耕耘的老师，回报父母的养育之恩。"

在掌声中一行人走出教室。

"呈修，你跟各位领导解释一下，我们就回去了，那边公司还有很多事情。"夏晗低声对身边的梁呈修说道。

"那怎么行啊，饭都做好了。"

梁呈修一听夏晗要告辞，声音提高了八度，各位领导纷纷走过来劝慰留下吃了饭再走。

"夏总下午还有个重要的商务谈判，就是因为来参加这个典礼才改在下午了。"看看表刚过十点，曾建灵上前解释。

"不能打个电话改期吗？"乡长摇头表示遗憾。

"外事活动临时改期不太好，下次我们再来。"这是曾建灵为脱身而说的善意"谎言"。

"我们现在就去吃饭，大老远的来了，不吃饭怎么行？"梁呈修实在过意不去，不吃饭等于招待不周。

"真的不要了，来日方长，改日吧。"

"夏总既然有事情，你们也就别强留了，耽误了大事可不好。夏总啊，我们理解你们生意人，时间就是金钱，效益就是生命。那下次再来可就不要这样匆匆忙忙的，乡亲们可是不答应啊。"镇长发话，众人不再挽留。

"谢谢镇长。"

众人做最后的寒暄，曾建灵把梁呈修叫到一边。

"梁先生，门口那块牌匾还是拿下吧，那样不太好。"

"那怎么行啊，这是大家的心愿，要让子子孙孙都记得夏总的恩情。"

"夏总不喜欢这样，她这个人你们还不了解，做事不喜欢张扬，还是尊重夏总的意见吧。"曾建灵理解乡亲们的心情。

"那好吧，我尊重，不过得通过村委会，报请镇里、乡里批准才可以。"

曾建灵点头，他知道取下那块牌匾大家是不会愿意的，转达到夏晗的意思也只能这样了，今后来的少了也就随它去吧。

"建灵，我们走吧。"

听到夏晗的招呼，他们走回人群中。

握手告别。

曾建灵跑步去开车，梁呈修陪着夏晗走出校门。

"呈修，今后忙就很少再来看你们了。"夏晗握手告别。

梁呈修的眼圈红润："我们可以做好朋友吗？一生的朋友。"

"呈修，有事可以来找我，说心里话，今后很难再来了。"夏晗完成了她的承诺，也解开了心结，这里将成为历史的印记。

"我们不再见面了吗？"希望小学的落成对于梁呈修而言才是刚刚开始，他无数次地设想由此机缘会和夏晗走得更好、更近。然而夏晗的"句号"让他感到走到了悬崖边，伤心的泪水止不住地流了下来，六尺男儿在娇小女人面前落泪这是头一回。

"呈修，我们虽然生活在同一片蓝天下，但却生活在两个完全不同的世界里。"

从他们的交往中，夏晗一直感觉梁呈修投来的眼神中含有另外的含义，她一直想有机会告诉他，其实我们什么关系也没有，也不可能演绎出任何感人的故事。因为他的父亲，夏晗有了护身符，因为护身符的失而复得，他们相识了，就是这样一个故事，也该有个结果了。

"我们做朋友都不行吗？"

"不是不行，而是我不想骗你，你想我们相距这么远，还有文化、环境诸多的不同。"

"你看不起我。"不等夏晗说完，梁呈修打断她。

"梁先生你误会了，正是因为我尊重你，才说出我的心里话。因为你的父亲让我们相识也是一种缘分，但是命中注定我们都是彼此生命中的过客。生活中相遇的人很多，说句心里话，一般的朋友我不需要，至亲至情的知己我已经有了。你想，我要是答应你做永久的朋友，我却无力履行责任，这样的关系靠什么维系？我相信你是真心实意的，你会一心一意地付出我一点也不怀疑，可是交流是双向的，是自然而然发自内心的，它不是应付，不是投桃报李，不是违心之论。我不能骗你，像大多数人那样交个朋友去敷衍，那样的做法是不负责任的，正是因为我们曾经擦肩而过，而成为美好的回忆，难道不是一件值得回忆的事情吗？"夏晗深入浅出地说出所思所想。

"我理解，你的真诚让我感动。"

"呈修你是个好人，和你在一起我很愉快，也感谢你带给我的愉悦心情。"

"什么也别说了，只要你过得比我好，我就会高兴的。"

"话可不能这样说啊，我们都要过得好，我们的明天会更好。"

二人的手紧紧地握在了一起，直到梁呈修握够了，握好了，夏晗才松开，看到梁呈修心满意足的笑容，夏晗也笑了。

希望小学建成了，夏晗完成了老人的心愿，也心安了，一切就这样结束了。它和我们生活中所经历的林林总总的事件一样都会有个完结，从这个角度说，人们之间的交往都有界，都有时效，一面之交也好，百年好合也罢，只是如何让这个句号画得完美，这是艺术。

240

车子很快驶出了苏家屯。

"吃不惯吧？不喜欢那种场合。"对于夏晗谢绝午宴，曾建灵同样理解。

"你看那筷子，漆皮都脱落了，筷子相互一碰都掉漆，不用不合适，用也不舒服。知道他们是盛情，我也是不适应那种场合。"

"其实乡下人很质朴。"

"我知道，坐下吃饭也没有什么可说的，看着他们灌酒，我们倒成陪客了。"

"哈哈，人家那是烘托气氛，都不喝酒冷场了多尴尬。"

"我想和你喝。"

"那我们去县城吧，我请你吃贴饼子去。"

"嗯，还有菜团子。"

穿过高家庄，车子驶进了沧州城，穿过两条街道就已经走过了半个沧州城，看到"曾家老头乐餐馆"，二人停下车走了过去。

"有客自远方来，悦乎。二位里面请。"门丁店小二叫喊着掀起门帘，抬手请进二位。客人走进，店小二低头鞠躬垂下门帘，等待下位食客的光顾。

"来了您那，两位这边有请。"站在方桌前的店小二取下肩上的毛巾，拍打着长条凳子邀请二位坐下。

"先来碗大麦茶吧，刚刚打下来的。"

跑堂的都是小伙子，身穿灰色小坎肩，头戴瓜皮帽，鼻子下面画着一撇胡须，看上去很滑稽。

"嗯。"

"看来你们这里是老曾家的买卖？"

"上面那是俺家曾老爷子。"店小二先从硕大的茶壶中将大麦茶倒入小碗中，然后指了指房梁。

顺着指向抬头看去，一位老者正坐在房梁上窥视房间。

"这是，这是你家老爷子？"曾建灵惊诧。

"啊？"夏晗想起了梁上君子。

"俺知道你们想什么呢。你们先点菜，待会儿我给你们从头道来。"店小二送上菜单。

曾建灵接过菜单笑笑，点菜。

夏晗不时地抬头眺望梁上老人。

"山菌荟萃、山药会鱼、大仙菜清炒。你看这样行吗？"曾建灵征询夏晗的意见。

"你怎么这么熟悉？"

"上次不是在村里吃过吗，我看这几道菜你一直在吃。"想起上次来沧州梁呈修宴请他们，夏晗只在很少的几道菜上停住筷子，曾建灵记上心头。

"心真细，嗯，就是它吧。"

"来点什么主食？"

"贴饼子，菜团子。"

"山菌荟萃、山药会鱼、大仙菜清炒。贴饼子、菜团子各来一份。"店小二叫喊着传到后厨。

"请二位稍候。"看到进来新的食客，店小二转向其他桌。

"大麦茶挺新鲜。"曾建灵示意夏晗饮茶。

"是，现在咱们那边有的地方也有大麦茶了。"

"饭前喝点开胃。"

很快，饭菜就上桌了。

"喝点儿吗？"

"算了，别喝了吧，你还开车呢。"

"那吃吧。"曾建灵喜酒，每顿必来点儿，夏晗不让喝，他只能不喝。

"忍着点，到了北京我再请你喝。"

"好啊，你又欠一顿。上次那顿你还没有还呢。"

"记账吧，秋后一起算。"

"打个欠条吧。"曾建灵把手伸到夏晗眼前。

"讨厌！"夏晗一摆筷子把伸展的巴掌推到一边。

这时店小二过来上茶。

"嘿，小二，这是怎么回事啊？"曾建灵抬手向上一指。

"你们慢用，听我道来。想当年乾隆爷微服私访来到沧州，中午到我家老爷开的这家餐馆吃饭。不点鸡鸭鱼肉，不点山货野禽，就点了一道'山椒咸辣泡干馍'。我家老爷一听奇怪，因为这道菜是祖上传下进贡的贡品菜，一般人不敢点。看到周围人的架势，不敢怠慢，我家老爷亲自下厨奉上，退下来又感到奇怪，便从耳房梁上悄悄爬过去探个究竟。听到席间他们的话语，老家听出原来是乾隆爷驾到，按照礼仪，臣民必须三跪九拜才可，老爷紧张高叫：皇上驾到跪下。屋外人听到齐跪磕头：'万岁，万岁，万万岁'。乾隆爷抬头看到了梁上我家老爷，我家老爷方知闯下杀头大祸，万谢乾隆爷饶恕。乾隆爷慈悲，赏赐一句：'菜好吃，朕赦你无罪，你在上面呆着吧。'乾隆爷走后，老爷下来立下遗嘱，百年之后让魂灵守候在那里。我家老爷故去后，家族遵照遗嘱制作了这尊塑像永久地放在了那里。"

"一个美丽的故事。"

"我们是本家啊。"

"客官您也姓曾？"

"是也。"曾建灵学着店小二的口吻回复。

"真妙哉，我说一早上我家老爷就一直笑呢，原来今有贵客临门。"

店小二巧嘴，逗得二人大笑。

"有趣。塑像也会看人下菜碟。"夏晗轻声冲着曾建灵挤了一下眼睛。突然又皱起了眉头。

"怎么了？"

"这两天肚子疼。"女人的肚子疼往往是生理周期的代名词。

"注点意别冻着，天凉了洗手用温水。"

"没事，都这么多年了，每次都这样。"一般女人的痛经都是在青春期，随着年龄的增加会逐渐减轻到消失，可是夏晗每月的这几天都是这样，看过医生妇科，一切正常，她也就放心每月熬过这三两天。

"小二，把窗户关上吧，多冷啊。"看到窗帘被微风吹起，曾建灵招呼店小二关闭窗户。

"没那么多事。我还不至于这么娇气。"

"女人的这几天很关键，不注意就会落下病，这可是一辈子的大事，别不知道爱惜自己的身体。"

"你怎么什么都懂啊。"夏晗被曾建灵说得有些脸红。

"小二上点热的。"曾建灵笑笑，招呼店小二上茶。

"等我一下啊。"曾建灵起身走出餐馆。

夏晗望着曾建灵起身离去，心里仿佛突然失去了什么，其实她知道也许他去了洗手间很快就会回到自己的身边，但是即便是这几分几秒钟的时间她还是感到了孤单。

很快，曾建灵回来了，见他把一个塑料袋递给了店小二，叮嘱了几句，又走了回来。

"那是什么啊？"

"我买了个热水袋让小二灌上热水，路上你放在肚子上会舒服些。"

夏晗不知道说什么好，一股暖流涌遍全身，她已经感到了温暖，舒服了很多，好像肚子不疼了，这是精神的抚慰。

"怎么样？吃好了吗？"

夏晗点头。

"我们出发。"接过店小二递上的单子，曾建灵付了钱。

拿上热水袋，二人上路了。

路上，曾建灵再次回味店小二讲述的故事："没有想到'梁上君子'还可以演绎出这样一段美妙的故事，有趣，好玩。"

"是啊，不同的人就会有不同的解读。"

"肚子好点了吗？"

"嗯。"

一路上夏晗抱着热水袋，热水的温度让她感到无比的温暖。

S

　　康思予最终决定还是把腹中的孩子拿掉，她已经错了，不能一错再错失去叶强，失去这个美满的家。怀孕这个事情不可以让丈夫知道，男人太看重这个了，她要封存起来一辈子保守这个秘密。

　　此时康思予后悔，不该因为自己的寂寞而走出这样的一步。昨天去了潭柘寺忏悔，祈盼可以得到饶恕。

　　几日的如牛负重让康思予喘不过气来，经过连日的精神格斗终于有了决断。清晨起来她如释重负，迅速洗梳完毕，驱车来到医院。

　　挂号后坐在妇产科候诊椅子上等候，左右都是身怀六甲的孕妇，让康思予感到了小脚女人的别扭和不舒服，只有对面坐着一位肚子平平的女人看上去和她的状况相仿，她起身过去坐在了旁边。

　　"来检查吗？"感觉康思予初为人母，女人主动善意问候。

　　"嗯，你也是吗？"康思予现在的心情已经平和了，

　　"我是来拿掉孩子的。"

　　"为什么？"听到"拿掉"二字康思予敏感起来。

　　"都不知道爸是谁，生下来谁养，也是受罪。"

　　女人的话语很平静，康思予听到却很不平静。"不知道爸是谁"。这话意味着中国人所不齿的性乱，她突然警觉起来，审视身边女人的身份和职业。

　　女人端庄文静，一看就是受过很好教育的职业女性，一身墨绿色套裙包裹着保持良好的体型，一头秀美的长发自然垂下。康思予

实在不解。

"那两个混蛋来了。"女人的目光投向楼道的尽头。

顺着女人的目光，康思予看到了被"男士请勿入内"牌子隔离在外的两个男人正在招手。

女人转回头目视着三号诊室。

两个男人还在不停地招手，并示意拜托康思予叫叫身边的女人。

"他们让你过去呢！"康思予受人之托，传递信息。

"别理他们，早干什么去了，现在一切都晚了。"

听口气康思予断定女人腹中孩子的父亲一定是那两个男人之中的一个，这样的两个男人怎么会走到了一起？按常理，他们应该是水火不容的情敌，应该去角斗场上搏杀，胜利者才有资格来迎娶他的新娘。

"他们是？"本想问"他们谁是孩子的父亲"，突然想到刚才女人所言"不知道爸是谁"，康思予欲言止住了。

"一个前男友，一个现男友。现在啊，都是前男友了。我谁也不要了，你说他们算男人吗？现男友知道我怀孕了，去问前男友孩子是不是他的，前男友又来问我孩子到底是谁的。审问我，还逼迫我去做鉴定，我刚刚怀孕三个月，怎么去鉴定？更可气的是，据说他们还签了协议，孩子是谁的，谁就娶我，我成什么了？"女人越说越气。

"你按照时间推算应该是你现在男友的孩子吧。"

"也怪我，和前男友分手那天夜里我们又在一起了一次。"

"啊，你们不是分手了吗？怎么还会？"分手的前提是二人不再相爱不能生活下去，怎么还会那样作为最后的晚餐？康思予越发地不解。

"我的前男友很爱我，其实我也不烦他，只是遇到了现在的男友让我找到了恋爱的感觉，才发现前男友对我是一种依赖依靠，就像妹妹对哥哥，女儿对父亲，而和现在的男友总有一种相见恨晚的感觉。"

"你啊，现在两个男人都来了，看你怎么办？你不见他们也不行。"又是一段奇特的姻缘。

"先拿掉孩子再说，我看都得和他们拜拜了。"

"你要拿掉孩子，孩子的父亲也得同意，这是他的权利。"

"权利，让谁签字？"女人再次指点还在招手的两个男人。

这真是道难题，如何确定谁是孩子的父亲总不能让两个男人都签字吧。

看看身边的女人再望望还在挥手的两个男人，康思予真想去宽慰那两个倒霉蛋：你们遇到了水性杨花的女人，唯一的办法就是远离她，从心里驱逐她，当她迷途知返痛切地失去方知得来的珍贵。至于她最终选择谁，就看你们谁的造化深了。

康思予看着眼前走动的各色女人，身临其境地想想自己，一个女人和两个男人演绎出了多少版本的故事。

"康思予。"护士举着病例冲着人群叫道。

康思予站起身来跟着护士走进七号诊室。

很快检查完毕，医生举起化验单和刚刚填写完的病例。

"康女士，你想拿掉孩子，我得负责任地告诉你，今后你很可能再也无法怀孕了。"

"为什么？"康思予惊愕。

"从你的生理特征上看，几项指标都提示你受孕的几率很低，而且发现你的子宫内壁有两个小米状的斑点。"

"肿瘤吗？"

"这需要做进一步的检查，不过目前看，问题不大，并不影响你的怀孕生产。但是今后的发展无法论定，也许它会自然吸收，也许会逐渐长大。到了那个时候就必须做手术。我要把话说到前头，要是良性的可以不管它，但是子宫内会有变化，内壁很难挂住受精卵导致你不能怀孕，若是恶性的就必须摘除子宫，你同样无法怀孕。"

医生平和地说着，康思予的心却七上八下，如同惊弓之鸟坐立不安。

"不过，你不用担心，现在胎儿的发育还是不错，定期检查，生个健康的孩子没有问题。至于那两个斑点，只能看看它的发展趋势再做诊断。"看到康思予紧张的神情，医生把话题拽回来，客观地陈述。

"也就是说如果我拿掉这个孩子，今后我就不可能有自己的孩子了，是吗？"其实，医生已经说得很清楚了，但是康思予还要再次确定。

医生点头确认。

医生的答复让康思予又陷入了难于决断的境地，下定决心做出的决定轻而易举地被冲击动摇了，不自觉地提起双手扶住了腹部。

"要不你再考虑考虑和爱人商量一下，时间还来得及。"

康思予好像是被护士扶出了七号诊室，耳边回荡着："慢走，小心。"

挪步走出妇产科下到一层大厅，叶强和施仁宏交替着在康思予的脑海中闪现，耳边回荡着：孩子、孩子的叫喊声。她无法寻找到声源，四处环顾着。突然在候诊大厅的角落她看到了似曾相识的身影，刚才在妇科诊室外见到的那个女人，而在她左右坐着两个男人，他们各自握着女人的一只手，说着什么。

两个男人和一个女人，康思予说不清此时是在那位女人打掉孩子之前还是之后，两个男人签署的那份协议是否生效，女人作为最重要的一方是否签署同意。远远看去三个人神情耐人寻味。

出了大楼康思予感到累了，口渴得厉害，走向医院大门的小卖店，买来一瓶纯净水。

手机响了，放下送到嘴边的瓶子，康思予看到了来电显示的号码是施仁宏。

康思予挂断了电话，她不想听别人再说什么，自己的事情还是自己了断，尽管手机另一头的当事人与她有着同等的权利。

手机再次、再次地疯响。

"你疯了？"

"你在哪里？我不放心。"康思予不断地挂断电话让施仁宏感到这是不祥之兆。

"我在医院。"康思予离开医院大门走到院落中的椅子上坐下。

"你要把孩子拿掉吗？你等等我，一定等我啊！"施仁宏不等康思予说话，挂断了电话。

施仁宏知道康思予的定点医院是阜外医院。

康思予再次陷入了深深的矛盾中，她十分喜欢孩子，因为丈夫的原因而没有，现在终于有了自己的孩子却不是老公的，拿掉这个孩子这一辈子都无法再有自己的孩子了，一生的遗憾，终身难为人母。对于一个女人，对于一个盼子心切的女人来说是多么残酷的现实。

苦思冥想之中施仁宏赶到了。

"我求求你，不要拿掉我们的孩子，不要拿掉。"

"为什么？为什么？"康思予简直要崩溃了。

"好，我把一切都告诉你。"

"给我一个理由，让我信服，给我一个说法，让我生下这个孩子。"对于施仁宏坚决地要她把孩子生下来，康思予一直无法理解。

"我的女儿需要我们孩子的脐带血进行移植。"

"你说什么？我们孩子的脐带血？"

康思予蒙住了。

施仁宏搀扶她坐下，扶她喝水。

接下来施仁宏耐心细致地讲述了孩子从发病入院，多方寻找合适骨髓无果，到医生告诉新生婴儿脐带血移植可以挽回孩子的生命的全过程。

康思予听后呆傻地坐在那里一动不动，她难以承受，一次意外的怀孕居然会牵扯到这么多的"是是非非"。

突然，康思予愤怒起来，一把推开施仁宏，施仁宏没有提防被推倒在地上。

"你太自私了，你想过我的感受吗？你知道生下这个孩子对于我，对于我的家庭预示着什么吗？"

"我知道。"施仁宏坐在地上纹丝不动，双手放在膝盖上。

"知道？知道你还让我生下这个孩子，你只是想到救治自己的孩子。我要是真的生下这个孩子我怎么去面对我的老公，怎么去和我的家人解释，你太过分了。"

施仁宏静静地听着，任凭康思予的狂轰烂炸。

康思予终于平静了，她的眼泪已经哭干，神情恍惚地坐定，大口大口喝干瓶中水。

施仁宏站起来，靠近康思予。

"对不起，我知道我很自私，自私得伤害了你，也玷污了我们的情感，再次对不起。可是作为父亲，面对病入膏肓的孩子，我能无动于衷吗？昼思夜盼终于看到了一线希望，我能放弃吗？其实，这是一种人性本能，一种不计后果不管不顾的本能。也许你会看不起我，让你失望心寒，但是我还要请求你把孩子生下来。我知道孩子的降生会给你的生活带来很多难以估量的变化，也许还是毁灭的。我愿意承担由此造成的一切后果，我可以对天盟誓，承诺对你和孩子的一切责任。"

听到施仁宏含着哭腔的恳求，康思予凝视着他，可怜天下父母心啊。虽然不是母亲，但是她有母亲有父亲，想起儿时多病，母亲日夜守候床头，父亲四处寻觅良方，走了无数的路，求过无数的人，乞求过，跪拜过，她才逐渐康复走到今天。

康思予心软了，看看施仁宏憔悴的神情，想起了父亲曾经也是这样的表情在她床前踱步。

"你走吧，让我想想。"

"我送你回家。"

"不，我自己走，我想自己待会儿。"

施仁宏看着康思予不肯挪步。

"你走吧，让我清静一会儿好吗？"

施仁宏只好离开，心里却是十分不安，这种担心和不安很奇妙。他说不清楚是担心康思予的身体不适难以回家，还是担心康思予会猛然站起来走向手术室。

他远远地守候着，直到康思予走向停车场，直到车子冲上大道在他的视野中消失。

穿过街道，走上马路，施仁宏蹬上了通往中心医院的十七路公交车。

施韵的主治医生迎面走来，施仁宏停住正要推开病房的手与马医生握手。

"马医生，您回来了。"

"一个学术报告会，发言完我就回来了，不放心这些病人。"

"您真是敬业！"

"这个今天能交吗？"马医生说着从夹子中取出"催款通知单"递给施仁宏。

每次医护人员催缴费用的时候，内心也会不舒服，尽快治愈病患是他们的职责。"催款通知单"不断地送达到一个病人家属的手中，它说明病人的病还需要治疗还需要时间。虽说这是他们的工作程序，但是看到病人家属面带苦涩的脸，同样会心情不畅。

"我马上给她妈妈打电话，她现在应该在郊外的工厂，很晚才能回来，明天中午前送来吧。今后还需要多少费用？"对于"催款通知单"病人家属从不敢怠慢，它的意义不言而喻。

"目前施韵的化疗已经进行了三个疗程，病情得到了控制，这个疗程做完我想先停一下，看看反映。你们把这笔费用交了，基本可以到月底之后再续费了。若是找到合适配型还需要四十万，就可以进舱手术。还有防治感染，还需要一些费用。手术之后还需要后续治疗，如果病情不复发就算度过了危险期，具体费用的数额我现在还无法准确地告诉你，要看病情的发展了。怎么？费用有问题吗？"

"没有问题，没有问题。我现在就去打电话。"告辞马医生，施仁宏心情沉重地走向楼梯口给李湘婷打电话。

施仁宏和马医生的对话，恰恰被门内刚刚从卫生间走出的施韵听到了。

"钱钱钱，我的病还不把家里掏空了，已经花了那么多的钱，还需要花更多的钱。爸爸妈妈还有吗？四处去借到处乞求怜悯吗？不能啊！"

很快，施韵做出了决定：放弃治疗。

施韵回到床上，笑着迎来了爸爸。

"乖女儿，今天感觉怎么样？看看爸爸买的你最爱吃的肯德基。"施仁宏堆起笑脸从桶中取出特级板烧鸡腿堡、鸡柳堡、麦香鱼和蛋挞。

"买这么多啊。都吃了，我就成小猪了。嘻嘻。"施韵每次吃饭"囫囵吞枣"，爸爸都会说：再吃，再吃你就成小猪了。

"要成就成个小胖猪、小肥猪，就像你床上的那个。"施韵床上摆着去年过生日，爸爸送她的一个憨态可掬的毛绒猪宝宝。

父女笑得很开心，施仁宏丝毫没有察觉，在施韵的心里即将实施的计划。

"你好好吃，晚上爸爸有点事情，也许不能来陪你，爸爸明早就来，你看可以吗？"施仁宏想晚上再去找康思予谈谈，他知道这是一次艰苦的谈话，自然无法确定返回的时间。

"可以，您若忙，这几天都不用来了，我自己可以照顾自己，您和妈妈多保重，不用管我，你们放心吧。"

施韵话里有话，遗憾的是施仁宏没有听出来。

施仁宏走后，趁着午休，施韵开始实施自己的计划，给爸爸妈妈写了张纸条放在抽屉中，悄悄换上自己的衣服溜出病房，绕过护士站，她没有坐电梯，而是走下楼梯出了医院。

孩子就是孩子，不管她设计的计划多么周密总会百密一疏。走过三道街翻越两座过街桥，虽说摆脱了医院，施韵却突然发现不知道自己要去哪里了。

流浪街头的施韵，漫无目的地游走着。西边的太阳落山了，街灯开启了，她从西道走上了南路，肚子"咕咕"叫食。晚风徐徐吹来，她感到了冷。走得匆忙只穿了件外衣，施韵双手抱在胸前站在原地，南来北往的车辆呼啸着驶过，身边的行人穿梭而过。

饥寒交迫的施韵想爸爸想妈妈了，她想回到医院回到家。

她问自己：我为什么离开了父母、离开了医院？是为了爸爸和妈妈不再为她操心费力，不再为治病的钱而奔波卖命。不能回去！

站在瑟瑟晚风中的施韵不知道应该向左走还是向右走，她在回忆电视电影中离家的孩子是怎么样处理走出黎明前的黑暗。对了！先去吃饭填饱肚子，再找个旅馆住下，其他的事情，明天再说。

有了主意自然精神起来，掏出钱包盘点一下，还有七十六块八。记得刚才走过一家"成都小吃城"，施韵往回走。

一盘素炒河粉进肚暖和了许多，施韵开始沿街找寻旅馆过夜。

接到医院报告施韵失踪的电话，施仁宏正在前往康思予家的路上，他马上掉头赶往医院，并电话通知李湘婷快快返回。

护士述说找寻施韵的经过，同室病友也说，午睡醒来之后就没有看到施韵。施仁宏和李湘婷越发担心，施韵去了哪里？不要说是重病在身的孩子，就是健康的孩子失去消息也会让父母发疯。

"怎么办？怎么办？"李湘婷瘫坐在病床上。

施仁宏开始翻动施韵床上床下的东西，希望可以找到女儿去向的线索。

拉开床头柜，施仁宏看到了施韵留下的纸条：

爸爸妈妈，我知道病是无法治愈的，我不忍心为了我让你们把

后半生的钱都赔进去，我不想治疗了。出去走几天我就回家，我想看看外面的世界，当我离开这个世界的时候不再后悔。不要找我，在家等我，我想在生命的最后时候和爸爸妈妈在家里度过。

爱你们的女儿：施韵

"傻孩子啊，你怎么这样傻啊！"看过留言，李湘婷大哭起来。

施仁宏颤抖的手紧握着纸条怕它飞走。

走过了无数家酒店宾馆，住店费用贵得惊人，施韵再次流浪街头。突然看见前面长途汽车站霓虹灯闪耀，她想起看过的电视剧，那里昼夜不会关门，很多换乘的旅客都在候车室休息，长椅上可以过夜，想到此施韵走向长途汽车站。

终于看到了候车室的大门，施韵快步上前，没有注意躲闪，一头撞在迎面走来的一个大汉身上。

"赶什么命呢？"一脸横肉的大汉像堵墙横在前面，挡住了施韵的去路。

"对不起。"施韵胆怯抱歉。

"赶车啊？"看到小姑娘一个人，大汉放肆地拍拍施韵的头。

"不，我不坐车，我去睡觉。"施韵有些惊恐。

"睡觉？我也去睡觉，一起走吧。"大汉说着一把拽起施韵欲朝着相反的方向走。

"我不，我不。我不认识你。"施韵提高嗓门极力挣脱，却被大汉死死地抓死。

挣扎中，施韵的小帽被掀掉，露出了近乎光秃的头，大汉吓了一跳，松开了手臂。

"你是尼姑？善哉善哉。"大汉信佛，看到"尼姑"合十送礼。

"你怎么在这里？"一个声音从身后传来。

"阿姨。"看到走近的夏晗，施韵像是见到了妈妈，大哭起来。

夏晗送走客户正好路过此地，听到声音叫喊，走了过来。看清楚原来是一同住院的小病友。

255

"你送人吗？"夏晗贴近施韵，大汉早已不见踪影。

施韵摇头。

"爸爸妈妈呢？"

施韵还是摇头。

看到孩子摇头，再看看施韵的装束，夏晗似乎明白了，她牵起施韵的手："跟阿姨走好不好？"

"嗯。"施韵点头。

司机打开车门，她们上了车。

进了车，施韵感到暖融融的。

"你出来，爸爸妈妈知道吗？"

施韵再次摇头。

"那阿姨送你回家好吗？你现在是在医院住还是出院回家了？"多日不见，对于施韵的现状夏晗一点也不清楚，但是确认了孩子离家出走，她心一下子提了起来，她清楚地记得孩子得的是白血病。

施韵低头不语，不停地摇晃着头。

"那跟阿姨到我家吧，怎么样？"

夏晗终于看到施韵点头。离家出走的孩子一定有她不愿意告人的原因。强迫追寻缘由，定会适得其反。夏晗不再追问。

"阿姨，我在医院收到的兰花，是您送的吧？"施韵抬头看着夏晗。

夏晗笑笑默认。

"我一猜就是您送的，我送给妈妈了，她可高兴了。"说到妈妈施韵稚嫩的脸上闪过幸福的笑容。

"对了，我还不知道你叫什么名字呢？"

"我叫施韵，施洋的施，韵律的韵。"

"施洋是京汉铁路大罢工那位律师吗？"

"嗯，我妈妈告诉我的。"

"我叫夏晗，叫我夏阿姨就行。"

"夏阿姨好。"

“真是好孩子。”

经过半小时的行程，车子在夏晗家的楼下停下，夏晗带领施韵开门进屋。

“妈妈，您回来了。”卢亦冉从自己的卧室中走出。

“你爸爸回来了吗？”

“刚才来过电话，单位有事情，今晚不回来了。妈妈她是？”

“这是妈妈在医院的小病友施韵，施韵，这是我儿子卢亦冉。”

“我叫卢亦冉。”卢亦冉像个大人，礼貌地伸出手。

“施韵。”

“亦冉，你先陪施韵说说话，我收拾一下，今天施韵住在我们家。”夏晗一边说，一边换装。

“走，看看我刚做的动漫。”卢亦冉引导施韵走向自己的房间。

给施韵整理好卧室，让施韵去洗梳。夏晗把卢亦冉叫到自己的卧室。

“施韵是离家出走的。”

“啊。那她父母是谁您知道吗？得告诉他们，多着急啊！”

“我不认识她的父母，怎么通知？你先陪她几天，探探她的意思，你们年龄相仿好沟通。”

“我已经认她做妹妹了，她很聪明。”

“你别直接问她，艺术点。”

“知道啊，婆婆妈妈的。妈，她好像头发有点问题，总戴着帽子，我看头发掉了好多。

“对了，我得告诉你，施韵得的是白血病，头发基本都掉了，化疗的结果。”

“啊。白血病啊，很厉害的病。”花季少女得了这种病谁都会有爱怜之心。

“她不说你也别问，要是说了你就宽慰，说点儿别的岔开。”

“妈啊，您可是老了，絮絮叨叨的没完没了。”

"行行行。我不说了，再说一句啊。"

"请指示。"卢亦冉立正。

"这几天你学习紧吗？"

"儿子明白。我该做毕业论文了，不到学校也可以，一会儿上QQ让哥们儿跟老师说一声就行了，您把施韵交给我，尽管放心。"

"好了，去看看施韵洗完了吧。"

睡前卢亦冉拿着一本书递给施韵。

"《我的红》，获奖作品，睡不着可以催眠。"

"我喜欢看书。"

"我也喜欢，书带给我们无限的享受。我经常去一个书吧看书，那里的书很多，还可以订书。读书环境也很特别，你要是喜欢哪天我带你去。"

"好的，哥哥可不许骗妹妹。"

"那当然，男人一言九鼎。"

"嘻嘻，谢谢了。"

各自回房睡觉。

这一夜施韵睡得很香甜，像在家一样。

这一夜卢亦冉一直在想如何照顾好施韵，记得妈妈对他说，男人要在女人遇到困难时，伸出手拉一把送一程。

这一夜夏晗彻夜难眠，她在为施韵的病担心，她在想施韵的父母有多着急。

整整一天过去了，施仁宏在医院心急如焚地等候，李湘婷在家受尽煎熬地守候，均不见女儿的身影，施仁宏最终报警。

走出派出所，施仁宏沿着一条条街道找寻女儿。他坚信女儿是坚强的，他相信女儿一定会回来。

李湘婷病了，但她没有躺在床上，在何晨飞的搀扶下到施韵可能去的地方张贴寻人启事。她要找到女儿，就是爬也要爬到女儿的面前。

一场秋雨一场寒，今年的秋雨似乎格外地多，不停地摔打在李湘婷的身上、心上。她举着女儿的照片问询过路的每一个人："见过我的女儿吗？"

然而所有的回答都是："不认识。""没有见过。"

前面一个"女孩"的背影和施韵的体型极其相似，李湘婷三步两步追上去，原来是个男孩。李湘婷狠命地跺跺脚再看远走孩子的背影，才知道刚才是幻觉。

李湘婷继续向前，虽然接下来一个又一个的还是"不认识。""没有见过。"她希望下一位看到照片的人会告诉她女儿在哪里。

卢亦冉在家细心陪护着施韵，台式电脑给施韵使用，夏晗的笔记本电脑也被卢亦冉征用。并排敲击，一条数据线把两台电脑连接起来，几个小时后二人合作完成了一部"小青蛙找妈妈"的动漫作品。

259

"怎么感觉有点像小时候看过的动画片'小蝌蚪找妈妈'啊。"
看过三遍，施韵开始摇头。

"小蝌蚪长大了啊，不过故事情节我想再增加些细节来衬托小青蛙最后找到妈妈的喜悦。比如，小青蛙外出游玩，看到一只蚂蚱，小青蛙跳上岸去追，跳啊跳，追到一片草丛中，蚂蚱不见了，小青蛙懊丧走回，却忘记了回家的路，它哭了，它想妈妈。"

"嗯，好，就这样。小青蛙的妈妈一定也因为找不到孩子而着急呢。"

"是啊，我们的结尾让它们团聚。"

"那得让小青蛙尽快找到妈妈，时间长了多急人啊。"

按照分工，二人开始修改他们的作品。

"施韵你出来两天了，不想妈妈吗？"

施韵没有吭声，指尖在不停地敲打着键盘，突然她停住了手。

"你在含沙射影。"施韵忽然领悟，生气了。

"我没有，别多想，好了，我不问你了，我们继续好吗？"

"不好。"

施韵忽地站起来走向客厅。

只听"咣当"一声，紧接传来施韵的痛苦呻吟声。

卢亦冉赶紧跑向客厅。

由于起猛了，施韵头晕撞到宽大的茶几上，摔倒在沙发与茶几之间，昏厥过去。

"施韵、施韵。"卢亦冉上前抱住施韵呼唤着她，却见滴滴鲜血从裤脚流出来。

卢亦冉抱起施韵，拉开抽屉拿上钱包冲出房门，在电梯阿姨的帮助下，打车赶到医院急诊室。

经过紧急抢救，躺在急诊室病床上的施韵终于苏醒了，惨白的脸上没有一丝血色。

"我这是在哪里？"施韵睁了睁眼睛马上又闭上了，似乎连睁眼的力气都没有。

"在医院。"卢亦冉的脸同样地煞白。

护士走过来，示意卢亦冉出来。

"你是她什么人？"

"我是她哥哥，医生，她怎么样？不要紧吧。"

"腿碰了一下，怎么会出这么多血？"医生奇怪，腿部一点磕碰却一直在流血，好不容易才止住。

"叔叔，她有白血病。"

"明白了，她血小板很低，必须马上输血。"

"马上吗？"

"嗯，必须，否则。"医生感到了事态的严重。

"叔叔，谢谢您了，快救她吧。"卢亦冉带着哭腔央求医生。

"我们刚才给她验血了，她的血型是 AB 型又是 RH 阴性，这种血很少，我们医院没有，正在和市血库联系调血，需要时间。你现在赶快通知你们的父母，输血只能是缓解，之后必须送往她的合同医院治疗，否则……"

医生的再次"否则"让卢亦冉听得毛骨悚然，长这么大了，从来没有见过这阵势。

"侯医生，血库没有血。"戴着白口罩的护士跑过来急切地报告刚刚和市血库通电话的情况。

侯医生双手插入口袋，眉头紧皱。

"侯医生您看怎么办？"护士急得要跺脚。

"我去给武警总院打个电话，看看他们那边是否有。你去给解放军三部赵参谋打个电话，请求战士帮忙献血。"侯医生说罢拔腿去了办公室。

护士欲走，卢亦冉上前一步挡住去路，捋起胳膊："让我来吧。"

"你什么血型？"

"AB 型，是不是 RH 阴性我就不知道了。"

"跟我来。"

经过验血卢亦冉的血型和施韵的血型吻合，卢亦冉迅速躺在施韵旁边的病床上。

两张相邻的病床，躺着一对花季少男少女。一根输血的导管把他们连接起来，卢亦冉血管中的血滴滴输入施韵的血管中。施韵惨白的脸上渐渐泛起了红晕，施韵笑了，卢亦冉也笑了，他们笑得是那样的纯真，那样的清澈，就像山涧中欢喜跳跃下来的一股清凉甘露，洁净而透明。

输血后的施韵气色和精神好多了，侯医生再次来到他们面前。

"告诉你们的父母了吗？"

"一会就打电话。"在施韵面前说出"你们父母"卢亦冉有点尴尬。

"你现在感觉怎么样？"

"我没事了。"

"你原来在哪家医院治疗？"

"中心医院。"

"你赶快回去检查，继续治疗，可千万不要耽误。"

"我知道了，谢谢您。"

卢亦冉搀扶施韵走下急诊室的台阶。

"给你妈妈打个电话吧？用我的手机。"

施韵摇头不去接。她的手机在她离开医院的时候，就关机放在了枕头下，就是不想让妈妈联系到她。

"那我们去中心医院吧。"

施韵继续摇头。

目前这样的情况，卢亦冉实在不知道是否应该请施韵回家。

"要不你走吧，我可以照顾自己。"看到卢亦冉面带难色，施韵脱开他。

"你可别多想，我是怕你再不舒服。"

"我不会在你家久住，几天就好。"

"那我们回家。"卢亦冉只能按照施韵的想法做，不能再刺激她了。

打开房门，让施韵在沙发上休息，卢亦冉送上一杯热水。

"亦冉，你还有什么新书吗？"

"听说《谁动了我的奶酪》很畅销，报纸上都在推荐。我在书吧订了，还没有去取呢。"

"那我和你一起去吧。"

"你刚好，先休息，过两天我陪你去，对了，你还想看哪些给我列个书单，可以预定。"

"好的。"施韵站起来走向自己的"临时居所"。

肚子里的孩子一天天长大，好在还有时间，康思予不再去想，冷静几日再说。

几天都没有施仁宏的消息，康思予再次把这个男人看扁，男人没有一个好东西，吃里扒外。然而当她再次和曾建灵坐在一起的时候，她深刻地感到世间还有另一类的男人。

上岛咖啡厅茶香拂面。

"你说我怎么就遇到这样的男人啊！"康思予愤愤不平。

"叶强多好啊，出身豪门，事业有成，对你爱不释手。"

"还爱不释手呢，一年中能够牵几回手啊？"

"那不是还有替补的情人吗？"

"你还别提他，提起来一肚子气，你看我现在的样子，还……我够得着他吗？"康思予不想把怀孕的事情告诉曾建灵，话到嘴边咽了回去。

"我看啊，都是你自找的，自作自受。好好的老公不珍惜，非要追时髦赶潮流搞个什么情人，甜蜜之后就是苦涩。怎么样？味道不错吧。哈哈。"

"你还幸灾乐祸啊，没有一点阶级感情。有情人的又不是我一个，多着呢，哪像你，就守着一个夏晗。"

"你啊，不一样就是不一样，我死脑筋、封建、从一而终、土掉碴了，没有你们开放，想得开，行了吧！"

"情人是一个情字为先，情是基础，没有你想象的那么污秽。"

"我可没有那样说。"

"嘴上没说，心里就是这样想的。"

"性是人的自然属性，我也崇尚性爱，也羡慕享受性爱快乐的人们。不过我认为性是双刃剑，如水一样可以载舟也可以覆舟，可以让你欢天喜地，也可以让你痛心疾首。想好了再去做，就不会像今天这样阴见多云，还不知道明天是云开雾散还是雷雨交加。"

"没有你那么理智，那个时候都是弱智，要是能够想到这么多，就不会有那么多悲欢离合的动人故事了。不过我还是真的佩服你，真的。"

"佩服我什么？"

"守身如玉啊。"

曾建灵无言可对。

"我是搞不明白你，我说话直白，可别怪罪我。"

"想说什么，就说。"

"男人怎么能够没有性生活呢，真的不理解，这么多年了，也没有听说你有艳遇绯闻。"

康思予的话刺痛了曾建灵，隐藏心底的一切顷刻间让她一下子抖落出来晒太阳，让他无地自容。许久以来，男人的雄性阳刚日渐衰落，本来正常的生理机能也在逐渐退化。他看过医生一切正常。

医生建议："去看看心理医生，压抑和放纵性都会给生理和心理造成严重的后果，也许现在你还正当年不会有多少不适，但是已经埋下苦果，等到老来跟你算账。听了你叙述，我想你性能力快速降低更多地来自心理的原因。当你全身心地投入到一个人身上的时候，会诱发你雄性激素迅速分泌，生殖腺会膨胀积蓄不断地冲击你大脑中的性神经，若得不到及时的排解舒缓，就会集聚，久而久之就变

264

成了一种病态。这和古语中'一鼓作气，再而衰，三而竭'，是一个道理，"

"脸红了，对不起，算我没说。"看到曾建灵不自然的表情，康思予知道失语伤了他的自尊。

"没什么，我知道你是为了我好，但是我做不到。心中对她的那份爱恋不经意间被放大，之后就被撕裂，撕裂后再被愈合。我的心就是这样一次次地被撕裂再愈合，心中的爱恋空间逐渐变大，她像圣女坐在其中已经没有空隙再容纳其他，现在婚姻对于我的实际意义已经不重要了，有了这份爱恋的小巢我已经知足，心连心让我们永远在一起。"

"夏晗也真的是太残酷了，好好的一个男人让她折磨成这个样子了。"

"也不能怪她，是我的问题，命苦啊！"

"要不哪天我跟夏晗说说？"

"说什么？"

"也是啊，她什么不懂啊，还用得上我去当说客。"

"她纯美得像个天使，清净得像个出水荷花，她才不会如你所愿呢。"

"杀人犯。"

"说谁呢？谁是杀人犯？"

"我就是觉得世道不公平，世上还有你这么痴情的男人，夏晗也真是的。"夏晗是康思予最好的朋友，也就是在曾建灵的问题上康思予仗义执言鸣不平。不知道和夏晗说过多少次，可是每次说到"正题"，夏晗不是转移主题移花接木到康思予的身上，就是沉默不语听在心里没有下文。

"你也不能怪她，她也难，外面那么一摊子事情，家里又是那个样子。"曾建灵所说的家里那个是卢加宁的代名词，他不愿意触及这个名字。

"夏晗就是心太软，总是为了孩子着想，再加上那个人的三寸不烂之舌，几句话夏晗就没脾气了。要是我啊，十次婚都离了。"

"说起来咱们几个人中就是你不错了，有叶强在外面打拼事业，情人给你送温暖，你还不知足！"

说到施仁宏，康思予一股气直往上窜。

"他要是有你一半，我就烧高香了。当初上赶着电话都打爆了，不见都不行；可是现在，想闻屁都不知道味在哪里。"

"哈哈，给他打个电话吧。也许他遇到了什么事情，走不开。"

"还用问？肯定是陪他宝贝女儿呢，我现在算什么啊。老妈、老婆、前妻，之后才轮到我。"说到自己的排序让康思予心寒。

"他现在正是需要帮助安慰的时候，治病帮不上忙，打个电话问候一下，他心里也会暖和许多。要不我替你拨。"曾建灵推开手机的翻盖。

"你可真好，我真是嫉妒死夏晗了。"康思予说着拨打电话。

电话拨通了，听过几句话，康思予神色恍惚地关上手机。

"怎么了？"曾建灵急切地问。

"他的女儿失踪了。"

"怎么回事？"

"他没有说清楚。听口气挺严重的，她女儿得了白血病，再跑出去也不知道去了哪里，真不敢想象。我们走吧，我想去看看他。"

曾建灵埋单，康思予慌慌张张出了咖啡馆。

见到的施仁宏像是变了一个人，满脸胡须，卷起的半条裤腿上还挂着湿泥，苍老了许多。

"你怎么来了？"

"我来看看你，孩子有消息了吗？"

"没有。"

"你也别太着急，过两天也许就回来了。"

"她是从医院走的，还留下了……"顺着说似乎是"留下了遗书"，施仁宏把手握的纸条递给康思予。

康思予看罢心里很不是滋味，看着心力交瘁的施仁宏不知道应该如何去宽慰他。

"你好吗？"

"我还好，你得注意点身体，你要是垮了，孩子怎么办？"

"我知道，放心吧。"

康思予想去抚摸他，让他放松。此时康思予同样想有个亲切的拥抱，心灵得到抚慰。然而曾经有过的温情已经不再，留给他们的是无限的惆怅。

"你身体不好，先回去吧。"

"你去哪里？"

"我去找我女儿。"施仁宏头也不回地走向一条狭窄的胡同，那里他没有找过。

看着消失在夕阳中的施仁宏，康思予心疼，她不知道还能够帮助他做点什么，替他分担些什么，摸摸日渐凸起的腹部，也许他（她）可以做到。刚才施仁宏没有提到她腹中的孩子，也没有乞求她救救自己的孩子，康思予的心一下子掉进了峡谷，又被悬崖峭壁上伸出的一根枝条挂住了，使她上不能上，下不能下，悬在半空任凭风吹雨打。

趁着施韵睡觉，卢亦冉来到诗般恋日书吧换书。

"亦冉来了。"何晨飞去了甜水园图书批发市场，李湘婷临时顶替招待书客。女儿失踪三天了，李湘婷寝食难安，甚至有些神思恍惚，何晨飞不放心，就把她接到了书吧，换换环境接待书客也可以舒缓心情。

"阿姨好，何叔叔呢？"

"他去进书了，你看书可真快，今后一定是个文学家，换什么书？"

卢亦冉被李湘婷说得有点不好意思，递上书单。

　　"字写得很漂亮啊，一定是女孩子写的，是不是你的女朋友啊？"李湘婷端详着写着书名的便笺。

　　"不是了，阿姨，是同学。"卢亦冉被说得脸都红了。

　　"女朋友也没有什么啊，你们都这么大了，哪天带来让阿姨看看。"李湘婷看着卢亦冉，再看手上书单，字迹很清秀，感觉有些眼熟。

　　"真的不是，哪天我真的把她带来，您看看就知道了。"

　　"好啊，欢迎，让阿姨给你参谋参谋。嘻嘻。好了，不逗你了，等我给你拿书去。"李湘婷好几天没有这样笑了，看着卢亦冉她真想说：谢谢你，让我终于笑了。

　　李湘婷按照书单一本本地挑选，书名很熟悉，施韵住院前也看过这些书，现在的孩子都愿意看这类书，有趣的是，自己女儿看的书，卢亦冉的同学也喜欢看，李湘婷笑着把书递给了卢亦冉。

U

　　纸终究包不住火。

　　叶强再次回京，康思予的种种失常让他满腹疑云。白天没有了依偎依恋的缠绵亲热，晚上没有了激荡起伏的风雨夜话。康思予婉言回避了同去敬老院看望奶奶，托词谢绝了陪同前往好友的欢庆晚宴。

　　叶强注视着她的一举一动，观察着她的一言一行。他终于看到了其中的破绽，察觉到了康思予由于体型变化所反映出来的林林总总，一切都有了依据有了答案。尽管他千遍万遍地否决自己的判断，也责怪自己胡思乱想小人之心，试图带着妻子去看看医生。但是他再次被拒绝了，由此他不得不信。

　　几天来，康思予同样是在锅上煎水中熬，也许是"做贼心虚"，她看到叶强眼中的问号越来越多，试图掩饰似乎没有效果。她不知道为什么这次叶强会在北京呆这么久，更不知道他什么时间走。很想知道却不敢去问，更不敢去探询究竟而"打草惊蛇"，她像"居心叵测"的"小人"窥视着。

　　终于，康思予接到了叶强的短信：下午三点请到"星期五西餐厅"十一号桌。语气中透着命令和强势让康思予感到了惊恐。

　　康思予胆战心惊地前往坐落在东三环内侧的"星期五西餐厅"。

　　这里曾经见证了他们的相恋、相爱，每逢他们的重要日子都会相约来到这里小聚，康思予喜欢这里的陈设——幽雅宁静透着小资情调，叶强衷爱这里的牛排六分熟四分生，入口回味无穷。地点的选择同样告诉康思予今天的谈话内容严肃而庄重，她像初见网友——熟悉的陌生人而心神不定。

康思予刚刚坐稳，刚刚看到叶强的眼睛，刚刚强迫自己坐稳，刚刚闻到巴西咖啡的清香……

"你肚子里的孩子是谁的？"叶强字正腔圆咄咄逼人。

一路上康思予假想了无数个开场白，却怎么也没有想到这位已婚多年的老公会一针见血地直捣黄龙打了康思予一个措手不及，她强制自己坐稳。

"我请你实话实说！"叶强的眼神像两把利剑直刺康思予内心最薄弱的地方。

康思予仿佛在大庭广众之下被人撕下最后一片遮羞布，她无奈无助同时也愿意将一切的一切和盘托出，听候"处决"。说完了吐尽了，她像做案潜逃的嫌疑人，若干年后当被戴上手铐脚镣的那一刻，心却感到落地踏实了。

"是我当初隐瞒了我不能使你怀孕的真实原因，嫁祸于你。但是你也不该用这样的行为来报复我惩罚我，更不该在我的眼前晃来晃去让我看到你一天天凸起的肚子。"

"我没有报复你，更没有想惩罚你。"

"这都摆在眼前了，你还有什么可以狡辩的！"

"我不知道我能，我……"康思予想辩解，却被叶强打断。

"你不知道，难道你要告诉我说，你要是知道了，和别人媾和的时候就会采取严密的措施而不怀孕吗？"

"叶强你误会了，我不是这个意思。"康思予感到了自己的笨嘴拙舌，她想解释清楚，结果却越描越黑。

"什么意思？除了这样的解读还有其他可以解释的吗？"叶强乘虚而入，牢牢掌控着主动。

"叶强我对不起你，我错了。我真的很后悔，不该做背叛你的事情。一段时间以来我都在自责，真是度日如年，我怕你知道，不敢面对你，现在把一切都告诉你，我接受你的惩罚，可是这个孩子是无辜的。"康思予的潜台词是"请让我生下这个孩子"。

"你站起来在众人面前走一圈，问问大家，妻子肚子里的胎儿是她在外风流的佐证，而不是她老公的。妻子却让老公欣然接受，假如有一个人举手称赞，我就阉了认做王八。"叶强挥手指向所有在座的男男女女，他的声音很大，引来好奇的目光，让康思予无地自容。

叶强的愤怒甚至是忍无可忍，康思予理解、接受。这是任何一个男人知道自己妻子背叛后的正常反映，若不是这样才会让人怀疑他们是否真心爱过。但是让她在众人面前丢脸，却让康思予怎么也想不到，一对恩爱夫妻一旦反目竟能说出这样的话。眼前的叶强除了让她感到害怕之外又增添了陌生感。

"你还委屈了？康思予你太让我失望了。"

"叶强原谅我好吗？我愿意接受你的任何惩罚，什么都可以。"康思予现在只想得到叶强的宽恕。

"把孩子打掉。"叶强斩钉截铁。

"拿掉孩子，我们还能合好如初吗？"康思予期盼。

"幼稚，这是以后的事情。你现在要做的就是先把孩子打掉，别让我姓叶的再蒙受耻辱。"

"医生说若是这个孩子拿掉了，今后我再也不能有自己的孩子了。"康思予落泪，尽管周围投来无数奇异的眼神，已经顾不得颜面，她要乞求叶强生下这个孩子。

"不能生，你可以去抱养一个。"

"不一样啊。"

"怎么不一样，你不就是想做母亲？听到有人叫你妈妈吗？我可以成全你。"

"这个孩子要是拿掉了，那个孩子怎么办？"

"哪个孩子？"

康思予没有点头也没有摇头，看着叶强，她不敢点头，也惧怕摇头。

"我们完了，彻底的完了，你毁了我，也毁了我们用心血构建起的这个家。"

叶强说完突然站起身走了出去。

康思予呆傻地坐在那里。

京城的大报小报都在显著位置上刊登了首获"商战精英"荣誉称号人物的大幅照片和典型事迹，夏晗也在其中。

午饭后何乾兴高采烈地敲门来汇报工作，他首先把报纸送上。

"夏总祝贺您！"

接过何乾送上的报纸，夏晗喜上眉梢。

"都是大家做的，我不过是占个名字而已。"看到自己的大幅照片登在报纸上，夏晗心悦，这是对她几年来努力工作的最好评价。

"我听说表彰大会后，评比委员会直接把您的'授奖词'电传给了香港总部，总部一定会有所反应。"

"反应，什么反应？"

"加官进爵啊。"

"乱讲话，我这是活广告为人作嫁衣裳。哎，何乾，这组数字怎么回事？"夏晗推开计算器，把何乾送的文件给何乾看。

何乾验算："不好意思，我算错了。"

"这是不好意思的事情吗？"夏晗是个对工作极其认真的人，近乎于"苛刻"，凡是上报的数据她都会逐一复核，所以抓到把柄不是偶然而是必然。

"我回去修改后再打一份报给您。"

"你就这一组数据错了吗？"

"是的，我都复核过了。"

"这组数据你怎么解释？"夏晗拿着钢笔敲点着文件中的另一组

数据，经过复核夏晗发现了两处错误。

何乾赶快敲打计算器，结果告诉他：又错了。夏晗的横眉怒目让何乾有点心惊胆寒。

"还有错误吗？"

夏晗盯住何乾，何乾不敢作声了。

"怎么办？"夏晗变脸，何乾进门时的那种感觉一点都没有了，尽管桌角报纸上的夏晗还在冲着他微笑。他像犯了"滔天大罪"的罪犯在正义的法庭上只能低头谢罪。

"我拿回去改。"

"要是再错了呢？"夏晗乘胜追击不给对方一点喘息的机会，她说的是这次，也是今后的每一次。

何乾没有办法回答，虽然他坚信这次改过不会再错，但却不敢保证今后的工作都是百分之百的正确，自己不能把后路堵死，万一出现了瑕疵怎么办，不能不给自己留点余地。

夏晗把报告撕毁扔进碎纸机中。看到自己几天的心血因为一点失误而付之东流，何乾心里非常难受，但是他知道夏晗的做事风格：世界上怕就怕认真二字。

"你去重新再做一份，送马助理审查，再有问题，你就别回来了。"话说得很明确，今后若是再出现问题，不是你自己辞职就是公司开除你。

"是。"何乾退下。

不知道是何乾心中不平还是办公室的门干燥，何乾关门的瞬间，室内室外都听到了"咣当"一声。

夏晗走过去一把拉开了门，何乾的手还没有离开拉手。

"怎么？不服气吗？"

"对不起，夏总，这门有点松。"何乾慌忙解释不是故意所为，而是门自身的问题所致。

夏晗拽开门狠狠地推上，"咣当"声再次回荡在屋里屋外。

随着"咣当"一声的消失，楼道内、办公室内鸦雀无声，直到下班时分。

"请进。"有人敲门。

张小珂急匆匆走到夏晗面前，将一份传真件展开放到桌子上。

"夏总，祝贺您，总部任命您为亚太地区总裁了，这是传真件，任命书已经发出。"

夏晗看过传真件，抬手放到一边，翻看工作日志。

"施仁宏的手续办了吗？"

"办完了，人力资源部已经归档了，是按照自动辞职处理的。"

"我怎么没有签字就归档了？"

"也许他们忽视了，前几天您住院，他们找过您几次。一会儿我通知人力资源部送来请您补签吧。"

"嗯，给各部门发个文，今后各项工作不得拖延，我要是不在你就接过来，不能没有流程完就归档，万一忘了怎么办。很多时候我们工作的一个小小失误就会给公司造成重大损失和伤害，这样的实例我们见得太多了。你告诉人力资源部会同办公室做个培训计划，从下周开始，每天下班前半小时组织大家学习，让他们买点培训光盘给大家看，周一的第一讲我来讲。"

"是，我一会儿去办。夏总，施经理现在混得挺惨的。"

"你怎么知道？"

"昨天我在平安里见到他了，破衣烂衫得像个流浪汉。"

"也不知道这些男人怎么想的，好好的工作不努力。看到了吧，这就是下场，没听过吗，今天工作不努力，明天就得努力找工作。"夏晗摘下花镜，端起水杯。

"他说辞职是因为女儿病了需要照顾，一个大男人也真是的。"

"孩子病了照顾是应该的，谁还没有孩子呢。照顾孩子就得辞职啊，我看啊，在家也是妻管炎，够窝囊的。"

"现在男人也不知道怎么了，结了婚有了孩子上进心也就随着没有了，不是整天喝酒胡侃，就是围着孩子老婆转，一点出息也没有。"

"也不全是这样。你啊，可得把眼睛擦亮，若找到这样的，那一辈子可就惨了。"

"要是那样啊，我宁可不要。"张小珂信心十足。

"也说不准，恋爱中的女人都是弱智。表面上看，男人夜以继日工作那是事业心强；男人围着你转那是心细懂得疼女人；男人能言善辩那是博学多才；男人喜酒恋烟那是男人的魅力；男人拍案而起那是男子汉的气度……然而，婚后不久男人便露出本色，原来的一切都是男人的伪装而已。"

"男人有这么可怕吗？让您这么一说，都不想嫁了。"

"那倒不至于，女人总是要嫁，总是要孕育生子。女人最好的武器就是自立、自强、自尊、自爱，这也是保护好自己的最好盔甲。我看何乾这个小伙子就不错，你看看，要是有意思我给你做个媒。"

"夏总您还说呢，下午您把他训得像只小猫，我还以为您不喜欢他呢！"

"你们啊！我都喜欢，也就是因为喜欢才恨铁不成钢，就看不得你们出问题，也不容忍你们因为不认真而造成工作上的失职失误，我会很痛心。每个人所做的工作是公司行为而非个人，一个数字错了，对于我们可能是万分之一，但是到了客户手中就是百分之百，没有哪个客户愿意和这样的公司做生意，这样下去就把公司断送了。"

"夏总，我明白了。"

"你们都很聪明，学历也高，但是这不是你们的资本，你们要把心态放得平稳，认真、努力、投入地去做好每一件小事，你们就会成功。很快就会超过我。"

"您就是我们的偶像，哪敢超过，缩短距离就不错了。"

"拍马屁。"

"嘻嘻。"

"几点了？"

"七点刚过。"张小珂看看手表，时针指向七点零八分。

"哎呀，赶快走，给我叫车。"夏晗突然想起家中还有两张嘴等着喂食呢。

"晚上有约？是不是和曾先生？"曾建灵和夏晗的关系已经是公开的秘密，尽管演绎的版本很多，不过大家都确认他们是真诚的、真心的。

"哪啊，我不是收养了个女儿吗？"

"什么时间的事情啊？"

"我得赶快回家做饭，以后再告诉你吧。"

夏晗慌忙下楼，张小珂熄灯关门。

清晨艳阳高照，缕缕阳光挥洒在大地上，诱使居室内的人们走向户外，走向花草丛中，品味大自然赋予人间的美韵。

"亦冉，今天天气多好，一会儿带着妹妹出去走走吧。"

"好，我们一会儿去写生，去八一湖好吗？"卢亦冉征询一起吃早餐的施韵。

听到儿子说到八一湖，厨房内忙碌的夏晗笑了，真是母子连心，夏晗喜欢那里，儿子心有灵犀。

"嗯。"

"施韵啊，身体感觉怎么样？别走远了，累了就回来。"夏晗从厨房走出送上两个荷包蛋。

"我没有事，我也想去晒晒太阳了。亦冉哥，带我去你说的那个书吧看看好吗？"

"什么书吧？"夏晗解下围裙坐下来一起吃早餐。

"诗般恋日书吧。"

"很浪漫的名字，怎么解释？"

"就是希望，也可以说是渴望我们的生活每一天都可以像诗一样浪漫、温馨、和谐。"

"嗯，不错，很好的意境。"

"当然，不但名字起得有学问，人也很好。书吧老板对我可好了，我都成 VIP 了，老板娘还说让我做她的干儿子呢。"说到书吧，卢亦冉滔滔不绝。

夏晗已经吃完，看看墙上的挂钟起身换装。

"你们慢慢吃，我今天要去总行开会。吃完搬到厨房放到那里，等我回来再刷。"

"阿姨您放心吧，我们整理好了再出去。"

看着懂事灵巧的孩子，夏晗从心里喜欢。

"妈，我爸什么时间回来，我找他还有事情呢。"

"明后天吧。这不是开科技博览会一直备勤吗。我走了啊。"

"阿姨再见。"

夏晗推门上班去了，两个孩子也很快整理好走向户外。

"我们先去八一湖还是书吧？"卢亦冉征求施韵的意见。

"这么早书吧没有开门吧。"

"也是，那我们先去八一湖呼吸新鲜空气，我带了画板去写生，之后再去书吧，中午我们去吃肯德基。"

"我想吃麦当劳，电视上的广告麦当劳新推出了'深海雪鱼汉堡'，我想吃。"

"小馋猫，听你的。"

倒过两次公交车前行二十米，少男少女并肩走进了玉渊潭公园来到了八一湖畔。

沿着湖边蜿蜒前行，湖水拍岸流水潺潺淅淅作响，花草丛中蜜蜂鸣唱飞翔，清香的空气拂面而来使人赏心悦目心旷神怡。晨练的人们已经开始往外走，三五成群的旅游观光客开始进园，他们在树阴下欣赏花草，在山水间留下爽朗的笑声。

伸出拇指食指围成一个小方块做取景框，选好一个极佳视角，卢亦冉取下肩上的画板支撑好，施韵在他身后的长椅上坐了下来，从包中取出《谁动了我的奶酪》看了起来。

树杈上垂下的柳枝、湖水中泛起的涟漪纷纷跃然纸上，一对野鸭接着爬上纸板，水岸边绿草坪上一位妙龄女孩手抱一本翻开的书，抬头眺望远方……几位游客驻足观看这与自然融为一体的写生画。

施韵放下书，走到卢亦冉身边。

"真美。"施韵情不自禁。

"是自然景观美，还是纸上倩人美呢？"

"都美，妙手丹青。"施韵竖起拇指称道。

"过奖了。"

"小画家，画得不错。柳枝吐绿，蜻蜓点水，密不透风而又疏可跑马，好构图。"身后传来长者的赞扬声。

"老伯伯您是画家吧？"卢亦冉起身行礼。

"也是学生。你这画笔很有章法，举手投足透着灵气。一看就是科班出身，中央美院的吧。"长者一直站在卢亦冉身后观察，在还略显稚嫩的画稿上看到了自己年轻时候的身影。

"老伯伯，我不是学画画的，只是业余爱好。"

"老朽走眼了，哈哈。不过你很有天赋，好苗子。有时间欢迎你来我的画室坐坐，愿意的话我们可以交流切磋。"长者递上名片。

"求之不得，还请老伯伯多多指教。"卢亦冉双手接过名片，上写着：中国美术家协会会员、国家一级画师。

"老伯伯抱歉，我是学生没有名片给您，失礼了。"

"不必，看得起我，你可以找我啊，若有缘分我们就会再见。"

"嗯，缘分源于我们今天的相识。"

"哈哈，你这个朋友，我是交定了。你先画，老朽告辞。"

"老伯再见，改日一定登门讨扰。"

送走长者，卢亦冉继续作画。

听着长者的赞许，看着卢亦冉不好意思红润的脸庞，一种异样的情感油然而生，温暖全身，施韵仔细端详着眼前的"亦冉哥哥"。

一幅画终于完成了。

"怎么样？"卢亦冉放下画笔。

"真棒！"

"起个名字，你写个题跋吧。"

"我可不行，差远了。"

"你的字写得很好，以后也是个书法家的苗子。"

"讽刺我啊，我真的不行。再说就是字写得好，也没起好名配你的画啊。"

"没有胡子也'谦虚'啊。"

因为刚刚闪过的心绪加上卢亦冉的话音使得施韵脸红心跳。

卢亦冉看到施韵涨红了脸，不再强求。

"要不我起个名字，你感觉一下。"

"嗯。"

"就叫'山水静思图'如何？"

"不错，有意境。"

"那就叫'山水静思图'，你来题字吧。落款写上我们两个人的名字，这是我们合作的。"

施韵欣然命笔。

收起画架，看着远处一位老人放飞的风筝，二人心情愉悦地走向大门出口。

那是一条足有二十米长的蜈蚣风筝，不见牵线，蜈蚣在天上舞动着长长的尾翼跳起舞来。

"我要飞得更高，飞得更高……"卢亦冉小声吟唱起来，声音逐渐放大，歌声感染了施韵也跟着唱了起来，他们的手牵在了一起，走过草坪，跃过小桥走出大门。

走上马路，卢亦冉感到手在下沉。

"你不舒服吗？"

"我有点累了。"

"那我们先休息一会再走吧。"

"嗯。"

二人顺势坐在马路牙子上小歇。抬头看去高耸人云的中央电视塔雄伟壮观，眼前一辆辆汽车呼啸着飞过，匆忙赶路的行人，告诉世人时间紧迫，这就是忙碌的北京城，仿佛只有他们有闲情逸致陶醉在美丽景色中抒情写意。

"外面真好，阳光灿烂。"施韵舒展四肢，又感到不雅又迅速收回。

"美丽的景色，美丽的街巷，美丽的时空，美丽的你和我。"

"做起诗来了，你美我不美。"

"你也很美丽啊！"

"那也没有你美，有爱你的母亲，对了，怎么没有看见你爸爸？"施韵突然转题。

"我爸爸在保安公司工作，经常值勤备勤什么的，很少回家。"

"哦。那你爸爸妈妈好吗？"

"还好吧，我也不知道，大人之间的事情很多我也不懂，妈妈也不让我过问他们的事情。怎么想起问这个问题了？"

"随便问问。"

"你呢，爸爸妈妈对你好吗？"

"他们离婚了。"

"哦。对不起。"

"没事，都过去好久了，不过爸爸妈妈都很爱我，这次我病了，他们整天陪护着我，我们好像又是一家人了。"

"父母离婚那是他们之间的事情，我们也不懂。但是你永远是他们的女儿，这个一辈子也不会变。"

"道理我知道，可是必定他们离婚不在一起，以后也会再结婚，我们不是一家人了。前几天我住院，爸爸陪护我，妈妈为我奔波，他们好像又回到了从前，那时我就想就这样下去，我就这样病着永远都不好。"

"你真傻，你这样病着他们多着急。"

"可是我要是病好了，他们又会分开，我要不有爸要不只能有妈，二者只能选择其中之一。"父母离异后，施韵都是隔周去爸爸家或妈妈家住。父母的离异对于孩子内心的打击是巨大的，不管父母如何努力地补救，孩子心中的那道裂痕也无法抚平。

"你只有病好了，才能够又有爸爸的爱护又有妈妈的疼爱。"

"对于我已经不可能了，我没有时间了。"施韵垂头。

"我不要你说这样的话，让人寒心。"

"你不喜欢，那我不说了。亦冉哥，你看那是什么车？"一辆银灰色的小轿车疾驶而过，转眼不见了。

"那是新款280奔驰跑车，喜欢吗？"

"不喜欢，跑得太快了，我喜欢QQ，小巧玲珑，要红色的。"

"很像你啊。"

"亦冉哥你坏，老是欺负我，回家告诉妈妈。"几天的接触，施韵再次感到了母爱，她已经把夏晗当成妈妈了。

"怎么敢啊，你是不是想妈妈了？"

"要不我送你回家去看看妈妈？"

卢亦冉转移主题想再次探询，施韵知道卢亦冉说的"妈妈"指的是谁。

"嗯。"

"那下午我们回家好吗？"

"不，再过两天。亦冉哥再过几天我就要走了，离开你，你会想我吗？"这两天施韵感到很不舒服，只是强打精神不让他们看出来。她默数着时间，知道应该回家了，回到爸爸妈妈的怀抱了。

"会的，我还会去看你，送你喜欢看的书。"卢亦冉并没有领会施韵话中深层次的含义。

"你真好，我会记得你。谢谢你这几天陪我，让我度过了生命中最美好的时光。"施韵的眼圈红润了。

"我也得感谢你啊，给了我领略美丽大自然的机会，要不啊，我现在还在学校头悬梁锥刺股地苦读呢。"卢亦冉一直记得施韵的病情，不去触及，不去刺激，专心照料直到找到她的家人。这也是妈妈一再叮嘱的，此刻他感到了施韵的心情沉重，他想舒缓一下气氛。

"外面的世界真美好，可惜它们不属于我了。"施韵感叹道。

"施韵你会好的。"

"我也想好，想活下去。可是，你知道我得的是什么病吗？"

"我知道。"

"我得的是血癌。"在施韵看来白血病只要有钱的支持可以得到缓解，但是它的代价是倾家荡产，而她不愿意拖垮爸爸和妈妈。她得的病是无法治愈、生命在一天天缩短的血癌。

"白血病不是绝症了，我听妈妈说可以治愈。施韵，我一直想说，你回医院继续治疗好吗？这样对你的身体好，我和妈妈都很担心。"卢亦冉终于说出了心里话。

施韵听罢不再作声，眼睛无神地看着过往的行人、飞驰而过的车辆，她在探询，他们去向何方。

"看你的脸色不好，是不是累了，要不我们改天再去书吧？"

"不，我想去看看，听过你的描述，我真的想去看看哪怕看一眼也好，我们走吧。"

施韵站起来，伸手去拉卢亦冉。

卢亦冉借力起来，两人牵手走向书吧。

$\mathcal{V}$

　　总行的会议结束时已经快到午饭时间了，行里安排了超标准的工作用餐，邀请与会者到餐厅包间小宴，夏晗托故离开了总行。

　　还是不适应那种场合，夏晗极不喜欢商场上的应酬宴请，口不对心的对话，很难融入其中，尽管吃饭唱歌打球还有洗澡桑拿之类都是今日经商之必须。但是每次的无法脱身都让她浑身地不舒服，虽然现在大家都以"商界精英"相称，但是骨子里她就不是商人，更是深恶痛绝商场上的种种恶习。

　　SOGO 是夏晗喜欢逛的商场之一，在它没有开业之前她都是去贵友百货和蓝岛大厦购买服装和化妆品。女人喜欢逛商场是天性，不管买与不买走走看看都是一种享受。

　　一款新上市的手袋吸引了夏晗的眼球，拿起挎上照着镜子左顾右盼一番放回原处。款式时尚新雅特别是上面的金属配饰增添了动感和清纯的元素，使人过目不忘，爱不释手，但是色彩过于明快和张扬不适合夏晗这样年龄的职业女性使用。再次端详，突然想到若是给儿子的女朋友使用一定相映成辉，可是儿子的女朋友在哪儿呢？夏晗自嘲"单相思"，离开了箱包柜台上扶梯来到三楼的女士服装展卖区。

　　新品上市、季节打折，名牌荟萃目不暇接，一排排一件件的女士服装争奇斗艳，看到时尚而赏心悦目的衣服夏晗都会驻足审视，试想穿在自己的身上是否合体，尽管这里的服装服饰多数不适合自己，但是看看别人穿衣试镜，心情也会随之而欢悦……

从商场出来方知一无所获，什么也没有买，但是欣赏的过程已经足以让心情愉悦。看看表已经一点了，肚子不饿，午餐免了算是减肥。看到对面的清真副食店，想到家中的孩子，买点清真食品晚上改善一下口味，想到此夏晗走过马路。

路边电线杆子上贴着一张粉纸蓝字的公告格外显眼，几个观看者议论着离去。

"现在的孩子真是的，动不动就离家出走，也不想想父母的感受。"

"还得了这病，可别死在外面，父母都不知道。"

旁观者的议论内容引起了夏晗的注意。

施韵，我的女儿，我们日夜苦寻着你，你快回来吧，白血病不可怕，相信爸爸妈妈一定有办法救你。没有你我们怎么活下去？

盼望好心人知道孩子的下落联系我们。

133****9189　李湘婷敬上

李湘婷？施韵是李湘婷的女儿。惊诧的夏晗终于镇静下来，她要马上见到施韵，把她送到李湘婷的面前。

夏晗迅速拨通卢亦冉的电话。

"亦冉，你们在哪里？"连通电话的瞬间夏晗的心立刻提了起来，尽管她知道施韵在儿子的陪伴下安然无恙，但是她还是紧张。

"我们就要到书吧了。"

"施韵在你身边吗？她怎么样？"夏晗急切要确定施韵现在是否安康。

"在啊，妈妈，怎么了？发生什么事情了？"夏晗的语气让卢亦冉诧异。

"先别问了，你一定看护好施韵。告诉我，你们在什么位置？"

"前面就到书吧了。"

"那好你们在书吧等我，我马上到，书吧的具体地址？"

"厂桥兴业北大街七十八号，您过来可以看到一个牌楼，很明显，到了就可以看到'诗般恋日书吧'了。"

"乖儿子，一定照顾好施韵。"

"妈妈我知道，等您。"放下电话，卢亦冉紧张起来，他猜想妈妈的紧张一定和施韵有关。仔细打量施韵，除了脸色有些苍白，其他正常。他有些后悔带施韵走这么远的路，身体肯定会吃不消。

卢亦冉上前搀扶施韵缓步前行，盼望妈妈早点到来，送施韵回家休息。

"妈妈找你有事吗？"

"嗯，一会儿妈妈来接我们回家。你现在感觉怎么样，身体行吗？"卢亦冉越发地担心起来。

"我还行。"

"慢点走，我们去书吧等。"

夏晗顾不得采购，心急如焚地上了出租车前往厂桥兴业北大街七十八号。

眺望着前方，脑海翻腾，夏晗自责起来，李湘婷是她的好朋友，前几天怎么就没有问问她呢？再说了，施韵曾经和自己同住一所医院，要是去打听一下不就找到施韵的母亲李湘婷了吗？夏晗陷入深深的内疚中，她拍打着自己的胸口：我真弱智，同时央求司机快点再快点。

几天苦寻还是没有施韵的消息，日历一张张被撕下，就像在撕扯她的心。她哭干了眼泪，眼角干涩得难受，睁眼闭眼间仿佛要把眼角撕裂，阵阵疼痛传到心底。李湘婷的情绪烦躁起来，刚刚痛骂完施仁宏无能笨蛋后，拖着疲惫沉重的身体推开了"诗般恋日书吧"的门。

没有营业，正在整理书籍的何晨飞起身扶着李湘婷坐下，送上一杯热水，李湘婷接过没有喝放到桌子上。

"都第四天了，一点消息都没有，她会不会在哪里晕倒了，你说会有好心人遇见送她去医院吗？"木讷的李湘婷摇晃着何晨飞的胳膊胡思乱想。

何晨飞轻轻抚摩李湘婷。

"这几天也没有吃药，她能行吗？要是摔倒了没有人看见怎么办？"李湘婷神经质地突然站起来，何晨飞扶她坐下。

"别乱想，怎么会呢？施韵是个懂事的孩子。"

"懂事，懂什么事。要是懂事就不会离开医院跑了，根本不管大人的死活，气死我了。"何晨飞一句出言不慎，挑起了李湘婷压抑的心火。

"你还替她讲话，怎么不替我想想，你还是男人吗？你和她那个死爸一样都是笨蛋！"李湘婷歇斯底里干哭起来。

"别哭了，我们都是笨蛋，我们再去找好吧，你这样下去身体也会垮的。"

"死了更好，就不会这样活不成死不了的受罪了。老天啊，我上辈子造了什么孽，你要这样的惩罚我，让我死了吧，换回我的女儿。"

"喝点水吧。"何晨飞端起水杯送到她嘴边，李湘婷本能地饮水。

"我先扶你去睡会吧。"

何晨飞想扶起她，李湘婷没有动，喝了点水，嘴唇湿润了一些。

"要不我给你做点吃的吧，看你身上一点劲都没有，这样怎么去找女儿？"

"嗯。"李湘婷平静了下来。

"去后面躺会吧，我给你做个疙瘩汤。"

"你去吧，我在这里休息一会就好。快点，我还得去找女儿呢。"

"很快，你再喝点水。"何晨飞离开去做饭。

李湘婷这才感到了渴，感到了饿。她记不得上次是什么时间吃的饭，什么时间喝的水，端起水杯一饮而尽。

突然手机响了。

理性和感性都告诉她这是传递女儿音讯的电话，甚至有可能耳机中传来呼喊妈妈的声音。

"是韵韵吧，我是妈妈。"

"李总，是我，郑莹。"

"哦。"李湘婷像刚被吹起的气球突然被针扎破，抬起的身体重重地砸在椅子上。

"李总，施韵还没有消息吗？"

"没有，有什么事情吗？"

"李总您别着急，施韵会平安回来的。"

"谢谢，我不在公司，让你们费心了。"

"这是我们应该做的。"

"谢谢你们，公司有事情吗？"

"李总，真不好意思，这个时候给您打电话。这两天公司催款的电话都要打爆了，有两家供货商一直在公司等着说一定要见您。也不知道他们从哪里听到的谣言，说公司要倒闭关门，今天一下子来了二十多人，说不给结账就住在公司不走了。"

何晨飞端着托盘出来，一碗疙瘩汤冒着热气，还有一盘细丝榨菜。

"你告诉他们，我李湘婷还没有死呢，就是死了卖了公司也会一分钱不少地给他们。"

"我也跟他们说我们既然有合同，货款一分钱也不会少，目前公司资金有困难只是暂时的问题，可是他们就是不走。"

"你让他们等着，我一会儿就到。"李湘婷说完愤愤地合上手机。

"公司有事情？"

"一帮无情无义的家伙，当初看到我们订单雪片飞，一车车的面料、辅料送来了，还说先不结账货款回头再说不着急。你看现在看我要死了，上门讨债来了。"

"要不我过去吧，和他们解释解释。"何晨飞在单位是出了名的处理突发事件的劝说高手和谈判专家。这基于他多方面的综合素质和文化修养，每次遇到上访请愿的都是让他出马。

"这次你不行，那些都是唯利是图的小人。说什么也没有用，就是钱，这些人也就是这一次了。回公司我把他们的货都退了，看他们吃什么。"

"可别感情用事，妥善处理从长计议。"

"真麻烦。"

"趁热吃吧，凉了肚子疼。"

何晨飞拿起筷子递给她，李湘婷感恩地送上一个极不自然的微笑。

"等等，火上还热着鸡汤呢，昨晚炖的你也没有来。"

何晨飞转身去了后屋，李湘婷大口地吃了起来。

"咚－咚－咚"听到敲门声，知道有书客光顾，李湘婷放下筷子开门迎客。

"施韵！！！"眼前站着日思夜想的宝贝女儿，李湘婷惊愕了。

"妈妈，你怎么在这里？"眼前突然出现的妈妈同样让施韵惊诧。

"韵韵啊，我的女儿！"李湘婷顾不得其他，一把拥过女儿，生怕她再次离开。

"妈妈！"施韵看见久违而苍老的妈妈一头栽进怀里大哭起来，她想念妈妈，日思夜盼的妈妈终于就在眼前了。

"你怎么样？身体怎么样？"拥抱了许久、许久，李湘婷轻问怀中的女儿。

"妈妈我挺好的，对不起，让您担心着急了。"

施韵伸手拽过目瞪口呆的卢亦冉。

"妈妈这是亦冉哥，这几天是他一直在照顾我。"

"亦冉。"李湘婷好像刚刚发现卢亦冉的存在。

"阿姨好！"

"韵韵回来啦？"听到前面的声响，何晨飞端着鸡汤进来，看到

288

了眼前惊喜的一幕热泪盈眶。

"何叔叔好！"施韵问候。

"回来就好，就好，身体好吗？"

"嗯。"因为激动施韵脸上泛起红晕。

"你们怎么在一起？"何晨飞奇怪地问。

卢亦冉和施韵纷纷叙述了几天来的情况，李湘婷、何晨飞感动。看着两个懂事的孩子，李湘婷悲喜交集，她把两个孩子抱在一起泪流满面，感到自己终于再有眼泪可以流淌了。

"夏晗？你怎么来了？"李湘婷抬头看见走进门的夏晗，再次让她惊诧。

看到抱在一起的李湘婷、施韵、卢亦冉，夏晗喜极而泣。

"谢谢你，夏晗，真不知道怎么感谢你们才好！"

"对不起，我应该早点把女儿给你送来。这几天都给急晕了，直到今天看到你的'寻人启事'我才如梦初醒。怎么就没有想到去医院查询，怎么也没有想到施韵是你的女儿，我们这么熟悉打个电话就行了。很抱歉，让你着了这么大的急。"

"寻人启事？妈妈怎么回事？"

"韵韵，你妈妈为了找你，一直在你可能去过的地方寻找，都没有结果，就在那些大街小巷上张贴了寻人启事。这几天可把你妈妈急坏了。"作为事件操作者之一的何晨飞熟悉整个过程中的每一个细节。

"妈妈，对不起。妈妈我错了。"施韵后悔自责，她可以明显地看出几天不见的妈妈头发增白了许多，面容苍老憔悴了许多。

"回来就好，什么也别说了。夏晗我还得感谢你，要不是你的收留，亦冉的照顾，韵韵真不知道会怎么样。"李湘婷紧紧握着夏晗的手。

"放心吧，施韵很棒。"

"妈妈，亦冉哥还给我输血了。"

"亦冉，你让阿姨说什么好啊。"李湘婷再次抱住卢亦冉。

"阿姨，没有什么。"

"夏晗啊，你知道吗？我和亦冉可是老朋友了，嘻嘻。"

"我总是听他说到书吧看书借书，哪里知道这里的老板娘就是你啊，真有意思。"夏晗很开心。

"什么老板娘，在孩子面前，多难听。"

"难听？孩子们是吗？"夏晗环视施韵、卢亦冉、何晨飞。

两个孩子对视算是认可"老板娘"的称谓，何晨飞笑得很自然。

"你看大家都批准了，说吧，什么时间办事，我给你们操办，嘻嘻。"从李湘婷不自然的表情上，夏晗断定他们一定是没有办事就已经同居了。调侃着笑得前仰后合，完全忘记在孩子们面前应该保持的"尊严"，她今天太高兴了。

"你就讨厌吧，在孩子们面前，没个大人样。"

大人们的真实表现，让孩子们看到了妈妈生活中的另一面，感到轻松自然平等祥和。

"夏晗你知道吗？我从书吧看到亦冉的第一次就感觉我们有缘，还真是的。"

"妈妈，我已经认亦冉是哥哥了。"

"好啊，我也认这个儿子。"

"嘻嘻，我又多了个妈妈，有了亲哥哥。"施韵感到幸福快乐，李湘婷很久没有看到女儿这样了。

"好了，不说这个了，我的乖女儿，我们回家吃饭之后去医院好吗？"

"嗯，我听妈妈的。"

"看你的女儿多听话。"

"走，我们回家。"李湘婷拽起夏晗。

"你们回家我们不去了，我和亦冉回家了。"夏晗告辞。

"那怎么可以，我们回家包饺子庆祝一下。"

"是啊，今天是大喜的日子，两个孩子都有了新妈妈也得庆贺一下啊。"何晨飞劝说夏晗。

"我们今天都不工作，好好聊聊。"

"怎么样？"

夏晗转头征询卢亦冉的意见，却发现两个孩子手牵在一起。卢亦冉发现夏晗突然回头，赶快放开了手，施韵羞涩地垂下了头。

"那好吧，我们今天都旷工。"夏晗嬉笑。

"你们先走，待会出版社来送书，我一会过去。"

"行。对了，你给老施打个电话告诉他女儿回家了，也让他回来吧。"

"好，我马上打。"

"你看我们光高兴了，老施还在外面找孩子呢。"李湘婷笑着对夏晗说。

夏晗知道李湘婷所说的"老施"就是她的前夫，施韵的亲生父亲，但是让自己现在的男朋友给前夫打电话通报情况倒是有点不合常理。

"你怎么不打？让人家何先生打。"

"我没有工夫答理他，他们没有事情，不是情敌啊。他们关系不错也谈得来，也许啊，比和我的关系还近呢。"李湘婷明白夏晗的言外之意。

一家人欢天喜地回家了。

卢加宁手里拿着一份打印出来的"追缴货款客户"的清单，正在给属下布置讨款下一户的工作分工。追缴货款本不属于保安公司业务范畴之内的工作，但是光凭那点死工资和季度年度或有或无的那点不够几顿酒钱的奖金，卢加宁知道是很难围拢人心的。受朋友之托凭着一身的"招牌"就可以把那些欠款的"老赖们"吓得敬奉"货款"，当然也有不识抬举的，卢加宁也就不再追究，必定还有下一家。因为这件事情不可张扬，若被上级知道，这身衣服可就难保了。

按照客户写的地址卢加宁敲开了四单元 706 室。

"您找谁？"

"不好意思，打扰了。请问您是'湘婷服装服饰公司'的李老板吗？"卢加宁礼貌地问询。

"是我，有什么事情吗？"李湘婷开门见到陌生人，顺手关上户门。

"你的公司拖欠保定志祥贸易公司的货款一百一十七万元至今不还，现在请你必须立即偿还。"卢加宁开门见山，有意加重了"拖欠"二字的语气。

"你是干什么的？"

"我是受人之托上门讨债，请你识时务结账还钱，阳光大道我们各走半边。"卢加宁显出咄咄逼人的态势，他清楚对于"老赖们"，"礼"是讲不通的。他们都有无数个正当理由欠款不还，只有先发制人从气势上压住对方，就会在心理上取得优势。即便对方"有理走遍天下"也会感到今天是秀才遇到兵了。

"笑话，我就是还钱，也不能给你啊，这是我和保定志祥贸易公司的债务，不需要中间人。"遇过风见过雨的李湘婷，眼前的雕虫小技不会让她屈服。只是今天家中有贵客，她不想被别人搅了局，冲了喜庆。

"我是受人之托，求得和善，你我素昧平生前世无怨后世无仇，你付款我走人，否则别怪我翻脸不认人。李老板，您可就不好收场了。"见第一招没有镇住对方，卢加宁横眉怒目使出第二招。

"威胁我？"

"不敢。"

"那好，既然你受人之托登门了，我也拜托你转告保定志祥贸易公司有事到公司去谈，这是我的家不谈公事。"李湘婷毫不退让，据理力争。

"这要不是你的家，还找不到你呢，我们都在公司等了三天了。我还告诉你，你是躲得过初一躲不过十五，你今天给也得给，不给也得给，我就问你一句话，给还是不给，否则我们将强制执行。"卢加宁气急败坏地一挥手，从楼道间即刻窜上三五个打手样子的人。

"你们想干什么？我请你们立刻离开，否则我马上报警。"

"报警好啊，看清楚我们是干什么的。"卢加宁亮出身上的标牌。

李湘婷这才注意到对方是保安公司的装束，她更加怀疑，保安公司怎么会兼顾上门讨债的业务？

"请你们出示证件和保定志祥贸易公司的委托函。"

"你可以给保定志祥贸易公司金老板打个电话，你们这笔债务由我全权负责追缴，我现在可是有理在先，不要敬酒不吃吃罚酒。"卢加宁还没有见过这么难缠的"老赖"，自尊心受到了极大的打击，心中盘算着，看来今天得破点规矩了，否则今后怎么在这个圈子里混，刚刚树立起来的威信可不能栽在一个娘们儿手里。

"卢哥别跟她废话了，搬家公司的车到了。"从电梯间跑出来一个人向前叫喊。

李湘婷见他们要强抢，转身开门进屋，刚要关屋门，却被卢加宁赶先一脚端开。

"你们要干什么？抢劫吗？"李湘婷大声喊叫，有意传递信息给家中人。

听到门口吵嚷声，卢亦冉从客厅走了过来。

卢亦冉一眼看到了卢加宁和李湘婷的对峙。

"爸爸，你要干什么？"卢亦冉快走几步来到他们面前。

听到身后卢亦冉叫喊"爸爸"，李湘婷手一软松开了紧推的门，看着卢亦冉憋红的脸直视着卢加宁。

卢亦冉推开卢加宁。

"爸爸，您这是干什么啊？"卢亦冉的声音中带着哭腔。

"儿子，你怎么在这里？"儿子突然出现给了卢加宁一个措手不及，赶快挥手让身后的人退下。

"怎么了？"夏晗从厨房出来，腰间系着围裙，手上拿着芹菜。

293

夏晗接着出现更让卢加宁找不到北，面对妻儿，刚才那副张牙舞爪的样子一下就不见了。

"没，没什么，是个误会。"

"你不是去参加科博会了吗？怎么跑这里来了？"对于卢加宁的突然闯入夏晗同样感到蹊跷。

"下早班，正好赶上一个朋友让我来问李总一点事情。李总，不好意思打扰了。"卢加宁瞬间变身为一位谦谦君子。

听到他们的称谓，李湘婷知道了他们之间的关系。

李湘婷被卢加宁的行色变换搞得哭笑不得，心里的怒气也消了，但是却不知道应该如何处理了，想想刚才他那副刁钻的样子真想一脚把他踹下七层楼，可是他是好友的老公，理应盛邀进屋宴请。

"你们忙，我先告辞了。"卢加宁话音未断人已转身离去。

"韵韵，韵韵。"

施仁宏从外面风尘仆仆地赶回来，却与匆忙走来的卢加宁撞在了一起。

"你怎么在这里？"施仁宏十分奇怪，忽然他仿佛明白了。

"哥们儿，是你把我女儿送回来的吧？"

施仁宏上前欲拥抱卢加宁，却听到了令他震怒的声音。

"爸爸，他是趁火打劫上门讨债的。"施韵的声音如雷贯耳。

"孙子，什么意思啊你？"听到女儿的话，施仁宏一把抓住卢加宁。

"哥们儿什么也不说了，现在是你高兴的时候，改日哥们儿给你解释。"说完卢加宁挣脱，看到电梯还在上行转身推开侧门走楼梯迅速离开。

眼前瞬间的变化让施仁宏呆呆地站在那里。

"爸爸。"

施韵喊着跑到施仁宏面前，他如梦初醒。

"韵韵，我的宝贝女儿。"施仁宏把施韵抱起来，闭上眼睛享受着父女重逢的幸福时光，眼角流淌的泪水滴滴挥洒在女儿的身上。

"都别在楼道里了，进屋吧。"李湘婷招呼大家进屋，却没有察觉夏晗不断变化的面部表情。

施仁宏的突然出现让夏晗什么都明白了，李湘婷口中的"老施"就是曾经被自己多次训斥的下属，为了拯救女儿而离职的慈父。面对这样的场景夏晗有些不知所措。

"夏总，您好。"看到夏晗，施仁宏似乎也领悟到了什么。放下女儿，走到夏晗身边。

"你们认识？"李湘婷的脸上出现了许多问号。

"夏总是我原来的老板。"

"真有意思，看看我们转来转去原来都是一个战壕里的战友。"李湘婷喜上眉梢。

"施先生，很抱歉，原来不知道。"突发的事件让大家的关系、彼此的定位产生了微妙的变化。夏晗重新审视起眼前的施仁宏。

"有什么抱歉的啊！老施，夏晗母子可是韵韵的救命恩人。"李湘婷并不知道夏晗所说的"抱歉"里包含着什么。

"谢谢，谢谢！"尽管施仁宏还不知道其中的来龙去脉，但是从李湘婷喜悦的脸上已经找到了答案。

"施先生，你先把孩子的病治好，之后随时回公司上班。"

"谢谢，夏总。"

"别客气了，多见外。今后我们就是一家人了。"夏晗被这样的气氛所感染，人与人之间的关系真是奇妙，但是她却忽视了施仁宏和李湘婷已经离婚的现实。

施仁宏尴尬地接受夏晗的倡议，笑着回到女儿的身边。

"走，我们下饺子，吃饭去。"

大家相拥进屋，夏晗将包好的饺子倒进已经沸腾的锅里，李湘婷摆碗拿筷。

就在施仁宏开启红酒的时候，坐在沙发上和卢亦冉翻看报纸的施韵突然栽倒在沙发上。

"施韵，施韵。"

"韵韵，韵韵。"

听到呼叫，李湘婷从厨房跑出来，抱起昏厥的施韵，夏晗迅速拨打120，第一时间将施韵送往医院。

W

　　几天来，叶强一点音信都没有，这在她们交往的历史中从来没有过，原先不管彼此在哪里，也会三天两头地通个电话问候平安。然而这次发生了质的变化，拨打手机，不断地被挂机。康思予知道叶强还在愤怒中，但是必须要找到他，事情既然已经发生到了今天这样的地步总要有个结果。她试着问到香港的公司，叶强的秘书告诉她：前天叶总回来过，今天早上又走了。

　　直觉告诉康思予此时此刻叶强就在北京，就在离她不远的某个酒店里。

　　上网登陆"大黄页"，一遍一遍地拨通 114 查询。康思予开始一家一家酒店地排查叶强的踪迹。

　　"前台吗？请转接香港叶强先生的房间。"

　　"抱歉小姐，我们这里没有叶强先生入住酒店的记录。"耳机中传来清亮的声音。

　　"哦，不好意思，我记错叶强先生入住酒店的名称了。"

　　"没有关系，祝您如愿。"

　　一个个电话被接通，一个个电话回复"抱歉"。

　　康思予坚定不移地打下去，终于连通了叶强下榻皇家艺苑大酒店 1608 客房的电话。

　　"叶强是我，我想和你谈谈。"康思予的心绪已经平静，告诉自己不管前面的路是笔直平坦，还是崎岖泥泞，都要去面对，都要一步一步地走过去。

"可以。"经过几天的认真思考叶强终下决心，也正想和康思予谈谈。

"时间、地点你定吧，我随时都可以。"

"明天上午十一点吧，我们还在老地方见面。"叶强说完不等对方回复挂断了电话。

挂断的提示音响过去了许久，康思予才将话筒送回原位。

在她们的交往中有好几个可以称谓"老地方"的幽会场所，长安大戏院对面中粮广场的麦当劳是她们每次相约去看戏剧的"老地方"；中国美术馆东侧隆福寺前的"老魁白水羊头"是她们每次去看展览前填饱肚子的"老地方"；还有百盛购物中心的首饰柜台前是她们购买商品的"老地方"；当然还有东三环内侧的"星期五西餐厅"是她们纪念、交流、沟通的"老地方"。这次叶强所约见的"老地方"康思予不问便知那是"星期五西餐厅"。

一夜都在半梦半醒间熬过，准点准时，她们再次相会在"星期五西餐厅"。

"叶强，我知道过去的事情只说声'抱歉'、'对不起'是绝对不能让你释怀。我会用今后的一生来赎罪，同时也证明我不是那种视情感为儿戏的随便女人，尽管我出轨背叛了你，我依然想要告诉你，我对感情是专一的，对你的爱始终不变。也许你不再相信我，不再相信爱情，我会用实际行动来证明这一切。"康思予平和平静地说出几天来的所思所想。

"我相信爱情，也相信你。说实话，几天来，我一直都在假设你的背叛，你的虚伪是由来已久，但是都被自己坚定地否决了，甚至觉得不该用这样狭隘的想法去抹杀你的一切。可是我无法想象的事情，却成为了现实。也许这样的事情在当今开放的世界上比比皆是，但是我不是这样的人，从小受到传统的教育，时至今日我都不会接受婚外情和灯红酒绿下的逢场作戏。你在我们姓叶的家族史上也是绝无仅有的一例，你让我愧对祖先，让我不知所云，我痛骂自己的愚蠢，我想走出来，但是我没有做到。"

"叶强，我已经知道这次伤你有多深，有多重。都是我的错，自作自受就让老天来惩罚我吧。你这样的心情我理解，我给你时间给你想要的一切，我会等待你原谅接受我的那一天，同时也接受你对我的惩罚。不过，叶强，我还是想请求你可以让我把这个孩子生下来。"

"为了你情人的孩子？"

"不，我是为了我，圆天下女人都想做母亲的梦。也是为了我们，有一个属于我们自己的孩子，我不要什么领养，我要有自己的孩子，这种心情也请你理解。我也想好了，我愿意跟随你离开北京，离开中国，去一个属于我们的地方安家落户不再回来。我的承诺给你，今后不再和施仁宏有任何联系，不让孩子和他有任何纠葛。我请求你接受这个孩子。"

"我不是狠心，没有爱心，我也是血肉之躯。我理解你，那是成为一个完整女人的祈盼，我同样理解作为病人父母的心情。我也曾经设身处地想过，假如当事人是我应该怎么做，但是终不得答案。良知、良心、尊严、自私、伦理道德都让我无所适从，不是我没有勇气，而是我无法面对，无法一辈子地面对。我也想让你把孩子生下来，你做母亲的梦也可以实现了，还可以救人，而我呢，只有一个无法面对的'理由'。二比一，我也认命了。康思予我们离婚吧。"

"不。我不要离婚。我爱你，我真的很爱你。"康思予已经泣不成声。

"我也爱你。可是你能够想象吗？以后我们的生活中永远有个阴影，一个'第三者'伴随我们。更残酷的是我必须每天笑着哄他玩让他乐，一对彼此相爱的夫妻却在受折磨。我不想离婚，可是你说让我怎么办？"

康思予无语了。

叶强无言了。

尽管她们的脑海中都在翻江倒海，都在寻求可以两全其美的妥协办法，此时此刻谁都没有找到合情、合理、合乎人性本能、合乎道义良知的理由去劝说对方接受自己，去安抚对方那颗受伤的心。其实在人们的情感交往中所产生的摩擦、争论甚至是势不两立，根本就没有合情、合理、合乎人性本能、合乎道义良知的办法去化解，没有谁对谁错，没有是非曲直，没有妥协让步。只要彼此还有爱，在这个基础上一切问题都可以迎刃而解，终究是爱着。

　　护士匆忙走来，医生疾步走去。墙上的指针"嘀哒、嘀哒"敲击着守候在抢救室外人们的心，她们已经"不堪一击"，每一次的敲打都可以将她们击碎，提起的心随着医护人员的走动而飘浮不定。她们怕看见医生凝重的神情，好像在告诉她们说：我们还在全力抢救，但是……他们怕听见护士急促的脚步，似乎传递着信息：你们还需要等候。可是……他们在楼道中踱来踱去，她们在长椅上垂头无语。

　　时间在一分一秒地失去，守望的人们却感觉是在一年一个世纪地苦熬，抢救室房门的每次推开闭上都会形成巨大的冲击波，让她们的心紧张。房门再一次地关闭，楼道内一片寂静，阴森得让人们感到窒息。看到一个护士轻巧地推着氧气瓶走过，只有在这夜深人静的时候可以听到滚动的轱辘轻轻地接触地面发出"嚓嚓"的声响，可是他们似乎听到了震耳欲聋的炮声，目光追随着，看见护士进了观察室，提着的心才略微沉降一点，目光快速返回，停留在抢救室的门上。

　　许久许久之后。

　　抢救室的门再次开启，医生走了出来，边走边摘下白色的口罩；紧接着护士也走了出来，边走边脱下粉色护士装外面的白色罩衣。守候的人们站了起来，她们不敢问，不敢听，战战兢兢地注视着医护人员的脸，她们要从中找到答案，告诉她们施韵"平安无事"。一秒一秒地过去，一位一位的医护人员从她们身边走过，没有话语，没有表情，守候的人，终于熬到了走在最后一位医生的叫声。

"孩子醒了，你们可以进去了。"

医护人员全力抢救，施韵终于苏醒，摆脱了死神。

经过漫长的等待，经过痛苦的熬煎，喜悦、顾虑、心安、焦躁、担心种种的心绪透过围拢病床边人们的眼神投向施韵。

施韵睁开眼睛，模模糊糊中她看到了妈妈，看到了爸爸。她用微弱的声音叫妈妈，施仁宏也可以听到叫爸爸了。

围在病床边的人们终于可以暂时地平稳呼吸了。

夜已经很深了，李湘婷强送夏晗、卢亦冉回家。

"太晚了，明天还要上班，你们先回去吧。"

卢亦冉显出恋恋不舍的神态，夏晗目不转睛地看着施韵。

"一夜都没有合眼了，回去躺一会吧。"施仁宏感动地劝说她们离开。

"也好，我们在这也帮不上什么忙了，明天我们再来。你们也要注意身体。"夏晗告辞。

"放心吧，我垮不了。"

送夏晗、卢亦冉上了电梯，李湘婷急忙返回病房。

"要不你先回去休息休息吧，施韵刚刚睡着了。"施仁宏走到李湘婷面前轻轻地说。

"你回去吧，在外面跑了好几天了。"看到施仁宏憔悴的面容，一丝心疼掠过李湘婷的心头。

"我没有事。我刚刚给何晨飞打过电话，他一会来接你。"何晨飞是施仁宏朋友的朋友，加上今天已是李湘婷的男朋友，二人以礼相待友好往来。

李湘婷没有再说什么，但是心已定，今晚她不会离开医院，离开女儿。

整整的一夜，李湘婷一直陪护在女儿身边，同样施仁宏和何晨飞在楼道也是彻夜不眠，好在一夜"风平浪静"。

清晨一缕和煦的阳光照进病房，照在施韵的脸上，她睁开了眼睛，仿佛做了一场梦回到现实，眼前一亮，看到了凝视她的妈妈。

"妈妈。"

"乖女儿，你醒了？"

"嗯，妈妈对不起。"

"好了，过去了什么也别说了。"

听到室内的说话音，施仁宏推开病房，何晨飞也跟着走了进来。

"爸爸，何叔叔好。"

"饿吗？"施仁宏上前抚摸女儿的头。

"嗯。"

"想吃点什么，爸爸给你买。"

"我想吃麻辣鸡翅。"施韵转转眼珠，看看妈妈犹豫了一下终于吐口。

"这可不行啊。整天就是垃圾食品怎么行，而且你现在不能吃油腻的东西。"李湘婷断然拒绝了施韵的"最爱"。

就知道妈妈会反对，施韵乖巧地闭上了嘴，好像除了"麻辣鸡翅"再也没有可以引起她食欲的东西了。

"韵韵喜欢吃何叔叔做的'芙蓉莲子羹'吗？"何晨飞关切地问。

"还行。"或许是被妈妈无情地拒绝有点不悦，也或许是给何叔叔点面子，施韵面无表情地表示基本认可。

"你们在这儿吧，我回去做，一会儿就回来。对了，你们想吃点什么，一会一起带来。"何晨飞说着转身。

"我不饿，给老施买点油饼之类的吧。"

"好。"何晨飞推门走出。

"你还不送送人家？"施仁宏冲着李湘婷说道。

李湘婷像突然想起了什么，转身走出了病房。即刻从室内传来：女儿啊，看看还是咱们最亲，"哈哈"、"嘻嘻"的声音。李湘婷苦笑：怎么说你们这些男人呢？

估计马医生刚刚到岗，李湘婷推开了医生办公室的门，她急欲要知道施韵目前的情况。

"目前施韵已经属于高危病人，若不及时手术孩子就有生命危险。"马医生直言不讳地告诉李湘婷。

李湘婷十分清楚马医生所说的"手术"就是骨髓移植手术，但是现在合适的骨髓配型还是个未知数。

"这几天孩子在外没有发病是好事也是坏事，孩子在外几日没有服药治疗能够平安回来这是大幸，但是也耗尽了自身的能量，处于极度的危险之中。"

"那怎么办？"李湘婷急得要"跳楼"。

"需要观察，希望病情不要恶化，你们也要有思想准备。"

听到马医生的话，仿佛接到了"病危通知书"，李湘婷浑身颤抖起来，她不敢再听，不敢联想。

"马医生，专家们都到了。"护士前来通知马医生到会议室会诊。

"好，我马上到。"

看到李湘婷情绪低落马医生宽慰着她道："我们请来了北京医院的专家现在给施韵会诊，不要着急，我们会全力以赴。"说完，马医生快步离去。

李湘婷走出医生办公室，楼道里一片寂静，安静得可以听到风的声音：救救孩子。

施仁宏端着脸盆从盥洗室走出，看见李湘婷面如土色。

"你怎么了？"

"医生说，若是再不能给韵韵做手术，孩子就很难说了。"李湘婷害怕听到"生命危险"，更不愿意从自己的口中说出。

二人无语，走过漫长的楼道，进了病房。

看着女儿凄白的脸，听到忽快忽慢的呼吸，施仁宏无法抑制住自己的情绪哭了起来，坐在施韵身边强做镇静的李湘婷拽拽他，施仁宏转身走出病房。

　　施仁宏来到住院楼后面的花园，走进四面来风的塔亭，呆傻地坐下，面对逐步走向死亡的孩子，自己却无能为力，这是多么残酷的现实，真不知道自己是否还能够承受得住，望着天看着地他嚎啕大哭起来，这哭声震耳欲聋，这哭声撕心裂肺。

　　手机响了，施仁宏没有听见。

　　手机再次响起施仁宏赶快接通，手在不停地颤抖着，他怕听到病房传来的信息，泪水遮住了他的眼睛，使他没有看清楚来电显示，迷茫中他按键接通电话。

　　"喂？"

　　"仁宏，是我。"

　　"哦。"

　　"你在哪里，怎么了？"听到耳机中传来施仁宏有气无力的声音，一种不祥之兆袭扰着康思予。

　　"我女儿快不行了。"施仁宏泣不成声地挂断了电话。

　　谁能救助我的女儿？谁能保全她的性命？我愿意赴汤蹈火让女儿获得重生。施仁宏茫然迷惑中看到的只有树枝在飘摇，只有眼泪在流淌。

　　只有切身经历才会懂得这种撕心裂肺的疼痛，只有身临其境才能感受到这种生不如死的折磨，仿佛心被一针一针地刺伤，皮肉被一刀一刀地割除。突然，施仁宏站起来一头撞在亭子的柱子上，随后他感到了不同心痛的疼，抬手触摸到了淌下的血。这撞击让他清醒，让他从茫然迷惑中脱身，提醒他应该做个坚强的男人担负起责任，不能放弃不能认输，还有女儿在病床上呼唤着他。掏出纸巾擦干眼泪和血交融在一起的血泪，走下台阶返回住院楼。

　　在一楼的卫生间，施仁宏对着镜子整理了一番，笑了笑，知道自己还能笑，走上了电梯。

　　十点三刻，护士来到病房。

　　"马医生请你们去一趟。"

李湘婷、施仁宏忐忑不安地再次走进医生办公室，她们怕走进，又不得不一次次地走进。

请她们坐下，马医生向她们通报了专家会诊后所制定的治疗方案。

"为了缓解施韵的病危趋向，必须强化化疗，抑制住病情的发展。从施韵昨天检查的各项指标看，她还能够承受。但是我们必须告诉你们，超强的化疗对于病人的副作用是巨大的，病人不会有生命危险，这会给我们找寻合适的配型赢得更多的时间。"

李湘婷不知道应该点头还是摇头。

"请你们签字吧。"

马医生把写好的治疗方案递给施仁宏，施仁宏没有看就转给了李湘婷。

"副作用会有多大？"

"化疗中杀伤肿瘤细胞的同时，往往会引起各脏器不同程度的损伤。各种抗肿瘤药物对骨髓的抑制程度、出现快慢、持续时间都不相同，再有几乎所有抗白血病药物均能导致程度不等的胃肠道症状，表现为食欲不振、恶心、呕吐、腹痛、腹泻，甚至便血。上述反应可由药物刺激引起，也可以由于增殖旺盛的胃肠黏膜上皮细胞受药物损害所致。化疗对机体的免疫功能有着不同程度的抑制作用，这也是化疗后患者易于感染或感染不易控制的原因之一。"把一切可能出现的结果客观地告诉病人的家属，尽管很多时候有些残酷，但这是医生的职责，必须科学客观地说明。

李湘婷看着方案，听得也似懂非懂，她没有接马医生递上的签字笔。

"施韵体内的白血病白细胞为 $5 \times 10^{10} \sim 5 \times 10^{13}$。目前的首要就是要遏制住它的再发展，强化化疗这是我们目前最好也许是最有效的治疗办法。为了在找到合适配型后可以立刻做手术，我们打算明天就让施韵住进无菌层流病房。"

305

　　对于医生所述众多的医学专业术语，李湘婷根本听不懂，但是从医生坚定的表情看出，保住女儿性命这是唯一的一个办法，别无选择。李湘婷只能签字同意，别无选择。

　　李湘婷提醒自己要坚强，相信医生，相信一定可以有奇迹发生，她拿起笔，字迹流畅清楚。

　　"那我们可以做准备了，你们也做好病人的工作。强化化疗会给我们赢得时间，但这只是权宜之计。我们还是要尽快找到合适的骨髓进行移植，这是最终的解决办法。"医生这样的话，她们已经听过无数遍了，也清楚医生提醒的用意。

　　"要是有婴儿的脐带血进行移植，但是新生婴儿还需要几个月才可以降生，能够等吗？"康思予肚中的胎儿是施仁宏的希望，他从来没有放弃去说服她生下那个孩子。

　　"从目前施韵的情况看，有这样的可能，但是这要建立在这次化疗效果良好的基础之上，理论上没有问题。目前孩子的各项指标并不稳定，不能保证不发生意外的事情，什么事情都有可能发生，我们要做好各种准备。我想不管是脐带血移植还是骨髓移植都越早越好。假如真有孩子几个月后可以降生捐献脐带血作为候选，也是可以作为我们的后手准备，我们寄希望孩子能够等到那一天。"马医生的话有些中庸，两头都可说得通，这是医生讲话的艺术。

　　"我明白。"

　　在施仁宏答应医生的同时，脑海中幻想着看到康思予的肚子一天天大起来，腹中的婴儿呼之欲出，在忽然的一天或许是明天，也许是后天康思予来到他的面前。

　　"陪我去医院吧。"康思予坚定地说。

　　"还不到临产的日期。"

　　……

　　"你发什么呆？"李湘婷的一推，施仁宏如梦方醒。

　　"没什么。"

"你刚才和马医生说的脐带血是怎么回事？"刚才听到施仁宏和马医生说的话，李湘婷不知缘由，从医生办公室出来迫不及待地追问起来。

"我有个朋友现在怀孕了，我去和她说说也许她孩子的脐带血可以救韵韵。"

"你可真是个木瓜。每天降生的新生婴儿多了，哪能谁的脐带血都能用，必须要配型，配型，你懂吗？"听到施仁宏"老外"的话，李湘婷心里一股怨气直往上撞。

施仁宏没有反驳，他的心已经飞到康思予的身边。

走到楼道的尽头，推开施韵的病房，病床前站着一个熟悉的身影，正在和施韵交谈。

"思予，你怎么来了？"施仁宏吃惊，没有想到满脑子中想的人就在眼前。

"我来看看孩子。"

"思予，谢谢你。"李湘婷快步上前握住康思予的手。经过夏晗的引见，李湘婷和康思予相识了，她们也在一起小聚过，但是康思予此时突然出现在施韵的病床前还是让她感到吃惊。

"原来你们是一家子？"同样在此地看到李湘婷也让康思予惊讶。

"原来你们也认识？"李湘婷马上明白康思予的探望是因为施仁宏的缘故。

"世界真小。孩子怎么样了？"康思予默认，转向李湘婷关切寻问。

"还好，稳定了。这么忙你还跑来，真不好意思。"李湘婷敷衍着转移话题。

从李湘婷急欲掩饰的表情上，康思予已经确认刚才施仁宏电话中的所言。

护士进来给施韵换挂水。

"一天得输几瓶？"康思予倾身看着护士换上挂瓶。

"这是第五瓶了，还是两瓶得输到夜里。"

低头看到施韵手臂上满是针眼，枕边放着吸氧罩，房子中各种抢救仪器一应俱全。

换挂水的护士刚刚出去，又有一个护士走了进来，给施韵测血压，看眼底，之后逆时针调整了一下仪器上的旋钮，面无表情地走了出去。

"韵韵喝水吗？"看到施韵嘴角动了一下，李湘婷端起水杯，将吸管插入水中。

施韵摇摇头，闭上了眼睛。

李湘婷把水杯放回原处，掏出纸巾擦拭眼角。

大家看着仿佛进入梦乡的施韵，对视无语。

康思予万般柔情，心情颤动，看到这样的孩子谁能不心疼，谁能不动情，看看施仁宏面无表情地站在床头，她理解施仁宏的所作所为。

在她们一家人面前，康思予突然感到很尴尬，不知道应该说些什么宽慰他们，但是她却知道自己应该做些什么。

"你们好好照顾孩子吧，我知道应该怎么做了。"康思予留下话，告辞，话中的蕴意施仁宏懂得。

施仁宏欲出门送康思予被她拒绝，李湘婷点头送别脚却没有移动，凭着女人的直觉，看到康思予和施仁宏眼神的传递，再看到康思予略微凸起的腹部，联想康思予的告别语，李湘婷都明白了……

曾建灵走出摄影家协会，过了马路，沿着路基向北走去。他今天的心情好极了，过去许多作品都在摄影家协会的帮助下找到了，加上从曾经交往过的同行、朋友那边找到的，出一本摄影集的片子基本够了。再凭着印象那些无法找到的片子，再去原来拍摄的地方补拍，虽说无法复原，但是可以注释说明。想到自己的愿望终于可以实现，心情也随着那笔直的道路"一路畅通"。

"今咱老百姓啊／真呀真高兴／高兴／高兴……"情不自禁地

哼起小曲。

突然，一辆疾驶而过的汽车轮下飞溅起一个石子击中了曾建灵的头，不幸的事件发生了……

万分之一可能出现汽车碾压石子飞溅到人身上的几率发生了，万万分之一才飞溅的石子击中人的头部同样发生了，而这要命的一击正好击中了他的太阳穴，曾建灵倒地离开了人间。

一个活生生的人，就这样突然走了，人的生命竟是如此的脆弱。惊恐的过路人迅速报警，几分钟后赶到的警察找遍所有都无法确认死者的身份和与之相关联的东西。

肖警察查阅死者手机的通话记录，来电或未接的电话显得是那么的"杂乱无章"，根本无法从中找到与其密切交往的人。电话本中没有存任何人的电话号码，肖警官感觉十分纳闷，把手机递给出警的队长。

"查队，这个人很神秘。电话本上一个人的电话号码都没有，我看不是流浪汉就是什么在逃的嫌疑人。"警察的思维方式就是这样，在突然事件来临的时候会怀疑一切，在不断的"假设"之后再不断地"排除"。

"也说不准这小子是个记数字的天才，我妹夫就能把经常用到的电话号码背诵下来，打电话直接拨也不用什么翻查电话本。"另一位警察插话。

"不像，你看他的装束，不像。倒像是个搞艺术的嬉皮士。"

查队再次打开手机，翻到了电话本，什么也没有。翻到了短信息，"你们看，这小子的短信息，存储了几十条，而这些短信息都出自同一个手机。"

"嗯，这个人一定跟他有着某种特殊的关系。"

"肖，打这个号码。"

肖警官点头，拨通了那个电话。

"建灵，你好！"刚刚拨通，对面就传来了一个女人温柔甜美的声音。

"你是谁？"对方的称谓和柔情的语音让肖警官确定了自己的判断，对方和死者的关系非同一般。

"请问你是哪一位？这个手机怎么在你的手里？"

"我是警察。"

"警察？"

"请问你和这个机主是什么关系？"

"曾建灵出什么事了？我是他的朋友。"

"他死了。朋友，不一般的朋友吧？"

"啊！"

"是的，你现在过来一趟，我们在青阳桥路北三百米处。"生硬机械的口吻。

夏晗关掉手机，也不知道是怎么下楼打车赶到了出事地点的。

确认了身份，整个过程简单而快捷，在警察的视线中，虽然没有看到夏晗痛苦万分地哭嚎，但是从夏晗眼角不时滚落下来的泪珠中，他们知道他应该是她"最爱的人"。

999 急救车把曾建灵的遗体送往医院的太平间，夏晗随警察去公安局办理相关手续。

从夏晗一路上凝重和悲伤的表情上警察完全确认了她们之间的关系，不是夫妻应该是感情很深的人。

查队长见过各种行色各异的"友情男女"，从不为之动容，公事公办。今天却不知道怎么了，他想安慰，他想送去擦拭泪水的纸巾，一摸口兜什么也没有。他坐在前排的座椅上，不时地从反光镜中窥视着身后这位娇柔美丽的悲情女子。邻座的肖警官不时风言风语的几句话，让夏晗听得极不舒服，仿佛受到了前后的夹击，她只想赶快躲开，好痛痛快快地哭一场。

夏晗不喜欢警察，在她的人际关系中也没有警察朋友，若有公干也是以礼相待，过后人走茶凉。她知道，今日世态安平，警察功标青史，我们可以平静地生活，警察立建功勋，但是警察骨子里透出的那种傲慢、强势、轻蔑让她退避三舍敬而远之。

面对突如其来的事件，夏晗强忍悲痛，不敢相信眼前的现实。一个让她魂牵梦萦的生灵永远地离开了她，这让夏晗怎么接受？可是不能接受又能怎么样呢？办理完相关手续，她昏昏沉沉地走在大街上，串串泪珠不停地滚落下来，身心像被"铰"一样地心如刀割，她不知除了流不尽的眼泪还能做什么。

一辆辆汽车飞驰而过，她想找寻那辆肇事的汽车，严惩逃逸的司机。可就是找到千刀万剐了他又能怎么样呢？曾建灵再也不能回来，再也看不到他举起相机给她拍照了。何况警察已经做出结论：意外中的意外，从那条繁华街道通行的车辆成百上千，根本无法找到罪魁祸首。

曾建灵的音容笑貌不停地在夏晗脑海中翻腾着，二十多年前她们偶遇相识，她们曾经不止一次地畅谈起那次偶然中的必然相识，那是命中注定的机缘。二十多年来她们虽不能像知心爱人那样牵手步入婚姻的殿堂，但是她们心连心，彼此的心依偎依恋在一起片刻未曾分开过。

每当夏晗遇到困难不开心郁闷的时候，只要见到他，就会像个村中怨妇和他唠叨唠叨，看着他眯缝着笑眼不厌其烦地听她絮叨，心情就会云开见日。即便她们不能在一起分享喜乐与伤悲，就是想想，回味曾经有过的点点滴滴都可以让她的心情舒缓、安逸。

曾建灵幼年失去父母，从小跟着哥嫂长大。工作后搬出了哥哥家，平时都忙，也很少联络，夏晗把噩耗通知了他们。

夏晗请求他的哥嫂把曾建灵的遗物中摄影集的资料留给她，她要完成曾建灵的心愿，告慰他的灵魂。

李湘婷知道了曾建灵突然离去的消息，康思予也知道了，他的生前好友们都知道了，人们无不为失去一个挚友而悲不自胜。

见过太多的人因为失去亲人而悲痛欲绝，见过太多的人因为丧失亲爱的人而肝肠寸断。参加过一些人的追思会因为受到感染而伤心落泪，参加过几次追悼会因为见到失去亲人的现存人而心胆俱裂。而当这一切发生在自己身上的时候，夏晗才身临其境地感触到那种撕心裂肺的痛。

在追悼会举行的前一天，夏晗专程到商厦买回一块白色真丝布料，夜灯下流着眼泪开始制作白花，剪裁巧叠融入深情厚意，针针线线寄托无限哀思。泪水遮住了她的眼睛，一针刺破手指，鲜血滴滴洒落在白色花朵上，洁白的哀思上有了鲜血的陪伴。

清晨，康思予如约敲开夏晗的家门。

"思予，你去吧，我不敢去了。"想到追悼会现场的一幕幕，夏晗不敢前往。

"也好，你好好休息吧，会后我就回来陪你。"看到夏晗憔悴的面容，血丝布满眼睛，知道她又度过了一个不眠之夜。康思予懂得她的心思。

"这个你替我送到他的身上，随他一起去吧。"夏晗双手递上一朵白花。

"这是你的血？"康思予一眼看到了亮白小花上的血点。

夏晗点头，泪水止不住地流淌下来，沿着面颊顺着衣襟滴滴落在胸前的白花上，花上的血痕遇到泪水，迅速向花瓣散去。

"你保重，等我回来。"康思予转身轻轻关上门。

送走康思予，夏晗也随后走出了家门，她要沿着和曾建灵曾经一起走过的街道，一起驻足的地方走一趟，去体味昔日的温情。

$\mathcal{X}$

周末，卢亦冉从学校回来的第一件事情就是赶到医院看望施韵。

按照规矩，进入无菌层流病房的病人不允许任何人探视，卢亦冉跟护士好说歹说磨半天牙终于如愿，护士同意他在无菌层流病房外隔着玻璃通过电话和施韵交流十五分钟。

"这几天怎么样了？"

"好多了。"

施韵把枕头塞进腰际间坐起来，尽可能地直起腰板，这样可以更清楚地看到卢亦冉。

"脸色还是不好看，你可要多吃点才有劲。"卢亦冉贴近玻璃，举起拳头。

"我现在吃什么都恶心想吐。不过我会坚持，医生说等找到了合适的骨髓，做了移植手术我就可以和健康人一样去上学了。"

"我也听说是这样，找到合适的骨髓了吗？"

施韵摇头，看到卢亦冉时的喜悦神情没有了。

"不要着急，会有办法，你要坚强，等你好了我给你补课，我们还去写生好吗？"

"嗯，我喜欢。"

"对了，我报名参加残疾人运动会的志愿者了。"初试过关，一路上卢亦冉就想把这个喜讯告诉施韵。

"是吗？都需要什么条件？我可以报名参加吗？"

"你当然可以了，不过你得把病治好了才可以。"

"也许我一辈子都治不好了，看来没有希望了。"施韵低头。

"怎么这样没有信心。自信是成功的基础，你的病一定可以治愈。"

"都找寻这么长时间了，合适的骨髓一点消息都没有，你说我的自信从哪里来？"

施韵的话，深深地触动了卢亦冉，的确，信心是建立在可能的基础之上，没有基础的"自信"就是空中楼阁。卢亦冉沉思不语，没了底气，但是他的心在飞翔。

"你怎么了？"

"哦，我没事。"施韵的提醒把卢亦冉拽回来。

接着卢亦冉给施韵说起了学校的新闻逸事，说到了放学回来路上看到的"鸟巢"建筑，但是施韵感觉他有点心不在焉。

"你今天怎么了？心里有事情吗？"

"没有事。"

"那你怎么张冠李戴，'鸟巢'在亚运村，你怎么说成在大运村了。"

"哦，哦。口误，是在亚运村，和水立方平行相对。"卢亦冉慌忙改口。

"心不在焉的样子，注意力一点也不集中。"施韵小嘴向上一撇，更显顽皮可爱。

"不是的，今天跑路有点累了。"卢亦冉找出一个正当的理由脱身。

"哦，那你早点回去休息吧，我看你的神态也不好，还光说我呢。"

"那好吧，改日再来看你。"卢亦冉心里的确有事，当他听到"合适的骨髓毫无音讯"的时候，他就决定马上去找医生。

"再见，保重！"

卢亦冉告辞离开了无菌层流病房，快步走向门诊血液科。

"请问捐献骨髓怎么办手续？"卢亦冉问询分诊台的护士。

"出大门右转到办公楼的三层院办领表填写，之后再到这里验血、体检，若符合要求签订'骨髓捐献协议书'就可以了。"护士熟练地说出程序。

"我是给目前在这里住院的施韵捐献，还需要这么多的手续吗？"卢亦冉很少进医院，更不知道给施韵捐献还需要这么繁琐的手续。

"不管是给谁手续都得办，要是有指定人选，那需要和病人的主治医生联系。"

"好的，请您先帮我联系一下，我现在去领表很快回来。"卢亦冉说完小跑离开。

八分钟后，卢亦冉返回了分诊台。

"我和马医生联系好了，你可以直接去血液科病房去找马医生。"

"在这里好吗？我不认识血液科病房。"卢亦冉不想去病房，怕遇到施韵的家人。

"你出门左拐，就看见住院楼了，有牌子。"

"现在也不是探视时间，把门的一定不让我进。"卢亦冉找寻一切理由托故不去病房。

看到眼前义务捐献者的神情，护士心想一定有什么原因不愿意去病房，这个人真有意思，想到刚才通告马医生时，马医生兴奋地告诉她：好的，我等他。

"那你先坐那边等一下，我再联系一下。"

卢亦冉离开分诊台，坐在角落中不时地抬头张望走过的人，心想，可别遇到相识的人。

接到门诊的电话，马医生喜悦地前往门诊楼。

"马医生，就是那位。这个人有点意思，想做好事，还不想去病房，真不知道他是怎么想的。"

"也不能这么说，每个人的想法不一样，我们要尊重他们。"说完，马医生向卢亦冉走去。

看到医生走来，卢亦冉站起来。

"你好，你要捐献骨髓？"

"嗯。"

"你要给施韵捐献？"

"是的。"

"你们认识？"突然马医生感觉眼前这位略显稚嫩的小伙子有些面熟，但是却想不起来在哪里见过。

"我们不认识，我是从网上看到这个消息的。"看到马医生，卢亦冉心里紧张起来，他清楚地记得那天送施韵到医院抢救时，这位医生就在其中。

"哦，感觉有点面熟。"马医生搜索着在哪里见过眼前的小伙子，也许整天见的人多了会有视差。

"我没有去过你们那里。"看到马医生犹豫，卢亦冉赶快澄清，心里盘算着希望那天晚上医生没有看清楚，希望医生忙碌抢救没有顾及他的存在。

"哦，也许我记错了，这不重要。你是什么血型？"马医生放弃追寻，是否和施韵一样的血型才是他最关注的。

"AB 型 RH 阴性血。"前几天刚刚给施韵输过血，卢亦冉准确地报出。

"你怎么这么清楚？"听到卢亦冉准确报出自己心中期盼的血型，马医生再次送去奇异的目光。

"前几天学校体检，我知道的。"

"咳，我说怎么看你这么眼熟呢。原来是你们来体检我们见过的啊。看我这记性。"马医生恍然大悟，拍了拍卢亦冉的肩膀

"嗯。"卢亦冉本能地默认，心里一丝高兴过后，有些后怕，就是这样记性的人给施韵做主治医生，实在令人担心。

"你是 AB 型 RH 阴性血？"

"是的。"

按照常规体检中的血液检查一般只是做血象的化验而不进行血型类型的检测，马医生再次确认卢亦冉的血型。得到再次肯定的答

316

复，马医生欣喜。

"捐献骨髓可不是小事情，你父母知道吗？看你是个大学生，你的想法令人敬佩，不过还是要和父母商量沟通一下。"尽管马医生急需 AB 型 RH 阴性血的人捐献骨髓，但是他必须要提前和捐献者说清楚。

"我是成年人了，我的决定父母一定会同意支持。"卢亦冉十分坚定地回答。

"现在的大学生就是棒，正义。不过还是要和父母交流一下，当然这是后话，我们需要给你做个血液检查。你看什么时间方便？"

"现在。"卢亦冉的话还是一样的坚定。他每一次的回答，都是马医生心里想要的。

"好，我们先去抽个血吧。"

马医生带着卢亦冉上了二楼化验室。

等待结果的时候，马医生电话叫来了护士陪护卢亦冉。这倒不是怕他跑了或失言承诺，而是卢亦冉已经成为重点保护对象，看到他坚定的决心马医生看到了希望。

按照马医生的要求，卢亦冉填写表格完成了登记。

检查是在马医生的督导下完成的，结果令人欢喜，血型就是 AB 型 RH 阴性，调来施韵的血液样本立即做配型试验。

马医生和卢亦冉的心情一样急切地等候着结果。

"这个试验还需要点时间，要不我们先去吃点饭？"

"我不饿，我要在这里等。"

看着卢亦冉坚定的话语，马医生感动，他拿出钱包递给护士。

"到门口给我们买两个汉堡。"

"叔叔，你们也喜欢吃这个啊？"

"怎么了，没有说这些是儿童食品成人不宜吧。"

"没有，只是你们大人都反对我们吃。"卢亦冉被马医生装作严肃的样子逗乐了。

"偶尔吃还可以，你们正是长身体的时候，营养要均衡才行，就是你们整天吃，家长才反对。"

说话间护士回来了，三个人就在化验室外的椅子上吃了起来，他们没有再说话，心都在七上八下。

当夕阳照进楼道，缕缕阳光把楼道染红的时候，检查结果出来了，它像红彤彤的太阳一样告诉大家一个好消息。

"马医生，您看匹配成功，而且对型七个点吻合。"

"太棒了，奇迹。AB 型 RH 阴性血本来就少，能够配型成功更是难得，没有任何血缘关系的两个人达到七个点的吻合实在罕见。"马医生感慨万分。

"累吗？"马医生清楚，尽管配型成功了，但是还需要对捐献者进行严格的身体健康检查，还需要采集血样与施韵的血进行更为细致严格的匹配试验后，才能最后确定是否可以进行骨髓移植手术。

"我不累，还需要我做什么？"

"我们还需要对你进行身体的全方位检查。"

"可以，没有问题。"只要能够尽快地治愈施韵的病，卢亦冉没有二话。

护士在前面通知相关科室准备，马医生陪同卢亦冉一个个诊室走过。需要化验护士跑前忙后，需要拍片子，工作人员加紧抢做。一个个房门被推开……

真是一顺百顺。

卢亦冉的二十一项指标全部合格，马医生拥着卢亦冉喜悦地走出最后一个科室。

留下电话，马医生送卢亦冉走出门诊楼。

"谢谢你，我代表施韵还有她的父母感谢你。"马医生紧紧握住卢亦冉的手感激万分。

"这是我应该做的。什么时间做通知我。"卢亦冉的心情同样喜悦，解决了骨髓问题施韵就可以治愈，可以去上学了。

"我们还需要做进一步的准备，到时我会提前通知你。"

"好，您看我还需要做些什么准备？"

"你要和学校请好假，捐献骨髓后你需要很好的休息。再有就是一定要把这件事情告诉父母，虽然你已经是成年人了，但是在父母面前还是孩子，这么大的事情是一定要得到父母的同意。不过捐献骨髓对于自身的体质不会有什么影响，要是需要的话，我可以见见你的父母和他们讲清楚，我相信你这么有爱心，你的父母也一定是品格高尚的人。"

"我明白。"

卢亦冉离开了医院兴高采烈地回家了，他没有坐车而是沿着回家的路若有所思地走着。一路上他就在盘算一个问题，这件事怎么和父母讲，怎么能够得到他们的认可。

送别卢亦冉，马医生难以抑制喜悦的心情，按说医生治病救人是日常的工作，然而对于施韵，马医生曾经失望过，措手不及过，几次欲写"病危通知书"，今天突然喜从天降，他的心绪也很激动。

马医生迅速拨通了李湘婷的电话。

"我们找到合适匹配的骨髓了。"喜悦的心情让马医生有些得意忘形，忘记了医生对于病人的家属应有的"持重"和"话到嘴边留半句"的原则。

此时的李湘婷已经脱衣在床依偎在何晨飞的怀里，多日来的奔波让她心力交瘁，望着天花板昏昏欲睡。

"啊，再重复一遍。"李湘婷不敢相信听到的事实，尽管她日夜都在期盼着。

"今天有一位志愿捐献骨髓的大学生，经过验血和初步的匹配试验与施韵基本一致。"

"真是遇到贵人了。"

李湘婷激动万分，泪水也随之流了下来，躺在身边的何晨飞也仔细听着。

"这说明施韵命该如此啊，这孩子好命啊！"

"那位大学生还在吗？我现在就去，可是要好好地谢谢人家。"李湘婷侧身下地。

何晨飞已经下地开始穿戴。

"这个可不行，按照规定，我们应该为捐献者保密，你们的感谢之意我会转达。"

"我理解，谢谢，谢谢您，马医生真是太感谢您了。"李湘婷这时才感到光顾得高兴还没有感谢马医生。

"这是我们应该做的。"

"明天就可以手术吗？"

"不会这么快，我们还需要做很多细致的准备工作，目前只是初步配试成功，我们还要做进一步的匹配试验。"

"哦。"

"你们不要担心，只要捐献者的骨髓和施韵的配型成功。手术成功的把握我们还是有的，这种手术是成熟技术。"马医生再次"违反原则"把话说满，通常在这样话语的后面还应该跟着同样多或者更多的"可是"、"然而"、"但是"，此时马医生都省略了，自从施韵入院他看到了太多的眼泪和无助，现在终于在李湘婷的胸中燃起了希望之火，他不忍心将其熄灭。

"我相信您马医生，对您的信心我从来没有改变过。"这是李湘婷的心里话。

"您这样一说我更有压力了，哈哈。"马医生笑着阻止李湘婷的"转嫁"。

"嘻嘻。您看我们还需要做些什么？"李湘婷的笑声是发自内心的，许久没有这样舒心了。

"帮助施韵做好手术前的一切准备，更多是心理方面的准备。孩子还小从未经历过手术，一定会紧张。尽管我们会做充分细致的准备，然而任何手术的成功都不是百分之百，难免会出现一些状况。

这点你们也要有思想准备。"马医生终究还是说出了"然而",这是出于他的职业敏感,常常理性强于感性会不自觉地融入言谈举止中。

"放心,我们会做好她的工作。"

"还有就是。"马医生突然欲言止住了。

"您是说钱吧,您看我们还需要交多少?"李湘婷明白马医生不好说出的话。

"支付捐献骨髓者的费用、手术费用和术后恢复的费用,至少还需要三四十万吧。"向病人家属讨要医疗费用最难启齿,可这同样是迫在眉睫的事情,施韵治疗预付的费用今天只剩下三百五十元了。

"哦。"

"有什么困难吗?"感到李湘婷底气不足,马医生理解,任何一个家庭遇到这样的事情都是这样,毕竟这是一笔巨大的支出,更何况她们已经支付了许多。

"没事。您放心,我们会尽快缴足这笔费用。"李湘婷庆幸此时没有在马医生的面前,要不自己的表情一定会影响到对方的决心。

"我理解,你们已经支付了很多钱,若是马上拿不出这样的一笔钱,可以先把支付捐献骨髓者的费用和手术费用交了,以免影响手术的进行。"

"好的,谢谢您。"

挂断电话,面无表情的李湘婷呆坐在床沿上,听到喜讯的愉悦在脸上只是停留了几分钟。三四十万啊,还能从哪里"挖掘"出来呢?

所有的存款已经花光,施仁宏还从朋友那里借了三万六,何晨飞的两万三也搭了进去。公司的钱能动的也都动了,因为缺少资金生产已经陷入停产的边缘,若是再没有资金的注入,签订的几个合同就会违约,接下来就是因为违约遭受罚款甚至会接到法院的传票。

何晨飞拿起外套给李湘婷披上。

"要不我把书吧卖了吧?"

"不行,卖了书吧你连住的地方都没有了。"

321

何晨飞离婚后，单位分的那套两居室给了前妻。没有书吧之前他就住在单位的集体宿舍。

"看看有谁愿意买我的房子，快点！我要现钱。"何晨飞的话提醒了李湘婷。

"你把房子卖了，以后你住哪里？施韵病愈了住哪里？"

"现在顾不得许多，第一位的就是要变现给韵韵做上手术。"

"我理解你的心情，这点也是我要做的，不过我们得再想想办法。韵韵需要钱，公司也需要资金的投入，否则就会恶性循环。现在卖房子、卖公司也许可以解决燃眉之急，但是你想想，这之后很快就会有更大的资金缺口接连出现。我们没有了栖身之处，没有了赚钱的工具，到了那个时候我们就连翻本的资本都没有了。"

"嗯，你说的有道理，我也是一时着急没了主意。从小以来我从未因为钱发愁过，今天真的是黔驴技穷了，都说钱不是万能的，可是现在对于我们来说钱不就是万能的吗？"李湘婷急得直拍桌子。

"钱的万能性也是相对的。这样吧，明天我们再问问朋友、同事看看能否凑上，马医生不是说先把捐献骨髓者的费用和手术费用交了就能手术吗？只要给我们时间就能解决。你看白天我们还在为合适的骨髓配型着急呢，现在不就柳暗花明了吗？不要着急，面包会有的。"

何晨飞的劝慰让李湘婷的心里好受了一些，注意力也从消极转向积极。

"对了，要不我找夏晗、思予先借点？"李湘婷突然想到新相识不久的挚友。何晨飞人际关系中都是些"一贫如洗"的公务员，何晨飞可以出思路，具体找钱的事情只能由李湘婷操作。

"对啊，以前怎么没有想到她们呢！"听李湘婷说过这两位朋友都是有公司背景的有钱人。

"我有办法了，我想这样。我再请求夏晗给我做个担保，现在我可以用公司的固定资产做抵押了，从银行贷款三五百万，公司的资金就解决了；从思予那里借十万二十万的解决韵韵的手术。你看怎么样？我们绝处逢生了。"似乎找到了解决方案，李湘婷来了精神。

"银行贷款能那么快下来吗？还要请会计师事务所进行什么资产评估，出审计报告，在上会讨论，手续繁琐，等贷款下来还不知猴年马月呢？"对于新兴的资金运作何晨飞是个外行，他依旧是老黄历。

"这个你就外行了，银行是看在夏晗的面子才给我贷款的，可以很快。"

"夏晗的面子，现在可不行了啊，她就是通天，手续一道也不能省。而且我听说，现在银行放款可不是行长一支笔了。"

"木瓜，和你说不清楚了，改日让夏晗给你上上课吧，嘻嘻。再说了，实在不行我可以出让部分公司的股份融资，公司也不会失控。"经过何晨飞的点拨李湘婷有了方案一，同时也有了方案二。这是她的做事风格，不管是什么事情，都不会只有一个方案而别无选择。

"你真是聪明绝顶了。"何晨飞一把拥过李湘婷。

"你才秃顶了。"李湘婷摸了摸何晨飞秃发的脑门。

"我说的是聪明绝顶，因为你的聪明我秃顶。哈哈。"

"嘻嘻。"

看到李湘婷开怀的笑容，何晨飞一把她拽到床上，另一只手把被子掀起来，当被子落下的时候，两个人已经"粘"在了一起。

卢亦冉到家的时候已经是后半夜了，听到开门声夏晗一下子从沙发上起来迎了上去。

"你去哪里了，打你手机也关机了？"卢亦冉没有准时到家，夏晗担心，不停地拨打电话，耳机中总是传来：您所拨打的电话已经关机。

"手机没有电了。"卢亦冉注视着夏晗，一路上都没有想好如何开口。

"再有事情也得打个电话说一声，公用电话那么多，这么晚，真担心死了。"

"我都这么大了，不会有事的。"

"你啊，你没有看见最近外面总是有事吗？"

"好了，别唠叨了。"也许是找不到合适的话和妈妈说，心中压抑，进门再听到夏晗的絮叨，让卢亦冉烦躁起来。

"你今天怎么了，这么不耐烦。"夏晗心想儿子一定心里有事，要不也不会这么晚回来，也不会这样和她说话。

"怎么和你妈说话呢，你大了要造反了？"听到卢亦冉的高音，卢加宁推门从卧室走了出来。

卢亦冉从小惧怕卢加宁，父亲的尊严让他"退避三舍"，除非特殊事情，平常琐事他都是和妈妈说。

"爸爸、妈妈我有事和你们商量。"

看到卢亦冉一本正经，夏晗和卢加宁对视了一下。

"有什么要紧的事情，这么晚了非要现在说。"卢加宁连连打着哈欠，坐在沙发上。

"儿子，今天怎么了？"夏晗握起卢亦冉的手。

卢亦冉从妈妈的手中挣脱出来，看看爸爸再看看妈妈。长这么大了，他还是第一次这样和他们说话。

"怎么了，有什么说啊！是不是有人欺负你了？告诉我是谁。明天找你们校长去。"看到卢亦冉吞吞吐吐的样子，卢加宁凭借多年的经验得出结论。

"是不是考试没有考好？还有期末呢！"卢亦冉越是难于开口，越是让夏晗胡思乱想。

"爸爸，妈妈。我要捐献骨髓。"卢亦冉鼓足勇气说出，眼睛直直地盯着茶几上的水杯。

"你说什么？捐献骨髓。看电视看多了吧？脑子注水了？"卢加宁的眼珠差点掉了出来。

夏晗赶快摆手止住卢加宁的怒斥。

"是给施韵吧？"

卢亦冉点了一下头，不看爸爸也不看妈妈，眼睛还是看着水瓶没有移开。

"能告诉妈妈为什么要给她捐献骨髓吗？"听到卢亦冉突然宣布的决定在夏晗听来决不亚于卢加宁的震惊，她强忍着想知道这是为了什么。

"为什么？还能为什么啊？是不是看上她喜欢上她了？"卢加宁愤愤地坐在沙发上瞪着卢亦冉。

夏晗赶快摆手再次制止卢加宁，内心的激荡让夏晗感到脸上在发烧。

"儿子，和爸爸妈妈说实话好吗？"夏晗送去期待的目光，伸手去拉卢亦冉想让他靠近，卢亦冉却纹丝不动。

"这有什么难于启齿的？你只要回答是或者不是就行了！"卢加宁的口气很像在工作中审问被抓的嫌疑人。

被逼无奈，卢亦冉终于忍不住，憋红的脸像秋天采摘的苹果，他开始反击了。

"爸爸妈妈，我根本没有你们想得那样复杂，我就是看她难受，想帮助她，就是这么简单。你们大人做事深思熟虑，可是我们年轻却不是那样，你们总是用你们的想法衡量评判我们的所作所为，其实就不是那样的。"的确，正如卢亦冉所言，由于年龄的差异大人和孩子的想法和处事有天壤之别，大人们常常按照自己的所思所想去要求孩子们"唯命是从"，而从不设身处地考虑孩子们纯真、清白的想法和感受。

"狡辩！"

"爸爸您不能总是把你们的观点强加给我，我现在已经是成年人了，给我一点自由的空间好吗？让我自己作主。"

"给你空间可以，但是那也得看是什么事情。"

在众多的父子关系中父子之间争吵是常见的现实，针尖儿对麦芒儿，虽说卢亦冉顶撞父亲的时候并不多，但是内心的反叛情绪一直在激增。倒是和母亲的关系十分融洽。

"这事情我们明天再商量好吗？这么晚了先休息吧。"

卢亦冉的决定，让夏晗吃惊更让她不知所措，再加上父子的争辩更搅得她心乱如麻。但是有一点是坚定的，她不同意。这么大的事情她需要时间调整自己的心绪，去劝说卢亦冉放弃，这是作为母亲的第一反应。

"嗯。"卢亦冉起身走回自己的卧室。

"有什么可商量的，不可以啊。想起一出就一出啊。"卢加宁说着回屋睡觉了。

夏晗坐在沙发上一动不动，看着儿子房间的门，房门紧闭。她知道儿子在房内跟她一样没有睡意。

卢亦冉正处在生长发育的关键时期，捐献骨髓对身体造成多大的影响甚至是伤害，夏晗无法预料。尽管听到很多关于捐献骨髓的专家论述，正常人体内的造血干细胞会不断再生，不会给捐献者的健康带来影响和损伤，但是作为捐献者的母亲不可能不去多想，不去担心而不计后果地双手赞同，这是母爱的本能和天职。

夏晗迷迷糊糊地睡着了，当太阳照进客厅的时候，她从沙发上坐了起来，一眼看到了茶几上卢亦冉留下的纸条。再看卢亦冉房间的门敞开着。

爸爸、妈妈：

我知道你们担心我，是为我好。但是我想给施韵捐献，我不后悔。我看过相关资料，请放心，儿子不会有事。答应我好吗？这是我的决定。

爱你们的儿子　敬上

看到纸条上幼稚的字体，夏晗心酸，字里行间中透着成熟坚定，让她没有选择。是啊，儿子长大有了自己的主意，也能对自己的言行负责了。尽管自己能够为不愿意找出无数个正常理由，但是她却不能包办改变日渐成熟的儿子的想法。

　　夏晗欣慰儿子懂事，有正义感，但是她还是会担惊受怕。

　　拿起手机夏晗给儿子发了短信："只要你深思熟虑，想好了，就去做你想做的事情吧。"

Y

老北京面食馆，方桌上摆着最古老的北平美食，麻豆腐、凉拌萝卜皮、干煸四季豆、爆三样，还有十几个小盘簇拥着一大碗热气腾腾的手擀炸酱面。李湘婷、康思予和夏晗围坐在桌边，她们似乎都没有食欲品尝平日最喜欢吃的这口，不自然地举起茶杯饮上一口再放回原位。

在外人看来这是一次普通得不能再普通的晚餐了，但是她们每个人都心照不宣，说不清今天的聚会是谁倡议的，当李湘婷的电话拨通的时候，对方欣然答应迫切相约。

李湘婷欲言又止，夏晗思前想后，康思予心猿意马。这样的静场让大家尴尬地不停环视着周围，话语不知如何说明，但是一切都写在脸上。

"湘婷，有什么话，你就直说，大家都是过心的朋友。再这样待下去我都要疯了。"康思予实在受不了这样气氛的挤压，终于脱口而出，打破僵局。

"我女儿的骨髓找到了。"李湘婷吐出"前言"。

"这是喜讯啊！还用得着你这样吞吞吐吐啊。"

康思予心落地，原来李湘婷的犹豫不决不是源于她腹中的胎儿，转眼看到夏晗没有一丝笑意，依旧心事重重。

"夏晗，你怎么了？"

"哦，没事，湘婷你继续讲吧。"夏晗没有接康思予的话茬，因为她根本不知道自己心里想的是什么，转向李湘婷。

"好吧，那我就直说了。"

看到二人点头认可，李湘婷鼓足勇气说下去。

"我想找你们借钱。"按理说遇到困难找亲朋好友借钱解救燃眉之急也在情理之中，但是让李湘婷迟疑难启齿的是好友之间错综复杂的关系还没有捋出头绪，那夜突发奇想，在现实面前她还是瞻前顾后，无奈只得下决心。

"你要多少？"因为感觉自己不再此山中，康思予超脱了许多。

"我不知道这样说是否合适，你们看情况吧。我想从你这里借二三十万；想请夏晗再帮助我担保从银行贷款三五百万。"李湘婷终于一吐为快，是否被认可采纳，她只能听候朋友的决定。

"还需要这么多钱？"康思予惊讶地看着李湘婷，倒不是不愿意借钱给她。

"是的，虽说匹配的骨髓已经找到，但是这也不是无偿捐献，我必须支付费用还有手术费用，估计就得二三十万。还有我的公司如若再不投入资金就会关门，并且会支付巨额的赔款。"

"哦，这么严重了？"康思予没有想到李湘婷的处境是这样的举步维艰。

"是的，我似乎觉得已经到了生死收关的地步，要不我也不会张口。"李湘婷看看康思予，看看夏晗，她很想听到她们的回应。

"我的钱没有问题，给你就是了，夏晗，你那边怎么样？"

康思予、李湘婷的目光都投向一言不发的夏晗。

"要是有难度，我再想办法吧，夏晗别为难。"感觉夏晗难下决断，李湘婷欲收回初衷。

"贷款的问题我会尽力给你解决。"

夏晗肯定的答复，让李湘婷放下心来，但是她的心头还有疑惑，今天的夏晗为何不像往常那么"干净利索"，这不是她的风格。

"这不就都解决了吗？"

康思予喜悦，但是她无法理解此时夏晗的心境，她的心一直在儿子身上。

"湘婷，施韵的费用用不了那么多，你准备手术费用和后续的治疗费用就可以了。"夏晗说道。

"我问过医生，现在最主要的就是支付购买骨髓的费用和手术费用，这笔钱交了，才能够和那位捐献者签订'骨髓捐献协议'。"

"对，这得赶快签，夜长梦多。要是人家反悔不就前功尽弃了？"康思予的担心不是没有道理，这样的事情在社会上不是没有过。

"既然人家已经同样捐献了，怎么会反悔呢？"夏晗心里最清楚其中的缘由。

"这可没有谱，什么事情没有啊！"

听到康思予还在追究，夏晗心里更不是滋味，狠狠地瞪了她一眼。

这个细节康思予并没有读懂。却被李湘婷捕捉到了。

"我相信，我是遇到好人了，施韵是遇到救星了。"

李湘婷说完感到夏晗的神情安详了许多。

"湘婷手术的费用需要多少？"夏晗需要分解李湘婷所需费用的列项。

"我没有具体问。"

"那就问问医院，十几万应该够了吧。"

"差不多吧。"

"你确认一下吧。"

"思予，这笔钱你负责落实吧。"

夏晗严肃严谨地说着，神情像是在给属下安排工作。

"没有问题，明天一早我就去银行取。"康思予爽快地应允，欣然领命。

"那支付捐献骨髓者的费用怎么办？"李湘婷心里还在盘算着费用总和。

"我想既然人家是主动提出捐献，就不是为了钱。"夏晗说着心里在阵阵做痛。

　　"人家就是不要，我也不能不给啊，这叫什么事！"李湘婷狐疑，不知道夏晗怎么想的。

　　"这个问题我们不说了好吗？"夏晗实在不能"容忍"在这个问题上"讨价还价"，让她感到"屈辱"和"心寒"。

　　李湘婷被夏晗不合常规的中止搞得"目瞪口呆"，把目光转向康思予。

　　"夏晗，这样做合适吗？"康思予同样不理解夏晗的意思。

　　夏晗看了康思予一眼，转向李湘婷按照自己的思路继续说下去。

　　"你赶快把需要担保贷款的材料准备好送过来，材料的内容和上次的差不多就行，我尽快安排论证。"夏晗的心思已经转移，开始构思如何尽快解决贷款事宜了。

　　"贷款用途这次都是流动资金，可以吗？"按照常理，银行的贷款一般不会贷给企业用于流动资金，企业所需多为自筹。银行的贷款多数用于固定资产的投入，而当固定资产额很大的时候，才可以有很小部分作为流动资金作为补充，前提是企业自筹的资金要足够多才可行。

　　"理由还是写'新增一条生产线'吧，这样便于审查通过。"

　　"那到时审查怎么办？"李湘婷担心起来，她知道随意改变贷款的用途会被惩罚收回贷款。

　　"等贷款到位了，再做变更吧，"夏晗心里十分清楚这样做是违规操作，也会给担保公司带来信誉的危机，但是为了好友摆脱困扰，她愿意"以身试法"。

　　不是公众假日，平凡的一天，平凡的一家医院。然而这样的一天对于一些人来说却是不平凡甚至是刻骨铭心。

　　期盼已久终身不忍回眸的这一天终于来临，李湘婷彻夜不眠，天不亮就来到了医院和已经到达的施仁宏、何晨飞会合。

苦苦熬过、默默等候这一天的太阳终于升起来了。早上，卢亦冉推开门，看到了坐在沙发上的夏晗。

"妈妈，您一夜没有睡吗？"

"我睡不着。"

"妈妈别为我担心，真的什么事情也没有。"

"好儿子，妈妈相信你。"短短的几个字承载着母亲无限的爱恋，饱含着母亲无限的希望和祈祷。

二人很快洗梳穿戴完毕，走向大门。

"爸爸没有起吗？"

路过卢加宁的卧室，卢亦冉轻轻一推，房门自然地打开了，卧室内整洁屋空。

"爸爸今天又有任务啊！"

"也许吧，我都不知道他什么时间走的。"遇有特殊紧急的任务，天不亮就出门对于卢加宁已是家常便饭，家人并不感到意外。

走下电梯出了楼门，一辆崭新的出租车前站着一个熟悉的身影。

"爸爸！"卢亦冉快步走到卢加宁的身边。

"走吧，我送你去医院。"

按照一般规律，一家人出门坐车，孩子多应坐在副驾驶的位置上，父母坐在后排。但是夏晗一家在屈指可数的几次中，卢加宁自然地坐在副驾驶的位置上，夏晗母子坐在后排。

"大人的话，你就是不听，等着以后倒霉吧。"虽然儿子不听自己的话让卢加宁愤愤不平，但是作为爱子如命的父亲还是要陪同前往，要不他心不安宁。

"你们这些孩子做事都是不计后果一时冲动，大人的话都是耳边风。"车子上了大道卢加宁还在唠叨，通过后视镜看到卢亦冉的脸上没有任何赞同或是反对的表情。

卢加宁无从知道，在儿子心里父亲所说的"大人的话"只代表他并不代表妈妈。卢亦冉的手被夏晗紧紧地握着。

　　"都是你，他说什么你都答应，也不管孩子的……"后面本来紧跟着"死活"二字，但是反光镜中直射而来的眼神告诉他：你省省吧。

　　卢加宁不再说话了，内心不停地责骂着：我算白养活你们了，都是白眼狼。

　　车内可以清晰地听见车窗外风的沙沙声，它与车内人的心跳融汇在一起，演奏着和谐或不协调的乐章。

　　三十五分钟后出租车驶入医院，在门诊楼前停下，车上人推开车门下车，马医生率护士迎了上去，没有更多的应酬，握手间传递了一切，马医生引导她们走进门诊大厅。

　　跟了几步，卢加宁"掉队"离开了她们，独自走向门诊楼后面的花园。

　　一切都准备好了，签字画押后卢亦冉经过"整体"消毒后换上病号服被推进采集室采集造血干细胞。

　　透过窗户，夏晗提心吊胆地凝视着室内的一举一动，马医生对卢亦冉说着什么，护士让他躺好，医生打开白色布袋。夏晗看到那个针管极其的"硕大"，护士开始在卢亦冉的胳膊上涂抹着什么药水，看到医生举起针管，夏晗不敢再看，闭上了眼睛，心突然被针刺，他知道注射器已经扎入卢亦冉的肌肤，她慢慢地睁开眼睛……

　　过去了许久许久，室内就剩下卢亦冉一个人了，脸色红润地躺在那里举起手摇了摇，给夏晗送来平安。

　　"您休息一会吧。"早上迎接她们的护士给夏晗送上一杯水。

　　"谢谢。采集完了，孩子什么时间可以出来？"

　　"还没有完呢，休息一会下午还要进行第二次采集。"

　　护士的话，让已经落地的心再次提起来，夏晗有些后悔不该让卢亦冉来。

　　马医生送来了特制的盒饭。

　　"请放心，卢亦冉没事儿。"

医生就是千遍万遍地许诺没有事情，作为孩子的母亲都不会"心安理得"，这种心情的变化医生无法体会，男人更无法体会。夏晗放下盒饭再次走近玻璃窗，卢亦冉仿佛睡着了，睡得很安静香甜。

第二次采集在下午一点刚过就开始了，所有的程序流程跟早上的一样平稳地进行着，但是夏晗却无法平稳，专心致志地翘望在窗前，以至于有人叫她都没有听到。

"夏晗，夏晗。"

熟悉的声音就在耳边了，夏晗才"惊醒"过来，回头看到了身边的李湘婷。

"你怎么在这里？"李湘婷惊讶地看看夏晗，转头沿着刚才夏晗的视线往室内望去。

"夏妈妈好。"躺在推车上被白布覆盖的施韵向夏晗点头问好。

"嗯。韵韵是乖女儿。"此时此刻夏晗不知道应该说些什么祝福、安慰的话，目视着施韵。

抬头看见房门上的标牌：采集室，再看到室内床上的卢亦冉，李湘婷突然什么都明白了，激动的泪水止不住地流淌下来，她一把拉住夏晗的手什么话也说不出来了。

"妈妈，我没有事情，等我回来。"施韵并不知道妈妈落泪的真实原因。

"嗯。乖女儿，你去吧，我和夏妈妈等你出来。"

李湘婷紧握夏晗的手目送施韵被推进了移植舱。

"夏晗，让我说什么好啊？"李湘婷感动得手不停地颤抖起来。

"那就什么也别说了，我们一起祝福手术成功吧。"

"嗯。"李湘婷连连点头。

风和日丽，几天的阴霾不见踪迹，让人们感受到了阳光的滋润，自然心情也就愉悦起来，三五成行的病人在家属看护的陪同下走来走去，笑意写在脸上尽情地享受着阳光的洗礼。室外的空气虽然畅快，但是每一个人的感触却是千差万别。静坐等候的卢加宁一支支吸着烟，听到身后有脚步声就会回头张望，希望儿子尽早回到他的身边，时间一分一秒地流失，儿子还没有出现，他却等来了施仁宏。

知道是卢亦冉捐献骨髓给施韵，施仁宏十分感动，千谢万谢之后听夏晗说卢加宁也在医院，便找寻到了医院花园。

"坐吧，真是没有想到，世间竟有这样的巧事。"卢加宁感叹。

"是的，真得谢谢你们。"

"屁话，是卸胳膊还是卸腿！"

"那就不谢了，还得说这是咱们哥们儿的缘分。"

施仁宏坐在卢加宁身边，取出烟递上一支。卢加宁举起手上的烟示意自己还有，但是看到施仁宏举着烟没有放下的意思，便将手指间的烟扔掉，接过施仁宏递给的烟互相点燃。

"其实说心里话，我是真不愿意让儿子做这样的事情。"卢加宁低着头说出心里话。

"我理解。"

"你理解个屁啊！"卢加宁嘴中一向不干不净，作为挚友，施仁宏从不和他一般见识。

"加宁，说句心里话，咱哥儿俩这么多年了，我还不了解你吗？"

"就是，咱们这么多年的哥们儿了，我才讨厌你说什么'谢谢'了，'理解'了这样屁话，我只是心疼儿子，这么小就做这样的事情，也是担心今后会不会留下什么后遗症。你明白吗？"

看着卢加宁爱子如命的神情，施仁宏再不敢说"明白"和"理解"了。他理解作为一个父亲这是很正常的反应，如同他担心女儿的病一样。他从心里感激他们，他一定要报恩。

"好了，不说这些了。快中午了，要不我们门口先吃点。"

"你去吧，也给她们买点送去。"卢加宁指指门诊大楼。

"老何一会给她们送来，我们先去吃点吧。"

"不了，我在这里等儿子回来。"

知道卢加宁心里不快，施仁宏作陪，无语地等候。

采集室和移植舱是联体的两个独立房间，通过中间竖起的玻璃使得两间房中的人可以遥相呼应。中间还有一间不大的房中房，看上去小房子也就十平米多点，门上标牌上写着：分离室。通过这个房间把采集室和移植舱连通，医护人员通过它行走在两个无菌房间中。

施韵被推进移植舱，两名医生把她抬上了手术台，医护人员开始做术前准备。

一切都在有秩序地进行中，施韵开始寻看整个房间，手术台安置在房子的中间位置，无影灯从天花板上垂下，房子的四周摆放着各种叫不出来的仪器仪表比无菌层流病房多很多。不停走动的医护人员除了可以看见他们的眼睛在闪闪发亮，一切都被白色笼罩着，白色的房间，白色的装饰，白色的器械，白色的人。

一丝恐惧袭来，让施韵紧张起来，她睁大眼睛环顾四周想要透过玻璃窗找到守候在外的妈妈和夏妈妈。

终于她看到妈妈了，妈妈向她挥手送来温暖；她也看到夏妈妈了，慈祥的笑容送来信心，她目不转睛地看着她们不再害怕。

然而，在她注视窗外的时候，发现妈妈和夏妈妈会不时地转头看望隔壁的房间。隔壁病床上躺着的"病人"她进门时就看到了，心想一定是和自己一样来做手术的，并没有在意。

妈妈和夏妈妈的关注引得施韵侧身察看，一个熟悉的面容进入视线，那不是亦冉哥吗？

卢亦冉一直在注视着施韵的一举一动，看到她投来的目光，伸出另一直胳膊送去一定成功的手势。

看到正在采集造血干细胞的卢亦冉，施韵都明白了，原来捐献骨髓的就是亦冉哥哥。

施韵不停地摆手，卢亦冉再次握拳举起。

施韵的摆手逐渐握成拳头，二人隔窗互相鼓励……

医生让施韵躺好，医护人员各就各位手术开始了。

采集到的骨髓进入分离室，过滤后经静脉源源不断地输给施韵。

手术很成功，一切都在按照计划进行着。施韵经过了排异期和适应期，骨髓造血、染色体逐步恢复了正常。

马医生告诉李湘婷："施韵骨髓的造血功能正在恢复正常，将逐步达到完全缓解的标准。下一步的治疗方案已经制定，缓解后我们要通过采用持续时间的巩固和强化治疗，进一步消灭体内残存的白血病细胞，防止白血病复发。"

听了马医生的讲解李湘婷心里有了底。

这一天看过施韵，三个女人相约去放松放松。

她们走进了西直门外的"夏威夷乡村俱乐部"，洗浴桑拿之后，来到大厅舒体展臂休息。

"夏晗这次真是你们救了韵韵的命，亦冉是韵韵的救命恩人啊！"李湘婷拿起一杯饮料递给夏晗。

康思予坐着用毛巾擦拭着长长的秀发，看到前排有服务员走动，悄悄招手，指点给坐在三人中间的李湘婷。

"您需要按摩吗？"穿着三点式的服务员走近，弯腰轻声询问李湘婷。

"咱们做个足底吧。"李湘婷看看左右没有人反对，示意服务员可以。

"您需要女孩还是要男孩为您服务？"服务员再次耳语，音量的大小恰到好处，这是她们职业的基本功。

"她需要猛男，你们这有吗？"康思予先声夺人。

"那需要进包房，大厅没有。"服务员仿佛听懂了康思予的弦外之音，心领神会地再次压低了声音。

"讨厌，看你高挺着肚子还想要猛男啊，受得了吗？怀孕了，足底你都不能做。好好呆着吧。"李湘婷笑着回击。

"嘻嘻，我是给你和夏晗要啊！"康思予含笑躺下，微微隆起的肚子高过了鼻梁。

服务员领会欲起身离开被夏晗抬腿示意停下。

"别听她的，就在大厅，我们做个足底吧。"

"讨厌。都什么时候了你还不老实。"说着李湘婷把擦完脸的方巾摔到康思予的大腿上。

"好人难当啊。"康思予坐起来叫苦，接着拽起盖在身上的浴巾把头围拢起来顺势躺下，顾头不顾尾地将下半身一览无遗地展示出来。

"哈哈，走光了！"

康思予的举止把夏晗、李湘婷逗得前仰后合。

康思予起身报仇，将李湘婷、夏晗身上的浴巾掀翻，迅速回到自己的床上。

"别闹了，看别人都看我们了，都成免费观看的Ａ片了。"看到自己成了众人的视线终点，夏晗赶快盖好浴巾。

"哈哈，你要逗死我啊。来来来，给我们做足底吧。"李湘婷围好浴巾招呼服务员。

服务员含笑，很快两个服务员来到她们面前，坐上小板凳，纤细的手牵引着客人的腿脚开始了按摩。

"还别说啊，这次亦冉给施韵捐献骨髓也许会成就一段美好的姻缘啊。"康思予突然想起了什么再次活跃起来。

"怎么样？我们做亲家这可是亲上加亲了。"李湘婷当然愿意，转头问询夏晗。

"都什么年代了，我们可不能包办，还是让他们自由发展水到渠成吧。"

"我那天在亦冉的房间里看到一张写生画，上面的题款是亦冉和施韵合作，你们猜我想到谁了？"康思予挤眉弄眼卖关子。

"谁啊。"李湘婷追问。

"曾建灵啊。我当时一眼看到，就想到了建灵和夏晗原来的那张照片。虽说表现手法不同，一个是油画写生，一个是照片，蕴意完全一样。"

康思予眉飞色舞地说着，突然发现夏晗已经收起笑容一副沉重的样子，后悔自己得意忘形失语，再看看李湘婷，吐了吐舌头。

"对不起，夏晗。我有点不由自主，不是有意的，别生气好吗？"

康思予的联想刺到了夏晗内心深处不愿让别人触及到的地方，那片永远不能愈合的伤痛袭扰着她，心更痛。

心中的那片绿洲只为他而存在，不愿意任何人去践踏。夜深人静的时候，夏晗会到绿洲上小憩，就坐在她们曾经坐过的那条水渠边的田埂上，观赏郁郁葱葱绿草上彩蝶飞舞，欣闻野花飘香……

"你就是嘴不安拉锁，想什么就说什么。"李湘婷一脸严肃地训斥康思予。

"好了，没事儿的。"其实夏晗并没有生气，康思予的话让她再次回到她的心灵世界。

人有时会不自觉地从一个环境中跳跃到另一个环境中，尽管诱因是多种多样的，一缕思绪、一个眼神、一句话、一个物件都可以成为通往仙境的桥梁让你身陷其中不能自拔，因为爱是不能忘记的。

"思予你啊，什么时候能够长大啊！"李湘婷借势转移话题。

"我这样不好吗？"

"你看你还是孩子呢，还哭着喊着要做妈妈。"夏晗跳出思绪返回洗浴中心。

"思予你也是菩萨心肠，为了韵韵也让你担惊受怕了。"康思予的"不合时宜"刚过，李湘婷再次触雷。

"当时的想法现在想起来连我都不知道是为了施韵还是为了我自己。"康思予的反应倒不像夏晗，显得平静许多。

想起当初要不管不顾地把孩子生下来，康思予思绪万千甜酸苦辣一起袭来。

"那你现在打算怎么办？"夏晗起身关心好友，也许是起身快了，脚还在按摩小姐的怀中，弯腿伸腿间一下子把按摩小姐碰倒在地。

"对不起，对不起。没有事儿吧。"夏晗赶快站起扶起按摩小姐。

按摩小姐面不改色依旧堆着笑容低头捡起工具。

"好了，就到这里吧。"李湘婷也从按摩小姐怀中抽回脚。

康思予摆手，两位按摩小姐鞠躬离去。

"我还能有什么打算，孩子的命运不掌握在我的手里，听天由命吧。"

"那叶强现在到底怎么想的呢？"

"不知道。我们约好下周他回来最后谈一次，我还得去'星期五'。"康思予显出无奈的神情。

"'星期五'是什么意思？"李湘婷不解。

"就是'星期五西餐厅'，那是他们夫妻谈判的会所。"夏晗解释给李湘婷听。

看到康思予凝重的表情，李湘婷不好再追问。

"我们走吧，都有点冷了。"夏晗站起来整理自己的东西。

三人前后走回更衣室换装，感觉手机在衣袋中震动，康思予打开手机看到了施仁宏相约的留言。

走出"夏威夷乡村俱乐部"康思予托故有事告别二人，走向停车场。

"她怎么了？"看到康思予心事重重地离去，李湘婷不安起来。

"孩子的事情呗，真没有想到这件事情让思予这么举棋不定。有时看她的笑容都是强挤出来似的，看她这个样子我心里也不好受。"挚友心连心。

"我们也不知道能帮她做点什么。"李湘婷同样心急如焚。

"我们帮不上什么。"

"要不等叶强回来，我们和他聊聊？"

"聊什么？劝他接受思予腹中的这个孩子吗？你不了解叶强。其实也不光是叶强，任何一个男人遇到这样的事情都很难办，假如她们没有爱，那倒好办了，可是她们相约一生相爱。有了这样的事情，男人就被女人推上了老虎背。"

一束强光刺来，夏晗拉了一把李湘婷。

转眼间康思予驾驶的车从她们面前飞驰而过，没有丝毫的减速。

康思予欣然前往，并非出于思念，而是自己也想和他最后见一面谈谈。车速飞快，音响中再次听到了几天来一直在听的同一首歌：无言的结局。

"曾经是对你说过这是个无言的结局／随着那岁月淡淡而去／我曾经说过如果有一天我将会离开你／脸上不会有泪滴……分手时候说分手请不要说又难忘记／就让那回忆淡淡地随风而去……

康思予紧握着方向盘，泪水不停地流下来。大灯直射前方，右转下了立交桥沿着河岸一直向北驶去。

她们再次在昆玉河畔的石拱桥上见面了。

"早来了？"康思予走近施仁宏。

"刚到。"

"鼻子都红了，还说刚到。"康思予揭穿了施仁宏善意的"谎言"。

"思予，今天约你是想和你说……"

康思予挥手打断施仁宏的话。

"仁宏请让我先说。仁宏，出了这么多事情，看来命中注定我们没有缘分。"康思予话语中带着伤感，带着无奈，带着愧疚，还带着解脱的快感。

"也许吧。这就是我们的命吧，命中的过客。"施仁宏遥望远走的流水，月光虽然把小桥照亮，但是远去的河水却不见踪影，前方一片黑暗不知道它流向何方。

"谢谢你仁宏，你曾经带给我的快乐和幸福，我爱你。"

"我也爱你。"

施仁宏伸出手想去牵她的手，康思予却把双手插入口袋中。

"孩子你还要生下来吗？"施仁宏取下身上的罩衣给康思予披上。

"我不知道，我在等待。"康思予转头眺望远方，透过雾蒙蒙的天空，依稀可以看到远山的模样。

"等待叶强的认可吗？"

"也许吧，当然也是在等待我是下定决心把孩子生下来，还是拿掉。"

"胎儿一天天在长大，你要早做决定。"

"我知道，我也期盼能和叶强尽早地达成一致，是留下还是放弃。"

"好好和他谈，总会有办法达成统一。"

"其实现在你的女儿手术成功了，叶强也挺高兴，昨天通电话还让我转达他的祝福。"

"十分感谢，他是一个善良的好人。"

"现在没有了为你女儿做脐带血移植的目的，我想生下孩子的理由更单纯更纯真了。我不知道叶强是否愿意接受，还需要时间，我会等待。假如有一天叶强告诉我，他还是不能够接受，我也愿意拿掉这个孩子，一生守候着叶强。"

"理解，要是去医院做手术，告诉我，我陪你好吗？"

"不了，要是那一天真的来临，我相信叶强会陪着我，送我走进手术室的。"

"理解，我相信你们。"

"这点我和你一样有信心，不过我现在倒是想知道……"

"你想知道什么？"

"假如你的女儿没有找到配型，手术没有成功，你现在还能这样心平气和地和我探讨，我腹中的孩子是否要吗？"

施仁宏无言可对，这个问题他的确没有想过。

"这就是男人。"康思予撇了施仁宏一眼，继续眺望远处的山。

"男人怎么了？"

"没有什么，也许是你们身在此山中吧。"

二人无语，看着脚下流走的水，随着流水看到了远方屹立的山。

"是不是今后我们就不再见面了。"

"我不知道。"

"叶强原谅你了吗？"

"这和你没有关系。"

"我有个建议，愿意听听吗？"

"你说。"

"我想今后每年的一月十七日我们在一起吃顿饭，好吗？就算是七夕相会吧。"

阳历二月十四日、阴历七月七，是情人节。情人节是情人的节日，他们或是在山涧戏水，或是在酒店畅饮，或是在柔软的床上缠绵，总之是一定要和最心爱的人一起度过。这样的一天对于未婚和已婚的男女都是光明正大地一起度过的盛大节日，可是对于有家庭孩子的情人来说，却是十分敏感的日子。假如这一天你有事外出定会让伴侣产生歧义引发串串联想，若没有十足正当的人证物证来佐证你的清白，今后你将不得安宁。

"为何是一月十七日而不是其他日子？"康思予没有领会施仁宏选择这一天的寓意何在。

"一月十七日是你和我生日的中间日，对世人来说是平凡的一天，而对于我们来说是不平凡的一天，这一天是只属于我们的情人节。"

听了施仁宏的解释，康思予深知这是他经过深思熟虑仔细推敲出来的一日，为了这份残存的深情用心良苦，康思予为之动容。

"我想每年的这一天都要在一起度过我们共同的生日。"施仁宏深情地说。

"为什么呢？"

"为了忘却的纪念。"

"那好吧，我也有个提议。"

"你说。"

"今后我们不再相约。明年的一月十七日还是这个时间这个地点若我们还没有'质变'，还想见的话就来这里，看看我们是否还有这样的激情。"

"我一定会来，不光是明年还有后年，后年的后年都到这里来等你，希望见到你。"

"我不知道会不会来。"

"不管你是否来，我都会来。"

"为什么？"

"没有为什么，因为爱所以爱。"

面于施仁宏的一往情深康思予很感动，但是她知道这份"真情"不得不深埋心底不可言宣，康思予从衣袋中取出一张光盘递给施仁宏。

"仁宏，这张光盘送给你，上面刻录着我们共同喜欢的歌。有'萍聚'、'星语星愿'，有'好人好梦'、'知心爱人'，还有'你是幸福的我就是快乐的'、'无言的结局'。它记载着我们相识、相知、相恋、相爱过程中的每一个情节每一处脚印。"

施仁宏双手捧起光盘，耳边回荡起他们拥有的歌……

歌词就是他们的写照，音符就是她们的心跳。

李湘婷的工作恢复了正常，面对已是一片混乱的公司局面，她需要时间重新整合，上门讨债的、退货的、滋事捣乱的、员工闹事的内忧外患搞得她焦头烂额。一切的元凶就是钱，恢复生产要钱、打发讨债的要钱、员工离岗的要钱、平息争端的要钱……

会议室内，有的人躺在桌子上睡觉，有的人坐在椅子上把脚高高翘起哼着小曲，庄严肃穆的开会谈判场所成了游民耍赖的场地。

"都是谁啊！这么不掌眼啊？都给我站起来。"杜老板愤怒地走进会议室，将黑色公文箱狠狠地摔在桌子上，桌上椅子上的人都被镇住了。

"怎么着？趁火打劫啊！"杜老板俨然一副打抱不平的样子。

一群人左顾右盼，感觉来者不善。

面对张牙舞爪的讨款人，杜老板环视一周突然将箱子打开把满箱子的钱倒在桌子上。

讨债者目瞪口呆，盯着目前还不属于他们的钱。

"愣怔干什么，拿出你们的合同欠条，验证还给你们钱。"杜老板像山沟里的暴发户突然又中了五百万似的神气活现趾高气扬。

一群人像遇到了救星，纷纷递烟上茶招待杜老板。

"别这么乱，都有份，你们排好队。"杜老板指挥众人排队，并让随来的会计、出纳给他们登账，还钱。

听到动静郑莹走去看到了会议室的一幕，她迅速跑进李湘婷的办公室将情况如实报告。

李湘婷吃惊，她知道杜老板这是黄鼠狼给鸡拜年来了，快步走向会议室。

会议室内正在井然有序地工作着，杜老板一副主人的姿态吆五喝六。

"杜总您这是干什么？"李湘婷在距离杜老板两米外站住。

"湘婷啊，这么大的事情怎么也不和我说一声啊，刚听说，我下了飞机取了钱就跑来了，不把我当朋友了不是？"

"杜总您这么做不合适吧！"

"有什么不合适的，湘婷啊，处理这样的事情我比你有经验。不能让这群小人得了志，把咱们看扁了。不就是这点货款吗？给他们就是了，你告诉他们，咱们有得是钱。"

杜老板肆无忌惮地上前欲牵李湘婷的胳膊，李湘婷本能地躲开了。

"杜总，您先让他们停下，我们到办公室谈。"会议室挤满了人，在此商议实在不妥，李湘婷欲退步离开。

"湘婷，你先忙别的事情吧。这里完事了，我们到香格里拉聊。"杜老板根本不把自己当外人，他今天就是来做主人的，在场的看客正好成了他的证人。

"杜总，我再说一遍，请你们的人离开会议室，我们到办公室谈。"李湘婷据理力争，她十分清楚杜老板的险恶用心，醉翁之意不在酒，贼心不死，他就是要吞并公司。

"湘婷，别耍小孩子脾气啊，咱们的事情慢慢谈，我今天一定帮助你化解危机。"看到李湘婷强硬的态度，杜老板皮笑肉不笑，显得宽宏而大度。

"姓杜的，你少来这一套，你心里的算盘我还不清楚吗？"李湘婷终于愤怒了。

"我今天就是来帮助你渡难关的，我可以向毛主席保证。"杜老板拍着胸脯发誓。

"毛主席他老人家没时间管你的事。"

不知是谁在后排起哄，引起众人的哄笑。

"我让你们立刻离开我的公司，在我的眼前消失，否则我马上报警。"李湘婷发出最后的通牒。

看到杜老板没有离去的意思，李湘婷叫过郑莹。

"郑莹报警。"

看到李湘婷动真格的了，杜老板抬手挡住了郑莹的去路，凶相毕露。

"你一个小小的女人还能翻了天啊？我可以走，我倒要看看没有了我杜某人给你罩着，你还能活吗？"

"没有你我可以过得更好，你算什么东西！欺行霸市的恶棍！"李湘婷决不能接受这样的欺凌，顾不得身份顾不得在大庭广众之下女人的矜持，她要为尊严而战。

"李湘婷，要不是我来救你于危难之中，我看你能过得了今天吗？李湘婷你别不知好歹！"杜老板终于露出原形。

"还是把你的好意收起来吧。"一声"巨响"从后排传来，大家纷纷转过头张望，杜老板抬手轰人让出了一条路，他要看看又是来了哪路豪杰。

看到夏晗的突然出现，杜老板立即蔫了。

"夏总，您怎么来了？"杜老板立刻堆起笑脸凑了上去。

作为市工商联的常委，夏晗上周刚刚接到杜老板恭恭敬敬送上的加入行业协会的入会申请书。

"杜总，您这副架势是什么意思？"

"这不是湘婷遇到困难了吗？我来帮助解决，我和湘婷可是多年的朋友。怎么可以袖手旁观呢！"

"我和湘婷是挚友，应该比你们的关系更近吧。"

"那是当然，当然。"夏晗是他进入协会发放通行证的人，杜老板心里十分清楚不可冒犯而因小失大。

"那就是好，让你的人和你的钱离开这里，今天就不麻烦您了。杜总，我们后会有期。"夏晗和颜悦色、软中带硬。

杜老板感到了棉中的针刺："那这里怎么办？湘婷怎么过这个坎？"

夏晗举起"贷款通知单"给众人看。

"好好好，我们走。夏总，改日我登门拜访，杜某人告辞了。"说完，杜老板气急败坏地夺路而逃。

夏晗礼节性地送杜老板离去，转身来到李湘婷身边。

"湘婷，这个给你，派人去银行办理贷款手续吧。"

李湘婷双手接过"贷款通知单"，欣喜地举过头顶。

"大家都看到了吧，我李湘婷不是那么容易被打垮的。我只是需要点时间调整，今天我在这里可以很负责任地告诉你们，公司的工作下周就可恢复正常，你们若是不想合作了，后天可以来办理相关

手续，钱一分不少地付给你们，若是还要和我们合作，就先回去。"

"我们听李总的。"看到李湘婷手中的钱，众人的心都踏实了，谁也不愿意失去难得的公司订单。

"郑莹做好善后处理。"李湘婷所说的"善后处理"是指刚才杜老板留下的尾巴。

"是。大家排好队。"郑莹领会。

平息了突发事件，李湘婷牵着夏晗离开会议室向办公室走去，楼道中留下串串笑声。

Z

　　"认一方"再次迎来了常客施仁宏、卢加宁。

　　今天的小聚施仁宏的心情极其复杂。酒菜上桌，抢先给两个杯子斟满酒，但并没有放开酒瓶，喝完了这杯他还要再次敬酒。

　　"人生得一知己足矣，哥们儿有你这辈子值了！"患难见真情，施仁宏举起满杯酒和卢加宁碰杯。

　　"什么也别说了，喝酒喝酒！"

　　"来，干杯，一切都在酒中。"

　　几杯烧酒入肚，精神焕发，畅舒心怀。话题自然转移到了女人身上，谈起了他们各自的女人。

　　"对了，你跟夏晗的关系怎么样了？"放下酒杯，施仁宏夹起一块毛式红烧肉送入口中。

　　"还能怎么样，还是那样呗。"卢加宁显得无可奈何。

　　"真搞不懂了，她到底怎么想的，想当初那个姓曾的健在，她也没有和你离婚，现在他死了，也不和你缓和关系？"施仁宏不停地摇头。

　　"你不懂啊，这么多年了，我都没有读懂。原来姓曾的在，我们一般。现在倒好那小子死了，障碍清除了，我们的关系还不如以前了。没准啊，魂跟着他跑了，这女人真他妈的是个怪物！"卢加宁有些垂头丧气。

　　"女人啊，雾里云里的虚无缥缈，真的是琢磨不透。"施仁宏感叹。

"其实也很简单，你有你的道我有我的理，女人能有多大的能耐？"换个角度看女人卢加宁胸有成竹。

"那你想怎么办？"

"我想搬走，远离这座伤心的城市。"

"你要离婚？"

"不会，我一辈子都不会放弃她。前天我去门头沟了，想在山里买个院子，租下一条山沟。明年亦冉大学就毕业了，送他去美国深造。我就和夏晗搬到山里去住，办养殖场。"卢加宁畅想未来。

"那夏晗会同意吗？"

"到那时就由不得她了。其实啊，她也不喜欢和人打交道，我是烦了。等哥们儿的养殖场办起来了，你随时来养殖场休息度假。我都想好了，养猪、养羊、养鸡；再建个池塘还可以钓鱼，种些蔬菜瓜果的，过着安逸的生活，一辈子都不想走出来了。"卢加宁眉飞色舞，仿佛已经置身在其中。

"不错，这个想法挺有意思，远离喧闹的城市，过着田园般的生活。来，为了你的梦想成真，我敬你一杯！"施仁宏再次敬酒。

"你跟那个富婆怎么样了？"放下酒杯卢加宁吃菜。

"被判死刑了！"

"一点希望都没有了吗？你不是挺爱她的吗？追啊！"

"正是因为爱才不能追，会适得其反。"

"押赴刑场了？"

"死缓，等到明年吧。"

"什么意思？"

"这个你不懂。"

"还挺神秘，不懂就不懂吧。来喝酒。"

两个男人各怀心事构想着未来，虽然感觉自己的女人总是飘浮不定无法掌控，但是心里有数，她们不会跑得太远，总会回来。他们信奉一个道理：心若在，梦就在；情若在，爱就在。他们会用一生不变的爱恋挽回金不换的真情，来日再相会时同样的感觉、同样的心潮就会像杯中的美酒越酿越纯，越品越甜美。

曾经沧海难为水。

穿梭在那些平凡或不平凡的日子中，夏晗依稀会记起某年的这一天她们在一起曾经欢天喜地过，曾经思念心疼过。每到这样的一天，夏晗都会把它当做忌日来祭奠曾建灵。她觉得她们还会在一起，她会漫步走在她们曾经留过足迹的街道上，去畅想去回味去享受。

同是这样的一天夏晗再次来到曾建灵的墓前，肃立凝视着墓碑上的照片，眼泪滴滴洒落在墓室上。

夏晗将怀中勿忘我簇拥着的百合花敬上，"勿忘我"飘舞的丝带上依旧是夏晗亲手书写的：永远爱你。

曾建灵送来和蔼的笑容，传递着无限的信息，夏晗心领神会，默默地注视着他的眼睛享受着温情。墓碑上的照片不是标准相，照片是那次从沧州返回途中二人溪水中嬉戏留下的影像。一条清澈的溪水在他的身边跳跃着跑向下游，一棵茂盛的柳树在他的身后撑起一片天空，山间流动的空气吹起柳枝摆动着送来凉爽的风。这场景让夏晗有了巨大的遐想空间，身临其境在其中畅想在其中，飞翔享受着分分秒秒带给她的快感。

微风吹拂着墓边的青草，送来"沙沙"的声音：你是在对我说话吗？我在倾听。

几支艳丽或白色或黄色还有红色的野花绽放着投来慈祥的笑脸：我在这里很好，你放心吧！

天空中飘来一朵云彩遮住烈日当头，将荫凉撒在墓碑上：你放心吧！我们会替你为他遮阳挡雨。

敬上"曾建灵摄影遗作集"，封面就是她们二十二年前一起拍照的那张照片，虽然有些发黄，制作时夏晗没有让做任何技术处理，原样登载。

祈念亲人最凄美的祭奠，夏晗深情三鞠躬。

你的微笑哪怕是在地狱也是盛开的百合鲜花。

勿忘我，不忘我，一生情缘爱相随，难忘你和我。

从小夏晗惧怕墓地之类阴森的地方，甚至观看电影中出现类似的场景她都会紧闭双眼不敢去看，偶然看到会带来一夜的噩梦让她不得安宁。如今她时常会来到这里，像是有着巨大的磁力吸引她走到这里，因为心在此可得到安抚。她喜欢这里的幽静，喜欢这里的鸟语花香，爱这里的气息，不舍这里的情怀，眷恋这里的寸草寸木。悲伤渐渐远去，留给她深深的思恋。

玉制的锁在前胸随着心跳起伏着，玉制钥匙已经随着曾建灵入土为安。夏晗取出曾建灵返送给她那条曾在他腰间缠绕一年的红色吉祥绳，系在自己的腰间。

双手合十祈祷上苍让灵魂安息，让爱恋永生。止不住的泪水滚滚流下，夏晗手伸口袋去摸纸巾，手指触及到了护身符，掏出硬币放在掌中仔细端详起来。

突然，夏晗奋力将硬币抛上天际间……

曾几何时不经意间给了对方一个承诺，这份承诺让对方看到了希望，希望影响了她的一生，承诺改变了他的一生。

返城路上夏晗望着山水在眼前流去，心路从一处走向另一处，走过寂静的山林，喧闹的都市展开臂膀迎接她的回来。

夏晗再次回首远方的山，静静地看着渐渐失去轮廓的山影：那座山上有曾建灵的灵魂我的爱……

打开手机，一条一条地翻看曾经的短信。

"还没打算，想和平日一样，你去年送我的礼物和祝福我已经享受不尽了。有你的祝福我就很知足，我很想你，天凉，多保重。"这条短信是今年曾建灵生日的前夕夏晗发去短信留下的底稿，记得那一天夏晗准备了一条绿色的围巾送给了他，围巾上她亲手刺绣上"珍重"二字。他喜悦得像个孩童围在脖子上，心满意足地对她说："我很温暖。"

"放心吧，我很好。你要保重，我愿笑伴'君'行。思念是苦苦的，但我体味到了心甜。"这是年初北京第一场雪来临的夜晚夏晗送去关爱，曾建灵出差在异乡给她的回复。

见物思人，不忍分离，也许夏晗一生都会在曾建灵的影子中无法走出来，其实她根本就不想走出来，这样挺好，日日享受着阳光雨露。

"你是我灿烂的黎明。"夏晗默诵着吟唱着……

"看我的作品获奖了。"推开病房的门，卢亦冉把获奖证书递给施韵。

手术后，施韵的病情一直很稳定，各项指标均达到了完全缓解的标准。

卢亦冉喜悦的神态自然感染了施韵，她双手接过获奖证书仔细端详。

"亦冉哥，你真棒！"施韵竖起拇指。

"这里面还有你的功劳，军功章也有你的一半。"

"我可不敢当！"

"你再看看作品。"卢亦冉指着获奖作品的照片。

"这不是我们在八一湖画的那张写生吗？"施韵恍然大悟。

"就是啊，就是按照那张写生画再创作的油画，所以我说功劳有你的一半，你当之无愧。"

"嘻嘻。"施韵喜悦心领，其实她清楚那张写生自己并没有"出力"，但是很愿意分享亦冉哥的成功。

"你猜我今天遇到谁了？"

"谁啊？"

"猜猜啊！"

"你坏，整天在医院，我大门不出二门不迈的，怎么猜得出？"

施韵装作生气，撅起小嘴。

"还记得那天我们写生时遇到的那位大师吗？"

"当然记得。"

"他是这次评选委员会的副主任。"

"哈，是不是他网开一面照顾你才获奖的啊。"

"怎么可能啊，评奖都是背靠背，再说了，作品的署名是笔名，怎么可能作弊？"卢亦冉被施韵说得脸都红了。

"嘻嘻，看你正经的，我和你开玩笑呢。"

"还说我坏，你也够坏的。"

"是啊，看来我们是臭味相投了。嘻嘻。"

病得到了有效的治疗，亦冉哥获奖，施韵身心愉悦。

"你就坏吧，大师让我给你带好呢！"

"大师真好！"

"就是，我还想拜师呢。"

"人家会收你吗？"

"当然了。我还想再推荐个女弟子呢！"卢亦冉喜形于色。

"我？那怎么行啊？"

"你要是不敢高攀，要不我就屈尊收留你做徒弟吧！"

"亦冉哥你坏，欺负人，等我告诉妈妈替我出气，让你吃不了兜着走。"

卢亦冉清楚施韵说的是他妈妈。

"开个玩笑逗你玩呢，别生气啊！"

"你老欺负人，就生气了。"

"好好好，不逗你了，我接受惩罚还不行？"

"那你说，怎么惩罚你？"

"怎么都行，任你发落。"

"那陪我去吃肯德基吧。"施韵露出笑脸。

"一会你爸爸不来吗？"

"今天他有事不来了，给我订了医院的饭。吃这里的饭菜我一点食欲都没有，我都想绝食了。"

"那好，我请你！"

二人欢笑着走出病房，向医院大门走去。

突然，卢亦冉想起了什么，停下脚步。

"施韵，马上要考试了，最近我可能不能常来看你了。"

"嗯。大学毕业后有什么想法吗？"

"大学毕业后，明年去美国读研，我姐姐在奥兰多。"

"你还有个姐姐？"施韵惊讶都是独身子女，他什么时候突然冒出个姐姐？

"我大姑的孩子。"

"哦。"施韵这才放心，但是脸上失去了笑容。

"怎么，你不高兴？"

"没有，只是你走了，我就很难再看到你了，也不能和你再去写生了。"

"要不你也去，我们一起留学。"

"我？"卢亦冉的提议施韵从来没有想过，她只是不想让他走得太远。

"你想去吗？我可以请姐姐帮助你联系学校，给你发邀请函，给你做资金担保。"

"真的吗？我也想去。"施韵欣喜。

"没有问题，包在我身上。"

"这么有把握，要是办不成呢？"施韵送去期待的目光。

"你的要是办不成，我也不去了。"卢亦冉不假思索地说。

"嗯。"

施韵笑了，伸出手指，卢亦冉领会送上手指拉勾。

"拉勾上吊一百年不许变。"

拉勾的手没有松开，他们径直走出医院大门，去享受美餐。

北京的秋天是一年四季中最好的季节，享受秋季的阳光是大自然赏赐给市民的最好礼物。忙碌了一天，踏着夕阳回家，使人感觉精神爽快，傍晚漫步林阴道上，一天的疲惫很快就消失了。

莲花池公园紧邻西客站，她是北京城的发祥地，有"先有莲花池后有北京城"之说，距今有三千多年的历史。莲花池公园内有风景怡人的湖光山色、绿草如茵、花团紧簇的园林景观。荷花盛开时节，万米荷塘，让您欣赏"出淤泥而不染，濯清涟而不妖"的荷姿，尽享"柳影渗渗水底天，荷气微风香暗通"的情趣。

中秋之夜，月轮高挂在天空上。几条小船荡舟在泱泱的湖水之上，舟上人家尽情体会着"绿萍涨断莲舟路"的快愉，怡气养性，涤尘静心。 荡漾在湖面上的人，多是一男一女成双结对。在清凉的秋夜，不惧瑟瑟寒风，欣赏美景。

月光洒落在湖面上，船桨轻摇的涟漪泛起粼光。几条小船上的人却无心欣赏美妙的湖光山色，像躲避阳光的蒸烤一样，把小船划向岸边的树阴下，小船顿失踪影。

当一眼望去不见船影的时候，却有一条小船，从石拱桥下划出，划向湖的中央，月光照射的中心。

从湖中心船上不时传来爽朗的笑声，那此起彼伏的笑声给宁静的深夜，平静的湖水带来了生机。从内心发出的清脆笑声，带着童贞，带着顽皮，由此荡然而去。宛如琴瑟在夜深人静时分弹奏着动人的诗篇，它给寂静的深夜，不静的心灵带来了自然与人性的和谐美韵。然而这笑声却惊扰了在树阴下小船上依偎依恋在一起的男女。

李湘婷坐在船尾，一手伸入水中，撩起湖水泼向康思予。

"哈哈。"

康思予拍桨击水，一股强劲的水柱穿过夏晗抬起的船桨向李湘婷射去，李湘婷躲闪不及，她再次伸入湖水中的胳膊，即刻前面传来胜利的欢笑声。

"好枪法！"康思予得意忘形。

"别这么闹，多凉啊！"夏晗摇桨，由于船只是受到来自右舵的划力，原地旋转起来。

"嘻嘻。还闹吗？投降吧！"

"哈哈，先饶你一条小命，君子报仇十年不晚。"

夏晗、康思予面对面坐在小船上，各自握着船桨，轻打着湖水。船儿悠悠，原地缓慢地转动着，船桨落水击起水花，水珠落下，泛起涟漪四处散去。

康思予把船桨提起放在船沿上，舒展手臂。

"你说咱们仨在一起怎么总有无穷无尽的快乐呢？"康思予感慨地问夏晗。

"缘分啊！"李湘婷接过康思予的话茬。

"多俗气啊！"

夏晗停下划桨，脸上闪过灿烂的微笑。她没有回答，若有所思，也不想打破此时的安宁，目光穿过康思予的长发远去。

"想什么呢？"

夏晗依旧没有回答，康思予转头顺延夏晗的目光望去。

"今天晚上的星星很少／不知道它们跑哪去了／赤裸裸的天空／星星多寂廖／我以为伤心可以很少／我以为我能过的很好／谁知道一想你／思念苦无药／无处可逃……"

"怎么了？今天这么伤感！"康思予转回头，凝视着夏晗那双被月光映射闪烁着泪光的眼睛。

"想念你的笑／想念你的外套／想念你白色袜子／和你身上的味道／我想念你的吻／和手指淡淡烟草味道……"

一首辛晓淇的《味道》继续回荡在湖面上。

康思予从衣袋中取出一盒"凤凰"香烟，抽出一支，放到嘴里细细地品味着，她喜欢闻那淡淡的烟草味道。

"有时想起来，人的一生真的就是因为有了这样的味道，而活得有滋有味，也只有这个时候才会超凡脱俗，静心去品味这种味道。"随着歌声的结束，夏晗的心回到了船上。

"我也很喜欢这首歌，它不光是抒情，而是人心的一种期盼，一种畅想。"李湘婷有感而发。

"也是一种无奈，期盼中的无奈，畅想中的无奈。"

同一首歌每个人读解起来都可以产生完全不同的心境，久违的那种"渴望"在这宁静的秋夜中就像这湖水不停地拍打着她们的心扉。

一只青蛙跳上荷叶四处张望着，接着第二只、第三只也都跳上荷叶，它们太重了荷叶倾斜，三只青蛙随着荷叶上的水珠坠入湖中。

夏晗看着笑出声来。

"笑什么呢？神经兮兮的。"

"你看那只青蛙又上来了。"

顺着夏晗的手指，康思予看见了那只青蛙再次跳上荷叶，李湘婷站起来从船尾来到船中，也看到了荷叶上的青蛙。

这次没有谁再和它争地盘了，它睁着大大的眼睛环顾着周边，几滴依附在绿色皮肤上的水珠在月光的映照下闪闪发光，青蛙悠闲地坐在那里鸣唱起来。

一只青蛙鸣叫起来，引来周围的附和声此起彼伏，演奏起悦耳的交响音乐会，然而对于它们演唱的曲目每个人的理解却不相同。可以是《命运交响曲》也可以是《欢乐锣鼓》；可以是《我的太阳》也可以是《爱你在心口难开》。

"它是公的还是母的？"康思予突发奇问。

"叫唤也分公母吗？"李湘婷质疑。

"当然了，动物中公和母只有一种会叫唤，就像孔雀雄的可以开屏，母的就没有这功能。"夏晗仔细观察。

"长相漂亮的就是公的。"康思予说。

"雄的有发生器官而母的没有，所以雄的叫，吸引母的过来交配。"夏晗解释。

你的心动 我在听

"啊。雄的一叫母的就来啊。也太不值钱了。"李湘婷笑做惊讶。

"别靠近，吓跑了它们。"夏晗止住康思予的船桨。

康思予把桨抬起放回船边上，但是已经晚了，荷叶上的青蛙和鸣叫的青蛙已经无影无踪了，湖面顿时静悄悄。

"演唱会到此结束。"康思予再次船桨击水，击起的水花溅到了正欲盛开的荷花上。

"青蛙悠然自得，没有烦恼，没有悲歌，真幸福！"李湘婷在远处的荷叶上又看见一只青蛙。

"说起来啊，咱们三个还就是湘婷的命好。"康思予感叹。

"有什么可好的。"李湘婷疑问。

"你看何晨飞对你多好，跑前跑后的整天围着你转。"夏晗送来羡慕的目光。

"好人是好人，就是……"

"就是什么，你还不知足啊，现在有几个这样的男人。原来还有个建灵，现在世界上就剩下何晨飞了。"康思予说完突然感到无意中又提到了曾建灵触及到夏晗的伤痛之处，看看夏晗送去歉意。

"也许过日子还行，顾家知道疼女人，可是不知道怎么就是总觉得缺点什么，可又说不出来少什么。"

"感觉。"夏晗深刻领会李湘婷的心境。

"夏晗你说得太对了，就是缺少感觉。"

感觉是无法说清楚的一种意境，一种心动，一种心灵的震撼。

"我想有个家／一个不需要华丽的地方／在我疲卷的时候／我会想到它……"

李湘婷唱起潘美辰的《我想有个家》。

湖水悠扬，小船荡漾，歌声潺潺……

夏晗、康思予跟着吟唱起来：

"我想有个家／一个不需要多大的地方／在我受惊吓的时候／我才不会害怕……谁不会想要家／可是就有人没有它／脸上流着眼

泪／只能自己轻轻擦／我好羡慕他／受伤后可以回家／而我只能孤单的／孤单的寻找我的家……

歌声时而高昂，时而低回，虽然音调时常不在音符上，但却是她们心中最美的歌。泪水从她们的眼眶里流出，沿着起伏的面颊淌下来，滴落在衣襟手面上……

"虽然我不曾有温暖的家／但是我一样渐渐地长大／只要心中充满爱／就会被关怀／无法埋怨谁／一切只能靠自己……相同的年纪／不同的心灵／让我拥有一个家。"

后 记

自从拙作《我在生命的转弯处等你》出版发行后，我收到了全国各地及海外许多读者的来信，仿佛我在讲述着他们（她们）的故事。这让我与读者产生了强烈的心灵共鸣，然而我却"无力"一一回复。我只想说：我也是如此。

平平淡淡从从容容的我们，平平凡凡点点滴滴的小事。浓缩为典，叙实为故。镌刻心中永久不灭的碑文，难以忘怀的记忆，享乐终身的回眸。

我在努力或许还挣扎着，尽可能地让这本书早点奉献给您，今天它终于顺产了。

我不知道悲剧与喜剧是如何界定区分的，总感到是悲喜交集。人间自有真情在：亲情、友情和爱情，这是人间永恒的主题。做文学的确是个苦差使，也会有很多的遗憾。回味那一章一节总感到可以写得更好。因触心的感觉、心的路程无法准确地表达，而遗恨自己词汇的贫乏，许多内心的感受也确是无法用文字表达的。直到送达编辑的手中，依然有许多的遗憾，我努力地想让笔下的人物真实丰满，畅想再给我时间会表述得更加立体……

一个鲜活的人物跃然纸上，在呼喊我把他记录下来，呈现给读者——抱歉，我要去了，等我给您讲述他（她）昨天的故事……

这就是我：E-mail：heqijie@sohu.com